TRACEY GARVIS GRAVES

On the Island.

Liebe, die nicht sein darf

GOLDMANN
Lesen erleben

Buch

Die junge Lehrerin Anna soll den sechzehnjährigen T.J. den Sommer über unterrichten – im Ferienhaus der Familie auf den Malediven. Anna sagt sofort zu: Die Chicagoer Winter sind lang, ihre Beziehung kriselt, da kommt dieser Traumjob wie gerufen. Als die beiden in der Propellermaschine Richtung Ferienhaus sitzen, kommt es zur Katastrophe: Das Flugzeug stürzt ab – mitten über dem indischen Ozean. Völlig erschöpft erreichen Anna und T.J. den rettenden Strand einer einsamen Insel. Ein Überlebenskampf beginnt. Und während die Hoffnung mit jedem Tag schwindet, wachsen die Gefühle füreinander. Aber hat diese große Liebe gegen jede Regel überhaupt eine Chance?

Autorin

Tracey Garvis Graves lebt mit ihrem Ehemann, ihren zwei Kindern und dem hyperaktiven Familienhund in einem Vorort von Des Moines, Iowa. »On the Island« ist ihr erster Roman und wurde in den USA auf Anhieb ein Riesenerfolg.

Tracey
Garvis Graves

On the Island.

Liebe, die nicht sein darf

Roman

Übersetzt
von Karin Dufner

GOLDMANN

Die Originalausgabe erschien 2012
unter dem Titel »On the Island« bei Plume,
a member of Penguin Group USA, Inc.

Die Autorin hat das Buch vorab im Selbstverlag veröffentlicht.

Dieses Buch ist auch als E-Book erhältlich.

MIX
Papier aus verantwortungsvollen Quellen
FSC® C014496
FSC www.fsc.org

Verlagsgruppe Random House FSC® N001967
Das FSC®-zertifizierte Papier *Pamo House* für dieses Buch
liefert Arctic Paper Mochenwangen GmbH.

1. Auflage
Deutsche Erstveröffentlichung März 2015

Umschlaggestaltung: UNO Werbeagentur,
LT · Herstellung: Str.
Satz: DTP Service Apel, Hannover
Druck und Bindung: GGP Media GmbH, Pößneck
Printed in Germany
ISBN: 978-3-442-48175-0
www.goldmann-verlag.de

Besuchen Sie den Goldmann Verlag im Netz

Für Meira

KAPITEL 1

ANNA

Juni, 2001

Ich war dreißig Jahre alt, als das Wasserflugzeug mit T.J. Callahan und mir darin über dem Indischen Ozean bruchlandete. T.J. war sechzehn, am Hodgkins-Lymphom erkrankt und seit drei Monaten beschwerdefrei. Der Pilot hieß Mick, doch er starb, noch ehe wir auf dem Wasser aufkamen.

Mein Freund John hatte mich zum Flughafen gebracht, obwohl er auf der Liste der Leute, von denen ich gefahren werden wollte, hinter meiner Mom und meiner Schwester Sarah erst an dritter Stelle stand. Jeder mit einem riesigen Rollkoffer bewaffnet, kämpften wir uns durch die Menschenmassen, und ich fragte mich, ob heute wohl ganz Chicago beschlossen hatte, mit dem Flugzeug zu verreisen. Als wir den Schalter von US Airways erreichten, befestigte die Angestellte lächelnd ein Etikett an meinem Gepäck und reichte mir die Bordkarte.

»Danke, Miss Emerson. Ich habe Sie bis nach Malé durchgecheckt. Gute Reise.«

Ich steckte die Bordkarte ein und wandte mich an John, um mich von ihm zu verabschieden. »Danke fürs Fahren.«

»Ich begleite dich ein Stück, Anna.«

»Das brauchst du nicht«, erwiderte ich kopfschüttelnd.

Er zuckte zusammen. »Ich will aber.«

Schweigend schlossen wir uns dem träge dahinfließenden Strom der anderen Passagiere an. »Wie sieht er denn aus?«, fragte John am Gate.

»Mager und kahlköpfig.«

Ich suchte die Menge ab und lächelte, als ich T.J. entdeckte, denn inzwischen war sein Kopf wieder von kurzen braunen Haaren bedeckt. Ich winkte, worauf er mich mit einem Nicken zur Kenntnis nahm. Der Junge neben ihm versetzte ihm einen Rippenstoß.

»Wer ist der andere Typ?«, erkundigte sich John.

»Vermutlich sein Kumpel Ben.«

Die beiden hingen auf ihren Sitzen und waren so angezogen wie die meisten sechzehnjährigen Jungen: lange, schlabberige Turnhosen, T-Shirts und Tennisschuhe mit offenen Schnürsenkeln. Auf dem Boden neben T.J.s Füßen stand ein marineblauer Rucksack.

»Bist du sicher, dass du das wirklich tun willst?«, fragte John, steckte die Hände in die hinteren Taschen seiner Hose und starrte auf den abgewetzten Flughafenteppich.

Nun, einer von uns beiden muss ja etwas tun. »Ja.«

»Bitte triff keine endgültigen Entscheidungen, bevor du zurück bist.«

Ich wies ihn nicht auf die mangelnde Logik dieses Wunsches hin. »Das habe ich dir doch versprochen.«

Allerdings sah ich nur noch eine einzige Möglichkeit. Ich hatte lediglich beschlossen, die Angelegenheit bis zum Ende des Sommers hinauszuschieben.

John umfasste meine Taille und küsste mich einige Sekunden länger, als es sich in aller Öffentlichkeit gehörte. Verlegen machte ich mich los. Aus dem Augenwinkel bemerkte ich, dass T.J. und Ben die Szene beobachtet hatten.

»Ich liebe dich«, sagte er.

Ich nickte. »Das weiß ich.«

Schicksalsergeben hob er meine Tasche auf und hängte sie

mir über die Schulter. »Guten Flug. Ruf mich an, wenn du angekommen bist.«

»Okay.«

John ging. Ich blickte ihm nach, bis er in der Menge verschwunden war, strich die Vorderseite meines Rockes glatt und steuerte auf die Jungen zu. Als ich näher kam, starrten sie zu Boden.

»Hallo, T.J., du siehst toll aus. Abmarschbereit?«

Ein rascher Blick aus braunen Augen. »Ja, klar.« Er hatte ein bisschen zugenommen und war nicht mehr so blass um die Nase. Seine Zahnklammer hatte ich vorher nicht bemerkt, und er hatte eine kleine Narbe am Kinn.

»Hallo, ich bin Anna«, wandte ich mich an den Jungen neben T.J. »Du bist sicher Ben. Wie war denn eure Party?«

Er drehte sich mit verwirrtem Gesichtsausdruck zu T.J. um. »Äh, okay.«

Ich holte mein Mobiltelefon hervor und überprüfte die Uhrzeit. »Bin gleich wieder da. Ich schaue nur, wann unser Flieger geht.«

»Alter, deine Babysitterin ist ja heiß«, hörte ich Ben sagen, während ich mich entfernte.

»Sie ist meine Nachhilfelehrerin, Arschloch.«

Die Bemerkung perlte an mir ab. Für jemanden, der an einer Highschool unterrichtete, waren solche Sprüche von hormongebeutelten Jugendlichen ein zu vernachlässigendes Berufsrisiko.

Nachdem ich mich vergewissert hatte, dass wir pünktlich starten würden, kehrte ich zurück und setzte mich auf den freien Platz neben T.J. »Ist Ben schon weg?«

»Ja. Seine Mom hatte es satt, um den Flughafen herumzukurven. Und er wollte nicht, dass sie mit reinkommt.«

»Möchtest du etwas essen?«

Er schüttelte den Kopf. »Keinen Hunger.«

Verlegen schweigend saßen wir da, bis es Zeit zum Einsteigen wurde. T.J. folgte mir den schmalen Gang entlang zu unseren Plätzen in der ersten Klasse. »Willst du ans Fenster?«, fragte ich.

T.J. zuckte die Achseln. »Klar. Danke.«

Ich machte Platz, wartete, bis er saß, und ließ mich dann neben ihm nieder. Sofort holte er einen Discman aus seinem Rucksack und setzte den Kopfhörer auf, ein Wink mit dem Zaunpfahl, dass er kein Interesse an einem Gespräch hatte. Also nahm ich ein Buch aus meiner Tasche. Der Pilot startete die Maschine, und wir ließen Chicago hinter uns.

In Deutschland gab es die ersten Probleme. Eigentlich hätte der Flug von Chicago nach Malé, der Hauptstadt der Malediven, gute achtzehn Stunden dauern sollen. Doch wegen technischer Probleme und Unwetterwarnungen verbrachten wir schließlich den restlichen Tag und die halbe Nacht auf dem internationalen Flughafen Frankfurt und warteten darauf, dass die Airline uns Ersatzflüge besorgte. Um drei Uhr morgens, unser Flug war endlich bestätigt worden, saßen T.J. und ich noch immer auf harten Plastikstühlen herum. Er rieb sich die Augen.

Ich deutete auf eine leere Sitzreihe. »Leg dich hin, wenn du willst.«

»Schon okay«, erwiderte er und unterdrückte dabei ein Gähnen.

»Wir starten erst in einigen Stunden. Schlaf doch noch ein bisschen.«

»Bist du denn nicht müde?«

Ich war am Ende, aber T.J. brauchte den Schlaf sicher dringender als ich. »Mir geht's gut. Also, mach nur.«

»Bist du sicher?«

»Ganz sicher.«

»Okay.« Er lächelte leicht. »Danke.« Er legte sich auf die Sitze und war im nächsten Moment eingeschlafen.

Ich sah aus dem Fenster und beobachtete die landenden und startenden Flugzeuge, deren rote Lichter am Nachthimmel blinkten. Von der eiskalten Klimaanlagenluft bildete sich Gänsehaut auf meinen Armen, und ich erschauderte in meinem Rock und der ärmellosen Bluse. Also zog ich auf der nächstbesten Toilette die Jeans und das langärmelige T-Shirt an, die ich in meine Tasche gepackt hatte, und holte mir anschließend einen Becher Kaffee. Dann setzte ich mich wieder neben T.J., schlug mein Buch auf und verbrachte die nächsten drei Stunden lesend, ehe ich ihn weckte, weil unser Flug aufgerufen worden war.

Nach unserer Ankunft in Sri Lanka gab es weitere Verzögerungen, diesmal wegen Personalengpässen bei der Besatzung. Als wir auf dem Malé International Airport auf den Malediven landeten, hatten wir noch zwei Stunden Flug mit dem Wasserflugzeug bis zum Ferienhaus der Callahans vor uns. Inzwischen war ich seit dreißig Stunden auf den Beinen. Meine Schläfen pochten, und meine trockenen Augen brannten. Als man mir mitteilte, für uns lägen keine Reservierungen vor, hatte ich Mühe, die Tränen zurückzuhalten.

»Aber ich habe hier eine Bestätigungsnummer«, sagte ich zu dem Mann hinter dem Schalter und schob den Zettel über die Theke. »Ich habe die Reservierung vor dem Start in Sri Lanka umgebucht. Zwei Plätze. T.J. Callahan und Anna Emerson. Könnten Sie bitte noch einmal nachschauen?«

Der Mann überprüfte erneut seinen Bildschirm. »Tut mir leid«, entgegnete er. »Ihre Namen stehen nicht auf der Liste. Das Wasserflugzeug ist voll besetzt.«

»Und was ist mit dem nächsten?«

»Es wird bald dunkel. Wasserflugzeuge starten nicht nach Sonnenuntergang.« Als er meine entsetzte Miene bemerkte, sah er mich mitfühlend an, bearbeitete seine Tastatur und griff zum Telefon. »Ich lasse mir etwas einfallen.«

»Danke.«

T.J. und ich gingen zu dem kleinen Souvenirladen, wo ich zwei Wasserflaschen kaufte. »Möchtest du eine?«

»Nein, danke.«

»Warum steckst du sie nicht in deinen Rucksack?« Ich gab sie ihm. »Vielleicht kriegst du ja später doch Durst.«

Ich kramte ein Döschen Tylenol-Kopfschmerztabletten aus meiner Handtasche, kippte zwei Stück auf meine Handfläche und schluckte sie mit etwas Wasser. Dann setzten wir uns auf eine Bank, und ich rief T.J.s Mutter Jane an, um ihr mitzuteilen, dass sie vermutlich erst am nächsten Morgen mit uns rechnen konnte.

»Vielleicht treiben sie ja noch einen Flug für uns auf, aber ich glaube nicht, dass wir heute Abend noch hier wegkommen. Die Wasserflugzeuge fliegen nicht bei Dunkelheit. Also werden wir wohl auf dem Flughafen übernachten müssen.«

»Das tut mir leid, Anna. Du bist sicher völlig erledigt«, antwortete sie.

»Es geht schon. Morgen sind wir ganz sicher da.« Ich hielt die Hand über die Sprechmuschel. »Willst du mit deiner Mom reden?« T.J. verzog das Gesicht und schüttelte den Kopf.

Ich bemerkte, dass der Mann am Ticketschalter mir zuwinkte. Er lächelte. »Jane, hör zu, ich glaube, wir …« Im nächsten Moment brach die Verbindung ab. Ich steckte das Telefon weg und ging mit angehaltenem Atem zum Schalter.

»Ein Charterpilot kann Sie zur Insel fliegen«, verkündete der Mann. »Die Passagiere, die er eigentlich hinbringen sollte, sind in Sri Lanka aufgehalten worden und kommen erst morgen früh.«

Ich atmete lächelnd auf. »Das ist ja wundervoll. Vielen Dank, dass Sie einen Flug für uns aufgetrieben haben. Ich bin Ihnen wirklich sehr dankbar.« Ich versuchte, noch einmal bei T.J.s Eltern anzurufen, aber mein Mobiltelefon bekam keine Verbindung. Hoffentlich würde ich auf der Insel Empfang haben. »Fertig, T.J.?«

»Yesss«, erwiderte er und griff nach seinem Rucksack.

Ein Minibus beförderte uns zum Lufttaxi-Terminal, wo uns ein Mitarbeiter am Schalter eincheckte. Dann gingen wir hinaus.

Das Klima auf den Malediven erinnerte mich an das Dampfbad in meinem Fitnessstudio. Sofort bildeten sich Schweißperlen auf meiner Stirn und im Nacken. Die Schwüle sorgte dafür, dass mir Jeans und das langärmelige T-Shirt an der Haut klebten, und ich bedauerte, nicht wieder die Sommersachen angezogen zu haben.

Ist es hier immer so stickig?

Ein Flughafenmitarbeiter stand auf einem Landungssteg neben einem Wasserflugzeug, das sanft auf den Wellen tanzte. Er winkte uns heran, und als T.J. und ich ihn erreicht hatten, hielt er uns die Tür auf. Wir duckten uns und stiegen ein. Der Pilot saß schon an seinem Platz und grinste uns, den Mund voller Cheeseburger, zu.

»Hallo, ich bin Mick.« Er kaute. »Hoffentlich stört es Sie nicht, wenn ich rasch aufesse.« Er war etwa Ende fünfzig und so übergewichtig, dass er kaum in den Pilotensitz passte. Bekleidet war er mit Cargoshorts und dem größten Batik-T-Shirt, das ich je gesehen hatte. Der Schweiß stand ihm auf Oberlippe und Stirn. Er verspeiste den Rest seines Cheeseburgers und wischte sich das Gesicht mit einer Serviette ab.

»Ich bin Anna, und das ist T.J.«, erwiderte ich lächelnd und schüttelte ihm die Hand. »Natürlich stört es uns nicht.«

Der DHC-6 Twin Otter bot Platz für zehn Personen und roch nach Flugzeugtreibstoff und Muff. T.J. schnallte sich an und starrte aus dem Fenster. Nachdem ich mich ihm gegenüber niedergelassen hatte, stopfte ich Handtasche und Reisetasche unter den Sitz und rieb mir die müden Augen. Mick startete die Triebwerke. Der Lärm übertönte zwar seine Stimme, doch als er den Kopf zur Seite drehte, stellte ich fest, dass seine Lippen sich bewegten und er über Funk mit jemandem sprach. Dann entfernten wir uns vom Steg und wurden schneller. Und schließlich waren wir in der Luft.

Ich verfluchte den Umstand, dass ich im Flugzeug nicht schlafen kann. Schon immer hatte ich die Leute beneidet, die gleich nach dem Start einnickten und erst wieder aufwachten, wenn das Fahrwerk die Landebahn berührte. Ich versuchte zwar, ein bisschen zu dösen, doch das durch die Fenster des Flugzeugs hereinströmende Sonnenlicht und meine aus dem Takt geratene innere Uhr machten mir einen Strich durch die Rechnung. Als ich es aufgab und die Augen aufschlug, stellte ich fest, dass T.J. mich anstarrte. Seiner Miene und meinen glühenden Wangen nach zu urteilen war es uns beiden peinlich. Er wandte sich ab, schob sich den Rucksack unter den Kopf und war wenige Minuten später eingeschlafen.

Ruhelos öffnete ich meinen Sicherheitsgurt und ging zu Mick, um ihn zu fragen, wann wir landen würden.

»In etwa einer Stunde.« Er wies auf den Sitz des Copiloten. »Nehmen Sie Platz, wenn Sie wollen.«

Ich setzte mich und schnallte mich an. Die Hand schützend vor die Augen gehalten, ließ ich die atemberaubende Aussicht auf mich wirken. Über uns der wolkenlose, kobaltblaue Himmel, unter uns der Indische Ozean, ein mintgrüner und türkiser Farbwirbel.

Mick rieb sich mit der Faust die Brust, griff nach einer Rolle mit Pastillen gegen übersäuerten Magen und steckte eine in den Mund. »Sodbrennen. Das ist die Quittung für die Cheeseburger. Aber sie schmecken einfach so viel besser als irgend so ein dämlicher Salat.« Er lachte, worauf ich zustimmend nickte.

»Und woher kommen Sie beide?«

»Chicago.«

»Und was machen Sie so in Chicago?« Er genehmigte sich noch eine Pastille.

»Ich unterrichte Englisch in der zehnten Klasse.«

»Ach, Sommerferien.«

»Nein, leider nicht. Im Sommer gebe ich normalerweise Nachhilfestunden.« Ich wies auf T.J. »Seine Eltern haben mich eingestellt, damit er den Schulstoff nachholt. Er hatte Hodgkins-Lymphom und hat deshalb viel Unterricht versäumt.«

»Ich dachte gleich, dass Sie viel zu jung aussehen, um seine Mom zu sein.«

Ich lächelte. »Seine Eltern und seine Schwestern sind schon seit ein paar Tagen hier.«

Ich hatte nicht so früh abreisen können wie die Callahans, weil die Sommerferien an der öffentlichen Highschool, wo ich unterrichtete, ein paar Tage später begannen als an T.J.s

Privatschule. Als T.J. das erfahren hatte, hatte er seine Eltern überredet, ihn ein Wochenende länger in Chicago bleiben und gemeinsam mit mir hierherfliegen zu lassen. Jane Callahan hatte mich angerufen und gefragt, ob ich damit einverstanden sei.

»Sein Freund Ben gibt eine Party. Er möchte so gern hingehen. Hast du auch wirklich nichts dagegen?«, erkundigte sie sich.

»Überhaupt nichts«, erwiderte ich. »So haben wir wenigstens Gelegenheit, uns kennenzulernen.«

Ich war T.J. bis jetzt erst einmal begegnet, als ich mich bei seinen Eltern vorgestellt hatte. Sicher würde er eine Weile brauchen, um mit mir warm zu werden. Das war bei neuen Schülern immer so, insbesondere wenn es sich um halbwüchsige Jungen handelte.

»Wie lange bleiben Sie?«, riss Micks Stimme mich aus meinen Gedanken.

»Den ganzen Sommer. Sie haben ein Haus auf der Insel gemietet.«

»Also ist er wieder okay?«

»Seine Eltern sagen, er sei eine Weile ziemlich schwer krank gewesen. Doch seit einigen Monaten geht es ihm wieder gut.«

»Nette Gegend für einen Sommerjob.«

Ich grinste. »Allemal besser als die Bibliothek.«

Eine Weile herrschte Schweigen. »Sind da unten wirklich zwölfhundert Inseln?«, fragte ich. Bis jetzt hatte ich nur drei oder vier gezählt, die wie die Teilchen eines riesigen Puzzlespiels verteilt auf dem Wasser lagen. Ich wartete auf seine Antwort. »Mick?«

»Was? Äh, ja, so mehr oder weniger. Nur ein paar Hundert davon sind bewohnt. Aber ich denke, das wird sich bald ändern, so viel, wie hier gebaut wird.« Er kicherte. »Jeder will ein Stück vom Paradies.«

Wieder rieb Mick sich die Brust, nahm den linken Arm vom Steuerhorn und streckte ihn aus. Ich bemerkte seine schmerzverzerrte Miene und den dünnen Schweißfilm auf seiner Stirn. »Sind Sie okay?«

»Alles bestens. Ich hatte nur noch nie so übles Sodbrennen.« Er steckte zwei weitere Pastillen in den Mund und knüllte die leere Verpackung zusammen.

Allmählich wurde mir mulmig. »Soll ich jemanden verständigen? Wenn Sie mir zeigen, wie man das Funkgerät bedient, kann ich das für Sie erledigen.«

»Nein, sobald diese Dinger wirken, bin ich wieder wie neu.« Er holte tief Luft und lächelte mich an. »Trotzdem danke.«

Eine Weile schien alles in Ordnung zu sein, doch zehn Minuten später nahm er die rechte Hand vom Steuerhorn und rieb sich die linke Schulter. Schweiß lief ihm seitlich übers Gesicht. Sein Atem klang flach, und er rutschte auf seinem Platz herum, als könne er keine bequeme Sitzposition finden. Mein Unbehagen wich nackter Panik.

Inzwischen war T.J. aufgewacht. »Anna«, sagte er so laut, dass ich ihn trotz des Motorengeräuschs hören konnte. Ich drehte mich um. »Sind wir bald da?«

Ich öffnete meinen Sicherheitsgurt und kehrte zu ihm zurück. Da ich nicht schreien wollte, zog ich ihn näher zu mir heran. »Hör zu, ich bin ziemlich sicher, dass Mick gerade einen Herzinfarkt hat. Er hat Schmerzen in der Brust und sieht furchtbar aus, aber er glaubt, dass es nur Sodbrennen ist.«

»Was? Ist das dein Ernst?«

Ich nickte. »Mein Dad hat letztes Jahr einen schweren

Herzinfarkt überlebt. Also kenne ich die Symptome. Wahrscheinlich traut er sich nicht zuzugeben, dass etwas nicht stimmt.«

»Was wird aus uns? Kann er die Maschine noch fliegen?«

»Ich weiß es nicht.«

T.J. und ich gingen ins Cockpit. Mick hatte beide Fäuste an die Brust gepresst und hielt die Augen geschlossen. Sein Kopfhörer saß schief. Sein Gesicht war aschfahl geworden.

Voller Angst kauerte ich mich neben seinen Sitz. »Mick.« Mein Tonfall war eindringlich. »Wir müssen Hilfe holen.«

Er nickte. »Ich werde zuerst auf dem Wasser landen. Dann muss einer von euch an den Funk«, stieß er mühsam hervor. »Zieht Schwimmwesten an. Sie sind im Spind neben der Tür. Dann setzt ihr euch hin und schnallt euch an.« Er verzog vor Schmerzen das Gesicht. »Los!«

Mein Herz pochte, und Adrenalin pulste durch meine Adern. Wir hasteten zum Spind und wühlten darin herum.

»Warum müssen wir Schwimmwesten anziehen, Anna? Das Flugzeug hat doch Kufen, oder?«

Weil er Angst hat, nicht mehr rechtzeitig landen zu können.

»Keine Ahnung, vielleicht ist es ja Vorschrift. Wir landen mitten im offenen Meer.« Ich fand die Schwimmwesten, eingezwängt zwischen einem zylinderförmigen Behälter mit der Aufschrift RETTUNGSBOOT und einigen Decken. »Hier«, sagte ich, gab eine T.J. und zog die andere selbst an. Dann setzten wir uns und schlossen unsere Sicherheitsgurte. Meine Hände zitterten so sehr, dass ich zwei Anläufe brauchte.

»Falls er das Bewusstsein verliert, muss ich sofort Wiederbelebungsmaßnahmen einleiten. Du kümmest dich um den Funk, T.J., okay?«

Er nickte, die Augen weit aufgerissen. »Das kriege ich hin.«

Ich umklammerte die Armlehnen meines Sitzes und sah aus dem Fenster. Die aufgewühlte Wasserfläche kam immer näher. Doch anstatt langsamer zu werden, beschleunigten wir und waren in einen steilen Sinkflug geraten. Ich warf einen Blick in Richtung Cockpit. Mick war über dem Steuerhorn zusammengesackt und rührte sich nicht. Ich öffnete meinen Sicherheitsgurt und stürmte den Gang hinunter.

»Anna!«, rief T.J. Der Saum meines T-Shirts entglitt seinen Händen.

Noch ehe ich das Cockpit erreicht hatte, fuhr Mick in seinem Sitz zurück. Er hatte die Hände noch am Steuerhorn, als ein gewaltiger Krampf seinen Körper durchzuckte. Die Nase des Flugzeugs wurde hochgerissen, sodass wir mit dem Heck zuerst auf dem Wasser aufkamen und, außer Kontrolle geraten, über die Wellen tanzten. Als die Spitze einer Tragfläche mit dem Wasser in Kontakt kam, geriet die Maschine vollends ins Schleudern.

Der Ruck warf mich so plötzlich um, als hätte mir jemand ein Seil um die Knöchel gebunden und kräftig angezogen. Das Klirren von berstendem Glas gellte mir in den Ohren, und ich hatte das Gefühl zu fliegen, gefolgt von einem stechenden Schmerz, als das Flugzeug auseinanderbrach.

Ich wurde ins Meer geschleudert. Salzwasser drang mir in die Kehle. Ich wusste zwar nicht, wo oben und wo unten war, doch die Schwimmweste trug mich langsam empor. Sobald mein Kopf durch die Oberfläche brach, fing ich an, krampfartig zu husten, um das Wasser loszuwerden und Luft zu holen.

T.J.! Oh, Gott, wo ist T.J.?

Ich malte mir aus, wie er an seinen Sitz gefesselt war, nicht in der Lage, den Sicherheitsgurt zu öffnen. Verzweifelt suchte ich das Wasser ab, blinzelte in die Sonne und schrie seinen

Namen. Als ich schon dachte, dass er ganz sicher ertrunken war, tauchte er keuchend und prustend auf.

Den Geschmack von Blut im Mund schwamm ich auf ihn zu. Mein Schädel pochte derart, dass ich glaubte, er würde jeden Moment platzen. Als ich T.J. erreicht hatte, griff ich nach seiner Hand und versuchte ihm zu sagen, wie glücklich ich war, dass er noch lebte. Doch ich konnte die Wörter nicht richtig aussprechen, und immer wieder senkte sich Nebel über mich.

T.J. brüllte mich an, ich solle aufwachen. Ich erinnere mich noch an hohe Wellen und daran, dass ich mehr Wasser schluckte. Dann weiß ich nichts mehr.

KAPITEL 2

T. J.

Um mich herum schwappte Salzwasser und drang mir in Nase, Kehle und Augen. Wenn ich Luft holte, musste ich jedes Mal husten. Anna schwamm, weinend, blutend und schreiend, auf mich zu. Sie packte mich an der Hand und wollte etwas sagen, doch es kam nur Mist heraus, und ich konnte kein Wort verstehen. Ihr Kopf wackelte, und sie klatschte mit dem Gesicht ins Wasser. Ich zog sie an den Haaren wieder hoch. »Aufwachen, Anna, wach auf!« Die Wellen waren so stark, dass ich Angst hatte, wir könnten getrennt werden. Also schob ich den rechten Arm unter den Gurt ihrer Schwimmweste, damit sie nicht davontrieb, und hielt ihr Gesicht über Wasser. »Anna. Anna!« *Oh, Gott.* Ihre Augen blieben geschlossen, und sie reagierte nicht. Also steckte ich den linken Arm unter den zweiten Schwimmwestengurt und lehnte mich zurück, bis sie auf meiner Brust lag.

Die Strömung trug uns weg vom Wrack. Die Trümmer des Flugzeugs verschwanden unter Wasser, und bald war nichts mehr davon zu sehen. Ich versuchte, nicht an Mick zu denken, der noch immer an seinen Sitz geschnallt war.

So trieb ich im Wasser, benommen, mit wild klopfendem Herzen. Ich versuchte, unsere Köpfe über Wasser zu halten, und zwang mich, nicht in Panik zu geraten.

Weiß überhaupt jemand, dass wir abgestürzt sind? Haben sie uns auf dem Radar?

Vielleicht ja nicht, es kam nämlich niemand.

Der Himmel wurde dunkel. Die Sonne ging unter. Anna nuschelte etwas, und ich dachte schon, sie würde aufwachen. Aber sie krampfte nur und kotzte mich dann voll. Anna zitterte, sodass ich sie fest an mich zog, um sie zu wärmen. Aber ich fror auch wie blöd, obwohl sich das Wasser kurz nach dem Crash warm angefühlt hatte. Da der Mond nicht schien, konnte ich die Wasserfläche rings um uns herum kaum sehen. Inzwischen war sie schwarz, nicht mehr blau.

Ich hatte Angst vor Haien. Als ich einen Arm wegzog, die Hand unter Annas Kinn schob und ihren Kopf von meiner Brust hob, spürte ich etwas Warmes dicht unter meinem Hals, da wo ihr Kopf gelegen hatte. Blutete sie immer noch? Ich versuchte, sie zu wecken, aber sie reagierte bloß, wenn ich ihr Gesicht schüttelte. Und auch dann redete sie nicht, sondern stöhnte nur. Ich wollte ihr nicht wehtun, sondern nur wissen, ob sie noch lebte. Lange Zeit bewegte sie sich nicht, was mich echt fertigmachte, doch dann kotzte sie wieder und lag danach zitternd in meinen Armen.

Ich versuchte, ruhig zu bleiben und langsam durchzuatmen. Wenn ich mich auf dem Rücken treiben ließ, kam ich besser mit den Wellen klar, und so wurden Anna und ich davongetragen, wohin die Strömung wollte. Nachts verkehrten keine Wasserflugzeuge, aber ich war sicher, dass man bei Sonnenaufgang eins schicken würde. Inzwischen musste doch jemand mitbekommen haben, dass wir abgestürzt waren.

Meine Eltern wissen nicht einmal, dass wir in diesem Flugzeug saßen.

Stunden vergingen. In der Dunkelheit konnte ich keine Haie erkennen. Vielleicht waren ja welche da, ohne dass ich es bemerkte. Vor lauter Erschöpfung döste ich eine Weile ein und ließ die Beine hängen, anstatt sie mühsam hochzuhalten. Ich versuchte, nicht an die Haie zu denken, die womöglich unter uns kreisten.

Als ich Anna wieder schüttelte, reagierte sie nicht. Ich glaubte zu spüren, wie sich ihre Brust hob und senkte, war aber nicht sicher. Es platschte laut, und ich fuhr hoch. Annas Kopf war zur Seite gekippt. Ich zog ihn wieder an mich. Das Platschen ging weiter. Ich malte mir nicht nur einen Hai, sondern gleich fünf, zehn oder noch mehr aus, und wirbelte herum. Etwas ragte aus dem Wasser, und ich brauchte einen Moment, um zu verstehen, was es war. Das Platschen kam von den Wellen, die an ein Riff rings um eine Insel schlugen.

Noch nie im Leben war ich so unglaublich erleichtert gewesen wie in diesem Moment, nicht einmal, als die Docs mir gesagt hatten, die Behandlung habe endlich angeschlagen und der Krebs sei weg.

Die Strömung zog uns näher zur Insel. Allerdings steuerten wir nicht direkt darauf zu. Wenn ich nichts unternahm, würden wir daran vorbeitreiben.

Die Arme konnte ich nicht benutzen, weil sie noch unter den Gurten von Annas Schwimmweste steckten. Also blieb ich auf dem Rücken und trat mit den Füßen aus. Meine Schuhe rutschten weg, aber das war mir egal. Ich hätte sie schon vor Stunden ausziehen sollen.

Bis zum Ufer waren es noch immer etwa fünfzig Meter. Noch weiter vom Kurs abgekommen hatte ich keine andere Chance, als einen meiner Arme zu benutzen. Ich schwamm seitlich und zog dabei Annas Gesicht durchs Wasser.

Ich hob den Kopf. Es war nicht mehr weit. Ich strampelte wie ein Wilder, und meine Lunge brannte, als ich nach Leibeskräften paddelte.

Schließlich erreichten wir das ruhige Wasser der Lagune innerhalb des Riffs. Doch ich hörte erst auf zu schwimmen, als meine Füße den sandigen Boden berührten. Meine Kraft reichte gerade noch, um Anna aus dem Wasser und ans Ufer zu ziehen. Dann ließ ich mich neben sie auf den Sand fallen und verlor das Bewusstsein.

Die sengende Sonne weckte mich. Steif und wundgescheuert rappelte ich mich auf. Ich konnte nur mit einem Auge sehen. Erst zog ich die Schwimmweste aus, dann warf ich einen Blick auf Anna. Ihr Gesicht war geschwollen und verschrammt. Wangen und Stirn waren von Schnittwunden übersät. Sie bewegte sich nicht.

Mein Herz klopfte wie wild. Trotzdem zwang ich mich, die Hand auszustrecken und ihren Hals zu berühren. Sie war warm, und zum zweiten Mal wurde ich von Erleichterung ergriffen, als ich ihren Puls unter meinen Fingern spürte. Sie lebte. Allerdings wusste ich über Kopfverletzungen nur, dass sie offenbar eine hatte. Was, wenn sie nie wieder aufwachte?

Ich schüttelte sie vorsichtig. »Anna, kannst du mich hören?« Sie reagierte nicht, also schüttelte ich sie wieder.

Ich wartete darauf, dass sie die Augen öffnete. Sie waren einfach unbeschreiblich, groß und von einem dunklen Graublau. Bei unserem Kennenlernen waren sie mir zuerst aufgefallen. Sie war wegen eines Vorstellungsgesprächs mit meinen Eltern zu uns gekommen. Und es war mir so peinlich gewesen, weil sie so wunderschön war und ich, klapperdürr und kahlköpfig, einfach nur scheiße aussah.

Ich schüttelte sie fester. Und erst als sie die Augen endlich öffnete, atmete ich langsam aus, ich hatte die ganze Zeit die Luft angehalten.

KAPITEL 3

ANNA

Zwei verschwommene T.J.s schwebten über mir, und ich blinzelte, bis sich die Bilder miteinander vereinten. Er hatte Schnittwunden im Gesicht, und sein eines Auge war zugeschwollen.

»Wo sind wir?«, fragte ich. Meine Stimme war heiser, und ich hatte einen salzigen Geschmack im Mund.

»Keine Ahnung. Auf irgendeiner Insel.«

»Was ist mit Mick?«, wollte ich wissen.

T.J. schüttelte den Kopf. »Das, was noch von dem Flugzeug übrig war, ist schnell versunken.«

»Ich kann mich an nichts erinnern.«

»Du hast im Wasser das Bewusstsein verloren, und als ich dich nicht aufwecken konnte, dachte ich schon, du wärst tot.«

Mein Schädel pochte. Ich berührte meine Stirn und zuckte zusammen, als meine Finger eine dicke Beule streiften. Etwas Klebriges bedeckte die eine Seite meines Gesichts. »Blute ich?«

T.J. beugte sich über mich, fuhr mir mit den Fingern durchs Haar und suchte nach der Ursache. Als er sie fand, schrie ich auf.

»Sorry«, sagte er. »Da ist eine tiefe Platzwunde. Jetzt blutet sie nicht mehr so stark. Im Wasser war es schlimmer.«

Furcht ergriff mich und durchlief meinen Körper wie eine Welle. »Waren da Haie?«

»Keine Ahnung. Ich habe keine gesehen, aber ich hatte auch Angst davor.«

Ich holte tief Luft und setzte mich auf. Der Strand um mich herum drehte sich. Ich stemmte die Handflächen in den Sand und stützte mich ab, bis der schlimmste Schwindel vorbei war. »Wie sind wir hierhergekommen?«, fragte ich.

»Ich habe die Arme durch die Gurte deiner Schwimmweste geschoben, und wir sind mit der Strömung getrieben, bis wir an Land waren. Dann hab ich dich ans Ufer gezogen.«

Mir wurde klar, was er für mich getan hatte. Ich blickte aufs Wasser hinaus und schwieg einen Moment, während ich mir ausmalte, was hätte geschehen können, wenn er mich losgelassen oder wenn es hier Haie gegeben hätte. Oder wenn hier gar keine Insel gewesen wäre. »Danke, T.J.«

»Kein Problem«, erwiderte er und sah mich nur kurz an, bevor er den Blick abwandte.

»Bist du verletzt?«, fragte ich.

»Alles okay. Ich glaube, ich bin mit dem Gesicht gegen den Sitz vor mir gestoßen.«

Mein Versuch aufzustehen scheiterte daran, dass mir so schwindelig war. Als T.J. mir half, gelang es mir, mich auf den Füßen zu halten. Ich öffnete meine Schwimmweste und ließ sie in den Sand fallen.

Dann wandte ich mich vom Meer ab und schaute ins Landesinnere. Die Insel sah genauso aus, wie ich es aus dem Internet kannte, nur dass es hier weder Luxushotels noch Ferienhäuser gab. Der jungfräuliche weiße Sand fühlte sich unter meinen nackten Füßen wie Zucker an. Ich hatte keine Ahnung, was aus meinen Schuhen geworden war. Hinter dem Strand begann ein blühendes Gebüsch aus tropischen Pflanzen, gefolgt von einem Wald, wo die Bäume so dicht wuchsen, dass ihre Kronen einen grünen Baldachin bildeten. Die Sonne stand hoch am Himmel und brannte heiß. Auch die Meeresbrise konnte meine ansteigende Körpertemperatur nicht senken. Der Schweiß lief mir übers Gesicht, und die Kleider klebten am Körper.

»Ich muss mich wieder hinsetzen.« Mein Magen krampfte sich zusammen, und ich befürchtete schon, mich übergeben zu müsssen. T.J. setzte sich neben mich. »Keine Angst«, sagte ich, nachdem der Brechreiz sich gelegt hatte. »Bestimmt wissen sie, dass wir abgestürzt sind, und schicken ein Flugzeug los, um uns zu suchen.«

»Hast du irgendeine Ahnung, wo wir sind?«, erkundigte er sich.

»Nicht wirklich.«

Ich malte mit dem Finger in den Sand. »Die Inseln bilden eine Kette von sechsundzwanzig Atollen, die von Norden nach Süden verläuft. Dort wollten wir hin.« Ich wies auf einen der Punkte. Dann fuhr ich mit dem Finger durch den Sand und deutete auf einen anderen. »Und das da ist Malé, wo wir gestartet sind. Wir sind wahrscheinlich irgendwo dazwischen, falls die Strömung uns nicht nach Osten oder nach Westen getrieben hat. Keine Ahnung, ob Mick den Kurs halten konnte. Und ich weiß auch nicht, ob Wasserflugzeuge einen Flugplan einreichen müssen oder per Radar überwacht werden.«

»Meine Eltern flippen bestimmt schon aus.«

»Ja.« Sicher hatten T.J.s Eltern versucht, mich anzurufen, doch mein Telefon lag inzwischen vermutlich auf dem Meeresgrund.

Sollen wir ein Signalfeuer anzünden? Tut man das nicht, wenn man irgendwo gestrandet ist? Ein Feuer anzünden, um auf sich aufmerksam zu machen?

Allerdings hatte ich keine Ahnung, wie man Feuer macht. Meine Survivalkenntnisse beschränkten sich auf das, was ich im Fernsehen gesehen oder in Büchern gelesen hatte. Wir trugen beide keine Brille. Sonst hätten wir ein Glas in die Sonne halten können. Feuerstein oder Stahl hatten wir auch nicht. Also blieb uns nur die Reibung. Aber klappte es wirklich, wennn man zwei Hölzchen aneinanderrieb? Vielleicht brauchten wir ja auch gar kein Feuer. Wenn die Maschine tief flog und wir am Strand blieben, würden sie uns sicher sehen.

Wir versuchten SOS in den Sand zu schreiben. Zuerst traten wir ihn mit den Füßen platt, glaubten aber, dass man das aus der Luft nicht bemerken würde. Dann nahmen wir Blätter, doch der Wind wehte sie weg, bevor wir die Buchstaben legen konnten. Große Steine, um die Blätter zu beschweren, gab es nicht, nur kleine Kieselsteine und Stückchen, die offenbar von Korallen stammten. Außerdem gerieten wir durch die Bewegung noch mehr ins Schwitzen, und meine Kopfschmerzen verschlimmerten sich, bis wir aufgaben und uns wieder hinsetzten.

Bald hatte ich Sonnenbrand im Gesicht, und T.J.s Arme und Beine röteten sich. Nach einer Weile blieb uns nichts anderes übrig, als den Strand zu verlassen und Schutz unter einer Kokospalme zu suchen. Auf dem Boden lagen Kokosnüsse herum, und ich wusste, dass sie Flüssigkeit enthielten. Doch so oft wir sie auch gegen den Baumstamm schlugen, wir konnten sie nicht knacken.

Schweiß rann mir übers Gesicht. Ich raffte mein Haar zusammen und hielt es oben auf dem Kopf fest. Meine Zunge war geschwollen und mein Mund so trocken, dass ich kaum schlucken konnte.

»Ich schau mich mal um«, sagte T.J. »Vielleicht gibt es hier ja irgendwo Wasser.« Schon nach kurzer Zeit kehrte er zur Kokospalme zurück. Er hatte etwas in der Hand.

»Wasser habe ich keines gefunden. Dafür aber das hier.«

»Das hier« hatte die Größe einer Grapefruit und war mit grünen, stacheligen Beulen bedeckt.

»Was ist das?«, fragte ich.

»Keine Ahnung. Aber vielleicht enthält es Flüssigkeit wie die Kokosnüsse.«

T.J. schälte die Frucht mit den Fingernägeln. Doch ganz gleich, was es auch war, die Insekten waren uns zuvorgekommen. Er ließ sie fallen und trat sie weg.

»Sie lag unter einem Baum. Es hingen noch viel mehr davon dran, allerdings so hoch, dass ich sie nicht erreichen konnte. Wenn du auf meine Schultern kletterst, schaffst du es vielleicht, eine runterzuholen. Glaubst du, du kannst gehen?«

Ich nickte. »Aber nur langsam.«

Als wir am Baum waren, nahm T.J. meine Hand und half mir, auf seine Schultern zu klettern. Ich war eins achtundsechzig groß und wog sechzig Kilo. T.J. war mindestens zwölf Zentimeter größer und schätzungsweise fünfzehn Kilo schwerer als ich, schwankte aber trotzdem unter meinem Gewicht. Ich streckte mich so hoch ich konnte und versuchte, nach der Frucht zu greifen. Aber ich erreichte sie nicht, also schlug ich stattdessen mit der Faust danach. Anfangs rührte sie sich nicht, doch als ich ein wenig mehr Schwung nahm, fiel sie endlich herunter. T.J. ließ mich von seinen Schultern absteigen, und ich hob sie auf.

»Ich weiß immer noch nicht, was das ist«, meinte er, als ich sie ihm gab.

»Könnte eine Brotfrucht sein.«

»Was ist das?«

»Eine Frucht, die angeblich wie Brot schmeckt.«

Als T.J. sie schälte, erinnerte mich der Duft an den Geruch einer Guave. Wir teilten sie, lutschten daran und ließen uns den Saft in die ausgetrockneten Münder laufen. Dann kauten und schluckten wir das Fruchtfleisch. Die schwammige Konsistenz wies vermutlich darauf hin, dass die Brotfrucht noch nicht ganz reif war, aber wir aßen sie trotzdem.

»Nach Brot schmeckt das nicht für mich«, meinte T.J.

»Vielleicht muss man sie dazu kochen.«

Danach kletterte ich wieder auf T.J.s Schulter und holte noch zwei herunter, die wir sofort verschlangen. Dann kehrten wir zurück zur Kokospalme, um weiter zu warten.

Am späten Nachmittag öffnete plötzlich und ohne Vorwarnung der Himmel seine Schleusen, und ein Wolkenbruch ergoss sich über uns. Wir kamen unter dem Baum hervor und hielten unsere Gesichter mit offenen Mündern nach oben. Doch nach zehn Minuten war der Schauer schon wieder vorbei.

»Es ist Regenzeit«, sagte ich. »Also regnet es sicher jeden Tag und wahrscheinlich mehr als einmal.« Allerdings hatten wir nichts, um das Regenwasser darin zu sammeln, und die Tropfen, die ich mit der Zunge aufgefangen hatte, verschlimmerten den Durst nur noch.

»Wo bleiben die nur?«, fragte T.J., als die Sonne unterging. Sein verzweifelter Tonfall spiegelte meine eigene Gemütslage wider.

»Keine Ahnung.« Aus für mich unerklärlichen Gründen war kein Flugzeug gekommen. »Morgen finden sie uns.«

Wir gingen wieder an den Strand, legten uns in den Sand und benutzten unsere Schwimmwesten als Kopfkissen. Die Luft kühlte ab, und ich zitterte in dem Wind, der vom Wasser heranwehte. Die Arme um den Leib geschlungen und zu einer Kugel zusammengerollt lauschte ich dem rhythmischen Schlagen der Wellen ans Riff.

Wir hörten sie, bevor wir wussten, womit wir es zu tun hatten. Ein Flattern erfüllte die Luft, gefolgt von den Umrissen Hunderter, ja vielleicht Tausender Fledermäuse. Sie versperrten die Sicht auf die Mondsichel, und ich fragte mich, ob sie auf unserem Weg zum Brotfruchtbaum irgendwo über uns gehangen hatten.

T.J. setzte sich auf. »Ich habe noch nie so viele Fledermäuse gesehen.«

Wir beobachteten sie eine Weile, bis sie irgendwann verschwanden, um anderswo zu jagen. Kurz darauf schlief T.J. ein. Ich starrte in den Himmel hinauf, wohl wissend, dass bei Dunkelheit niemand nach uns suchen würde. Falls bereits eine Rettungsaktion lief, war sie sicher bis zum nächsten Morgen unterbrochen worden. Ich stellte mir vor, wie T.J.s besorgte Eltern auf den Sonnenaufgang warteten. Beim Gedanken, dass jemand meine Familie angerufen haben könnte, kamen mir die Tränen.

Ich dachte an meine Schwester Sarah und an ein Gespräch, das wir vor einigen Monaten geführt hatten. Wir hatten uns in einem mexikanischen Restaurant verabredet, und als der Kellner unsere Drinks brachte, trank ich einen Schluck von meiner Margarita und verkündete: »Ich habe den Hauslehrerjob angenommen. Bei dem Jungen, der Krebs hatte.« Ich stellte mein Glas weg, tunkte einen Tortillachip in Salsa und steckte ihn in den Mund.

»Den, wo du mit der Familie in den Urlaub fahren musst?«, fragte sie.

»Ja.«

»Dann wirst du lange weg sein. Was hält John denn davon?«

»John und ich haben wieder mal über das Thema Ehe geredet. Diesmal habe ich ihm außerdem gesagt, dass ich ein Baby will.« Ich zuckte die Achseln. »Alles oder nichts, richtig?«

»Oh, Anna«, erwiderte Sarah.

Bis vor Kurzem hatte ich kaum einen Gedanken ans Kinderkriegen verschwendet. Mir genügte es völlig, die Tante von Sarahs Kindern zu sein, der zweijährigen Chloe und dem fünfjährigen Joe. Doch seit alle, die ich kannte, angefangen hatten, mir in Deckchen gewickelte Bündel Mensch in die Hand zu drücken, war mir klar geworden, dass ich auch ein Baby wollte. Die Dringlichkeit meines Kinderwunsches und das darauf folgende Ticken meiner biologischen Uhr überraschten mich selbst. Ich hatte immer gedacht, dass sich das Bedürfnis, ein Kind zu bekommen, langsam entwickelte, aber eines Tages war es einfach da gewesen.

»Ich kann so nicht weitermachen, Sarah«, fuhr ich fort. »Wie soll er mit einem Baby klarkommen, wenn er sich nicht einmal auf eine Ehe festlegen will?« Ich schüttelte den Kopf. »Bei anderen Frauen klappt das so einfach. Sie lernen jemanden kennen, verlieben sich, und dann heiraten sie. Und ein oder zwei Jahre später gründen sie eine Familie. Kein Problem, oder? Wenn John und ich über unsere Zukunft sprechen, ist das ungefähr so romantisch wie ein Immobiliendeal, mit etwa genauso viel Sicherheiten.«

»Ach, Mist, Anna. Offen gestanden weiß ich nicht, warum du überhaupt so lange gewartet hast. Immerhin hatte John sieben Jahre Zeit, sich zu überlegen, was er will.«

»Acht, Sarah. Es waren acht.« Ich nahm mein Glas und leerte es mit zwei großen Schlucken.

»Oh, da habe ich wohl ein Jahr übersprungen.« Unser Kellner erschien und fragte, ob wir noch eine Runde wollten.

»Am besten liefern Sie einfach weiter Nachschub«, meinte Sarah zu ihm. »Und wie endete das Gespräch?«

»Ich habe ihm gesagt, ich würde den Sommer über wegfahren. Dass ich Abstand brauche, um darüber nachzudenken, was ich will.«

»Und was hat er dazu gesagt?«

»Das Gleiche wie immer. Dass er mich liebt, aber einfach noch nicht so weit ist. Darin war er immer ehrlich. Allerdings ist ihm jetzt offenbar zum ersten Mal klar geworden, dass die Entscheidung nicht allein bei ihm liegt.«

»Hast du mit Mom darüber geredet?«, erkundigte sich Sarah.

»Ja. Sie sagte, ich soll mich fragen, ob mein Leben mit oder ohne ihn besser wäre.«

Sarah und ich hatten Glück, denn unsere Mutter beherrschte die hohe Kunst, einfache und dennoch praktische Ratschläge zu geben. Sie blieb immer sachlich und verurteilte niemanden. Nach Aussage vieler unserer Freundinnen bei Eltern eine äußerst seltene Fähigkeit.

»Und zu welchem Ergebnis bist du gekommen?«

»Ich bin mir nicht sicher, Sarah. Ich liebe ihn, glaube aber nicht, dass mir das reicht.« Ich brauchte Zeit zum Nachdenken, und Tom und Jane Callahan hatten mir die perfekte Möglichkeit geboten, mir eine Auszeit zu nehmen. Buchstäblich Freiraum, um eine Entscheidung zu fällen.

»Er wird es als Ultimatum verstehen«, merkte Sarah an.

»Natürlich wird er das.« Ich trank einen Schluck von der neuen Margarita.

»Du kommst offenbar gut damit klar.«

»Das liegt daran, dass ich mich noch nicht richtig von ihm getrennt habe.«

»Vielleicht ist es ja gar nicht so schlecht, dass du eine Weile allein bist, Anna, um deine Gedanken zu ordnen und zu entscheiden, was du mit deinem restlichen Leben anfangen willst.«

»Ich habe es nicht nötig rumzusitzen und auf ihn zu warten, Sarah. Ich habe genug Zeit, um jemanden zu finden, der dasselbe will wie ich.«

»Richtig.« Sie leerte ihr Glas und lächelte mir zu. »Und jetzt machst du auch noch eine exotische Luxusreise.« Sie seufzte. »Am liebsten würde ich mitkommen. Meinen einzigen Urlaub in letzter Zeit hatte ich, als David und ich mit den Kindern im Shedd Aquarium waren, um uns die tropischen Fische anzuschauen.«

Sarah schaffte es, Ehe, Kinder und eine Vollzeitstelle unter einen Hut zu bringen. Vermutlich grenzte die Vorstellung, allein in ein Tropenparadies zu fliegen, für sie ans Nirwana.

Wir bezahlten, und auf dem Weg zum Zug dachte ich, dass ich nur dieses eine Mal vielleicht in der besseren Situation war. Wenn meine momentane Lage einen Vorteil hatte, dann war es die Freiheit, den Sommer nach Lust und Laune auf einer idyllischen Insel zu verbringen.

Nur dass dieser Plan bis jetzt nicht unbedingt aufgegangen war.

Ich hatte Kopfschmerzen, mir knurrte der Magen, und ich hatte nie zuvor solchen Durst gehabt. Während ich, zitternd und den Kopf auf eine Schwimmweste gebettet, dalag, versuchte ich, nicht daran zu denken, wie lange es dauern könnte, bis man uns entdeckte.

KAPITEL 4

T.J.

Tag 2

Ich wachte auf, sobald es hell wurde. Anna war schon wach, saß neben mir im Sand und beobachtete den Himmel. Mein Magen knurrte, und mein Mund war staubtrocken.

Ich setzte mich auf. »Hey. Wie geht es deinem Kopf?«

»Tut noch immer ganz schön weh«, erwiderte sie.

Außerdem sah ihr Gesicht ziemlich verbeult aus. Ihre geschwollenen Wangen waren mit violetten Blutergüssen übersät, und an ihrem Haaransatz klebte verkrustetes Blut.

Wir gingen zum Brotfruchtbaum, wo Anna auf meine Schultern kletterte und zwei Stück herunterholte. Ich fühlte mich schwach und schwindelig und hatte Mühe, sie festzuhalten. Sie kletterte wieder hinunter, und während wir noch dastanden, fiel eine Brotfrucht vom Ast und landete vor unseren Füßen. Wir blickten einander an.

»Das macht die Sache einfacher«, sagte sie.

Wir räumten die vergammelten Brotfrüchte unter dem Baum weg, damit wir, wenn wieder eine herunterfiel, wissen würden, dass sie essbar war. Dann hob ich die Brotfrucht auf und schälte sie. Der Saft war süßer, das Fruchtfleisch nicht so zäh.

Wir brauchten unbedingt etwas, um das Regenwasser zu sammeln. Also gingen wir am Ufer entlang und hielten Ausschau nach leeren Dosen, Flaschen, Behältern oder anderen wasserdichten Gegenständen. Dabei stießen wir auf Schrott, der wahrscheinlich vom Flugzeug stammte, fanden allerdings sonst nichts. Dass hier so überhaupt kein von Menschen erzeugter Müll herumlag, weckte in mir die Frage, wo zum Teufel wir sein mochten.

Wir gingen ins Landesinnere, wo die Bäume das Sonnenlicht abschirmten. Moskitos umschwärmten uns. Ich schlug nach ihnen und wischte mir mit dem Arm den Schweiß von der Stirn. In einer kleinen Lichtung sahen wir einen Teich. Eigentlich war es eher eine große Pfütze mit schlammigem Wasser, und ich bekam einen Mordsdurst.

»Können wir das trinken?«, fragte ich.

Anna kniete sich hin, steckte die Hand hinein, rührte in dem schlammigen Wasser herum und rümpfte angewidert die Nase. »Nein, es ist brackig. Das wäre sicher gefährlich.«

Wir marschierten weiter, fanden aber nichts, um Wasser darin aufzufangen, und kehrten irgendwann zurück zur Kokospalme. Ich hob eine Kokosnuss vom Boden auf und knallte sie gegen den Baumstamm. Als sie nicht aufging, warf ich sie weg und trat gegen den Baum, wobei ich mir am Fuß wehtat. »Verdammter Mist!«

Wenn ich es geschafft hätte, die Kokosnuss zu öffnen, hätten wir die Kokosmilch trinken, das Fruchtfleisch essen und dann in der leeren Schale Regenwasser sammeln können.

Anna hatte meinen Wutausbruch offenbar nicht bemerkt. Sie schüttelte nur den Kopf und sagte: »Ich verstehe einfach nicht, warum wir noch kein Flugzeug gesehen haben. Wo bleiben die?«

Keuchend und verschwitzt setzte ich mich neben sie. »Keine Ahnung.« Eine Weile herrschte nachdenkliches Schweigen. »Meinst du, wir sollten Feuer machen?«, fragte ich schließlich.

»Weißt du denn, wie?«, antwortete sie.

»Nein.« Ich habe mein Leben lang in der Stadt gewohnt. Die Male, die ich beim Zelten war, könnte ich an einer Hand abzählen und hätte noch Finger übrig. Und unsere Lagerfeuer haben wir mit dem Feuerzeug angezündet. »Und du?«

»Nein.«

»Wir könnten es ja versuchen«, fügte ich hinzu. »Sieht aus, als hätten wir Zeit genug.«

Sie lächelte über meinen schlechten Witz. »Okay.«

Die nächste Stunde verbrachten wir damit, zwei Stöckchen aneinanderzureiben. Bei Anna wurden sie so heiß, dass sie sich die Finger verbrannte, bevor sie aufgab. Ich kriegte es ein bisschen besser hin – ich glaube, es qualmte sogar ein wenig –, allerdings kam keine Flamme. Mir taten die Arme weh.

»Ich bin raus«, sagte ich, ließ die Stöckchen fallen und wischte mir mit dem Saum meines T-Shirts den Schweiß ab, damit er mir nicht in die Augen lief.

Es fing an zu regnen. Ich konzentrierte mich darauf, die Tropfen mit der Zunge aufzufangen, und war froh über das bisschen Wasser, das ich schlucken konnte. Nach ein paar Minuten hörte es wieder auf.

Immer noch schwitzend ging ich zum Ufer, zog das T-Shirt aus und watete in meinen Shorts ins Meer. Die Lagune war warm wie eine Badewanne, doch als ich untertauchte, kühlte es mich ein bisschen ab. Anna folgte mir, blieb jedoch vor dem Wasser stehen, setzte sich in den Sand und hielt sich die Haare vom Hals ab. In ihrem langärmeligen T-Shirt und der Jeans wurde sie sicher gebraten. Im nächsten Moment stand sie auf, zögerte und zog sich dann das T-Shirt über den Kopf. Dann öffnete sie Knopf und Reißverschluss ihrer Jeans, schlüpfte hinaus und kam, nur mit einem schwarzen BH und passendem Höschen bekleidet, auf mich zu.

»Stell dir einfach vor, ich hätte einen Badeanzug an, okay?«, sagte sie, als sie bei mir im Wasser war. Ihr Gesicht war rot, und sie konnte mir nicht in die Augen schauen.

»Klar.« Ich war so verdattert, dass ich das Wort kaum herausbrachte.

Sie hatte einen tollen Körper. Lange Beine, flacher Bauch. Echt toller Busen. Eigentlich hätte ihre Figur das Letzte sein sollen, was mich in dieser Situation interessierte. Und außerdem hätte man doch meinen können, dass ich nicht ausgerechnet jetzt einen Ständer kriegen würde, schließlich hatte ich wahnsinnigen Durst und Hunger und steckte so richtig in der Scheiße. Aber Irrtum. Ich schwamm ein Stück weiter weg, bis ich mich wieder im Griff hatte.

Wir blieben lange im Wasser. Als wir wieder herauskamen, drehte sie mir den Rücken zu und zog sich wieder an. Wir sahen unter dem Brotfruchtbaum nach, aber es waren keine Früchte heruntergefallen. Also kletterte Anna wieder auf meine Schultern. Während ich sie an den Oberschenkeln festhielt, musste ich ständig an ihre nackten Beine denken.

Sie holte zwei Brotfrüchte vom Baum. Ich hatte kaum Hunger, was merkwürdig war, denn eigentlich hätte ich total ausgehungert sein müssen. Anna ging es offenbar genauso, denn sie aß die Frucht nicht, nachdem sie den Saft herausgelutscht hatte.

Als die Sonne unterging, legten wir uns an den Strand und beobachteten die Fledermäuse am Himmel.

»Ich habe total Herzklopfen«, sagte ich.

»Das ist ein Symptom von Austrocknung«, erwiderte Anna.

»Und was sind die anderen Symptome?«

»Appetitlosigkeit. Dass man nicht pinkeln muss. Trockener Mund.«

»Passt alles.«

»Bei mir auch.«

»Wie lange halten wir ohne Wasser durch?«

»Drei Tage. Vielleicht weniger.«

Ich überlegte, wann ich zum letzten Mal etwas getrunken hatte. Auf dem Flughafen in Sri Lanka? Wenn es regnete, fingen wir ein wenig mit dem Mund auf, doch das reichte nicht, um uns am Leben zu erhalten. Die Erkenntnis, dass die Zeit knapp wurde, machte mir eine Scheißangst.

»Was ist mit dem Teich?«

»Keine gute Idee«, entgegnete sie.

Wir sprachen beide nicht aus, was wir dachten. Wenn wir nur die Wahl zwischen Wasser aus dem Teich oder gar keinem Wasser hatten, würden wir es trotzdem trinken müssen.

»Morgen kommen sie«, sagte sie, klang aber nicht so, als ob sie daran glaubte.

»Hoffentlich.«

»Ich hab Angst«, flüsterte sie.

»Ich auch.« Ich rollte mich auf die Seite, aber ich konnte lange nicht einschlafen.

KAPITEL 5

ANNA

Tag 3

Beim Aufwachen hatten T.J. und ich Kopfschmerzen, und uns war übel. Als wir ein paar Stücke Brotfrucht aßen, befürchtete ich schon, mich übergeben zu müssen, doch es war falscher Alarm. Obwohl wir ziemlich geschwächt waren, kehrten wir zum Strand zurück und versuchten wieder, ein Feuer anzuzünden. Ich war sicher, dass heute ein Flugzeug über die Insel fliegen würde. Und ich wusste, dass ein Feuer die beste Methode war, um Aufmerksamkeit zu erregen.

»Wir haben es gestern falsch gemacht«, sagte T.J. »Letzte Nacht vor dem Einschlafen habe ich darüber nachgedacht. Ich habe einmal eine Fernsehsendung gesehen, in der ein Typ ein Feuer anzünden musste. Er hat ein Stöckchen gedreht, anstatt zwei aneinanderzureiben. Ich habe eine Idee. Mal schauen, ob ich finde, was ich dazu brauche.«

Während er fort war, sammelte ich alles ein, was brennen würde, falls wir tatsächlich eine Flamme zustande brachten. Die Luft war so feucht, dass das einzig Trockene auf dieser Insel das Innere meines Mundes zu sein schien. Alles, was ich anfasste, fühlte sich klamm an. Schließlich entdeckte ich ein paar trockene Blätter unten an einer blühenden Pflanze. Außerdem drehte ich meine Hosentaschen um und fand ein paar Fussel, die auch zu dem Häufchen in meiner Hand kamen.

T.J. kehrte mit einem Stock und einem kleinen Holzstück zurück.

»Hast du Fussel in den Taschen?«, fragte ich ihn. Er drehte ebenfalls seine Taschen um, förderte welche zutage und gab sie mir.

»Danke.« Ich ordnete Fussel und Blätter zu einem kleinen Nest an. Dann sammelte ich Hölzchen und feuchte grüne Blätter, die wir ins Feuer werfen konnten, damit es ordentlich qualmte.

T.J. setzte sich und hielt den Stock senkrecht zu dem Holzstück, auf das er ihn stützte.

»Was machst du da?«, erkundigte ich mich.

»Ich überlege, wie man den Stock am besten dreht.« Er musterte ihn eine Weile. »Ich glaube, der Typ hat eine Schnur benutzt. Schade, dass ich meine Schuhe verloren habe, sonst könnte ich die Schnürsenkel nehmen.«

Er drehte den Stock mit einer Hand hin und her, konnte ihn aber nicht schnell genug herumwirbeln, um Reibung zu erzeugen. Der Schweiß rann ihm übers Gesicht.

»So klappt der Scheiß nicht«, verkündete er und ruhte ein paar Minuten aus.

Dann machte er sich entschlossen wieder an die Arbeit, klemmte den Stock zwischen die Handflächen und rieb sie aneinander. Nun bewegte sich der Stock schneller, und T.J. fand rasch den richtigen Rhythmus. Nach zwanzig Minuten hatte der Stock eine Kerbe in das Holz gegraben, in dem ein kleines Häufchen schwarzer Staub lag.

»Sieh dir das an«, sagte T.J., als ein Rauchfähnchen aufstieg.

Kurz darauf wurde der Rauch dichter. T.J. drehte den Stock immer weiter, obwohl ihm der Schweiß in die Augen rann.

»Ich brauche das Nest.«

Ich legte es neben ihn und beobachtete mit angehaltenem Atem, wie er sanft auf die Kerbe im Holz pustete. Dann holte er mit dem Stock vorsichtig die rote Glut heraus und platzierte sie auf dem Haufen aus trockenen Blätten und Fusseln. Er nahm das Nest, hielt es sich vor den Mund, pustete weiter, bis eine Flamme in seinen Händen aufzüngelte, und ließ es fallen.

»Oh, mein Gott«, rief ich aus. »Du hast es geschafft.«

Als wir kleine Holzstückchen darauf schichteten, wurde die Flamme rasch größer, und das Holz, das ich gesammelt hatte, war bald aufgebraucht. Schnell machten wir uns daran, Nachschub zu besorgen, und rannten gerade voll beladen zum Feuer, als der Himmel seine Schleusen öffnete und es heftig zu regnen begann. Binnen Sekunden verwandelte sich unser Feuer in einen durchweichten Haufen aus verkohltem Holz.

Entgeistert starrten wir auf die Überreste. Ich wäre am liebsten in Tränen ausgebrochen. T.J. sank auf die Knie in den Sand. Ich setzte mich neben ihn, und dann hoben wir beide die Köpfe, um mit dem Mund Regentropfen aufzufangen. Es regnete ziemlich lange, und so rann mir wenigstens ein bisschen Wasser die Kehle hinunter. Doch ich konnte nur an die Unmengen denken, die rings um uns herum im Sand versickerten.

Ich wusste nicht, was ich sagen sollte. Nachdem der Regen vorbei war, legten wir uns schweigend unter die Kokospalme. Da alles nass war und wir nicht sofort wieder Feuer machen konnten, dösten wir nur niedergeschlagen und apathisch vor uns hin.

Als wir am späten Nachmittag aufwachten, hatten wir beide keinen Appetit auf Brotfrucht. T.J. hatte nicht mehr die Kraft zum Feuermachen, und außerdem würden wir es ohne ein Schutzdach sowieso nicht am Brennen halten können. Ich hatte heftiges Herzklopfen. Meine Gliedmaßen prickelten, und ich hatte aufgehört zu schwitzen.

Als T.J. aufstand und losging, folgte ich ihm. Ich wusste, was er vorhatte, brachte es aber nicht über mich, ihn aufzuhalten. Ich wollte dasselbe.

Als wir den Teich erreicht hatten, kniete ich mich ans Ufer, schöpfte ein wenig Wasser mit der Hand und hob sie an den Mund. Es schmeckte abscheulich, heiß und leicht brackig. Doch ich gierte trotzdem nach mehr. T.J. kauerte neben mir und trank direkt aus dem Teich. Als wir erst einmal angefangen hatten, konnten wir nicht mehr aufhören. Nachdem wir so viel getrunken hatten, wie wir konnten, sackten wir auf dem Boden zusammen. Ich glaubte schon, das Wasser wieder erbrechen zu müssen, aber es gelang mir, es bei mir zu behalten. Moskitos umschwirren uns, und ich wedelte sie von meinem Gesicht weg.

Dann kehrten wir zurück zum Strand. Inzwischen war es fast dunkel. Also legten wir uns, die Schwimmwesten unter den Köpfen, nebeneinander in den Sand. Ich glaubte, dass jetzt alles gut werden würde. Wir hatten ein wenig Zeit gewonnen. Morgen würden sie sicher kommen.

»Das mit dem Feuer tut mir so leid, T.J. Du hast dir solche Mühe gegeben und deine Sache wirklich gut gemacht. Ich wäre nie auf diese Idee gekommen.«

»Danke, Anna.«

Wir schliefen ein, doch schon kurz darauf wachte ich wieder auf. Der Himmel war schwarz, weshalb ich annahm, dass es mitten in der Nacht war. Mein Bauch krampfte sich zusammen. Ich drehte mich zur Seite, ohne darauf zu achten. Dann kam der nächste Krampf, diesmal war er heftiger. Stöhnend setzte ich mich auf. Mir stand der Schweiß auf der Stirn.

T.J. wachte auf. »Was hast du?«

»Bauchschmerzen.« Ich betete, dass die Krämpfe aufhören

würden, aber sie wurden nur schlimmer. Ich wusste, was gleich passieren würde. »Komm mir nicht nach«, keuchte ich, bevor ich in den Wald taumelte. Ich schaffte es gerade noch, Jeans und Unterhose herunterzuziehen, als mein Körper schon alles von sich gab. Als nichts mehr übrig war, krümmte ich mich auf dem Boden. Die Krämpfe kamen in Wellen, eine nach der anderen. Ich war schweißgebadet. Der Schmerz strahlte von meinem Bauch in die Beine. Eine ganze Weile lag ich reglos da, voller Angst, auch nur die kleinste Bewegung könnte mein Leiden vergrößern. Moskitos umschwirrten mein Gesicht.

Und plötzlich kamen die Ratten.

Rings um mich herum lauerten funkelnde Augenpaare in der Dunkelheit. Als eine Ratte über meinen Fuß lief, schrie ich auf. Ich rappelte mich hoch und zog Jeans und Slip hoch, doch die Bewegung löste einen solchen Schmerz aus, dass ich wieder zu Boden stürzte. Ich war sicher, dass ich nun sterben musste und dass das Wasser im Teich mit etwas Todbringendem verseucht war. Danach rührte ich mich nicht mehr. Ich war schwach und erschöpft und wusste nicht, wo T.J. steckte. Dann verlor ich das Bewusstsein.

Ein Summen weckte mich. *Moskitos.* Aber die Sonne war aufgegangen, und die meisten Insekten und die Ratten waren verschwunden. Ich versuchte, den Kopf zu heben, während ich weiter mit angezogenen Knien auf der Seite lag.

Es war das Geräusch eines Flugzeugs.

Ich rappelte mich auf und kroch, laut nach T.J. rufend, auf allen vieren zum Strand. Dort stand ich auf, taumelte zum Ufer und schwenkte unter Aufbietung meiner letzten Kräfte die Arme. Ich konnte das Flugzeug zwar nicht sehen, aber hören. Das Geräusch entfernte sich immer weiter.

Sie suchen uns. Sie werden jeden Moment umkehren.

Das Summen wurde immer leiser, bis es schließlich verklang. Meine Knie gaben nach, und ich fiel in den Sand und weinte so lange, bis ich hyperventilierte. Als meine Schluchzer schließlich verebbten, lag ich auf der Seite und starrte benommen aufs Wasser hinaus.

Ich wusste nicht, wie viel Zeit vergangen war, doch als ich aufblickte, lag T.J. neben mir.

»Da war ein Flugzeug«, sagte ich.

»Ich weiß, ich konnte mich nicht bewegen.«

»Sie kommen wieder.«

Aber das taten sie nicht.

An diesem Tag weinte ich viel. T.J. schwieg. Er hatte die Augen geschlossen, und ich war nicht sicher, ob er schlief oder einfach nur zu schwach zum Sprechen war. Wir machten kein Feuer und aßen auch keine Brotfrüchte, sondern lagen unter der Kokospalme und bewegten uns nur von dort weg, wenn es regnete.

Da ich bei Dunkelheit nicht in der Nähe des Waldes sein wollte, kehrten wir zurück an den Strand. Als ich neben T.J. im Sand lag, war ich mir einer Sache absolut sicher. Wenn nicht noch mal ein Flugzeug erschien und wir auch keinen Weg fanden, Wasser aufzufangen, würden wir beide sterben.

In der Nacht wälzte ich mich herum, und als ich endlich einschlief, wachte ich schreiend wieder auf, weil ich geträumt hatte, eine Ratte nage an meinem Fuß.

KAPITEL 6

T. J.

Tag 4

Als die Sonne aufging, konnte ich kaum noch den Kopf aus dem Sand heben. Über Nacht waren zwei Sitzpolster vom Flugzeug angeschwemmt worden, und daneben lag etwas Blaues, das mir sofort ins Auge stach. Ich drehte mich zu Anna um und rüttelte sie wach. Sie sah mich aus eingesunkenen Augen an. Ihre Lippen waren rissig und bluteten.

»Was ist das?« Ich zeigte auf den blauen Gegenstand, doch da es zu anstrengend war, die Hand hochzuhalten, ließ ich den Arm wieder in den Sand sinken.

»Wo?«

»Da drüben bei den Sitzpolstern.«

»Keine Ahnung«, erwiderte sie.

Ich reckte den Kopf und schützte meine Augen mit der Hand vor der Sonne. Das Ding kam mir bekannt vor, und plötzlich wusste ich, was es war. »Das ist mein Rucksack. *Anna, das ist mein Rucksack.*«

Auf wackeligen Beinen stand ich auf, ging zum Ufer und holte ihn. Dann kehrte ich zu Anna zurück, kniete mich neben sie, öffnete den Rucksack und holte die Wasserflasche heraus, die sie mir am Flughafen von Malé gegeben hatte.

Sie setzte sich auf. »Oh, mein Gott.«

Ich schraubte die Flasche auf, und wir reichten sie hin und her, wobei wir versuchen, nicht zu schnell zu trinken. Sie fasste einen Liter, aber auch das half kaum gegen meinen Durst.

Anna hielt die leere Flasche hoch. »Mit einem Blatt als Trichter können wir Regenwasser darin sammeln.«

Zittrig und geschwächt schleppten wir uns zum Brotfruchtbaum und pflückten ein großes Blatt von einem unteren Ast. Anna zerriss es, bis es das richtige Format hatte, und steckte es, die Öffnung so breit wie möglich auseinandergefaltet, in den Hals der Wasserflasche. Vier Brotfrüchte lagen auf dem Boden. Wir nahmen sie mit zum Strand und aßen alle auf.

Danach kippte ich den Rucksack aus. Meine Baseballkappe mit dem Logo der Chicago Cubs war zwar klatschnass, aber ich setzte sie trotzdem auf. Außerdem waren da noch ein graues Kapuzensweatshirt, zwei T-Shirts, zwei Shorts, Jeans, Unterhosen und Socken, eine Zahnbürste und Zahnpasta. Ich hatte einen Geschmack im Mund, den ich gar nicht beschreiben kann. Also öffnete ich die Zahnpastatube, drückte etwas Zahnpasta auf die Bürste und hielt sie Anna hin. »Wenn es dich nicht stört, kannst du meine Zahnbürste mitbenutzen.«

Sie lächelte. »Es stört mich nicht, T.J. Aber du zuerst. Schließlich ist es deine.«

Wir warteten, bis es regnete, und als es am frühen Nachmittag so weit war, sahen wir zu, wie die Flasche sich mit Wasser füllte. Ich reichte sie Anna, die sie zur Hälfte leerte und sie mir zurückgab. Nachdem ich die Flasche ausgetrunken hatte, steckten wir das Blatt wieder hinein, und der Regen füllte sie noch einmal. Anna und ich tranken sie wieder aus. Wir brauchten mehr, vermutlich sehr viel mehr, doch allmählich schöpfte ich wieder Hoffnung, dass wir vielleicht doch nicht sterben mussten.

Wir konnten Wasser sammeln, hatten Brotfrüchte und wussten, wie man Feuer machte. Nun musste nur noch ein Schutzdach her, da das Feuer sonst immer wieder ausgehen würde.

Anna wollte die Hütte am Strand bauen, weil sie Angst vor den Ratten hatte. Also brachen wir zwei Y-förmige Äste ab, rammten sie in den Sand und legten den längsten Ast, den wir finden konnten, dazwischen. Als wir weitere Äste an die Seiten lehnten, entstand eine windschiefe Hütte. Der Boden wurde mit Brotfruchtblättern ausgelegt, mit Ausnahme eines kleinen Kreises, wo wir das Feuer anzünden wollten. Anna sammelte kleine Steine und ordnete sie zu einem Ring an. Es würde drinnen zwar ziemlich verqualmt sein, doch das schreckte wenigstens die Moskitos ab.

Wir beschlossen, mit dem Feuermachen bis zum nächsten Morgen zu warten. Außerdem gab uns die Hütte die Möglichkeit, Holz zu sammeln und dort so lange zu lagern, bis es trocken war.

Es regnete wieder, und unsere Flasche wurde dreimal gefüllt. Noch nie im Leben hatte mir etwas so gut geschmeckt.

Als die Sonne unterging, nahmen wir Sitzpolster, Schwimmwesten und meinen Rucksack mit in die Hütte.

»Gute Nacht, T.J.«, sagte Anna und legte den Kopf auf ein Sitzpolster. Die Feuerstelle befand sich zwischen uns.

»Gute Nacht, Anna.«

KAPITEL 7

ANNA

Tag 5

Ich schlug die Augen auf. Durch die Ritzen in der Hütte strömte Sonnenlicht herein. Der Druck auf der Blase – etwas, das ich seit einer Weile nicht mehr gespürt hatte – verwirrte mich im ersten Moment. Aber dann lächelte ich.

Ich muss auf die Toilette.

Ich schlich hinaus, ohne T.J. zu wecken, ging in den Wald und kauerte mich hinter einen Baum. Als mir der starke Ammoniakgeruch meines Urins in die Nase stieg, rümpfte ich die Nase. Ich zog die Hose wieder hoch. Zwischen meinen Beinen war es unangenehm feucht.

Als ich zurückkam, war T.J. wach und stand neben der Hütte.

»Wo warst du?«, fragte er.

»Pinkeln«, erwiderte ich grinsend.

Wir schlugen die Handflächen aneinander. »Ich muss auch mal.«

Sobald er wieder da war, gingen wir zum Brotfruchtbaum, hoben die drei auf dem Boden liegenden Früchte auf und setzten uns, um zu frühstücken.

»Lass mal deinen Kopf anschauen«, sagte T.J.

Ich beugte mich vor, worauf T.J. mir mit den Fingern durchs Haar fuhr, bis er die Platzwunde gefunden hatte.

»Sieht schon besser aus. Aber wahrscheinlich müsste das genäht werden. Angetrocknetes Blut kann ich nicht entdecken, aber bei deinen dunklen Haaren ist das schwer festzustellen.« Er wies auf meine Wangen. »Die Blutergüsse werden blasser. Der da verfärbt sich schon gelb.«

Auch T.J. war auf dem Weg der Besserung. Sein Auge war nicht mehr zugeschwollen, und seine Schnittwunden heilten. Dank seines Sicherheitsgurts hatte er weniger abgekriegt als ich. Sein Gesicht – zwar noch jungenhaft, aber attraktiv – würde keine bleibenden Narben zurückbehalten. Ich wusste nicht, wie es in dieser Hinsicht um mich bestellt war, aber das kümmerte mich im Moment nicht.

Nach dem Frühstück machte T.J. wieder Feuer.

»Für einen Jungen aus der Stadt schlägst du dich ziemlich gut.« Ich tätschelte ihm die Schulter.

Lächelnd legte er Reisig nach und fachte, sichtlich stolz auf seine Leistung, die Flammen an. Dann wischte er sich den Schweiß aus den Augen. »Danke«, sagte er.

»Zeig mir mal deine Hände.«

Er hielt sie mir, die Handflächen nach oben, hin. Die wunde, schwielige Haut war mit Blasen bedeckt, und er zuckte zusammen, als ich sie berührte.

»Das tut doch sicher weh.«

»Stimmt«, räumte er ein.

Unsere Hütte war zwar wegen des Feuers verqualmt, aber wenigstens würde es jetzt bei Regen nicht mehr ausgehen. Und wenn ein Flugzeug kam, konnten wir die Hütte einfach umkippen und grünes Laub ins Feuer werfen, damit es kräftig rauchte.

Noch nie hatte ich so lange nicht geduscht, und ich stank erbärmlich. »Ich versuche, mich etwas zu säubern«, sagte ich. »Du bleibst hier, okay?«

Er nickte und reichte mir ein kurzärmeliges T-Shirt aus seinem Rucksack. »Willst du das statt dem langärmeligen Ding anziehen?«

»Ja. Danke.« Das T-Shirt konnte bei mir zwar eher als Kleid herhalten, aber das war mir egal.

»Ich würde dir ja auch Shorts leihen, aber die sind dir zu groß.«

»Schon gut«, erwiderte ich. »Das Hemd ist wirklich eine Hilfe.«

Ich ging zum Ufer, zog mich allerdings erst aus, als T.J. und die Hütte außer Sichtweite waren. Dann betrachtete ich den wolkenlos blauen Himmel.

Wäre doch toll, wenn ausgerechnet jetzt ein Flugzeug auftaucht. Eine nackte Frau am Strand werden die doch sicher bemerken.

Als ich in die Lagune watete, stoben die Fische auseinander. Der Sonnenbrand an Händen und Füßen hatte sich in eine tiefe Bräune verwandelt, die sich von meinen blassen Armen und Beinen abhob. Das Haar hing mir verfilzt bis zu den Schulterblättern.

Nachdem ich mich mit den Händen gewaschen hatte, holte ich meine Sachen vom Ufer und spülte sie im Meer aus. Anschließend kämmte ich mich mit den Fingern. Leider hatte ich keinen Haargummi.

Notdürftig gesäubert kam ich aus dem Wasser, schlüpfte in meine nasse Unterwäsche und zog T.J.s T-Shirt darüber. Da es mir bis über die Oberschenkel reichte, sparte ich mir die Jeans.

»Ich weiß, ich habe keine Hose an«, meinte ich, als ich zur Hütte zurückkehrte. »Aber mir ist heiß, und außerdem muss sie trocknen.«

»Kein Problem, Anna.«

»Schade, dass wir nichts haben, um Fische zu fangen. In der

Lagune gibt es sie tonnenweise.« Mir lief das Wasser im Mund zusammen, und mein Magen knurrte.

»Wir könnten versuchen, sie aufzuspießen. Wenn ich mich gewaschen habe, schauen wir uns nach langen Stöcken um. Das Brennholz wird auch knapp.«

Fünf Minuten später kam T.J. mit nassem Haar und in sauberen Sachen zurück. Er hatte einen großen, sperrigen Gegenstand im Arm.

»Schau mal, was ich im Wasser gefunden habe.«

»Was ist das?«

Er legte den Gegenstand ab und drehte ihn um, damit ich die Aufschrift an der Seite lesen konnte.

»Das ist das Rettungsboot aus dem Flugzeug.« Ich kniete mich daneben. »Es ist mir aufgefallen, als ich die Schwimmwesten gesucht habe.«

Wir öffneten den Behälter und holten das Rettungsboot heraus. Dann riss ich den beiliegenden wasserdichten Beutel auf, entnahm ihm ein Blatt Papier, auf dem der Inhalt verzeichnet war, und las laut vor:

»*Das Überdach des Rettungsboots befindet sich in der Zubehörtasche und ist mit zwei faltbaren Türen und einem Regenwassersammelbehälter auf dem Dach versehen. Die Sonderausstattung schließt auch Funkantennen und Ortungssender ein.*«

Ich schöpfte wieder Hoffnung. »T.J., wo ist die Zubehörtasche?«

T.J. spähte in den Behälter und förderte einen weiteren wasserdichten Beutel zutage. Mit zitternden Händen riss ich ihn auf und kippte ihn aus, sodass alles in den Sand fiel. Als wir alles durchwühlten und jeden Gegenstand untersuchten, stießen unsere Hände zusammen.

Wir fanden nichts, um Rettung herbeizurufen.

Kein Notfall-Ortungsgerät. Keine Funkantenne. Kein Satellitentelefon und keinen Sender.

Ich wurde von Enttäuschung ergriffen. »Vermutlich war denen die Sonderausstattung zu teuer.«

T.J. schüttelte langsam den Kopf.

Ich überlegte, was geschehen wäre, wenn wir ein Ortungsgerät gehabt hätten.

Schaltet man es einfach ein und wartet dann, bis man abgeholt wird?

Tränen traten mir in die Augen. Ich drängte sie zurück und nahm eine Inventur des Zubehörbeutels vor: Messer, Verbandskasten, Plane, zwei Decken, ein Seil und zwei ausklappbare Zwei-Liter-Plastikbehälter.

Ich öffnete den Verbandskasten: Tylenol, Benadryl, Antibiotikasalbe, Cortisonsalbe, Pflaster, mit Alkohol getränkte Tupfer und Imodium.

»Lass mal deine Hände anschauen«, sagte ich zu T.J.

Er streckte sie aus, worauf ich seine Blasen mit Antibiotikasalbe und Pflastern versorgte.

»Danke.«

Ich griff nach der Benadryl-Dose. »Das hier kann dein Leben retten.«

»Wie?«

»Es wirkt gegen allergische Reaktionen.«

»Und das da?«, fragte T.J. und wies auf eine weiße Dose.

Ich warf einen Blick darauf und wandte mich ab. »Das ist Imodium. Gegen Durchfall.«

Er schnaubte höhnisch.

Das Rettungsboot wurde mit einer Kohlendioxydpatrone aufgeblasen. Als wir auf den Knopf drückten, füllte es sich so schnell mit Gas, dass wir zur Seite springen mussten.

Wir befestigten Dach und Regenwasserbehälter. Das Rettungsboot selbst erinnerte mich an eine der Hüpfburgen, die meine Nichte und mein Neffe so liebten, nur dass es nicht annähernd so groß war.

»Da müssten etwa zwölf Liter Wasser reinpassen«, meinte ich und wies auf den Wasserbehälter. Ich hatte schon wieder Durst und hoffte, dass es heute Nachmittag früher regnen würde als sonst.

Wir schoben das Rettungsboot neben die Hütte und legten Holz nach, bevor wir uns auf den Weg zur Kokospalme machten. T.J. schnitt die Außenhaut von einer Kokosnuss und knackte sie, indem er die Messerspitze in die Schale steckte und mit der Faust auf den Griff schlug. Ich fing die Kokosmilch mit einem der Plastikbehälter auf.

»Ich dachte, dass sie süßer schmecken würde«, stellte T.J. fest, nachdem er einen Schluck getrunken hatte.

»Ich auch.« Sie war ein wenig bitter, schmeckte aber nicht schlecht.

T.J. kratzte das Fruchtfleisch mit dem Messer heraus. Ich war so hungrig, dass ich am liebsten jede Kokosnuss auf dem Boden verschlungen hätte. Mein bohrender Hunger legte sich erst, nachdem wir noch fünf Stück aufgegessen hatten. T.J. genehmigte sich eine sechste, und ich fragte mich, wie viel Essbares ein sechzehnjähriger Junge wohl brauchte, um satt zu werden.

Eine Stunde später regnete es. T.J. und ich ließen uns nassregnen und sahen lächelnd und jubelnd zu, wie sich unsere verschiedenen Behälter bis zum Rand füllten. Ich war dankbar für diesen Überfluss und trank, bis ich nicht mehr konnte und das Wasser bei jeder Bewegung in meinem Magen gluckerte.

Innerhalb der nächsten Stunde mussten wir beide wieder

pinkeln. Zur Feier des Tages aßen wir noch eine Kokosnuss und zwei Brotfrüchte.

»Ich mag Kokosnuss lieber als Brotfrucht«, stellte ich fest.

»Ich auch. Aber jetzt haben wir ja Feuer und können sie braten. Vielleicht schmeckt sie dann besser.«

Wir sammelten mehr Brennholz und fanden lange Stöcke, um damit Fische aufzuspießen. Dann warfen wir als zusätzlichen Regenschutz die Plane über die Hütte und sicherten sie mit dem Seil.

Als es Schlafenszeit war, schürten wir das Feuer so kräftig ein wie möglich, ohne dabei die Hütte anzuzünden. T.J. kroch ins Rettungsboot. Ich folge ihm. Sein T-Shirt benutzte ich als Nachthemd. Ich schloss die Falttür hinter mir, um die Moskitos fernzuhalten.

Wir ließen die Nylonklappen herunter und machten sie mit Klettband fest. Dann breitete ich die Decken aus und legte die Sitzpolster als Kissen hin. Die Decken waren zwar kratzig, würden uns aber wärmen, wenn die Sonne unterging und die Temperaturen fielen. Die Sitzpolster waren dünn und rochen muffig, doch es war bequemer, als auf dem Boden zu schlafen.

»Spitzenklasse«, meinte T.J.

»Stimmt.«

Das Rettungsboot war ein wenig schmaler als ein Doppelbett. Es mit T.J. zu teilen bedeutete, dass uns nur noch wenige Zentimeter voneinander trennten. Aber ich war so müde, dass mich das nicht mehr interessierte.

»Gute Nacht, T.J.«

»Gute Nacht, Anna.« Er klang bereits benommen, rollte sich auf die Seite und war sofort eingeschlafen.

Wenige Sekunden später folgte ich seinem Beispiel.

Mitten in der Nacht wachte ich auf, um nach dem Feuer

zu sehen. Da es nur noch schwach glühte, legte ich Holz nach und stocherte mit einem Stock, bis die Funken flogen. Als das Feuer wieder richtig brannte, kehrte ich ins Bett zurück.

T.J. wachte auf, als ich mich neben ihn legte.

»Was ist los?«, fragte er.

»Nichts. Ich habe nur Holz nachgelegt. Schlaf weiter.«

Ich schloss die Augen, und wir schliefen, bis die Sonne aufging.

KAPITEL 8

T. J.

Ich wachte mit einem Ständer auf.

Das war meistens so. Ich hatte keinen Einfluss darauf. Da wir nun nicht mehr halb tot waren, hatte mein Körper offenbar beschlossen, wieder alle Systeme hochzufahren. So nah bei einem Mädchen zu schlafen, insbesondere einem, das aussah wie Anna, war mehr oder weniger eine Garantie für eine Morgenlatte.

Sie schlief noch, lag auf der Seite und hatte mir das Gesicht zugewandt. Die Verletzungen in ihrem Gesicht heilten, und offenbar war keine tief genug, um eine Narbe zu hinterlassen. Sie hatte sich irgendwann in der Nacht von ihrer Decke freigestrampelt, und ich sah mir ihre Beine an, keine gute Idee, wenn man bedachte, was sich gerade in meiner Hose abspielte. Wenn sie jetzt die Augen aufmachte, würde sie mich beim Glotzen ertappen, also kroch ich aus dem Rettungsboot und dachte so lange an Geometrie, bis mein Ständer sich legte.

Anna wachte zehn Minuten später auf. Wir aßen Kokosnuss und Brotfrucht zum Frühstück. Danach putzte ich mir die Zähne und spülte mit Regenwasser nach.

»Hier«, sagte ich und reichte ihr Zahnpasta und Bürste.

»Danke.« Sie gab Zahnpasta auf die Bürste und putzte sich auch die Zähne.

»Vielleicht kommt ja heute ein anderes Flugzeug«, meinte ich.

»Vielleicht«, erwiderte Anna, konnte mir dabei aber nicht ins Gesicht schauen.

»Ich würde mich gern noch ein bisschen auf der Insel umsehen.«

»Wir müssen vorsichtig sein«, entgegnete sie. »Wir haben keine Schuhe.«

Ich lieh ihr ein Paar Socken von mir, damit ihre Füße nicht vollständig nackt waren. Dann duckte ich mich hinter die Hütte und zog Jeans an, um meine Beine vor den Moskitos zu schützen. Wir machten uns auf den Weg in den Wald.

Die feuchte Luft senkte sich auf meine Haut. Als ich durch einen Mückenschwarm ging, kniff ich den Mund zu und wedelte die Insekten mit den Händen weg. Je weiter wir ins Landesinnere kamen, desto stärker wurde der Geruch nach faulenden Pflanzen. Die Sonne konnte kaum das Blätterdach durchdringen, und bis auf das Knacken von Zweigen und unser Keuchen in der stickigen Luft war nichts zu hören. Meine Klamotten waren völlig durchgeschwitzt. Wir gingen schweigend weiter, und ich fragte mich, wie lange es wohl dauern würde, bis wir das andere Ende des Waldes erreicht hatten.

Eine Viertelstunde später fanden wir es. Da Anna ein Stück hinter mir war, bemerkte ich es zuerst. Ich blieb stehen, drehte mich um und winkte sie heran.

Bald hatte sie mich eingeholt. »Was ist das?«, flüsterte sie.

»Keine Ahnung.«

Ungefähr fünfzehn Meter vor uns stand eine Holzhütte, etwa so groß wie ein Wohnwagen. Vielleicht lebte ja noch jemand auf der Insel. Jemand, der keine Lust gehabt hatte, sich bei uns vorzustellen. Vorsichtig schlichen wir näher. Die Tür hing offen in ihren rostigen Angeln, und wir spähten hinein.

»Hallo?«, rief Anna.

Keine Antwort. Also traten wir über die Schwelle auf den Holzboden. Auf der anderen Seite des fensterlosen Raums befand sich noch eine Tür, allerdings war sie geschlossen. Möbel gab es keine. Ich stieß mit dem Fuß an den Deckenhaufen in der Ecke. Als die Insekten auseinanderstoben, machten wir einen Satz rückwärts.

Nachdem sich meine Augen an das Dämmerlicht gewöhnt hatten, erkannte ich auf dem Boden einen eisernen Werkzeugkasten. Ich bückte mich und machte ihn auf. Er enthielt einen Hammer, mehrere Packungen Nägel und Schrauben, ein Maßband, eine Zange und eine Säge. Anna fand ein paar Kleidungsstücke. Als sie nach einem Hemd griff, fiel der Ärmel ab.

»Ich dachte, das könnten wir möglicherweise gebrauchen, aber vergiss es«, sagte sie und verzog das Gesicht.

Ich öffnete die Tür zum zweiten Zimmer, und wir pirschten uns an. Auf dem Boden lagen leere Chipstüten und Einwickelpapiere von Schokoriegeln herum. Daneben sah ich einen Plastikbehälter mit breiter Öffnung. Ich hob ihn auf und schaute hinein. Leer. Wahrscheinlich hatte der Bewohner dieser Hütte darin Wasser gesammelt. Wenn wir die Insel nur ein bisschen besser erkundet hätten und ein Stück weiter gegangen wären, hätten wir die Hütte früher gefunden und das Wasser aus dem Teich nicht trinken müssen. Und dann wären wir vielleicht am Strand gewesen, als das Flugzeug kam.

Anna betrachtete den Behälter in meiner Hand. Offenbar hatte sie dasselbe gedacht, denn sie sagte: »Was geschehen ist, ist geschehen, T.J. Wir können es nicht mehr rückgängig machen.«

Auf dem Boden lag ein verschimmelter Schlafsack. Und in einer Ecke lehnte ein schwarzer Kasten an der Wand. Ich öffnete die Schließen und klappte den Deckel hoch. Es war eine akustische Gitarre darin, und zwar in gutem Zustand.

»Was für ein Zufall«, stellte Anna fest.

»Glaubst du, hier hat jemand gewohnt?«

»Macht ganz den Eindruck.«

»Was hat derjenige hier gemacht?«

»Du meinst, außer den Geist von Jimmy Buffett heraufzubeschwören?« Anna schüttelte den Kopf. »Keine Ahnung. Aber wer immer es auch war, er war schon seit einer Weile nicht mehr zu Hause.«

»Das ist kein Holz aus dem Wald«, sagte ich. »Es wurde im Sägewerk bearbeitet. Ich weiß nicht, wie er es hierhergeschafft hat. Wahrscheinlich mit dem Schiff oder dem Flugzeug. Jedenfalls hat dieser Typ es ernst gemeint. Wo ist er also hin?«

»T.J.«, erwiderte Anna mit geweiteten Augen. »Vielleicht kommt er ja zurück.«

»Hoffentlich.«

Ich legte die Gitarre in den Koffer und gab ihn ihr. Dann nahm ich den Werkzeugkasten, und wir machen uns auf den Weg zurück zum Strand.

Zum Mittagessen briet Anna Brotfrüchte auf einem flachen Stein neben dem Feuer, während ich Kokosnüsse knackte. Wir aßen alles auf – die Brotfrucht schmeckte für mich noch immer nicht nach Brot – und tranken dazu Kokosmilch. Das Feuer verbreitete so viel Hitze, und außerdem war es sicher fünfundvierzig Grad warm, sodass man es nicht lange in der Hütte aushielt. Anna lief der Schweiß übers gerötete Gesicht, und die Haare klebten ihr am Hals.

»Willst du ins Wasser?« Ich bereute die Frage, sobald ich sie ausgesprochen hatte. Wahrscheinlich glaubte sie jetzt, dass ich nur wieder zusehen wollte, wie sie sich vor mir auszog.

Sie zögerte. »Ja, ich verglühe«, antwortete sie schließlich.

Wir gingen zum Ufer. Da ich meine Shorts nicht wieder angezogen hatte, schlüpfte ich aus Socken, T-Shirt und Jeans. Darunter hatte ich eine graue Boxershort an.

»Stell dir einfach vor, das wäre meine Badehose«, sagte ich zu Anna.

Sie warf einen Blick auf meine Unterhose und grinste. »Okay.«

Ich wartete im Wasser auf sie und versuchte, nicht hinzustarren, als sie sich auszog. Wenn sie so mutig war, vor mir ohne Klamotten rumzulaufen, durfte ich kein Spielverderber sein.

Allerdings bekam ich trotzdem wieder einen Ständer. Hoffentlich hatte sie es nicht bemerkt.

Wir schwammen eine Weile. Danach zogen wir uns wieder an und setzten uns in den Sand. Anna starrte hinauf in den Himmel.

»Ich war sicher, dass das Flugzeug wiederkommen würde«, meinte sie.

Zurück an der Hütte warf ich noch etwas Holz ins Feuer. Anna holte eine Decke aus dem Rettungsboot, breitete sie auf dem Boden aus und setzte sich. Ich nahm die Gitarre und ließ mich neben ihr nieder.

»Kannst du spielen?«, fragte sie.

»Nein, nicht richtig. Ein Freund hat mir nur einen Teil eines Liedes beigebracht.« Ich zupfte die Saiten und spielte die ersten Akkorde von »Wish You Were Here«.

Anna lächelte. »Pink Floyd.«

»Magst du Pink Floyd?«

Sie nickte. »Ich liebe dieses Lied.«

»Echt? Das ist ja krass. Das hätte ich nie gedacht.«

»Warum. Was für Musik höre ich denn deiner Ansicht nach?«

»Ich weiß nicht. Mariah Carey?«

»Nein. Ich stehe eher auf die älteren Sachen.« Sie zuckte die Achseln. »Was soll ich sagen? Ich bin Baujahr 71.«

Ich rechnete nach. »Du bist dreißig?«

»Ja.«

»Ich hätte dich auf vierundzwanzig oder fünfundzwanzig geschätzt.«

»Nein.«

»Du benimmst dich nicht wie dreißig.«

Sie schüttelte mit einem leisen Lachen den Kopf. »Ich weiß nicht, ob das gut oder schlecht ist.«

»Ich wollte nur sagen, dass man super mit dir reden kann.«

Sie lächelte mich an. Ich spielte noch einmal dieselben Akkorde von Pink Floyd, musste aber aufhören, weil meine Hände noch vom Feuermachen wehtaten.

»Wenn wir einen Haken hätten, könnte ich daraus eine Angelrute basteln«, sagte ich. »Eine Gitarrensaite wäre sicher eine gute Schnur.« Ich überlegte, ob ich einen Nagel aus dem Werkzeugkasten benutzen sollte. Aber die Fische waren nicht sehr groß. Ich brauchte etwas Kleineres und Leichteres.

»Hoffentlich war die Party, wegen der du später geflogen bist, die Sache wert«, sagte sie, als wir später ins Bett gingen.

»Es gab gar keine Party. Das habe ich nur meinen Eltern erzählt.«

»Was war es dann?«

»Bens Eltern waren weggefahren. Sein Cousin hatte Semesterferien und wollte mit seiner Freundin vorbeikommen. Sie wollte zwei ihrer Freundinnen mitbringen. Ben war sicher, dass er bei einer von ihnen landen würde. Und ich habe zwanzig Dollar dagegen gewettet.« Ich verriet Anna nicht, dass ich auch mein Glück hatte versuchen wollen.

»Und? Hat er es geschafft?«

»Sie sind nicht gekommen. Stattdessen haben wir den ganzen Abend rumgehockt, Bier getrunken und Videospiele gezockt. Und zwei Tage später bin ich mit dir in den Flieger gestiegen.«

»Mann, T.J., das tut mir leid«, sagte sie.

»Ja.« Ich wartete eine Minute und fragte dann: »Wer war denn der Typ am Flughafen?«

»Mein Freund John.«

Ich erinnerte mich daran, wie er sie geküsst hatte. Es hatte ausgesehen, als wollte er ihr die Zunge in den Hals rammen. »Du vermisst ihn bestimmt.«

Sie antwortete nicht sofort. »Nicht so sehr, wie ich eigentlich sollte«, sagte sie schließlich.

»Was soll das heißen?«

»Nichts. Es ist kompliziert.«

Ich drehte mich zur Seite und schob mir das Kissen unter den Kopf. »Warum, glaubst du, ist der Flieger nicht zurückgekommen, Anna?«

»Ich weiß nicht«, erwiderte sie. Aber ich hatte das Gefühl, dass sie das sehr wohl tat.

»Sie halten uns für tot, richtig?«

»Hoffentlich nicht«, meinte sie. »Denn dann hören sie auf zu suchen.«

KAPITEL 9

ANNA

Am nächsten Morgen schnitzte T.J. mit dem Messer zwei lange Stöcke zurecht, bis sie vorne spitz zuliefen.

»Wollen wir fischen gehen?«, fragte er.

»Aber klar.«

Am Ufer bückte sich T.J. und hob etwas auf.

»Das ist sicher deiner«, meinte er und reichte mir einen dunkelblauen Ballerina.

»Stimmt.« Ich blickte über das Wasser. »Vielleicht wird der andere ja auch angespült.«

Wir wateten bis zur Hüfte in die Lagune. Da die Hitze morgens nicht so unerträglich war, trug ich T.J.s T-Shirt, nicht nur BH und Höschen. Der Saum saugte das Wasser auf wie ein Schwamm, bis der Stoff an meinen Oberschenkeln klebte. Über eine Stunde lang versuchten wir vergeblich, einen Fisch aufzuspießen. Sie waren zu klein und flink und stoben bei der geringsten Bewegung auseinander.

»Glaubst du, weiter draußen klappt es besser?«, fragte ich.

»Weiß nicht. Die Fische sind dort wahrscheinlich größer, aber es könnte schwieriger werden, den Speer zu benutzen.«

Ich sah etwas auf den Wellen treiben. »Was ist das, T.J.?« Schützend hielt ich mir die Hand vor die Augen.

»Wo?«

»Geradeaus. Siehst du nicht, wie es auf und nieder hüpft?« Ich zeigte mit dem Finger darauf.

T.J. schaute angestrengt hin. »Oh, scheiße, Anna. Nicht hinsehen.«

Zu spät.

Kurz vor seiner Warnung war ich nämlich auch dahintergekommen. Ich ließ meinen Speer fallen und kotzte ins Wasser.

»Er wird sicher gleich angespült. Lass uns zurück ans Ufer gehen«, sagte T.J.

Ich folgte ihm aus dem Wasser. Am Strand angekommen musste ich mich noch einmal übergeben.

»Ist er schon da?«, fragte ich und wischte mir mit dem Handrücken den Mund ab.

»Fast.«

»Was machen wir jetzt?«

T.J.s Stimme klang zittrig und unsicher. »Wir müssen ihn irgendwo begraben. Wir könnten eine unserer Decken nehmen, außer du willst das nicht.«

Sosehr es mir auch widerstrebte, etwas von unseren wenigen Habseligkeiten aufzugeben, war es für mich ein Zeichen des Respekts, ihn in eine Decke zu wickeln. Und, wenn ich ehrlich mit mir war, wusste ich, dass ich ihn auf gar keinen Fall mit bloßen Händen anfassen konnte.

»Ich hole eine«, sagte ich, dankbar für einen Grund, nicht dabei sein zu müssen, wenn er angespült wurde.

Als ich mit der Decke zurückkam, reichte ich sie T.J. Wir wickelten die Leiche darin ein, indem wir sie mit den Füßen anschoben. Der Geruch des verwesenden, von Wasser durchtränkten Körpers stieg mir in die Nase. Ich würgte und hielt mir die Armbeuge vors Gesicht.

»Am Strand können wir ihn nicht begraben«, sagte ich.

T.J. schüttelte den Kopf. »Nein.

Wir suchten uns eine Stelle unter einem Baum und weit

weg von der Hütte und fingen an, die weiche Erde mit den Händen aufzuwühlen.

»Ist das tief genug?«, fragte T.J. und schaute hinunter in das Loch.

»Ich glaube schon.«

Ein großes Grab war nicht nötig, weil die Haie Micks Beine und Teile seines Torsos gefressen hatten. Und einen Arm. Irgend ein anderes Tier hatte sich an seinem aufgedunsenen weißen Gesicht zu schaffen gemacht. Fetzen seines Batik-T-Shirts hingen ihm um den Hals.

T.J. wartete ab, bis mein Würgeanfall vorbei war. Dann packte ich ein Ende der Decke und half ihm, Mick zu seinem Grab zu schleppen und ihn darin zu versenken. Nachdem wir ihn mit Erde bedeckt hatten, richteten wir uns auf.

Tränen liefen mir über die Wangen. »Er war schon tot, als wir ins Wasser gestürzt sind«, verkündete ich mit dem Brustton der Überzeugung.

»Ja«, stimmte T.J. zu.

Es fing wieder zu regnen an, also kehrten wir zurück zum Rettungsboot und krochen hinein. Das Dach schützte uns vor dem Wolkenbruch, doch ich zitterte vor Kälte. Ich zog die Decke über uns, die wir von nun an miteinander teilen würden, dann schliefen wir ein.

Nachdem wir aufgewacht waren, sammelten wir Brotfrüchte und Kokosnüsse ein. Wir sprachen beide nur wenig.

»Hier.« T.J. reichte mir ein Stück Kokosnuss.

Ich schob seine Hand weg. »Nein, ich kann nicht. Iss du es.« Es drehte mir den Magen um. Das Bild von Micks Leiche würde ich nie mehr aus dem Kopf bekommen.

»Hast du noch Magenprobleme?«

»Ja.«

»Dann trink ein bisschen Kokosmilch«, sagte er und gab sie mir.

Ich hob den Plastikbehälter an die Lippen und nahm einen Schluck.

»Hat das geklappt?«

Ich nickte. »Vielleicht bleibe ich in nächster Zeit dabei.«

»Ich gehe Holz sammeln.«

»Okay.«

Er war erst ein paar Minuten fort, als ich ein Rinnsal spürte.

Oh, Gott, nein.

Ich hoffte auf falschen Alarm, als ich in die entgegengesetzte Richtung von T.J. ging und mir die Jeans herunterzog. Und da, auf dem weißen Zwickel meiner Unterhose, war der Beweis: Ich hatte gerade meine Periode gekriegt.

Ich hastete zur Hütte und schnappte mir mein langärmeliges T-Shirt. Zurück im Wald riss ich einen Streifen davon ab, knüllte ihn zusammen und schob ihn in meine Unterhose.

Warum kann dieser schreckliche Tag nicht endlich aufhören?

Als die Sonne unterging, labten sich die Moskitos an meinen Armen.

»Offenbar lässt du dich lieber stechen, als zu schwitzen«, stellte T.J. fest, als er bemerkte, wie ich nach ihnen schlug. Er hatte Sweatshirt und Jeans angezogen, sobald die Insekten sich zeigten.

Ich dachte an mein unter einem Busch verstecktes langärmeliges T-Shirt. Hoffentlich würde ich es wiederfinden.

»Ja, so ähnlich.«

KAPITEL 10

T. J.

In den nächsten achtzehn Tagen ernährten wir uns nur von Kokosnüssen und Brotfrüchten. Unsere Kleider umschlotterten uns. Annas Magen knurrte, wenn sie schlief, und meiner tat mir ständig weh. Ich bezweifelte, dass die Rettungsteams noch nach uns suchten. Und ein hohles, leeres Gefühl, das nichts mit Hunger zu tun hatte, gesellte sich zu den Bauchschmerzen, wenn ich an meine Familie und meine Freunde dachte.

Ich hoffte, dass ich Anna beeindrucken könnte, wenn ich einen Fisch aufspießte. Leider spießte ich stattdessen meinen Fuß auf, was höllisch wehtat. Doch ich ließ mir nichts anmerken.

»Lass mich Antibiotikasalbe drauftun«, sagte Anna. Sie betupfte die Wunde damit und klebte ein Pflaster darauf. Ihrer Ansicht nach würden sich Keime im feuchten Klima auf der Insel hervorragend vermehren, und die Vorstellung, dass einer von uns beiden sich eine Entzündung holen könnte, machte ihr eine Heidenangst. »Du darfst nicht mehr ins Wasser, bis es abgeheilt ist, T.J. Die Wunde muss trocken bleiben.«

Na toll. Schluss mit Fischen und Schwimmen.

Die Tage schleppten sich dahin. Anna wurde immer stiller. Sie schlief mehr, und wenn ich vom Holzsammeln oder von meinen Erkundungsgängen auf der Insel zurückkam, ertappte ich sie dabei, wie sie sich die Augen abwischte. Eines Tages sah ich sie am Strand sitzen und in den Himmel starren.

»Es ist einfacher, wenn du aufhörst zu hoffen, dass sie wiederkommen«, sagte ich zu ihr.

Sie sah mich an. »Soll ich also einfach darauf warten, dass irgendwann zufällig ein Flugzeug über die Insel fliegt?«

»Ich weiß nicht, Anna.«

Ich setzte mich neben sie. »Wir könnten mit dem Rettungsboot losfahren«, meinte ich. »Wir beladen es mit Lebensmitteln und sammeln Regenwasser in den Behältern. Und dann fangen wir einfach an zu rudern.«

»Und was, wenn uns das Essen ausgeht oder etwas mit dem Boot passiert? Das wäre Selbstmord, T.J. Offenbar befinden wir uns nicht auf der Flugroute zwischen irgendwelchen bewohnten Inseln. Also gibt es keinerlei Garantie, dass wir unterwegs einem Flugzeug begegnen. Die Inseln sind über Tausende von Kilometern verteilt. Ich kann nicht raus aufs Meer. Nicht nachdem ich Mick gesehen habe. Hier an Land fühle ich mich sicherer. Und ich weiß, dass sie nicht zurückkommen. Aber das laut auszusprechen, wäre wie aufgeben.«

»So hab ich mich auch gefühlt, mittlerweile ist es anders.«

Anna musterte mich. »Du bist sehr anpassungsfähig.«

Ich nickte. »Jetzt leben wir eben hier.«

KAPITEL 11

ANNA

T.J. rief meinen Namen. Ich saß neben der Hütte und starrte ins Leere. Einen Koffer hinter sich herziehend kam er auf mich zugelaufen.

»Anna, ist das deiner?«

Ich stand auf und rannte ihm entgegen. »Ja!«

Bitte, lass es den richtigen sein.

Ich warf mich vor dem Koffer in den Sand, zerrte am Reißverschluss, klappte ihn auf. Und lächelte.

Ich schob nasse Kleidungsstücke beiseite und suchte meinen Schmuck. Als ich den Gefrierbeutel gefunden hatte, öffnete ich ihn und durchwühlte ihn, bis meine Finger auf einen Hängeohrring stießen, den ich T.J. triumphierend hinhielt.

Strahlend betrachtete er die Drahtschlaufe, an der der Ohrring befestigt war. »Das wird sicher ein ausgezeichneter Angelhaken, Anna.«

Ich holte alles aus dem Koffer: Zahnbürste, zwei Tuben normale Zahnpasta und eine mit Zahnweiß-Effekt, vier Stücke Seife, jeweils zwei Flaschen Duschgel, Shampoo, Kurspülung, Körperlotion und Rasiercreme. Dazu mein Rasierer und zwei Packungen Ersatzklingen. Drei Deos – zwei Roller, ein Stift –, Babyöl und Wattebäusche zum Abschminken, Lippenbalsam mit Kirschgeschmack und – *ich danke dir, Gott* – zwei Schachteln Tampons. Nagellack, Nagellackentferner, Pinzette, Q-Tips, Kleenex, eine Flasche Woolite-Feinwaschmittel zum

Waschen meiner Badesachen und zwei Tuben Coppertone-Sonnencreme mit Lichtschutzfaktor 30. Allerdings waren T.J. und ich bereits so braun, dass wir vermutlich keine Sonnencreme mehr brauchten.

»Mann«, sagte T.J., als ich alle Kosmetika sortiert hatte.

»Auf der Insel, wo wir hinwollten, gibt es keinen Drogeriemarkt«, erklärte ich. »Das habe ich recherchiert.«

Ich hatte auch Kamm, Haarbürste, Haargummis, ein Kartenspiel, meinen Terminkalender, einen Stift und zwei Sonnenbrillen – eine Fliegerbrille von Ray Ban und eine mit dickem schwarzem Rahmen – eingepackt. Außerdem einen Cowboyhut aus Stroh, den ich immer am Pool trug.

Ich nahm jedes Kleidungsstück, wrang es aus und legte es zum Trocknen in den Sand. Vier Bikinis, eine Freizeithose aus Baumwolle, T-Shirts und ärmellose Tops und ein Sommerkleid. Dazu Tennisschuhe und einige Paare Socken. Außerdem ein blaues T-Shirt mit dem Logo des REO-Speedwagon-Konzerts und ein graues von Nike mit einem roten Bogen und der Aufschrift JUST DO IT darauf. Sie waren Größe L, und ich benutzte sie zum Schlafen.

Ich warf Unterhosen und BHs zurück in den Koffer. Darum würde ich mich später kümmern.

»Wir haben Glück, dass dieser Koffer angeschwemmt wurde«, sagte ich.

»Was war denn in dem anderen?«

»Deine Schulbücher und Aufgaben.« Ich hatte einen detaillierten Unterrichtsplan aufgestellt und den gesamten Lehrstoff aufgelistet, den T.J. würde bearbeiten müssen. Auch die Romane, die ich im Laufe des Sommers hatte lesen wollen, befanden sich in diesem Koffer, und ich dachte sehnsüchtig daran, was für ein willkommener Zeitvertreib sie jetzt wohl gewesen wären. Mit hoffnungsvoller Miene sah ich T.J. an. »Vielleicht finden wir deinen Koffer ja auch.«

»Keine Chance. Meine Eltern haben ihn mitgenommen. Deshalb hatte ich ja ein paar Klamotten und die Zahnbürste im Rucksack. Meine Mom wollte, dass ich etwas dabeihabe. Nur für den Fall, dass es eine Verzögerung gibt und wir irgendwo übernachten müssen.«

»Wirklich?«

»Ja.«

»Ironie des Schicksals.«

Ich suchte alles zusammen, was ich brauchte. »Ich nehme jetzt ein Bad«, verkündete ich. »Solange ich am Wasser bin, hältst du dich von dort fern. Haben wir uns verstanden?«

T.J. nickte. »Wird gemacht, Ehrenwort. Ich schaue mal, ob ich eine Angelrute basteln kann, während du weg bist. Ich wasche mich dann später.«

»Okay.«

Am Ufer zog ich mich aus, ging ins Wasser, tauchte mit dem Kopf unter und wusch mir zweimal die Haare. Das Shampoo duftete unbeschreiblich, aber vielleicht lag das auch nur daran, dass ich so stank. Nachdem ich die Kurspülung einmassiert hatte, seifte ich mich von Kopf bis Fuß ein, setzte mich auf den Strand und rasierte mir Beine und Achselhöhlen. Anschließend kehrte ich zurück ins Wasser und ließ mich, sauber und zufrieden, eine Weile treiben.

Dann zog ich meinen gelben Bikini an, benutzte das Deo, entwirrte meine Haare, drehte sie zusammen und sicherte sie mit einer Haarspange. Ich nahm die schwarze Sonnenbrille und beschloss, T.J. die Ray-Ban zu überlassen.

Bei meinem Anblick bekam er den Mund gar nicht mehr

zu. Als ich mich neben ihn setzte, beugte er sich zu mir und schnupperte. »Die Moskitos werden dich bei lebendigem Leibe verschlingen«, stellte er fest.

»Ich fühle mich so gut, dass es mir egal ist.«

»Was meinst du?«, fragte er und hielt die Angelrute hoch. Er hatte in ein Ende eines langen Stocks ein Loch gebohrt, die Gitarrensaite daran befestigt und die Drahtschlaufe von meinem Ohrring daran geknotet.

»Sieht toll aus. Lass sie uns ausprobieren, nachdem du dich gewaschen hast. Die Sachen liegen unten am Wasser. Bedien dich.«

Als T.J. zurückkam, sah er genauso sauber aus und roch so gut wie ich. Ich gab ihm die Ray-Ban.

»Hey, danke«, sagte er und setzte sie auf. »Die ist cool.« Er griff nach der Angelrute.

»Was nehmen wir als Köder?«, fragte ich.

»Wahrscheinlich am besten Würmer.«

Wir gruben den Boden unter den Bäumen auf, bis wir einige fanden. Eigentlich sahen sie eher wie große Maden aus als wie Würmer, waren weiß und zappelten. Es schüttelte mich. T.J. sammelte eine Handvoll ein, dann gingen wir zum Wasser.

»Die Schnur ist nicht sehr lang«, meinte T.J. »Ich wollte nicht alle Gitarrensaiten aufbrauchen, nur für den Fall, dass eine reißt oder dass etwas mit der Angel passiert.«

Wir wateten bis zur Taille ins Wasser. Er warf die Angelrute aus, und dann warteten wir reglos.

»Da zupft was«, verkündete T.J.

Er riss die Angel hoch und holte die Schnur ein.

»Hey, es hat geklappt!«, rief er.

In einer knappen halben Stunde fing T.J. sieben weitere Fische. Als wir wieder an der Hütte waren, ging er Brennholz sammeln, während ich mit dem Messer die Fische ausnahm.

»Woher kannst du das?«, erkundigte er sich bei seiner Rückkehr und kippte den Rucksack voller Holz auf den Stapel in der Hütte.

»Von meinem Dad. Er hat meine Schwester Sarah und mich immer mit zum Angeln genommen. Als wir klein waren, hatten wir ein Haus am See. Er hat immer einen komischen Topfhut mit Ködern daran aufgesetzt. Ich habe ihm geholfen, den Fang auszunehmen.«

T.J. beobachtete, wie ich den letzten Fisch mit dem Messer schuppte und den Kopf abschnitt. Dann fuhr ich mit der Klinge den Fischbauch entlang, um das Filet von der Haut zu trennen. Nachdem ich mir mit Regenwasser Blut und Gedärme von den Händen gewaschen hatte, briet ich den Fisch auf dem flachen Stein, den wir auch zum Rösten von Brotfrüchten benutzten. Wir verspeisten alle sieben Fische, einen nach dem anderen. Noch nie hatte ein Fisch so gut geschmeckt.

»Was meinst du, was das für Fische sind?«, fragte ich T.J.

»Keine Ahnung. Aber sie sind ziemlich lecker.«

Zum ersten Mal seit Wochen richtig satt, setzten wir uns nach dem Essen auf die Decke. Ich holte meinen Kalender aus dem Koffer und strich die gewellten Seiten glatt.

»Wie viele Tage sind wir schon hier?«, erkundigte ich mich bei T.J.

Er ging zum Baum und zählte die Kerben, die er mit dem Messer hineingeschnitzt hatte. »Dreiundzwanzig.«

Ich kreiste das Datum im Kalender ein. Es war fast Juli. »Ich führe von nun an Buch.« Im nächsten Moment fiel mir etwas ein. »Wann musst du eigentlich wieder zum Arzt?«

»Ende August soll ein CT gemacht werden.«

»Bis dahin haben sie uns gefunden.«

In Wahrheit glaubte ich das nicht. Und nach T.J.s Miene zu urteilen ging es ihm genauso.

Ich pinkelte gerade hinter einem Baum, als ich das Geräusch hörte. Das Rauschen und Flattern erschreckte mich so, dass ich beinahe in meine eigene Pfütze gefallen wäre. Ich stand auf, zerrte Unterhose und Shorts hoch und spitzte die Ohren. Doch das Geräusch kam nicht wieder.

»Ich glaube, ich habe ein Tier gehört«, meinte ich zu T.J., als ich zu ihm zurückkehrte.

»Was für ein Tier?«

»Ich weiß nicht. Es war ein Flattern und Rauschen. Hast du es nicht bemerkt?«

»Doch.«

Wir gingen zu der Stelle, woher es gekommen war, fanden aber nichts. Auf dem Rückweg sammelten wir so viel Brennholz wie möglich und legten es auf unseren Stapel.

»Willst du schwimmen gehen?«, fragte T.J.

»Klar.«

Da ich nun Badesachen hatte, war es eine prima Idee.

Das klare Wasser in der Lagune hätte sich optimal zum Schnorcheln geeignet. Wir schwammen etwa eine halbe Stunde lang. Als wir das Wasser wieder verlassen wollten, trat T.J. auf etwas. Er tauchte, und als er wieder nach oben kam, hatte er einen Tennisschuh in der Hand.

»Ist das deiner?«, erkundigte ich mich.

»Ja. Ich habe mir schon gedacht, dass er irgendwann angespült werden würde«, erwiderte er.

Wir saßen am Strand und ließen uns trocknen von der Brise, die vom Meer herüberwehte.

»Warum haben deine Eltern sich diese Inseln ausgesucht?«, wollte ich wissen. »Sie sind ziemlich abgelegen.«

»Sie wollten tauchen. Hier soll dafür die beste Gegend der Welt sein. Mein Dad und ich haben beide den Tauchschein«, antwortete T.J. und bohrte die Zehen in den weißen Sand. »Als ich so krank war, hat er überall herumerzählt, dass wir diesen tollen Urlaub machen, sobald ich wieder fit bin. Dabei hatte ich null Bock.«

»Du wolltest nicht hierherkommen?«

T.J. schüttelte den Kopf.

»Warum?«

»Wer will schon den ganzen Sommer mit seinen Eltern verbringen? Ich wäre lieber zu Hause geblieben und mit meinen Kumpeln abgehangen. Und dann haben sie auch noch gesagt, dass du mitkommst und dass ich den verpassten Schulstoff nacharbeiten muss, wenn ich die zehnte Klasse nicht wiederholen will. Da war ich richtig sauer.« Er sah mich entschuldigend an. »Nimms nicht persönlich.«

»Kein Problem.«

»Aber sie haben mir nicht zugehört. Meine Mom und mein Dad haben sich eingeredet, dass das der tollste Urlaub aller Zeiten für unsere Familie wird. Sogar meine Schwestern fanden es ätzend. Sie wollten lieber nach Disney World.«

»Das tut mir leid, T.J.«

»Schon gut.«

»Wie alt sind deine Schwestern?«

»Alexis ist neun und Grace elf. Manchmal treiben sie mich mit ihrem pausenlosen Gelaber in den Wahnsinn, aber eigentlich sind sie okay«, erwiderte er. »Hast du Geschwister?«

»Eine Schwester, Sarah. Sie ist drei Jahre älter als ich. Ihr Mann heißt David. Sie haben zwei Kinder. Joe ist fünf und

Chloe zwei. Ich vermisse sie so sehr. Ich will mir gar nicht vorstellen, was sie gerade durchmachen. Vor allem meine Eltern.«

»Ich vermisse meine Familie auch«, sagte T.J.

Ich betrachtete den strahlend blauen Himmel, starrte aufs türkisfarbene Wasser hinaus und lauschte dem beruhigenden Geräusch der Wellen, die gegen das Riff schlugen.

»Eigentlich ist es wunderschön hier«, meinte ich.

»Ja«, stimmte T.J. zu. »Das ist es.«

KAPITEL 12

T.J.

Das Schlimmste an der Insel war die Langeweile. Obwohl es Zeit kostete, Essen und Holz zu sammeln und zwei- oder dreimal am Tag fischen zu gehen, blieben noch zu viele Stunden übrig. Wir erkundeten die Insel und schwammen. Und wir redeten, und bald vertraute ich Anna fast genauso wie meinen Freunden. Sie hörte mir richtig zu.

Sie erkundigte sich nach meinen Gefühlen. Als Typ muss man ja hart drauf sein, und Ben und ich hatten ganz sicher nie dagesessen und über unsere Gefühle gesprochen. Doch jetzt gestand ich Anna, dass ich ein komisches Gefühl im Bauch bekam, wenn ich darüber nachdachte, ob sie uns jemals finden würden. Ich sagte ihr, ich hätte manchmal Angst und könnte oft nicht richtig schlafen. Sie antwortete, bei ihr sei das genauso.

Allerdings teilte ich gerne das Bett mit Anna. Manchmal kuschelte sie sich an mich und lehnte den Kopf an meine Schulter. Einmal, als ich auf der Seite geschlafen hatte, drückte sie die Brust an meinen Rücken und schob die Knie hinter meine. Sie schlief, also hatte es nichts zu bedeuten, doch fühlte es sich toll an. Ich hatte davor noch nie eine ganze Nacht mit einem Mädchen verbracht. Emma und ich hatten nur ein paar Stunden lang nebeneinander geschlafen, und das hauptsächlich deshalb, weil sie so krank war.

Ich mochte Anna. Sehr sogar. Ohne sie wäre die Insel richtiger Mist gewesen.

Da uns niemand rettete, verpasste ich Ende August meinen Kontrolltermin beim Onkologen. Anna sprach mich eines Morgens beim Frühstück darauf an.

»Es macht mir Sorgen, dass du nicht zum Arzt kannst«, sagte sie und gab mir ein Stück gebratenen Fisch. »Vorsicht, heiß.«

»Mir geht's gut«, erwiderte ich und pustete auf den Fisch, bevor ich ihn in den Mund steckte.

»Aber du warst ziemlich krank, oder?«

»Ja.«

Sie reichte mir die Wasserflasche. Ich trank einen Schluck und stellte sie weg.

»Erzähl mir davon«, meinte sie.

»Meine Mom dachte, ich hätte die Grippe. Ich hatte Fieber und fing nachts an zu schwitzen. Außerdem habe ich abgenommen. Und dann hat der Arzt einen Knoten an meinem Hals entdeckt, der sich als geschwollener Lymphknoten entpuppt hat. Also haben sie verschiedene Untersuchungen gemacht: Röntgenaufnahmen, Biopsie, MRI und eine PET-Aufnahme. Das Ergebnis war, dass ich Hodgkins-Lymphom im dritten Stadium hatte.«

»Hast du gleich mit der Chemotherapie angefangen?«

»Ja. Aber sie hat nicht angeschlagen. Außerdem haben sie eine Geschwulst in meiner Brust gefunden, und deshalb musste ich auch noch bestrahlt werden.«

»Das klingt ja schrecklich.«

Sie schnitt ein Stück von der Brotfrucht ab und gab mir den Rest.

»Es war kein Spaß. Ich musste ziemlich oft ins Krankenhaus.«

»Wie lange warst du denn krank?«

»Ich glaube, so anderthalb Jahre lang. Eine Weile ging es mir gar nicht gut. Die Docs wussten nicht, was sie davon halten sollten.«

»Du hattest bestimmt große Angst, T.J.«

»Na ja, sie haben versucht, es mir zu verheimlichen, was ich echt schlimm fand. Ich wusste nur, dass es übel aussah, weil mir keiner in die Augen schauen konnte, wenn ich Fragen gestellt habe. Oder sie haben das Thema gewechselt. Das hat mir dann wirklich Angst gemacht.«

»Kann ich mir vorstellen.«

»Am Anfang haben meine Freunde mich dauernd besucht. Aber als es nicht besser wurde, sind einige nicht mehr gekommen.« Ich trank noch einen Schluck Wasser und reichte Anna die Flasche. »Du kennst ja meinen Freund Ben.«

»Ja.«

»Der kam jeden Tag. Hat stundenlang mit mir ferngesehen oder einfach nur neben meinem Bett gesessen, wenn ich mich zu mies gefühlt habe, um mich zu bewegen oder zu reden. Meine Eltern und der Doc haben draußen auf dem Flur lange rumdiskutiert, und ich habe Ben gebeten zu lauschen. Er hat mir alles erzählt, was sie geredet haben, ganz gleich, was es war. Er wusste, dass ich die Wahrheit hören wollte.«

»Klar«, sagte sie. »Er scheint ein toller Freund zu sein, T.J.«

»Ja, ist er. Hast du eine beste Freundin?«

»Ja, sie heißt Stefani. Wir kennen uns schon seit dem Kindergarten.«

»Das ist ganz schön lange.«

Sie nickte. »Freunde sind wichtig. Ich verstehe, warum du den Sommer mit ihnen verbringen wolltest.«

»Ja«, erwiderte ich und dachte an meine Clique in Chicago. Wahrscheinlich hielten die Jungs mich inzwischen für tot.

Anna stand auf und ging zum Holzstoß. »Sagst du es mir, wenn du irgendwelche Symptome bemerkst?« Sie nahm ein paar Holzstücke und warf sie ins Feuer.

»Klar, solange du mich nicht ständig fragst, ob alles okay ist. Das hat meine Mom nämlich getan, und sie hat mich damit wahnsinnig gemacht.«

»Versprochen. Aber ich mache mir ein bisschen Sorgen.«

»Ja, ich auch.«

KAPITEL 13

ANNA

Das grelle Sonnenlicht, das ins Rettungsboot schien, weckte mich. T.J. war schon fort und sammelte entweder Brennholz oder fischte. Gähnend streckte ich Arme und Beine und kroch aus dem Bett. Mein Koffer stand in der Hütte. Ich holte einen Bikini heraus und kehrte ins Rettungsboot zurück, um mich umzuziehen. Anschließend öffnete ich die Zeltklappen und ließ frische Luft herein.

T.J. kehrte mit den Fischen zurück, die er zum Frühstück gefangen hatte. Er lächelte. »Hey.«

Ich ging zum Brotfruchtbaum und zur Kokospalme, sammelte alles vom Boden auf und brachte es zur Hütte. T.J. knackte die Kokosnüsse, während ich den Fisch ausnahm und briet.

Nach dem Frühstück putzten wir uns die Zähne und spülten mit Regenwasser nach. Ich markierte den Tag in meinem Kalender. Schon September. Kaum zu glauben.

»Lust, schwimmen zu gehen?«, fragte T.J.

»Klar.«

Letzte Woche hatte T.J. dicht vor dem Riff zwei Flossen gesehen, worauf wir panisch aus dem Wasser gelaufen waren. Doch dann kamen die Tiere in die Lagune. Delfine. Als wir langsam hineinwateten, schwammen sie nicht weg, sondern warteten geduldig ab, bis wir uns ihnen genähert hatten.

»Wirkt fast so, als wollten sie sich vorstellen«, sagte ich erstaunt.

T.J. streichelte einen von ihnen und lachte, als er Wasser aus seinem Blasloch pustete. Noch nie hatte ich so zutrauliche Geschöpfe gesehen. Sie schwammen eine Weile mit uns umher und verschwanden dann so plötzlich, als hätten sie irgendwo auf dem Meer einen Termin.

»Vielleicht kommen die Delfine ja heute wieder«, meinte ich, als ich T.J. zum Ufer folgte.

T.J. zog sein T-Shirt aus und watete in die Lagune. »Das wäre cool. Ich würde gern mal auf einem reiten.«

Um uns die Zeit zu vertreiben, benutzten wir einen der faltbaren Plastikbehälter als Taucherbrille. Es gab hier Schwärme von bunten Fischen – violette, blaue, orangefarbene und schwarz-gelb gestreifte. Außerdem begegneten wir einer Meeresschildkröte und einem Aal, der den Kopf aus dem Meeresboden reckte. Rasch ergriff ich die Flucht.

»Keine Delfine«, stellte ich fest, nachdem T.J. und ich etwa eine Stunde lang geschwommen waren. »Sicher haben wir sie verpasst.«

»Wir können es ja nach dem Mittagsschlaf noch einmal versuchen.« Plötzlich wies er aufs Ufer. »Anna, schau mal, da drüben.«

Das Bein einer Krabbe ragte aus dem Sand. Die Schere öffnete und schloss sich. Wir rannten aus dem Wasser.

»Ich hole mein Sweatshirt«, sagte er.

»Beeil dich, sie gräbt sich gleich ein.«

T.J. war in Rekordzeit zurück, wickelte sein Sweatshirt um die Krabbe und zog sie aus dem Sand. Dann gingen wir zur Hütte und schüttelten das Sweatshirt über dem Feuer aus.

»Oh, mein Gott«, meinte ich, da ich kurz mit dem gewaltsamen Tod der Krabbe haderte.

Ich war rasch darüber hinweg.

Wir knackten die Beine mit der Zange aus dem Werkzeugkasten und stopften uns mit Krabbenfleisch voll. Selbst ohne geschmolzene Butter schmeckte es so lecker wie nichts zuvor auf dieser Insel. Da T.J. und ich nun wussten, wo sich die Krabben verbuddelten, würden wir täglich das Ufer absuchen. Ich hatte Fisch, Kokosnüsse und Brotfrüchte so satt, dass ich sie kaum noch hinunterbrachte. Das Krabbenfleisch würde ein wenig dringend benötigte Abwechslung in unseren eintönigen Speiseplan bringen.

Nachdem sich die Krabbe in ein Häufchen geknackter Panzerteile verwandelt hatte, holte ich die Decke aus dem Rettungsboot und breitete sie unter der Kokospalme aus. Wir legten uns nebeneinander. Der kühlende Schatten des Baumes half uns, die heißeste Tageszeit zu überstehen, weshalb wir inzwischen am liebsten an dieser Stelle unseren Mittagsschlaf hielten.

Eine riesige, widerliche, haarige Spinne mit einem Körper von der Größe eines Vierteldollars kroch träge über T.J.s Schulter. Ich schnippte sie mit dem Finger weg. »Igitt«, sagte ich.

T.J. erschauderte. Er hasste Spinnen und schüttelte immer vorsichtshalber die Decke aus, bevor er sie wieder ins Rettungsboot brachte. Ich persönlich stand eher mit Schlangen auf Kriegsfuß. Ich war bereits auf eine getreten, und nur der Umstand, dass ich meine Tennisschuhe getragen hatte, hatte eine völlige Traumatisierung verhindert. Allein die Vorstellung, barfuß mit einem dieser Reptilien, ganz gleich, ob giftig oder nicht, in Konflikt zu geraten, versetzte mich in Panik.

Ich dachte, T.J. sei schon eingeschlafen, als er plötzlich zu sprechen begann. »Was, glaubst du, wird aus uns, Anna?« Seine Stimme klang benommen.

»Keine Ahnung. Am besten machen wir einfach so weiter und halten durch, bis uns jemand findet.«

»Wir stellen uns gar nicht so ungeschickt an«, sagte T.J. und drehte sich auf den Bauch. »Ich wette, da wären viele Leute überrascht.«

»Ich bin selbst überrascht.« Mein voller Magen machte mich auch müde. »Wobei wir ja auch keine Wahl hatten, T.J. Wenn wir es nicht geschafft hätten, wären wir jetzt tot.«

T.J. hob den Kopf und betrachtete mich mit nachdenklicher Miene. »Glaubst du, die haben zu Hause schon Trauerfeiern für uns veranstaltet?«

»Ja.« Der Gedanke, dass unsere Familien um uns trauerten, tat so weh, dass ich fest die Augen schloss und mich zwang einzuschlafen, um den Bildern von einer voll besetzten Kirche, einem leeren Altar und den verweinten Gesichtern meiner Eltern zu entrinnen.

Nach unserem Nickerchen sammelten wir Brennholz, eine nie enden wollende Sklavenarbeit. Wir achteten darauf, dass das Feuer immer brannte, einerseits damit T.J. kein neues anzünden musste, und andererseits weil wir noch immer hofften, dass ein Flugzeug kommen würde. Für diesen Fall hielten wir einen Haufen grünes Laub bereit, um Rauchsignale zu senden.

Nachdem wir das Holz auf den Haufen in der Hütte gelegt hatten, füllte ich den Behälter, in dem das Rettungsboot gewesen war, mit Meerwasser, gab eine Verschlusskappe Woolite hinzu und weichte unsere schmutzigen Kleider ein.

»Offenbar ist heute Waschtag«, meinte T.J.

»Ja.«

Dannach spannten wir ein Seil zwischen zwei Bäume und hängten die Sachen auf. Wir hatten nicht viel. T.J. trug Shorts und sonst nichts. Ich verbrachte die Tage im Bikini und schlief nachts in seinem T-Shirt und Shorts.

Später, nach dem Essen, fragte T.J., ob ich Karten spielen wollte.

»Poker?«

Er lachte. »Was? Hab ich dich beim letzten Mal nicht genug zur Schnecke gemacht?«

T.J. hatte mir das Pokern beigebracht, aber ich war nicht sehr gut. Zumindest wiegte er sich noch in diesem Glauben. Tatsächlich entwickelte ich langsam ein Händchen dafür, und ich wollte es ihm so richtig zeigen.

»Äh, offenbar ist das heute nicht mein Tag. Willst du stattdessen Dame spielen?«, meinte er sechs Runden später, von denen ich vier gewonnen hatte.

»Okay.«

Er malte ein Damebrett in den Sand. Wir benutzten Kiesel als Spielsteine und spielten drei Partien.

»Noch mal?«, fragte T.J.

»Nein, ich gehe mich jetzt waschen.«

Unsere schwindenden Vorräte an Seife und Shampoo machten mir Sorgen. Obwohl ich ziemlich viel von allem eingepackt hatte, hatten T.J. und ich uns darauf geeinigt, uns nur jeden zweiten Tag zu waschen. Nur für alle Fälle. Da wir häufig schwimmen gingen, waren wir einigermaßen sauber, rochen aber nicht immer gut.

»Du bist dran«, sagte ich, als ich vom Wasser zurückkam.

»Mir fehlt eine Dusche«, erwiderte T.J.

Nachdem er sich gesäubert hatte, gingen wir ins Bett. T.J. schloss die Falttür des Rettungsbootes und legte sich neben mich.

»Ich würde alles für eine Cola geben«, meinte er.

»Ich auch. Eine große mit ganz viel Eis.«

»Und ich will Brot. Keine Brotfrucht. Brot. Ein Riesensandwich mit Kartoffelchips und Essiggurken.«

»Pizza, Chicago-Style, also die dicke.«

»Einen riesigen, triefenden Cheeseburger.«

»Steak«, verkündete ich. »Und eine Folienkartoffel mit Käse und saurer Sahne.«

»Und zum Nachtisch Schokoladenkuchen.«

»Ich kann Schokoladenkuchen backen. Das hat mir meine Mom beigebracht.«

»Der mit den Schokostreuseln obendrauf?«

»Ja. Wenn wir von dieser Insel runterkommen, mache ich dir einen.« Ich seufzte auf. »Wir quälen uns nur selbst.«

»Ich weiß. Jetzt habe ich nämlich Hunger. Okay, ich hatte vorher auch schon welchen.«

Ich drehte mich auf die Seite und machte es mir bequem. »Gute Nacht, T.J.«

»Gute Nacht.«

T.J legte die gefangenen Fische neben mich auf den Boden und setzte sich.

»Vor ein paar Wochen hat die Schule angefangen«, stellte ich fest. Ich malte ein X in meinen Kalender, legte ihn zur Seite und begann, unser Frühstück auszunehmen.

Mein Gesichtsausdruck war T.J. offenbar nicht entgangen. »Du siehst traurig aus«, meinte er.

Ich nickte. »Es tut weh zu wissen, dass jetzt eine andere Lehrerin vor meinen Schülern steht.«

Ich unterrichtete Englisch in der Mittelstufe und liebte es, Schulbedarf einzukaufen und Bücher für meine Klassenbücherei auszuwählen. Stets füllte ich den großen Becher auf meinem Pult mit Stiften, von denen am Ende des Schuljahrs keiner mehr übrig war.

»Also magst du deinen Job?«

»Sehr sogar. Meine Mom war Lehrerin. Sie ist letztes Jahr in Rente gegangen. Und ich wusste schon immer, dass ich das auch einmal werden wollte. Als ich klein war, wollte ich immer Schule spielen. Sie hat mir goldene Sternchen gegeben, damit ich die Hausaufgaben meiner Stofftiere bewerten konnte.«

»Ich wette, du bist eine gute Lehrerin.«

Ich lächelte. »Ich versuche es.« Ich legte die filetierten Fische auf meinen Kochstein und schob ihn näher an die Flammen. »Kannst du dir vorstellen, dass du jetzt in die vorletzte Klasse gekommen wärst?«

»Nein. Es ist, als wäre ich schon seit einer Ewigkeit nicht mehr in der Schule gewesen.«

»Gehst du gerne zur Schule? Deine Mom sagte, du wärst ein guter Schüler.«

»Es ist okay. Ich wollte unbedingt wieder mit meiner Klasse gleichziehen. Außerdem hatte ich gehofft, in der Football-Mannschaft weitermachen zu können. Ich musste aufhören, als ich krank wurde.«

»Also magst du Sport?«, fragte ich.

Er nickte. »Vor allem Football und Basketball. Und du?«

»Klar.«

»Auch aktiv?«

»Na ja, ich bin gelaufen. Letztes Jahr habe ich an zwei Halbmarathons teilgenommen. In der Highschool habe ich Leichtathletik gemacht und Basketball gespielt. Manchmal mache ich Yoga.« Ich sah nach dem Fisch und zog den Stein vom Feuer weg, damit er abkühlte. »Mir fehlt die Bewegung.«

Ich konnte mir nicht vorstellen, hier zu joggen. Selbst wenn wir genug zu essen gehabt hätten, um sinnlos Kalorien zu verbrennen, hätte ich mich beim Joggen rings um die Insel gefühlt wie ein Hamster im Laufrad: Man rannte und rannte, ohne je irgendwo anzukommen.

T.J. erschien mit einem Rucksack voller Brennholz. »Alles Gute zum Geburtstag«, sagte ich.

»Haben wir den 20. September?« Er warf ein Stück Holz ins Feuer und setzte sich neben mich.

Ich nickte. »Leider habe ich kein Geschenk für dich. Das Einkaufszentrum hier ist nicht gerade der Renner.«

T.J. lachte. »Schon okay, ich brauche kein Geschenk.«

»Vielleicht kannst du ja eine Riesenparty machen, wenn wir von dieser Insel runterkommen.«

T.J. zuckte die Achseln. »Ja, vielleicht.«

Er wirkte älter als siebzehn. Beinahe reserviert. Möglicherweise lag es ja daran, dass er eine lebensbedrohliche Krankheit überstanden hatte. Jedenfalls fehlte ihm das übliche unreife Verhalten von Jugendlichen, die keine größeren Sorgen hatten, als den Führerschein zu schaffen, den Unterricht zu schwänzen und die elterliche Ausgangssperre auszutricksen.

»Nicht zu fassen, dass es bald Oktober ist«, sagte ich. »Wahrscheinlich verfärbt sich zu Hause schon das Laub.«

Ich liebte den Herbst – Footballspiele, mit Joe und Chloe zum Kürbismarkt zu gehen und die erste Kühle in der Luft zu spüren gehörte zu den Dingen, die ich im Leben am liebsten hatte.

Ich starrte auf die Palmen, deren grüne Wedel im Wind schwankten. Der Schweiß rann mir langsam übers Gesicht, und der ständige Kokosnussgeruch an meinen Händen erinnerte mich an Sonnenmilch.

Auf dieser Insel würde es immer Sommer sein.

KAPITEL 14

T.J.

Der Regen peitschte gegen das Rettungsboot, Donner grollte, und Blitze erhellten den Himmel. Der Wind rüttelte am Boot, und ich befürchtete schon, dass wir quer über den Strand gepustet werden könnten. *Rettungsboot morgen an etwas befestigen*, nahm ich mir vor.

»Bist du wach?«, fragte ich Anna.

»Ja.«

Das Unwetter tobte stundenlang. Wir zogen uns die Decke über die Köpfe und kauerten uns zusammen. Nur die dünnen Nylonbahnen, die Dach und Seiten des Rettungsboots bildeten, schützten uns vor dem Blitz – was im Grunde genommen kein Schutz war. Wir sprachen kaum. Als es endlich aufhörte, schliefen wir erschöpft ein.

Am nächsten Morgen brachte Anna ein paar kleine grüne Kokosnüsse mit, die der Sturm vom Baum geweht hatte. Wir knackten sie. Das Fruchtfleisch schmeckte süß, und die Kokosmilch war nicht so bitter wie bei den braunen.

»Die sind so lecker«, sagte Anna.

Die Hütte war eingestürzt, das Feuer ausgegangen. Also zündete ich ein neues an, diesmal mit Hilfe meines Schnürsenkels. Ich befestigte ihn an beiden Enden eines gebogenen Stocks. Dann formte ich eine Schlaufe und fädelte einen anderen Stock so hindurch, dass er parallel zu dem Holzstück stand, auf dem er ruhte.

»Was machst du da?«, fragte Anna.

»Ich benutze das, um den Stock zu drehen. So wie der Typ im Fernsehen.«

Ich veränderte die Spannung der Schnur und versuchte es mit verschiedenen Winkeln. Es dauerte eine Weile, bis ich den Stock schnell genug herumwirbeln lassen konnte, aber als es klappte, fing es nach etwa einer Viertelstunde zu qualmen an, und kurz darauf hatte ich eine Flamme.

»Hey«, meinte Anna. »Das war eine tolle Idee.«

»Danke.« Ich schichtete brennbares Material darauf und sah zu, wie das Feuer größer wurde. Dann bauten Anna und ich die Hütte wieder auf.

Ich wischte mir den Schweiß aus den Augen. »Hoffentlich kriegen wir nicht noch ein schlimmeres Unwetter«, sagte ich, während ich den letzten Ast an die Seite der Hütte lehnte. »Denn sonst weiß ich nicht, wo wir uns verkriechen sollen.«

Als Anna zum Waschen ging, suchte ich in ihrem Koffer nach dem T-Shirt mit dem REO-Speedwagon-Logo. Sie hatte gesagt, ich könne es und auch das von Nike anziehen, da sie mir beide passten. Weil ich das T-Shirt nicht fand, kramte ich ein wenig weiter.

Unter einem Haufen Höschen entdeckte ich zwei Schachteln Tampons.

Was macht sie, wenn die aufgebraucht sind?

Ich schob ein paar Sachen hin und her und stieß auf ihre ordentlich gefalteten und aufgeschichteten BHs. Der schwarze lag ganz oben. Ich griff nach einer Flasche Körperlotion mit Vanilleduft, öffnete sie und schnupperte.

Deshalb riecht sie manchmal nach Cupcakes.

Ich klappte einen runden Plastikbehälter auf. Er enthielt

eine kreisförmige Verpackung mit winzigen Pillen, eine für jeden Wochentag. Fünf waren übrig. Ich brauchte eine Weile, bis ich kapierte, dass es Antibabypillen waren. Ich fand noch zwei unangebrochene Packungen.

Anna hatte sicher nichts dagegen, dass ich in ihrem Koffer herumsuchte. Schließlich bewahrte ich auch meine Sachen darin auf, weil wir meinen Rucksack zum Holzsammeln benutzten. Doch es würde sie sicher stören, wenn ich alle ihre Sachen anfasste. Ich wollte den Koffer schon schließen, als mein Blick auf ihre Unterhöschen fiel. Sie lagen ganz unten neben den Tennisschuhen. Nach einem raschen Blick über die Schulter griff ich nach einem rosafarbenen und hielt es hoch.

Ob man da durchsehen kann, wenn sie es anhat?

Ich legte es weg und nahm einen schwarzen Tanga.

Sehr sexy, aber bestimmt total unbequem.

Ich berührte ein rotes und betrachte die winzige schwarze Schleife mitten auf dem Taillenbündchen.

Mann, was für ein scharfes Geschenk.

Ich raffte fünf oder sechs Stück auf einmal zusammen, presste mein Gesicht hinein und schnupperte.

»Was machst du da?«, fragte Anna.

Ich wirbelte herum. »Mein Gott, hast du mich erschreckt!« Ich hatte Herzklopfen, und mein Gesicht glühte.

Wie lange steht sie schon da?

»Ich suche dein REO-Speedwagon-T-Shirt.« Ich hatte noch immer ein Höschen in der Hand, das ich rasch in den Koffer fallen ließ.

»Wirklich?«, entgegnete sie. »Denn ich hatte eher den Eindruck, dass du mit meiner Unterwäsche spielst.« Sie legte Seife und Shampoo in den Koffer.

Allerdings schien sie nicht sauer zu sein. Also griff ich nach dem Tanga und hielt ihn hoch. »Das Teil ist doch bestimmt total unbequem«, stellte ich fest.

»Gib das her.« Sie riss mir das Höschen aus der Hand und stopfte es in den Koffer. Dabei musste sie die Lippen zusammenpressen, um nicht loszulachen.

Als mir klar wurde, dass sie nicht wütend war, lächelte ich. »Weißt du was, Anna? Du bist in Ordnung.«.

»Schön, dass du das findest.«

»Ich habe wirklich dein REO-Speedwagon-T-Shirt gesucht, aber es ist nicht da.«

»Es hängt an der Leine und müsste schon trocken sein.«

»Danke.«

»Keine Ursache. Aber schnupper nicht mehr an meiner Unterwäsche, okay?«

»Du hast es gesehen?«

»Ja.«

KAPITEL 15

ANNA

Die Delfine schwammen in der Lagune neben mir her, tauchten unter mir durch und kamen auf der anderen Seite wieder an die Oberfläche. Dabei stießen sie Quietschgeräusche aus, und wenn ich mit ihnen sprach, taten sie, als könnten sie mich verstehen. T.J. und ich hielten uns gerne an ihren Rückenflossen fest und hatten einen Riesenspaß daran, auf ihnen zu reiten. Ich konnte stundenlang mit ihnen spielen.

T.J. kam zur Lagune gerannt. »Anna, rate mal, was ich gefunden habe.«

T.J.s zweiter Tennisschuh war angespült worden, und seit er keine Angst mehr um seine Füße haben musste, erkundete er, auf der Suche nach nützlichen Dingen, stundenlang den Wald. Bis jetzt waren Moskitostiche das einzige Mirbringsel gewesen, doch er machte weiter. So hatte er wenigstens eine Beschäftigung.

»Was denn?« Ich tätschelte einen Delfin.

»Zieh deine Tenisschuhe an, und komm mit.«

Ich verabschiedete mich von den Delfinen, folgte ihm zur Hütte und schlüpfte in Socken und Schuhe.

»Okay, jetzt bin ich neugierig. Was ist es?«

»Eine Höhle. Ich wollte Holz sammeln, beim Aufheben habe ich die Öffnung entdeckt. Ich möchte sehen, was drin ist.«

Bis zu der Höhle waren es nur wenige Minuten. T.J. kniete sich an den Eingang und kroch auf allen vieren hinein.

»Sie ist kleiner, als ich dachte«, rief er. »Du musst dich auf den Boden legen und auf dem Bauch robben. Es ist zwar eng hier, aber der Platz reicht. Komm.«

»Nur über meine Leiche«, entgegnete ich. »Keine zehn Pferde kriegen mich in diese Höhle.«

Beim bloßen Gedanken bekam ich Herzklopfen, und der Schweiß brach mir aus.

»Ich taste herum. Ich kann nichts sehen.«

»Warum tust du das? Was, wenn da Ratten sind? Oder eine dicke, widerliche Spinne?«

»Was? Glaubst du, da könnten Spinnen sein?«

»Nein, reg dich ab.«

»Offenbar sind hier nur Steine und Holzstücke. Aber ich bin nicht sicher.«

»Wenn das Holz trocken ist, bring es mit raus. Dann legen wir es auf den Stapel.«

»Okay.«

T.J. krabbelte aus der Höhle und stand auf. Er hatte etwas in der Hand, das wie ein Schienbeinknochen aussah. Das Ding in seiner anderen Hand war eindeutig ein Schädel. »Scheiße!«, rief er aus und ließ beides fallen.

»Oh, mein Gott«, sagte ich. »Keine Ahnung, wer das ist, aber es hat eindeutig kein gutes Ende mit ihm genommen.«

»Meinst du, das ist der Typ, der die Hütte gebaut hat?«, fragte T.J. Wir starrten beide auf den Schädel.

Ich nickte. »Aller Wahrscheinlichkeit nach, ja.«

Wir kehrten zur Hütte zurück, nahmen ein brennendes Scheit aus dem Feuer, um es als Fackel zu benutzen, und eilten wieder zur Höhle. T.J. kroch auf allen vieren und mit ausgestreckter Fackel hinein.

»Verbrenn dich nicht!«, rief ich ihm nach.

»Ich pass schon auf.«

»Bist du drin?«

»Ja.«

»Was siehst du?«

»Das ist definitiv ein Skelett. Aber sonst ist hier nichts.« T.J. kam heraus und reichte mir die Fackel. »Ich lege die Knochen wieder in die Höhle zu dem Rest.«

»Gute Idee.«

T.J. und ich machten uns auf den Rückweg zur Hütte. »Also, das war ziemlich gruselig«, sagte ich.

»Wie lange dauert es, bis aus einer Leiche ein Skelett wird?«, erkundigte sich T.J.

»Bei dieser Hitze und Feuchtigkeit? Vermutlich nicht sehr lange.«

»Ich bin ganz sicher, dass das der Typ mit der Bretterhütte ist.«

»Wahrscheinlich hast du recht. Und in diesem Fall ist wieder eine Chance auf Rettung dahin.« Ich schüttelte den Kopf. »Er wird nicht zurückkommen, weil er nie fort war. Aber woran ist er gestorben?«

»Ich weiß nicht.« T.J. warf Holz ins Feuer und setzte sich neben mich. »Warum wolltest du nicht in die Höhle? Ich meine, bevor wir das Skelett gefunden haben.«

»Ich halte Enge nur schlecht aus. Da kriege ich die Krise. Erinnerst du dich an das Haus am See, von dem ich dir erzählt habe? Das, wo mein Dad und ich immer beim Angeln waren?«

»Ja.«

»Sarah und ich haben immer mit den anderen Kindern gespielt, die mit ihren Eltern dort Urlaub gemacht haben. Es gab da eine Straße, die um den ganzen See herumführte, und darunter verlief ein langes Abwasserrohr. Es war eine Mutprobe, bis zur anderen Seite zu kriechen. Und eines Tages haben Sarah und ich beschlossen, es zu tun. Wir haben alle anderen überredet mitzukommen. Und auf halbem Wege habe ich Panik bekommen. Ich konnte nicht mehr atmen, und das Kind vor mir krabbelte einfach nicht weiter. Zurück konnte ich auch nicht, weil hinter mir andere Kinder waren. Ich war etwa sieben und nicht sehr groß, doch das Rohr war eng. Nachdem wir es endlich bis zur anderen Seite geschafft hatten, musste Sarah meine Mom holen gehen, weil ich nicht mehr zu weinen aufhörte. Ich erinnere mich daran, als ob es gestern gewesen wäre.«

»Kein Wunder, dass du nicht reinwolltest.«

»Ich verstehe nur nicht, warum der Knochenmann zum Sterben da reingekrochen ist.«

»Der Knochenmann?«

»Er sollte einen Namen haben, und das hört sich doch besser an als ›der Typ mit der Hütte‹.«

»Klingt okay«, erwiderte T.J.

Ich saß vor der Hütte und spielte Solitaire. Als T.J. erschien, bemerkte ich sofort, dass etwas nicht stimmte, denn er hielt den Arm an den Körper gepresst und stützte ihn mit der anderen Hand. Seine Schulter hing nach vorne.

Ich stand auf. »Was ist passiert?«

»Ich bin von der Kokospalme gefallen.«

»Komm.« Ich legte ihm den Arm um die Taille und führte ihn langsam zum Rettungsboot. Er zuckte bei der kleinsten Bewegung zusammen und versuchte vergeblich, ein Aufstöhnen zu unterdrücken, als ich ihm beim Hinlegen half. Mein plötzliches starkes Bedürfnis, für ihn zu sorgen und seine Schmerzen zu lindern, überraschte mich selbst.

»Bin gleich zurück. Ich hole die Schmerztabletten.«

Ich schüttelte zwei Tylenol in meine Handfläche, griff nach der Wasserflasche und füllte sie am Sammelbehälter. Dann steckte ich T.J. die Tabletten in den Mund und hob seinen Kopf an, damit er trinken konnte. Er schluckte und atmete dann langsam durch.

»Was wolltest du denn auf dem Baum?«

»Ich habe versucht, an die kleinen grünen Kokosnüsse ranzukommen, die du so magst.«

Ich lächelte. »Das war wirklich lieb von dir. Aber ich glaube, du hast dir das Schlüsselbein gebrochen. Ich warte, bis die Tabletten wirken, und dann bastle ich dir eine Art Schlinge.«

»Okay«, erwiderte er und schloss die Augen.

Ich nahm ein langes weißes ärmelloses T-Shirt aus meinem Koffer. Nach zwanzig Minuten half ich T.J., sich aufzusetzen.

»Entschuldige. Ich weiß, dass es wehtut.«

Ich beugte seinen Arm am Ellbogen, schob die Schlinge darunter und band sie vorsichtig an der Schulter fest. Danach ließ ich ihn wieder auf die Polster sinken, strich ihm das Haar aus dem Gesicht und küsste ihn auf die Stirn. »Beweg dich so wenig wie möglich.«

»Okay, Anna.«

Vielleicht waren seine Schmerzen doch nicht so stark, denn als ich beim Verlassen des Rettungsbootes noch einen Blick auf ihn warf, zeichnete sich ein Lächeln auf seinem Gesicht ab.

Nachts wachte ich auf, um das Feuer nachzuschüren.

»Anna?«

T.J.s Stimmme erschreckte mich. »Ja?«

»Kannst du mir raushelfen? Ich muss pinkeln.«

»Klar.«

Ich half ihm aus dem Rettungsboot und schürte dann das

Feuer nach. Als er zurückkam, gab ich ihm noch einmal Schmerztabletten.

»Hast du einigermaßen geschlafen?«

»Nicht wirklich.«

Am nächsten Morgen sah man an einer Erhebung und einer violetten Verfärbung, wo der Knochen gebrochen war. Er verzog das Gesicht, als ich die Schlinge fester zusammenzog und ihm eine dritte Dosis Schmerztabletten verabreichte.

Danach ließ er sich keine Tabletten mehr geben. »Ich will nicht zu viele nehmen, Anna. Könnte sein, dass wir sie noch brauchen.«

Nach drei Tagen fühlte er sich besser und folgte mir auf Schritt und Tritt wie ein Hundewelpe. Wenn ich angelte, kam er mit zum Strand. Er trottete hinter mir her, wenn ich Brotfrüchte holen ging. Und er wollte helfen, den Wasserbehälter zu leeren. Als er mich auch noch zum Holzsammeln begleiten wollte, schickte ich ihn zurück zur Decke unter der Kokospalme.

»Wenn du ständig herumläufst, heilt das nie, T.J.«

»Mir ist langweilig. Und außerdem muss ich mich dringend waschen. Hilfst du mir, wenn du wieder da bist?«

»Was? Ich werde dich auf gar keinen Fall baden.«

Peinlich.

»Anna, du kannst mir entweder helfen oder meinen Geruch ertragen.«

Ich schnupperte. »Du hast schon mal besser gerochen. Okay, ich helfe dir. Aber ich wasche ausschließlich bestimmte Körperteile und auch das nur, weil du stinkst.«

Er grinste. »Danke.«

Sobald ich mit dem Brennholz zurück war, gingen wir zur Lagune. T.J. behielt die Shorts an und setzte sich ins taillenhohe Wasser. Nachdem ich mich neben ihn gekniet hatte, rieb ich das Stück Seife zwischen den Händen.

»Halt das mal fest«, sagte ich und reichte ihm die Seife.

Zuerst wusch ich mit seifigen Händen vorsichtig sein Gesicht, schöpfte dann Wasser mit den Händen und spülte nach. Meine Finger berührten die Stoppeln an seinen Wangen, seinem Kiefer und seiner Oberlippe.

»Das fühlt sich gut an«, meinte er.

Ich füllte den mitgebrachten Plastikbehälter, schüttete ihm das Wasser über den Kopf und wusch ihm die Haare. Sie waren ein ganzes Stück gewachsen und fielen ihm ständig in die Augen. Er trug am liebsten meinen Cowboyhut aus Stroh, um sie sich aus dem Gesicht zu halten. Mir war das recht, denn ich hatte mir schon längst seine Baseballkappe angeeignet.

»Schade, dass wir keine Schere haben«, sagte ich. »Sonst könnte ich dir die Haare schneiden.«

Als er mir die Seife gab, schäumte ich wieder meine Hände ein. Ich wusch seinen Hals und seine Brust. Meine Finger glitten über verhärtete Brustwarzen. Er beobachtete mich wortlos.

Ich wusch ihn unter seinem unversehrten Arm und dann den Rücken. Da er den anderen Arm nicht heben konnte, tat ich mein Bestes und berührte ihn dabei vorsichtig in der Nähe des Blutergusses.

»Tut mir leid«, entschuldigte ich mich, als er zusammenzuckte.

Ich machte den Fehler, nach unten zu schauen, als ich seine Beine waschen wollte. Das Wasser in der Lagune war so klar, dass ich den Ständer in seiner Shorts bemerkte. »T.J.!«

»Sorry.« Er warf mir einen verlegenen Blick zu. »Den kann ich jetzt gerade nicht verstecken.«

Moment mal. Wie oft ist das schon vorgekommen?

Plötzlich wusste ich nicht mehr, wo ich hinschauen sollte. Aber es war ja nicht seine Schuld. Ich hatte vergessen, was passiert, wenn man einen Siebzehnjährigen am ganzen Körper anfasst.

Oder überhaupt einen Mann.

»Nein, schon okay. Ich war nur überrascht. Ich dachte, du hättest Schmerzen.«

Er schien aufrichtig verwirrt. »Äh, *dort* habe ich mir ja nichts gebrochen.«

Okay, Themenwechsel.

Ich wusch seine Beine. Als ich die Füße erreichte, stellte ich fest, dass er kitzelig war. Er zog den Fuß weg und rief »Autsch!«, als die plötzliche Bewegung seinen Oberkörper erschütterte.

»Entschuldige. So, jetzt bist du einigermaßen sauber.«

»Willst du mich denn nicht abtrocknen?« Er grinste mich hoffnungsvoll an.

»Ha, ha, selten so gelacht. Offenbar verwechselst du mich mit jemandem, der ein Handtuch hat.«

»Danke, Anna.«

In den nächsten beiden Wochen half ich ihm beim Waschen, bis seine Verletzung so weit geheilt war, dass er es selbst übernehmen konnte. Bei jedem Mal wurde es weniger peinlich. Doch ich schaute nie wieder nach unten.

»Du findest das nicht gerade unangenehm, was?«, fragte ich ihn eines Tages, während ich ihm die Haare wusch.

»Ganz und gar nicht«, antwortete er mit einem breiten Grinsen. »Aber keine Sorge«, fügte er in gespieltem Ernst hinzu. »Ich werde mich eines Tages erkenntlich zeigen. Falls du dich jemals verletzen solltest, wasche ich dich ganz bestimmt.«

»Ich werds mir merken.«

Ich nahm mir vor, von nun an besonders vorsichtig zu sein. So verlegen es mich auch gemacht hatte, ihn zu waschen, wagte ich mir gar nicht auszumalen, was ich empfinden würde, wenn seine eingeseiften Hände über meinen Körper glitten.

KAPITEL 16

T. J.

Anna stand neben dem Rettungsboot. Ich gab ihr die Fische, die ich gefangen hatte, und verstaute die Angel in der Hütte. »Ist etwas im Wasserbehälter?«

»Nein.«

»Vielleicht regnet es ja später.«

Sie warf einen besorgten Blick zum Himmel und fing an, die Fische auszunehmen. »Hoffentlich.«

Es war November. Inzwischen waren wir seit fünf Monaten auf der Insel. Laut Anna würde die Regenzeit erst wieder im Mai beginnen. Es regnete immer noch etwa jeden zweiten Tag, allerdings nicht lang. Wir hatten zwar Kokosmilch, litten aber dennoch oft Durst.

»Wenigstens wissen wir jetzt, dass wir nicht aus dem Teich trinken dürfen«, sagte Anna erschaudernd. »Das war entsetzlich.«

»Mein Gott, ich dachte, ich scheiße mir die Eingeweide aus dem Leib.«

Auf den Regen hatten wir keinen Einfluss, doch wenigstens gab es auf den Malediven jede Menge Meeresgetier. Kokosnüsse und Brotfrüchte konnten unseren Hunger kaum stillen, aber zumindest verhinderten die bunten Fische, die ich in der Lagune fing, dass wir verhungerten.

Ich stand im taillenhohen Wasser und holte einen nach dem anderen heraus. Keiner war länger als achtzehn Zentimeter, denn ein Ohrring und eine Gitarrensaite waren nicht sehr belastbar. Außerdem wagte ich mich nicht an etwas Größeres heran, da sonst die Angelschnur hätte reißen können. Zum Glück hatte Anna viele Ohrringe eingepackt, einen hatte ich bereits verloren.

Obwohl wir genug zu essen hatten, fehlten in unserer Ernährung laut Anna eine Reihe wichtiger Bestandteile.

»Ich mache mir Sorgen um dich, T.J. Schließlich musst du noch wachsen.«

»Das mit dem Wachsen klappt prima.« So schlecht konnte unsere Ernährung also doch nicht sein. Die Shorts hatten mir beim Flugzeugabsturz noch bis zu den Knien gereicht. Inzwischen war der Saum fast drei Zentimeter nach oben gewandert.

»Offenbar enthalten Brotfrüchte Vitamin C. Sonst hätten wir inzwischen wahrscheinlich schon Skorbut«, murmelte sie vor sich hin.

»Was zur Hölle ist Skorbut?«, fragte ich. »Das klingt ja fies.«

»Eine Krankheit, die durch Vitamin-C-Mangel verursacht wird«, erwiderte sie. »Piraten und Seeleute auf langen Fahrten sind früher daran erkrankt. Keine angenehme Sache.«

Anna hätte sich mehr Sorgen um sich selbst machen sollen. Ihr Bikini schlotterte am Hintern, und ihr Busen füllte das Oberteil nicht mehr aus. Außerdem traten ihr Schlüsselbein und ihre Rippen hervor. Ich versuchte, sie dazu zu überreden, mehr zu essen, und sie gab sich auch Mühe, doch meistens aß ich ihre Reste auf. Im Gegensatz zu ihr störte mich die Eintönigkeit nicht. Und so aß ich immer, wenn ich Hunger bekam.

»Heute ist Thanksgiving«, verkündete Anna eines Morgens, wenige Wochen später.

»Wirklich?« Ich achtete nicht mehr auf das Datum, aber Anna führte jeden Tag Buch.

»Ja.« Sie klappte den Kalender zu und legte ihn neben sich auf den Boden. »Ich glaube, ich habe noch nie zuvor an Thanksgiving Fisch gegessen.«

»Oder Kokosnüsse und Brotfrüchte«, fügte ich hinzu.

»Eigentlich ist es ja egal, was es gibt. An Thanksgiving geht es darum, für das dankbar zu sein, was man hat.«

Sie versuchte, fröhlich zu klingen, wischte sich dann allerdings mit dem Handrücken die Augen ab und setzte die Sonnenbrille auf.

Den restlichen Tag erwähnten wir den Feiertag nicht mehr. Ich hatte gar nicht an Thanksgiving gedacht, weil ich angenommen hatte, dass uns bis dahin jemand finden würde. Inzwischen sprachen Anna und ich kaum noch über diese Möglichkeit, weil es uns zu sehr aufs Gemüt schlug. Wir konnten nichts weiter tun, als zu warten und zu hoffen, dass irgendwann ein Flugzeug kommen würde. Das war das Schlimmste: Dieser Situation so hilflos ausgeliefert zu sein. Die einzige Alternative war, mit dem Rettungsboot loszufahren, und das hätte Anna niemals mitgemacht. Sie hatte recht, das wäre glatter Selbstmord.

»Ich bin so dankbar dafür, dass wir wenigstens uns haben, T.J.«, flüsterte sie in dieser Nacht im Bett.

»Ich auch.«

Wenn Anna bei dem Flugzeugabsturz gestorben und ich allein zurückgeblieben wäre, hätte ich vermutlich längst aufgegeben.

Den Weihnachtstag verbrachten wir auf der Jagd nach einem Huhn.

Als ich am frühen Morgen beim Holzsammeln war und mich gerade bückte, kam plötzlich ein Huhn aus einem Busch geflitzt. Ich erschrak dermaßen, dass ich einen schrillen Schrei ausstieß.

Sofort machte ich mich an die Verfolgung, doch es verschwand in einem anderen Busch. Ich steckte die Hände hinein und tastete, kriegte es aber nicht zu fassen.

»Anna, das Flattern, das wir immer wieder hören, kommt von einem Huhn«, verkündete ich, als ich mit dem Brennholz zurückkam.

»Hier gibt's Hühner?«

»Ja. Ich habe eines im Gebüsch verfolgt, aber es ist entkommen. Zieh deine Tennisschuhe an. Zum Weihnachtsessen gibt es Brathuhn.«

»Da drüben ist es. Ich habe es gehört. Ich trete jetzt in den Busch. Also halt es fest, wenn es auf der anderen Seite herauskommt«, sagte Anna, als die Operation Hühnerjagd in vollem Gange war. Wir liefen ihm nun schon seit einer guten Stunde kreuz und quer über die Insel nach und hatten es schließlich in die Enge getrieben.

»Da ist es!«, rief sie, als es aus dem Gebüsch flatterte.

Als ich mich auf das Huhn warf, erntete ich nur eine Handvoll Federn. »Verdammtes Mistvieh!«

Ich rannte ihm nach. Anna holte mich ein, und wir stellten es in einem Gebüsch. Ich fing an, mich durch eine Lücke im Geäst zu zwängen, doch Anna machte einen Satz und hielt es fest. Ich packte das Huhn an den Beinen, zog es aus dem Busch und knallte es auf den Boden.

Anna zuckte nicht mit der Wimper. »Gut gemacht, T.J.« Sie klopfte mir auf den Rücken.

Ich schnitt dem Huhn die Kehle durch und hängte es an den Füßen auf, bis es mehr oder weniger ausgeblutet war. Dann rupfte ich die Federn ab und versuchte dabei, den Kopf nicht anzuschauen.

Anna zerteilte es mit dem Messer.

»Im Supermarkt sieht es ganz anders aus«, stellte sie fest.

»Es ist doch okay so«, erwiderte ich. Sie hatte das Huhn total massakriert. Dann legten wir die Teile auf mehrere Steine und schoben sie nah ans Feuer.

Anna schnupperte. »Riech mal«, sagte sie, während das Huhn briet.

Als es gar zu sein schien, ließen wir es abkühlen und machten uns dann mit den Fingern über das Fleisch her. Es war an einigen Stellen angebrannt, an anderen nicht ganz durch, doch es schmeckte einfach großartig.

»Dieses Huhn ist der Hammer«, meinte ich und leckte mir die Finger ab.

Anna nagte an einer Keule. »Ja, ist es.« Sie warf den Knochen auf den größer werdenden Haufen neben dem Feuer und wischte sich mit dem Handrücken den Mund ab. »Ich frage mich, wie viele Hühner da wohl noch sind.«

»Keine Ahnung. Aber wir werden sie alle kriegen.«

»Das ist das beste Hühnchen, das ich je gegessen habe, T.J.«

Ich rülpste und lachte auf. »Ganz bestimmt.«

Nachdem alle Knochen abgeknabbert waren, breiteten wir die Decke ein Stück entfernt vom Feuer auf dem Boden aus.

»Habt ihr eure Geschenke eigentlich an Heiligabend oder am Weihnachtstag aufgemacht?«, fragte ich sie.

»An Heiligabend. Und ihr?«

»Wir auch. Manchmal haben Grace und Alexis schon am 23. zu quengeln angefangen, aber Mom hat sie warten lassen.«

Entspannt lagen wir nebeneinander da. Ich dachte an Grace und Alexis und meine Eltern. Wahrscheinlich war ihr erstes Weihnachtsfest ohne mich eine traurige Angelegenheit.

Wenn sie nur gewusst hätten, dass Anna und ich noch lebten und uns durchschlugen.

Im Mai kam der Regen zurück, und Anna und ich atmeten ein wenig auf. Allerdings gab es öfter Unwetter, sodass uns nichts anderes übrigblieb, als uns ins Rettungsboot zu kauern, dem Grollen des Donners zu lauschen und abzuwarten, bis es endlich aufhörte.

Bei einem besonders schweren Sturm wurde ein Baum entwurzelt, den ich mit der Hand zu Brennholz zersägte. Das dauerte zwar zwei Tage, doch als ich fertig war, füllte der Holzstapel die ganze Hütte.

Nach der Arbeit ging ich an den Strand, um mich abzukühlen. Anna paddelte im Wasser und spielte mit sechs Delfinen. Ich watete hinein und tätschelte einem den Kopf. Ich hätte schwören können, dass er mich anlächelte.

»Sechs Stück, Mann, das ist ein Rekord«, sagte ich.

»Ich weiß. Sie sind heute alle auf einmal gekommen.« Die Delfine schwammen pünktlich wie die Uhr am späten Vormittag und am späten Nachmittag in die Lagune. Sie waren immer mindestens zu zweit. Aber so viele auf einmal hatte ich bis jetzt noch nie gesehen.

»Du bist ja ganz verschwitzt«, meinte Anna. »Hast du wieder gesägt?«

Ich tauchte unter und schüttelte mich wie ein Hund, als ich wieder hochkam. »Ja, alles fertig. Jetzt brauchen wir eine Weile kein Holz mehr zu sammeln.« Ich streckte meine schmerzenden Arme. »Massierst du mir die Schultern, Anna? Bitte?«

»Komm.« Sie führte mich aus dem Wasser. »Ich massiere dir den Rücken. Meine Rückenmassagen sind weltberühmt.«

Ich saß vor ihr und hätte beinahe aufgestöhnt, als sie meine Schultern berührte. Sie hatte nicht übertrieben, und ich fragte mich, ob sie ihren Freund wohl oft massierte. Ihre Hände waren kräftiger, als ich gedacht hätte, und sie knetete mir lange Nacken und Rücken. Ich stellte mir vor, wie ihre Hände mich an anderen Stellen berührten. Wenn sie meine Gedanken hätte lesen können, wäre sie wahrscheinlich ausgerastet.

»So«, sagte sie, als sie fertig war. »War das gut?«

»Unbeschreiblich«, erwiderte ich. »Danke.«

Wir kehrten zur Hütte zurück. Anna gab eine Verschlusskappe Woolite in das Regenwasser, das sie im Behälter des Rettungsbootes gesammelt hatte, und rührte mit der Hand um.

»Waschtag, was?«

»Genau.«

Ich hatte ihr angeboten, mir das Wäschewaschen mit ihr zu teilen, doch sie hatte abgelehnt. Wahrscheinlich, damit ich nicht ihre Höschen befingerte.

Sie warf unsere schmutzigen Sachen in den Behälter und wusch sie. »Hey, T.J., wo sind denn deine Unterhosen?«, fragte sie, als sie ein Teil nach dem anderen herausnahm und es zum Auswringen beiseitelegte.

Apropos Unterwäsche.

»Die passen mir nicht mehr und sind mehr oder weniger auseinandergefallen.«

»Also hast du keine.«

»Anders als gewisse andere Leute habe ich keinen ganzen Koffer voller Klamotten.«

»Ist das nicht unbequem?«

»Anfangs schon, aber inzwischen habe ich mich dran gewöhnt.« Grinsend zeigte ich auf meine Shorts. »Alles unter Kontrolle.«

Sie lachte auf. »Wenn du meinst, T.J.«

KAPITEL 17

ANNA

Wir waren seit einem guten Jahr auf der Insel, als ein Flugzeug erschien.

Ich sammelte an diesem Nachmittag gerade Kokosnüsse, als ich vom lauten Dröhnen der Triebwerke aufgeschreckt wurde. Sofort ließ ich alles stehen und liegen und rannte zum Strand.

T.J. kam aus dem Wald gestürmt, eilte auf mich zu, und wir wedelten wie wild mit dem Armen, während die Maschine direkt über unsere Köpfe flog.

»Hat es mit den Tragflächen gewackelt?«, fragte ich T.J.

»Ich bin nicht sicher. Hat es das?«

»Das konnte ich nicht feststellen. Vielleicht.«

»Es hatte Kufen, richtig?«

»Ein Wasserflugzeug«, bestätigte ich.

»Also hätte es dort landen können?«, fragte er und wies auf die Lagune.

»Ich glaube schon.«

»Haben sie uns gesehen?«, wollte er wissen.

T.J. hatte eine graue Turnhose mit einem dünnen blauen Streifen an den Seiten an, doch ich trug meinen schwarzen Bikini, der sich eigentlich vom weißen Sand hätte abheben müssen.

»Klar, ich meine, würdest du zwei Leute, die mit den Armen rudern, nicht bemerken?«

»Kann sein«, erwiderte er.

»Unser Feuer konnten sie jedenfalls nicht sehen«, wandte ich ein. Wir hatten weder die Hütte umgeworfen noch grünes Laub in die Flammen geworfen, um Qualm zu erzeugen. Ich war nicht sicher, ob wir überhaupt noch grünes Laub in der Hütte hatten.

In den nächsten beiden Stunden saßen wir schweigend am Strand, spitzten die Ohren und warteten auf das Motorengeräusch eines näher kommenden Flugzeugs.

Schließlich stand T.J. auf. »Ich gehe fischen.« Seine Stimme klang tonlos.

»Okay«, antwortete ich.

Nachdem er fort war, kehrte ich zurück zur Kokospalme und sammelte die fallen gelassenen Kokosnüsse ein. Danach machte ich am Brotfruchtbaum Station, hob zwei Brotfrüchte vom Boden auf und brachte alles zur Hütte. Anschließend schürte ich das Feuer nach und wartete auf T.J.

Als er kam, nahm ich die Fische aus und briet sie, doch wir aßen beide keinen Bissen. Ich kämpfte mit den Tränen und seufzte erleichtert auf, als T.J. wieder in Richtung Wald davonging.

Ich kroch ins Rettungsboot, wo ich mich zu einer Kugel zusammenrollte und weinte.

Alle Hoffnungen, an die ich mich seit dem Flugzeugabsturz geklammert hatte, waren in Tausende von Scherben zersprungen, als hätte jemand mit einem Vorschlaghammer gegen einen Glaswürfel gedroschen. Ich hatte gedacht, dass wir gerettet werden würden, wenn wir beim nächsten Überflug rechtzeitig am Strand waren. Vielleicht hatten sie uns nicht gesehen. Vielleicht doch, allerdings ohne zu ahnen, dass wir vermisst wurden. Es spielte keine Rolle, denn sie würden nicht wiederkommen.

Meine Tränen versiegten, und ich fragte mich, ob ich überhaupt noch welche hatte.

Ich schleppte mich aus dem Rettungsboot. Inzwischen war die Sonne untergegangen. T.J. saß am Feuer. Seine rechte Hand lag schlaff auf seinem Oberschenkel.

Ich schaute genauer hin. »Oh, T.J., ist die gebrochen?«

»Wahrscheinlich.«

Nach dem Zusammenprall mit einem harten Gegenstand – ich tippte auf Baumstamm – waren seine Fingerknöchel blutig, und seine Hand war stark angeschwollen.

Ich holte zwei Schmerztabletten aus dem Verbandskasten und brachte Wasser mit.

»Tut mir leid«, sagte er, ohne mich anzusehen. »Dass du jetzt wieder einen Knochenbruch versorgen musst, hat dir bestimmt gerade noch gefehlt.«

»Hör zu.« Ich kniete mich vor ihn. »Ich werde dich niemals kritisieren, wenn du etwas tust, das dir hilft, das hier auszuhalten.«

Endlich sah er mich an. Er nahm die Tabletten aus meiner ausgestreckten Hand und schluckte sie mit Wasser aus der Flasche. Ich setzte mich im Schneidersitz neben ihn und starrte in die Funken, die in die Luft flogen, als ich ein Stück Holz ins Feuer warf.

»Wie hältst du das eigentlich aus, Anna?«

»Ich weine.«

»Hilft das?«

»Manchmal.«

Ich starrte auf seine gebrochene Hand und musste den Drang unterdrücken, das Blut abzuwaschen und sie festzuhalten. »Ich gebe auf, T.J. Du hast einmal gesagt, es sei leichter, wenn man nicht mehr daran glaubt, dass sie zurückkommen, und du hast recht. Dieses Flugzeug kommt nicht mehr zurück. Um mich zu überzeugen, dass wir diese Insel tatsächlich eines Tages verlassen können, müsste ein Flugzeug schon in der Lagune landen. Bis dahin sind wir auf uns allein gestellt. Davon bin ich überzeugt.«

»Ich gebe auch auf«, flüsterte er.

Als ich ihn ansah, so körperlich und geistig gebrochen, stellte ich fest, dass ich doch noch Tränen übrig hatte.

Am nächsten Tag war seine Hand auf die doppelte Größe angeschwollen.

»Die muss ruhiggestellt werden«, verkündete ich, griff nach einem kurzen Stück Holz und kramte in meinem Koffer nach etwas zum Darumwickeln. »Ich ziehe es nicht zu eng fest, aber es wird ein bisschen wehtun, T.J.«

»Schon okay.«

Ich schob das Holz unter seine Handfläche, zog vorsichtig den schwarzen Stoff über den Handrücken, wickelte ihn zweimal darum und steckte ihn fest.

»Womit hast du meine Hand verbunden?«, fragte er.

»Mit meinem Tanga.« Ich sah ihn an. »Du hattest recht, das Teil ist total unbequem. Aber ein toller Verband.«

T.J.s Mundwinkel bogen sich leicht nach oben. Als er mich anblickte, entdeckte ich in seinen Augen eine Spur des Funkelns, das am Vorabend gefehlt hatte. »Das wäre irgendwann Material für eine lustige Geschichte«, fügte ich hinzu.

»Weißt du was, Anna? Es ist schon jetzt irgendwie lustig.«

Im September 2002 wurde T.J. achtzehn. Er sah nicht mehr aus wie der Junge, mit dem ich vor fünfzehn Monaten über dem Meer abgestürzt war.

Erstens musste er sich inzwischen wirklich rasieren. Auf

seinem Gesicht prangte ein Mittelding zwischen Dreitagebart und Vollbart, was ihm eigentlich recht gut stand. Ich war nicht sicher, ob es ihm so gefiel oder ob er einfach nur zu faul zum Rasieren war.

Die Haare auf seinem Kopf waren fast lang genug, um sie mit einem meiner Haargummis zusammenzuhalten. Die Sonne hatte sie hellbraun gebleicht. Meine Haare waren auch gewachsen. Sie reichten mir inzwischen fast bis zur Taille und trieben mich in den Wahnsinn. Ich hatte versucht, sie mit dem Messer zu schneiden, doch die stumpfe Klinge durchtrennte keine Haare.

T.J. war zwar sehr schlank, aber inzwischen mindestens sechs Zentimeter gewachsen, also etwa eins achtzig groß.

Außerdem sah er älter aus. Da ich im Mai einunddreißig geworden war, traf das vermutlich auch auf mich zu. Nachprüfen konnte ich es nicht, denn mein einziger Spiegel hatte sich im Schminktäschchen in meiner Handtasche befunden, und die schwamm irgendwo im Ozean.

Ich zwang mich, ihn nicht zu fragen, wie es ihm ging oder ob sich der Krebs zurückgemeldet hatte. Allerdings beobachtete ich ihn genau. Doch er schien sich wohl zu fühlen und gesund zu sein, und das, obwohl unsere Lebensbedingungen alles andere als optimal waren.

Der Mann in meinem Traum stöhnte, als ich seinen Hals küsste. Ich schob mein Bein zwischen seine, und bedeckte dann die Strecke zwischen Kiefer und Brust mit Küssen. Er legte die Arme um mich, drehte mich auf den Rücken und presste die Lippen auf meine. Etwas an seinem Kuss schreckte mich auf, und ich erwachte.

T.J. lag auf mir. Wir befanden uns auf der Decke unter der

Kokospalme, wo wir immer unser Schläfchen hielten. Als mir klar wurde, was ich getan hatte, rutschte ich unter ihm hervor. Mein Gesicht glühte. »Ich habe geträumt.«

Keuchend ließ er sich auf den Rücken fallen.

Ich rappelte mich auf, ging zum Ufer und setzte mich im Schneidersitz in den Sand. *Tolle Leistung, Anna. Ihn im Schlaf anzufallen.*

T.J. folgte mir ein paar Minuten später.

»Ich könnte im Erdboden versinken«, sagte ich.

Er ließ sich neben mich sinken. »Das brauchst du nicht.«

»Wahrscheinlich hast du dich gefragt, was das soll.«

»Na ja, schon, aber dann habe ich einfach mitgemacht.«

Ich starrte ihn mit offenem Mund an. »Spinnst du?«

»Warum? Du bist es doch, die gesagt hat, dass ich anpassungsfähig bin.«

Ja, und offenbar auch ganz schön opportunistisch.

»Außerdem«, fügte T.J. hinzu, »kuschelst du gern. Woher soll ich wissen, wie du das meinst? Es ist verwirrend.«

Meine Verlegenheit erreichte eine neue Stufe. Oft wachte ich mitten in der Nacht viel zu dicht bei T.J. und eng an ihn geschmiegt auf. Ich hatte geglaubt, dass er das verschlafen hatte.

»Entschuldige. Es war ganz allein meine Schuld. Ich wollte nicht, dass du dir etwas Falsches dabei denkst.«

»Schon gut, Anna. Ist doch überhaupt nicht schlimm.«

Den restlichen Tag über ging ich auf Abstand. Doch nachts im Bett sagte ich. »Es stimmt. Das, was du über das Kuscheln gesagt hast. Ich bin es einfach gewöhnt, neben jemandem zu schlafen. Das habe ich eine sehr lange Zeit getan.«

»Hast du von ihm geträumt?«

»Nein, es war einer dieser seltsamen Träume, die keinen

Sinn ergeben. Ich weiß nicht, von wem ich geträumt habe. Aber es tut mir wirklich leid.«

»Du brauchst dich nicht ständig zu entschuldigen, Anna. Ich habe nur gesagt, dass es mich verwirrt hat. Ich habe nie behauptet, es hätte mir nicht gefallen.«

Als ich am nächsten Tag von der Lagune zurückkam, sah ich T.J. neben der Hütte sitzen. Er mühte sich damit ab, mit dem Messer seine Zahnspange zu entfernen.

»Soll ich dir helfen?«

Er spuckte ein Stück Metall aus, das auf dem Boden neben einigen anderen landete.

»Nein.«

»Wann sollte die denn raus?«

»Vor einem halben Jahr. Bis gestern hatte ich es irgendwie vergessen.«

In diesem Moment wurde mir klar, was mich aus dem Traum aufgeweckt hatte. Ich war seit der Highschool nicht mehr von einem Jungen mit Zahnspange geküsst worden.

KAPITEL 18

T.J.

Ich stand gerade vor der Hütte des Knochenmanns, als Anna mich fand. Der Schweiß lief ihr über das Gesicht.

»Ich habe ein Huhn über die gesamte Insel verfolgt, aber es war zu schnell. Aber ich fange es, und wenn es das Letzte ist, was ich tue.« Sie beugte sich vor und stützte die Hände auf die Knie, um Luft zu holen. Sie sah mich an. »Was machst du da?«

»Ich will diese Hütte abreißen und das Holz an den Strand schaffen, um ein Haus für uns zu bauen.«

»Hast du denn eine Ahnung davon, wie man ein Haus baut?«

»Nein, aber ich habe ja jede Menge Zeit, um es herauszufinden. Wenn ich vorsichtig bin, kann ich das ganze Holz und die Nägel wiederverwenden. Und aus der Plane kann ich eine Markise machen, damit das Feuer nicht ausgeht.« Ich untersuchte die Türscharniere und überlegte, ob sie noch zu retten waren. »Ich brauche eine Beschäftigung, Anna.«

»Ich finde die Idee toll«, erwiderte sie.

Es dauerte drei Tage, bis wir die Hütte abgerissen und die Bretter an den Strand geschleppt hatten. Ich zog alle alten Nägel heraus und legte sie zu den anderen in den Werkzeugkasten.

»Ich will möglichst weit weg vom Wald sein«, sagte Anna. »Wegen der Ratten.«

»Okay.« Allerdings konnte ich am Strand nicht bauen, weil der Sandboden nicht fest genug war. Also suchten wir uns eine Stelle in der Mitte, wo der Sand endete und die Erde begann. Zuerst gruben wir ein Fundament, was eine Schinderei war, weil wir keine Schaufel hatten. Ich benutzte das spitze Ende des Hammers, um Erdbrocken zu lockern, die Anna dann mit einem unserer Plastikbehälter einsammelte.

Mit der rostigen Säge schnitt ich das Holz auf die richtige Größe zurecht. Anna hielt die Bretter fest, während ich die Nägel hineinschlug.

»Ich bin wirklich froh, dass du das tust«, sagte sie.

»Es wird aber eine Weile dauern, bis es fertig ist.«

»Kein Problem.«

Sie ging zum Werkzeugkasten, um mehr Nägel für mich zu holen, und meinte: »Gib mir Bescheid, wenn du Hilfe brauchst.«

Dann legte sie sich auf die Decke und schloss die Augen. Ich betrachtete sie eine Weile. Mein Blick wanderte von ihren Beinen über den Bauch zur Brust, und ich fragte mich, ob ihre Haut wohl so weich war, wie sie aussah. Ich dachte daran zurück, wie sie unter der Kokospalme meinen Hals geküsst hatte und wie schön sich das angefühlt hatte. Plötzlich schlug sie die Augen auf und drehte den Kopf in meine Richtung. Ich schaute schnell weg. Ich hatte aufgehört mitzuzählen, wie oft sie mich schon beim Starren erwischt hatte. Doch sie verlor nie ein Wort darüber und verlangte nie, dass ich damit aufhörte, noch ein Grund, warum ich sie so gern hatte.

Ich wäre jetzt im letzten Schuljahr gewesen, und Anna fand es eine Schande, dass ich so viel Unterrichtsstoff versäumte.

»Wahrscheinlich wirst du das GED ablegen müssen. Ich

könnte es absolut verstehen, wenn du keine Lust mehr hättest, zurück an die Highschool zu gehen.«

»Was ist ein GED?«

»Ein *General Education Diploma*, eine Möglichkeit für Schulabbrecher, ihren Abschluss extern nachzuholen, wenn sie nicht wieder an die Schule wollen. Aber keine Sorge, ich helfe dir.«

»Okay.« Mein Highschoolabschluss war mir im Moment scheißegal, doch ihr schien es wichtig zu sein.

»Hast du nicht vor, dich irgendwann mal zu rasieren?«, fragte Anna, als wir am nächsten Tag am Haus arbeiteten. Sie strich mit dem Handrücken über meinen Bart. »Ist dir nicht warm?«

Ich hoffte, dass der Bart wenigstens verbarg, dass ich rot wurde. »Ich habe mich noch nie rasiert. Das bisschen, was ich hatte, ist bei der Chemotherapie ausgefallen. Als wir aus Chicago weg sind, wuchs alles gerade erst nach.«

»Also, jetzt ist alles wieder da.«

»Ich weiß. Aber ich habe keinen Spiegel und außerdem keine Ahnung, wie es funktioniert.«

»Warum hast du denn nichts gesagt? Du weißt doch, dass ich dir helfen würde.«

»Äh, weil es vielleicht peinlich ist?«

»Also los«, erwiderte sie. Sie nahm meine Hand und zog mich zur Hütte, wo sie den Koffer öffnete und einen Rasierer und den Rasierschaum herausholte, den sie für ihre Beine benutzte. Dann gingen wir zum Wasser.

Wir setzten uns im Schneidersitz einander gegenüber. Nachdem sie Rasierschaum auf ihre Hand gespritzt hatte, betupfte sie damit mein Gesicht und verteilte ihn. Sie fasste mich am Hinterkopf und zog mich in ihre Richtung, bis der Winkel richtig war, und rasierte langsam und vorsichtig meine linke Gesichtshälfte.

»Nur, damit du es weißt«, meinte sie. »Ich habe noch nie einen Mann rasiert. Ich werde versuchen, dich nicht zu schneiden, aber ich kann nichts versprechen.«

»Du machst es sicher besser, als ich es könnte.«

Nur wenige Zentimeter trennten unsere Gesichter voneinander. Ich sah ihr in die Augen. Manchmal waren sie grau, manchmal blau. Heute war ein blauer Tag. Mir war noch nie aufgefallen, was für lange Wimpern sie hatte. »Bemerken die Leute deine Augen?«, platzte ich heraus.

Sie beugte sich vor und spülte den Rasierer im Wasser aus. »Hin und wieder.«

»Sie sind toll. Und weil du so braungebrannt bist, leuchten sie noch blauer.«

Sie lächelte. »Danke.«

Sie schöpfte Wasser mit der Hand und ließ es über meine Wange laufen, um den Rasierschaum zu entfernen.

»Warum dieser Blick?«, fragte sie.

»Was für ein Blick?«

»Dich beschäftigt doch etwas.« Sie zeigte auf meinen Kopf. »Ich kann praktisch sehen, wie es da oben rattert.«

»Als du vorhin gesagt hast, du hättest noch nie einen Mann rasiert. Bin ich für dich ein Mann?«

»Du bist für mich kein Junge«, erwiderte sie nach einer Pause.

Gut, denn das bin ich nicht mehr.

Sie gab mehr Rasierschaum auf ihre Handfläche und rasierte den Rest meines Gesichts. Als sie fertig war, fasste sie mich am Kinn, drehte meinen Kopf in alle Richtungen und fuhr mir mit dem Handrücken über die Haut.

»Okay«, meinte sie. »Das hätten wir.«

»Danke. Mir ist schon nicht mehr so heiß.«

»Gern geschehen. Gib mir Bescheid, wenn ich es wieder tun soll.«

Eines Nachts lagen Anna und ich im Bett und unterhielten uns in der Dunkelheit.

»Ich vermisse meine Familie«, sagte sie. »Ich habe da so einen Tagtraum, den ich immer wieder in Gedanken ablaufen lasse. Ich male mir aus, dass ein Flugzeug in der Lagune gelandet ist. Wir sind gerade am Strand und schwimmen hin, und der Pilot kann nicht fassen, dass wir es sind. Wir fliegen los, und sobald wir ein Telefon finden, rufen wir unsere Familien an. Kannst du dir vorstellen, wie das für sie wäre? Man glaubt, dass jemand tot ist, und hält eine Trauerfeier ab, und dann ist derjenige plötzlich am Telefon?«

»Nein, das kann ich mir nicht vorstellen.« Ich drehte mich auf den Bauch und schob das Sitzpolster unter meinem Kopf zurecht. »Ich wette, du bereust es, dass du diesen Job angenommen hast.«

»Ich habe den Job angenommen, weil es eine tolle Gelegenheit war, in ein Land zu reisen, das ich noch nicht kannte. Dass so etwas passieren würde, konnte ja niemand vorhersehen.«

Ich kratzte an einem Mückenstich am Bein. »Hast du mit dem Typen zusammengelebt? Dem, neben dem du geschlafen hast.«

»Ja.«

»Der hat sich sicher nicht gefreut, dass du so lange weg wolltest.«

»Nein, hat er nicht.«

»Aber du hast es trotzdem gemacht?«

Sie schwieg einen Moment. »Ich fühle mich komisch, wenn ich mit dir darüber rede.«

»Warum, weil du findest, dass ich zu jung bin, um so etwas zu verstehen?«

»Nein, weil du ein Typ bist. Ich weiß nicht, ob du das nachvollziehen kannst.«

»Oh, sorry.« Das hätte ich nicht sagen sollen. Anna war wirklich gut darin, mich nicht wie ein Kind zu behandeln.

»Er heißt John. Ich wollte heiraten, aber er war noch nicht so weit, und ich hatte die Warterei satt. Also hielt ich es für das Beste, eine Weile wegzufahren, um mir über einige Dinge klar zu werden.«

»Wie lange wart ihr denn zusammen?«

»Acht Jahre.« Es schien ihr peinlich zu sein.

»Und er will grundsätzlich nicht heiraten?«

»Na ja, ich glaube, es war eher, dass er *mich* nicht heiraten wollte.«

»Oh.«

»Ich will nicht mehr über ihn reden. Was ist mit dir? Hattest du in Chicago eine Freundin?«

»Nicht mehr. Ich bin mit einem Mädchen namens Emma gegangen. Ich kannte sie aus dem Krankenhaus.«

»Hatte sie auch Hodgkins?«

»Nein, Leukämie. Sie saß bei meiner ersten Chemo auf dem Platz neben mir. Danach haben wir viel Zeit miteinander verbracht.«

»War sie in deinem Alter?«

»Ein bisschen jünger. Vierzehn.«

»Wie war sie denn so?«

»Ziemlich still. Ich fand sie sehr hübsch. Allerdings waren ihr schon die Haare ausgefallen, darunter hat sie echt gelitten. Sie hat immer eine Mütze getragen. Als meine dann auch ausfielen, hat sie endlich aufgehört, sich zu schämen. Wir haben einfach rumgesessen wie zwei Kahlköpfe, und es war uns egal.«

»Es muss schrecklich sein, die Haare zu verlieren.«

»Für Mädchen ist es wahrscheinlich noch schlimmer. Emma hat mir ein paar alte Fotos gezeigt. Sie hatte lange blonde Haare.«

»Habt ihr euch auch außerhalb der Chemotherapie gesehen?«

»Ja. Sie kannte sich gut im Krankenhaus aus. Die Schwestern haben immer weggeschaut, wenn sie uns irgendwo beim Knutschen erwischt haben. Wir sind rauf in den Dachgarten und haben uns in die Sonne gesetzt. Ich hätte gern mal was mit ihr unternommen, aber ihr Immunsystem war zu schwach, um unter Leute zu gehen. Eines Abends haben die Schwestern uns in einem Zimmer, das gerade frei war, ein Video anschauen lassen. Wir haben uns zusammen ins Bett gelegt, und sie haben uns Popcorn gebracht.«

»Wie krank war sie?«

»Als wir uns kennengelernt haben, ging es ihr einigermaßen gut. Aber nach etwa einem halben Jahr verschlechterte sich ihr Zustand. Eines Abends hat sie mir am Telefon gesagt, sie hätte eine Liste aller Dinge aufgestellt, die sie noch tun will. Und sie meinte, sie habe wahrscheinlich nicht mehr viel Zeit.«

»Oh, T.J.«

»Da war sie fünfzehn, und sie wollte es unbedingt bis sechzehn schaffen, um den Führerschein zu machen. Außerdem wollte sie gern zum Abschlussball gehen, aber sie meinte, irgendeine andere Schulparty würde auch genügen.« Ich zögerte, aber in der Dunkelheit neben Anna zu liegen machte es leichter, über so etwas zu sprechen. »Sie sagte, sie würde gerne Sex haben, um zu wissen, wie sich das anfühlt. Inzwischen hatte ihr Doc sie wieder ins Krankenhaus gesteckt, und sie hatte dort ein Einzelzimmer. Ich glaube, die Schwestern wussten es. Vielleicht hat sie es ihnen erzählt. Jedenfalls haben sie uns in Ruhe gelassen, und so konnten wir wenigstens diesen Punkt abhaken. Drei Wochen später ist sie gestorben.«

»Das ist so traurig, T.J.« Anna klang, als kämpfte sie mit den Tränen. »Warst du in sie verliebt?«

»Ich weiß nicht. Sie war mir sehr wichtig, aber es war eine chaotische Zeit. Die Chemotherapie schlug nicht mehr an, und ich musste mit den Bestrahlungen anfangen. Ihr Tod hat mir Angst gemacht. Würde ich es wissen, wenn ich sie geliebt hätte, Anna?«

»Ja«, flüsterte sie.

Ich hatte lange nicht mehr an Emma gedacht. Aber ich würde sie nie vergessen. Es war auch für mich das erste Mal gewesen.

»Und welche Entscheidung hast du wegen diesem Typen getroffen, Anna?«

Sie antwortete nicht. Entweder wollte sie es mir nicht sagen, oder sie war schon eingeschlafen. Ich hörte zu, wie die Wellen gegen das Riff schlugen. Das Geräusch hatte eine beruhigende Wirkung. Ich schloss die Augen und öffnete sie erst wieder, als mich am nächsten Morgen die Sonne weckte.

KAPITEL 19

ANNA

»Lust zu pokern?«, fragte T.J.

»Gern, aber ich habe die Karten am Strand liegen gelassen.«

»Ich hole sie«, bot er an.

»Schon okay. Ich muss sowieso aufs Klo. Ich bringe sie auf dem Rückweg mit.« Bei Dunkelheit wagte ich mich nicht in die Nähe des Waldes, und ich hatte noch etwa zwei Minuten, bis die Sonne unterging.

Gerade hatte ich die Karten aufgehoben, als es passierte. Ich hatte die Fledermaus nicht kommen sehen, und vermutlich kam sie mit ziemlich hoher Geschwindigkeit aus dem Himmel herabgeschossen, denn als sie mit meinem Kopf zusammenstieß, verlor ich beinahe den Halt. Ich brauchte eine Sekunde, um zu erkennen, was mich da getroffen hatte, und dann fing ich an zu schreien. Panisch fuhr ich mir mit den Fingern durchs Haar, um die Fledermaus loszuwerden.

T.J. kam angelaufen. »Was ist los?« Bevor ich antworten konnte, schlug die Fledermaus ihre Zähne in meine Hand. Ich schrie noch lauter. »Ich habe eine Fledermaus in den Haaren«, rief ich, während mir ein stechender Schmerz durch die Handfläche schoss. »Sie beißt mich.«

T.J. rannte los. Ich schüttelte wie wild den Kopf, damit die Fledermaus losließ. Als T.J. ankam, schubste er mich in den Sand, bis ich bäuchlings dalag.

»Nicht bewegen«, sagte er und umfasste meinen Kopf.

Dann durchbohrte er die Fledemaus mit dem Messer. Sie hörte auf zu zappeln. »Moment. Ich hole sie aus deinen Haaren.«

»Ist sie tot?«, fragte ich.

»Ja.«

Ich rührte mich nicht. Mein Herz klopfte wie wild, und ich war kurz vor einem hysterischen Anfall, zwang mich aber ruhig zu bleiben, während T.J. die Fledermaus aus meinen Haaren löste.

»Sie ist weg.«

Da wir im Licht des Halbmonds nicht viel sehen konnten, holte T.J. ein brennendes Scheit aus dem Feuer, bückte sich und beleuchtete die tote Fledermaus.

Es war ein widerliches Ding mit einem hellbraunen Körper, großen schwarzen Flügeln, spitzen Ohren und scharfen Zähnen. Außerdem war sie mit schwärenden Wunden übersät. Das Fell rings um ihr Maul war feucht und schleimig.

»Komm«, sagte T.J. »Wir holen den Verbandskasten.«

Wir kehrten zur Hütte zurück und setzten uns ans Feuer.

»Gib mir deine Hand.«

Er reinigte die Bisswunde mit Alkoholtupfern, bestrich sie mit einer antibiotischen Salbe und klebte ein Pflaster darauf. Meine Hand pochte.

»Tut's weh?«

»Ja.«

Mit den Schmerzen konnte ich umgehen, aber der Gedanke, was nun vielleicht in meinem Blutkreislauf ausgebrütet wurde, machte mir Todesangst.

T.J. hatte offenbar ähnliche Gedanken, denn er legte vor dem Schlafengehen die Messerklinge ins Feuer und ließ sie die ganze Nacht über dort.

KAPITEL 20

T.J.

Als ich am nächsten Morgen vom Fischen zurückkam, war Anna schon wach und saß am Feuer.

»Was macht deine Hand?«

Sie hielt mir die Handfläche hin, und ich entfernte das Pflaster.

»Sieht gar nicht so schlecht aus«, stellte ich fest. Blut sickerte aus der schartigen Wunde, und die Hand war über Nacht leicht angeschwollen. »Ich reinige sie noch mal und klebe ein frisches Pflaster drauf, okay?«

»Okay.«

Ich fuhr mit einem neuen Alkoholtupfer über die Bisswunde. »Du siehst müde aus«, meinte ich, als ich die dunklen Ringe unter ihren Augen bemerkte.

»Ich habe nicht gut geschlafen.«

»Möchtest du dich noch mal hinlegen?«

Sie schüttelte den Kopf. »Ich halte später ein Nickerchen.

Ich klebte ein Pflaster auf ihre Hand. »So, jetzt bist du wieder wie neu.«

Offenbar hatte sie mich nicht gehört, denn sie starrte nur wortlos ins Leere.

Später am Vormittag stellte ich das Gerüst des Hauses fertig und fing an, die Wände hochzuziehen. Die Brotfruchtbäume sonderten einen milchigen Saft ab, mit dem ich die Ritzen abdichtete.

Anna arbeitete schweigend neben mir, hielt Bretter fest oder reichte mir Nägel.

»Du bist so still«, sagte ich.

»Ja.«

Ich schlug einen Nagel in ein Brett und befestigte es am Gerüst. »Machst du dir Sorgen wegen dem Biss?«

Sie nickte. »Die Fledermaus sah krank aus, T.J.«

Ich legte den Hammer weg und wischte mir den Schweiß aus den Augen. »Mir hat sie auch nicht gefallen«, räumte ich ein.

»Glaubst du, sie hatte Tollwut?«

Ich griff zum nächsten Brett und hob den Hammer auf. »Nein, ganz sicher nicht.« Allerdings wusste ich, dass Fledermäuse diese Krankheit übertragen konnten.

Anna holte tief Luft. »Ich kann offenbar nur abwarten. Wenn ich innerhalb des nächsten Monats nicht krank werde, ist vermutlich alles in Ordnung.«

»Was sind denn die Symptome?«

»Keine Ahnung. Fieber vielleicht? Krämpfe? Die Krankheit befällt das zentrale Nervensystem.«

Das machte mir eine Scheißangst. »Und was tut man, wenn das passiert?« Ich überlegte, was alles im Verbandskasten war.

Anna schüttelte den Kopf. »Gar nichts, T.J.«

»Warum nicht?«

»Weil die Krankheit ohne Tollwutspritze tödlich verläuft.«

Mir blieb die Luft weg. »Das wusste ich nicht.«

Sie nickte, und Tränen traten ihr in die Augen. Ich ließ den Hammer fallen und legte die Hände auf ihre Schultern. »Keine Sorge«, sagte ich. »Da ist sicher nichts.«

Ich hatte keine Ahnung, ob das stimmte, aber es war wichtig für mich, dass wir beide daran glaubten.

Ich zählte in Annas Kalender fünf Wochen ab. Sie wollte sicherheitshalber länger als einen Monat warten.

»Wenn sich bis dahin nichts tut und du keine Symptome hast, ist alles okay, richtig?«, fragte ich.

»Ich glaube schon.«

Ich klappte den Kalender zu und verstaute ihn wieder in Annas Koffer.

»Lass uns einfach weitermachen wie bisher«, meinte sie. »Ich will nicht darüber nachgrübeln.«

»Klar, wenn dir das hilft.«

Sie hätte Schauspielerin statt Lehrerin werden sollen. Tagsüber zog sie eine tolle Show ab und lächelte, als wäre alles in Butter. Sie beschäftigte sich, spielte stundenlang mit den Delfinen oder half mir beim Hausbau. Aber sie aß kaum etwas und wälzte sich nachts im Bett herum.

Zwei Wochen später wachte ich davon auf, dass sie aus dem Rettungsboot kroch. Sie stand nachts immer mindestens einmal auf, um Holz nachzulegen, kam jedoch normalerweise sofort zurück. Da es diesmal anders war, ging ich, um nach ihr zu sehen. Sie saß in der Hütte und starrte in die Flammen.

»Hey«, sagte ich und setzte mich neben sie. »Was hast du?«

»Ich kann nicht schlafen.« Anna stocherte mit einem Stock im Feuer herum.

»Ist alles in Ordnung?« Ich versuchte, mir meine Angst nicht anmerken zu lassen. »Du hast doch nicht etwa Fieber, oder?«

Sie schüttelte den Kopf. »Nein, mir fehlt wirklich nichts. Geh wieder ins Bett.«

»Ich kann nicht einschlafen, wenn du nicht neben mir liegst.«

Sie sah mich erstaunt an. »Nicht?«

»Nein. Ich mag es nicht, dass du allein hier draußen bist. Das macht mich nervös. Du brauchst nicht jede Nacht Holz nachzulegen. Ich habe dir doch gesagt, dass es kein Problem für mich ist, morgens ein neues Feuer anzuzünden.«

»Ist nur eine Gewohnheit.« Sie stand auf. »Komm. Wenigstens einer von uns beiden sollte schlafen.

Ich folgte Anna ins Rettungsboot. Nachdem wir uns hingelegt hatten, breitete sie die Decke über uns aus. Sie trug Shorts und mein T-Shirt. Als sie es sich bequem machte, streifte ihr nacktes Bein meines. Aber sie zog es nicht weg. Und ich auch nicht.

So lagen wir in der Dunkelheit, Bein an Bein und konnten beide lange Zeit nicht einschlafen.

Sie war einverstanden damit, nicht mehr mitten in der Nacht aufzustehen. »Anna, schade, dass du keine Stoppuhr hast«, meinte ich ein paar Wochen später zu ihr, nachdem ich Feuer gemacht hatte. »Ich wette, diesmal habe ich keine fünf Minuten gebraucht.«

»Angeber.«

Sie lachte, als sie das sagte. Je näher das Datum rückte, das ich im Kalender eingekreist hatte, desto lockerer wurde sie.

Als die fünf Wochen um waren, hielt ich ihre offene Handfläche hoch und fuhr mit dem Daumen über die Narbe, die zurückgeblieben war. »Ich glaube, du bist aus dem Schneider«, verkündete ich. »Und diesmal meine ich es ernst.«

Sie lächelte mich an. »Ich denke, du hast recht.«

An diesem Tag verschlang sie beim Mittagessen drei Fische.

»Hast du noch Hunger? Ich kann mehr fangen.«

»Nein, danke. Ich war kurz vorm Verhungern, aber jetzt bin ich satt.«

Nachdem wir lange beim Schwimmen gewesen waren, arbeiteten wir bis zum Abendessen am Haus. Wieder aß sie so viel wie schon seit Wochen nicht mehr. Als es Schlafenszeit wurde, konnte sie kaum noch die Augen offen halten, und sie schlief ein, sobald ich neben ihr lag. Ich schlief ebenfalls ein, wachte jedoch wieder auf, als Anna sich an mich kuschelte und den Kopf an meine Schulter lehnte.

Ich schlang den Arm um sie und zog sie an mich.

Wenn sie krank geworden wäre, hätte ich ohnmächtig mit ansehen müssen, wie sie litt. Und sie nach ihrem Tod neben Mick begraben müssen. Ich wusste nicht, ob ich es ohne sie ausgehalten hätte. Der Klang ihrer Stimme, ihr Lächeln, *sie* – nur das machte das Leben auf der Insel erträglich. Ich drückte sie ein bisschen fester und dachte, dass ich es ihr vielleicht sagen würde, falls sie aufwachte. Aber das tat sie nicht. Sie seufzte nur im Schlaf, und irgendwann schlief auch ich ein.

Als ich am nächsten Morgen aufwachte, war sie zu ihrer Seite des Bettes hinübergerutscht. Und als sie aus dem Rettungsboot kam, war ich gerade dabei, Feuer zu machen.

Lächelnd streckte sie die Arme über den Kopf. »Ich habe wundervoll geschlafen. So gut wie schon lange nicht mehr.«

»Ich habe auch ziemlich gut geschlafen, Anna.«

Einige Nächte später lagen wir im Bett und diskutierten darüber, welche Classic-Rock-Alben für uns zu den Top Ten aller Zeiten gehörten.

»Nummer eins ist *Sticky Fingers* von den Stones. Ich stufe *Led Zeppelin IV* zurück auf Platz fünf«, verkündete sie.

»Bist du bekifft?« Während ich anfing, die Gründe aufzulisten, warum ich anderer Meinung war – schließlich sei allgemein bekannt, dass *The Wall* von Pink Floyd, die Nummer eins sei –, musste ich furzen. Die Brotfrüchte hatten bei mir manchmal diese Wirkung.

Sie wollte kreischend aus dem Rettungsboot fliehen, doch ich packte sie um die Taille, hielt sie fest und zog ihr die Decke über den Kopf.

Das war ein kleines Spiel, das ich gerne mit ihr spielte.

»Nein, Anna! Oh, Gott, komm da raus«, ärgerte ich sie lachend. »Das stinkt sicher fürchterlich.« Als sie sich strampelnd zu befreien versuchte, umklammerte ich sie noch fester.

Als ich sie endlich gehen ließ, machte sie Würgegeräusche. »Ich mach dich fertig, Callahan«, drohte sie.

»Echt? Du und welche Armee?« Sie wog schätzungsweise fünfzig Kilo. Wir wussten beide, dass sie nicht den Hauch einer Chance gegen mich hatte.

»Werd bloß nicht frech. Eines Tages finde ich schon eine Methode, dich flachzulegen.«

Ich lachte. »Oooohh, ich hab ja solche Angst, Anna.« Was ich allerdings nicht erwähnte, war, dass sie mich mit nur einer einzigen Berührung an der richtigen Stelle hätte in die Knie zwingen können.

Ich fragte mich, ob sie das wusste.

»Ich geh mich jetzt waschen«, verkündete Anna, als ich vom Strand zurückkam, und suchte Seife, Shampoo und Kleider zusammen.

»Okay.«

Nachdem sie weg war, bemerkte ich, dass uns das Brennholz ausging. Also zog ich mit meinem Rucksack los und stopfte alles hinein, was ich finden konnte. Die Sonne stand schon tief am Himmel, und Moskitos umschwirrten mich. Ich flüchtete, so schnell es ging, aus dem dichten Blätterdach.

Als ich zwischen den Bäumen hervortrat und den Kopf hob, sah ich Anna ins Meer hineinwaten. Nackt.

Ich erstarrte.

Mir war klar, dass ich eigentlich so schnell wie möglich hätte verschwinden sollen, aber ich konnte nicht. Ich versteckte mich hinter einem Baum und beobachtete sie.

Sie tauchte unter, damit ihre Haare nass wurden, drehte sich dann um und kam wieder heraus. Sie sah unbeschreiblich aus. Ihre Sonnenbräune bildete einen Kontrast zu den Körperstellen, die mir am besten gefielen. Ich schob die Hand in meine Shorts.

Sie stand am Strand, schäumte sich die Haare ein und watete wieder ins Wasser, um das Shampoo auszuspülen. Dann kehrte sie an den Strand zurück, rieb die Seife zwischen den Händen und seifte sich ein. Danach setzte sie sich in den Sand, rasierte sich die Beine und ging wieder zum Nachspülen ins Wasser.

Und dann tat sie etwas, mit dem ich niemals gerechnet hätte.

Als sie aus dem Wasser kam, sah sie sich um und setzte sich dann mit Blick aufs Meer auf den Boden. Sie hatte das Babyöl mitgebracht. Nun goss sie etwas davon auf ihre Hand und steckte sich die Hand zwischen die Beine.

Oh, mein Gott.

Sie legte sich, ein Bein ausgestreckt, das andere angewinkelt, auf den Rücken. Während ich sie dabei beobachtete, wie sie sich anfasste, bewegte sich meine eigene Hand ein wenig schneller.

Obwohl ich es fast jeden Tag machte, wenn ich allein im Wald war, hätte ich nie gedacht, dass sie es auch tat. Ich beobachtete sie weiter. Nach ein paar Minuten streckte sie das angewinkelte Bein aus und bog den Rücken durch. Ich wusste, dass sie gerade kam, und ich kam auch.

Sie stand auf, klopfte den Sand ab und zog ihr Höschen an. Nachdem sie ihre übrigen Kleider anhatte, sammelte sie ihre Sachen ein. Kurz bevor sie ging, blieb sie plötzlich stehen und sah in meine Richtung. Hinter den Baum geduckt wartete ich reglos ab, bis sie weg war. Dann ergriff ich die Flucht und rannte in den Wald.

»Oh, hey«, sagte ich, als ich in unser Lager kam. Sie stand neben der Hütte und putzte sich die Zähne.

Sie nahm die Zahnbürste aus dem Mund und betrachtete mich mit zur Seite geneigtem Kopf. »Wo warst du?«

»Holz sammeln.« Ich öffnete den Rucksack und kippte das Holz auf den Stapel.

»Oh.« Sie spülte sich den Mund aus und gähnte. »Ich geh ins Bett.«

»Ich komme gleich nach.«

Als sie später neben mir schlief, spielte ich noch einmal die Bilder von ihrem nackten Körper und wie sie sich berührt hatte in meinem Kopf durch, wie einen Film, den ich mir so oft anschauen konnte, wie ich wollte. Wie gerne hätte ich sie geküsst und berührt und alle möglichen Dinge mit ihr angestellt, doch das war unmöglich. Immer wieder lief der Film in meinem Kopf ab. In jener Nacht machte ich kein Auge zu.

KAPITEL 21

ANNA

T.J. kletterte aufs Dach und bestrich die Palmwedel mit Brotfruchtharz. »Keine Ahnung, ob wir so trocken bleiben. Wahrscheinlich finden wir es raus, wenn es regnet.«

Das Haus war fast fertig. Ich saß im Schneidersitz auf dem Boden und sah zu, wie er heruntersprang und den Hammer nahm, um ein paar letzte Nägel einzuschlagen.

Er trug sein Haar zu einem Pferdeschwanz zusammengebunden und hatte meinen Cowboyhut und meine Fliegerbrille auf. Sein Gesicht war so braungebrannt, als wäre er auf der Insel geboren. Er hatte ein tolles Lächeln mit geraden weißen Zähnen und dazu hohe Wangenknochen und einen markanten Kiefer. Ich musste ihn wieder rasieren.

»Du siehst gut aus, T.J. Kerngesund.« Er war schlank und hatte definierte Muskeln, wahrscheinlich weil er unser Haus mit den bloßen Händen gebaut hatte. Die Mangelernährung war ihm nicht anzusehen, wenigstens noch nicht.

»Wirklich?«

»Ja. Ich weiß nicht, wie du das geschafft hast, aber du bist hier gewachsen.«

»Sehe ich älter aus?«

»Tust du.«

»Bin ich gut aussehend, Anna?« Er kniete sich grinsend vor mich hin. »Los, du kannst es mir ruhig sagen.«

Ich verdrehte die Augen. »Ja, T.J.«, erwiderte ich lächelnd.

»Du siehst sehr gut aus. Falls wir je von dieser Insel wegkommen sollten, wirst du bei den Damen sehr beliebt sein.«

Er reckte die Faust in die Luft. »Yesss.« Dann legte er den Hammer weg und trank einen Schluck Wasser. »Ich kann mich nicht erinnern, wie ich vor dem Absturz ausgesehen habe. Und du?«

»So einigermaßen. Aber wahrscheinlich habe ich mich nicht so verändert.«

T.J. setzte sich vor mich hin. »Verdammt, mir tut alles weh. Massierst du mir den Rücken?«

»Klar.« Ich massierte ihm die Schultern, die um einiges breiter waren als noch vor zwei Jahren. Das Gleiche galt für seine Brust, und seine Arme waren ebenfalls kräftig. Ich hob den Pferdeschwanz an und knetete seinen Nacken.

»Das fühlt sich toll an.«

Ich verabreichte ihm eine extralange Massage. »Du bist noch immer wunderschön, Anna. Nur falls du dich das gefragt haben solltest«, sagte er gegen Ende.

Ich lächelte, obwohl mein Gesicht zu glühen begann. »Habe ich nicht, T.J. Trotzdem danke.«

Zwei Nächte später schliefen wir zum ersten Mal in unserem neuen Haus. Wir hatten uns für ein großes Zimmer anstelle von zwei kleinen entschieden, sodass wir genug Platz hatten. Nun konnte ich mich im Haus umziehen und musste mich nicht mehr im Rettungsboot in die Kleider zwängen. Mein Koffer und der Werkzeugkasten standen in der Ecke. Verbandskasten, Messer und Seil waren im Gitarrenkoffer verstaut.

T.J. hatte den Baldachin vom Rettungsboot entfernt, sodass wir jetzt ein Dach hatten. Aus den Fliegengittertüren hatte er Fenster gemacht, die Luft und Licht hereinließen. Die Zeltbahnen aus Nylon hatte er als Jalousien benutzt, die wir nachts schließen konnten. Dann hatte er die Plane an die Vorderseite des Hauses genagelt, sie zwischen in den Boden gerammte lange Stangen gespannt und darunter eine Feuerstelle gegraben.

»Ich bin stolz auf dich, T.J. Und der Knochenmann wäre es sicher auch gewesen.«

»Danke, Anna.«

Seit den Tagen, in denen wir auf dem Boden geschlafen hatten, hatten wir es weit gebracht. Zwei Gestrandete, die Haushalt spielten.

Während T.J. und ich beim Schwimmen waren, landete ein Wasserflugzeug in der Lagune. Der Pilot öffnete die Tür und streckte den Kopf hinaus. »Endlich haben wir Sie gefunden. Wir suchen schon seit einer Ewigkeit«, sagte er.

Ich war zweiundfünfzig Jahre alt.

Schweißgebadet wachte ich auf und konnte gerade noch rechtzeitig einen Aufschrei unterdrücken.

T.J.s Seite des Bettes war leer. In letzter Zeit ging er häufig in den Wald und sammelte morgens und nachmittags Holz.

Ich zog mich an, putzte mir die Zähne und machte mich auf den Weg zur Kokospalme. Während ich die Nüsse aufhob, fiel eine vom Baum und traf mich beinahe am Kopf. Ich machte einen Satz. »Mist!«, rief ich.

Zurück am Haus überprüfte ich den Wasserbehälter. Da es Februar und mitten in der Trockenzeit war, war nicht viel darin. Der Behälter rutschte mir aus der Hand, und als das Wasser im Boden versickerte, brach ich in Tränen aus.

T.J. erschien mit einem Rucksack voller Brennholz. »Hey«, sagte er und stellte ihn ab. »Was hast du?«

Ich wischte mir mit dem Handrücken die Augen ab.

»Nichts. Ich bin nur müde und wütend auf mich selbst, weil ich das Wasser verschüttet habe.« Wieder stiegen mir die Tränen in die Augen.

»Das macht doch nichts. Später regnet es bestimmt wieder.«

»Oder auch nicht. Gestern hat es kaum geregnet.« Ich setzte mich auf den Boden und kam mir albern vor.

Er ließ sich neben mir nieder. »Äh, kriegst du vielleicht deine Periode oder so?«

Ich kniff die Augen zusammen, um die Tränen zurückzudrängen. »Nein, heute ist einfach nicht mein Tag.«

»Leg dich wieder hin«, sagte er. »Ich wecke dich, wenn ich vom Fischen zurück bin, okay?«

Ich wachte auf, als T.J. mir den Arm tätschelte. »Der Fisch ist fertig«, verkündete er und legte sich neben mich.

»Warum hast du mich nicht geweckt, damit ich ihn ausnehmen kann?«

»Ich dachte, du fühlst dich besser, wenn du noch ein bisschen schläfst.«

»Danke. Es geht schon wieder.«

»Tut mir leid, dass ich dich gefragt habe, ob du deine Periode kriegst. Eigentlich habe ich keine Ahnung davon«

»Nein, die Frage war schon okay.« Ich zögerte. »Ich bekomme meine Periode nicht mehr, und zwar schon seit einiger Zeit.« Ich hatte noch immer Tampons im Koffer.

T.J. sah mich verwirrt an. »Warum?«

»Weiß nicht. Untergewicht. Stress. Mangelernährung. Du kannst es dir aussuchen.«

»Oh«, erwiderte er.

Wir lagen einander zugewandt nebeneinander. »Ich hatte heute Morgen einen Albtraum. Als wir beim Schwimmen waren, ist ein Wasserflugzeug in der Lagune gelandet.«

»Das klingt doch wie ein guter Traum.«

»Ich war zweiundfünfzig, als sie uns gefunden haben.«

»Dann waren wir ja ziemlich lang verschwunden. Hast du dich deshalb so aufgeregt?«

»Ich will ein Baby.«

»Ja?«

»Ja. Eigentlich zwei oder drei. Das war auch etwas, das John nicht wollte. Falls sie uns erst finden, wenn ich zweiundfünfzig bin, ist es zu spät. Mit zweiundvierzig würde es schon knapp werden. Ich könnte zwar ein Kind adoptieren, aber ich möchte mindestens eins selbst auf die Welt bringen.« Ich zupfte einen Faden aus der Decke. »Es ist albern, an ein Baby zu denken, obwohl es hier so viele andere Dinge gibt, über die man sich Sorgen machen muss. Außerdem weiß ich, dass Kinder für dich noch kein Thema sind. Aber ich wünsche es mir wirklich sehr.«

»Ich habe auch schon über Kinder nachgedacht. Ich bin nämlich zeugungsunfähig.«

Seine Worte kamen so unerwartet, dass es mir im ersten Moment die Sprache verschlug. »Liegt es am Krebs?«

»Ja. Ich hatte ja tonnenweise Chemos.«

»Oh Gott, T.J., tut mir leid. Das war gedankenlos von mir.« Da jammerte ich jemandem, der seine Fruchtbarkeit geopfert hatte, um zu überleben, etwas vom Kinderkriegen vor.

»Schon gut. Der Arzt hat vor der Chemo mit mir geredet und mir erklärt, dass ich sofort Sperma einfrieren lassen müsste, wenn ich eines Tages Kinder haben will. Denn wenn die Behandlung erstmal angefangen hätte, wäre es zu spät. Ich habe beschlossen, mir diese Möglichkeit offen zu halten.«

»Wow. Das ist eine Entscheidung, die nicht viele fünfzehnjährige Jungen treffen müssen.«

»Nein, normalerweise geht es bei uns eher darum, bloß niemanden zu schwängern. Also hat meine Mom mich zu dem Termin bei der Samenbank gefahren. Sie hat mir einen *Playboy* von meinem Dad in die Hand gedrückt, obwohl ich ein paar viel schmutzigere Sachen in meinem Schrank versteckt hatte, und mich allen Ernstes gefragt, ob ich wüsste, was zu tun ist.«

»Du machst Witze!«

»Nein.« Er fing zu lachen an. »Ich war fünfzehn, Anna, und ein Experte auf diesem Gebiet. Ich hatte nur keine Lust, *mit meiner Mom* übers Wichsen zu reden.«

»Oh, mein Gott, ich sterbe.« Ich musste so lachen, dass mir die Tränen übers Gesicht liefen.

»Als ich das nächste Mal zur Samenbank musste, hat mein Dad mich gefahren.«

Ich lachte noch einmal kurz auf und wischte mir die Augen ab. »Willst du wissen, was deine beste Eigenschaft ist?«

»Dass ich so gut aussehe?«, gab er in gespieltem Ernst zurück.

Ich musste wieder lachen. »Ich sehe schon, das Kompliment ist dir zu Kopf gestiegen. Nein, das ist es nicht. Ich wollte dir nur sagen, dass es fast unmöglich ist, in deiner Gegenwart nicht glücklich zu sein.«

»Wirklich? Danke.« Er streichelte mir den Arm. »Keine Angst, Anna. Eines Tages finden sie uns, und dann kriegst du dein Baby.«

»Hoffentlich.«

Tick, tack, Sie wissen schon.

KAPITEL 22

T.J.

Ich war gerade im Wald, als Anna zu schreien anfing. Es kam aus der Richtung der Hütte. Ich eilte zwischen den Bäumen hervor und auf das Geräusch zu.

Sie taumelte ein paar Schritte und sackte dann zusammen. »Qualle«, keuchte sie.

Die Fangarme hatten rote Striemen auf Beinen, Bauch und Brust hinterlassen. Ich wusste nicht, was ich tun sollte.

»Mach sie weg!«, rief sie. Als ich genauer hinschaute, stellte ich fest, dass ein paar Fangarme noch an ihrem Bauch und ihrer Brust klebten. Ich zog an einem und verbrannte mich prompt.

Ich hastete zum Wassertank, griff nach dem Plastikbehälter, der daneben stand, füllte ihn, rannte zu Anna zurück und überschüttete sie mit Süßwasser. Die Fangarme ließen sich nicht abspülen, und Anna schrie auf, als würde es vom Süßwasser schlimmer.

»T.J., versuch es mit Meerwasser«, sagte sie. »Schnell.«

Ich lief mit dem Behälter zum Ufer und füllte ihn. Dann eilte ich zurück. Als ich sie damit übergoss, schrie sie nicht.

Wimmernd lag sie auf dem Boden, während ich überlegte, wie ich weiter vorgehen sollte. Da sie hin und her rutschte und nach einer bequemen Körperhaltung suchte, hatte sie sicher noch Schmerzen.

Mir fiel die Pinzette ein, und ich holte sie rasch aus Annas

Koffer. Als ich so schnell wie möglich die Fangarme entfernte, schloss sie stöhnend die Augen.

Ich hatte es fast geschafft, als Annas Haut sich rötete, nicht nur an den verletzten Stellen, sondern überall. Ihre Augenlider und Lippen schwollen an. In meiner Panik goss ich Meerwasser darüber, doch es nützte nichts. Ihre Augen schwollen zu.

Ich rannte ins Haus, griff nach dem Verbandskasten und ließ mich damit neben sie in den Sand fallen. Dann klappte ich den Kasten auf und kippte ihn aus. Als ich das Fläschchen mit der roten Flüssigkeit nahm, hatte ich ihre Stimme im Ohr.

Das kann Leben retten. Es wirkt gegen allergische Reaktionen.

Inzwischen ähnelte Annas Gesicht einem Ballon, und ihre Lippen waren so angeschwollen, dass die Haut aufplatzte. Ich kämpfte mit dem kindersicheren Verschluss, doch sobald ich die Flasche geöffnet hatte, schob ich den Arm unter Anna, hob ihr den Kopf an und schüttete ihr das Benadryl in den Mund. Sie keuchte und prustete. Ich hatte keine Ahnung, wie viel ich ihr gegeben hatte.

Bei dieser Aktion verrutschte ihr Bikinioberteil, sie hatte so abgenommen, dass es ihr zu groß geworden war. Als ich genauer hinschaute, entdeckte ich darunter ein paar Fangarme, die sie weiter verbrannten.

Ich riss ihr das Oberteil vom Körper und musterte entsetzt die Striemen auf ihrer Brust. Dann legte ich Anna wieder hin, überschüttete sie mit dem restlichen Meerwasser und entfernte die Fangarme mit der Pinzette.

Anschließend zog ich mein T-Shirt aus, deckte sie damit zu und steckte es vorsichtig unter ihr fest. »Das wird wieder, Anna.« Ich hielt ihre Hand und wartete.

Als ihre Haut nicht mehr so rot war und die Schwellungen ein wenig nachgelassen hatten, durchsuchte ich den auf dem

Boden herumliegenden Inhalt des Verbandskastens. Ich studierte sämtliche Packungsaufschriften und entschied mich für eine Tube Cortisonsalbe.

An den Beinen fing ich an und arbeitete mich nach oben vor, indem ich die Striemen mit Salbe einrieb. »Hilft das?«

»Ja«, flüsterte sie. Ihre Augen waren zwar nicht mehr zugeschwollen, aber sie öffnete sie nicht. »Ich bin so müde.«

Ich wusste nicht, ob ich sie einschlafen lassen sollte, weil ich befürchtete, ihr aus Versehen eine Überdosis verabreicht zu haben. Als ich mir die Benadrylflasche ansah, stellte ich fest, dass noch ziemlich viel drin war. Außerdem stand auf dem Etikett, dass es müde machte. »Schlaf nur.« Sie schlief ein, bevor ich den Satz beendet hatte.

Ich rieb ihr den Bauch ein, zögerte aber bei der Brust. Wahrscheinlich hatte sie gar nicht mitgekriegt, dass ich ihr das Oberteil ausgezogen hatte. Vielleicht war es ihr auch egal.

Ich hob das T-Shirt an und zuckte zusammen.

Ihr Busen sah zum Fürchten aus. Die Haut war mit wulstigen Striemen bedeckt. Auf einigen bildete sich bereits eine Blutkruste.

Ich konzentrierte mich darauf, dass ich ihr nur helfen wollte, und trug die Salbe vorsichtig mit den Fingerspitzen auf. Als ich fertig war, untersuchte ich sie, um sicherzugehen, dass ich nichts übersehen hatte.

Ihre Hautfarbe war wieder normal, die Schwellung verschwunden. Nachdem ich noch eine Weile gewartet hatte, hob ich sie hoch und trug sie ins Haus.

KAPITEL 23

ANNA

Als ich die Augen aufschlug und keinen brennenden Schmerz mehr spürte, atmete ich erleichtert auf. T.J. schlief neben mir. Sein Atem ging tief und gleichmäßig. Mein Oberkörper war nackt, etwas Weiches wie eine Decke war über meine Brust gebreitet. Ich setzte mich auf, zog das T-Shirt über den Kopf, schnupperte den vertrauten Geruch von T.J., drehte mich zur Seite und schlief wieder ein.

Als ich am Morgen aufwachte, war ich allein. Ich hob den Saum des T-Shirts. Die hellroten Umrisse der Fangarme waren noch zu sehen, was wohl noch eine Weile so bleiben würde. Ich lüpfte das T-Shirt noch ein Stück und zuckte beim Anblick meiner Brüste zusammen. Sie waren von dunkelroten, blutverkrusteten Striemen übersät. Ich ließ das T-Shirt schnell wieder sinken, zog Shorts an und ging hinaus, weil ich auf die Toilette musste.

Als ich zurückkam, machte T.J. gerade Feuer.

Er stand auf. »Wie fühlst du dich?«

»Fast wieder in Ordnung.« Ich hob mein T-Shirt ein Stück und zeigte ihm meinen Bauch. Er fuhr die Striemen mit dem Finger nach.

»Tut das weh?«

»Nein, eigentlich nicht.«

»Was ist mit …?« Er wies auf meine Brust.

»Nicht so toll.«

»Tut mir leid. Du hattest Fangarme im Oberteil, die dich verbrannt haben. Ich habe sie nicht gleich bemerkt.«

Ich konnte mich nicht daran erinnern, dass er mir das Oberteil ausgezogen hatte. Nur an die brennenden Schmerzen. »Schon gut, du konntest es ja nicht wissen.«

»Du bist knallrot angelaufen, und alles ist angeschwollen.«

»Wirklich?« Daran erinnerte ich mich auch nicht.

»Ich habe dir Benadryl gegeben. Hat dich ziemlich umgehauen.«

»Das hast du genau richtig gemacht.«

Er ging ins Haus und kehrte mit der Cortisonsalbe zurück. »Damit habe ich dich eingecremt. Schien zu helfen. Das hast du wenigstens gesagt, bevor du eingeschlafen bist.«

Ich nahm die Tube, die er mir hinhielt. Hatte er auch meine Brüste eingerieben? Ich stellte mir vor, wie ich, nur im Bikinihöschen, auf dem Boden lag, während T.J. mich eincremte. Plötzlich konnte ich ihm nicht mehr in die Augen schauen.

»Danke«, sagte ich.

»Hast du die Qualle gesehen, bevor sie dich verbrannt hat?«

»Nein, ich hab's erst bemerkt, als die Schmerzen anfingen.«

»Ich hab in der Lagune noch nie eine gesehen.«

»Ich auch nicht. Wahrscheinlich hat sie sich am Riff verschwommen.« Ich ging in die Hütte, holte meine Zahnbürste und gab eine winzige Portion Zahnpasta darauf. »Wenigstens war es keine tödliche«, meinte ich, als ich wieder herauskam.

T.J. starrte mich entsetzt an. »Quallen können einen umbringen?«

Ich nahm die Zahnbürste aus dem Mund. »Manche schon.«

An diesem Tag verzichteten wir aufs Schwimmen. Ich ging am Ufer entlang, spähte in die Ferne, hielt Ausschau nach Quallen und hielt mir vor Augen, dass das Meer viele Gefahren barg, auch wenn wir sie nicht alle sehen konnten. Außerdem fragte ich mich, ob wir eines Tages wohl ein lebensrettendes Medikament brauchen würden, das unser Verbandskasten nicht enthielt.

Im Juni 2003 lebten T.J. und ich seit zwei Jahren auf der Insel. Ich war im Mai zweiunddreißig geworden, T.J. würde in wenigen Monaten seinen neunzehnten Geburtstag feiern. Inzwischen war er mindestens eins fünfundachtzig groß und hatte nichts Jungenhaftes mehr an sich. Wenn ich ihn manchmal dabei beobachtete, wie er fischte, am Haus herumwerkelte oder aus dem Wald kam, den er mittlerweile kannte wie seine Westentasche, fragte ich mich, ob er die Insel wohl als sein Eigentum betrachtete. Als Ort, wo er tun und lassen konnte, was er wollte, und wo alles erlaubt war, solange wir nur am Leben blieben.

Wir saßen einander gegenüber, im Schneidersitz am Ufer, damit ich ihn rasieren konnte. Er beugte sich vor und stützte sich mit den Händen auf meinen Oberschenkeln ab.

»Wie bin ich nur deine Privatkosmetikerin geworden?«, neckte ich ihn. »Ich bade dich, ich rasiere dich.« Ich verteilte den Rasierschaum, der inzwischen fast aufgebraucht war, auf seinen Wangen.

Er grinste breit. »Weil ich ein Glückspilz bin?«

»Du bist verwöhnt. Wenn wir je von dieser Insel runterkommen, wirst du dich selbst rasieren müssen.«

»Das macht aber keinen Spaß.«

»Du schaffst das schon.«

Nachdem ich fertig war, kehrten wir zum Haus zurück, um unter unserer Markise ein Schläfchen zu halten.

»Weißt du, ich würde dich gerne baden oder rasieren, Anna. Du brauchst es nur zu sagen.«

Ich lachte. »Das krieg ich schon selber hin.«

»Bist du sicher?« Er lag neben mir auf der Decke. Im nächsten Moment griff er nach meinem Arm, hob ihn an und fuhr mit den Handrücken über meine Achselhöhle. »Mann, bist du weich.«

»Hör auf! Ich bin schrecklich kitzlig.« Ich schlug seine Hand weg.

»Was ist mit deinen Beinen?«, fragte er, und ehe ich antworten konnte, beugte er sich vor und strich mit der Hand langsam vom Knöchel bis zum Oberschenkel über mein Bein.

Die Hitze, die meinen Körper durchflutete, überraschte mich selbst, und ich stieß ein Geräusch, eine Mischung aus Seufzer und Aufstöhnen, aus, ehe ich es verhindern konnte. T.J.s Augen weiteten sich, und er starrte mich mit offenem Mund an. Dann grinste er, offenbar sehr zufrieden mit der Wirkung, die seine Berührung auf mich hatte.

Ich holte tief Luft. »Ich kann das selbst.«

»Ich will mich doch nur revanchieren, weil du mir immer hilfst.«

»Das ist sehr nett von dir, T.J. Schlaf jetzt.« Lachend drehte er sich zur Seite. Ich lag auf dem Rücken und schloss die Augen.

Er ist erst achtzehn. Zu jung.

Und eine andere Stimme in meinem Kopf sagte: *Gesetzlich ist das alt genug.*

Einige Tage später schwammen T.J. und ich am Nachmittag mit den Delfinen. Sie waren zu viert, und wir beobachteten, wie sie um uns herumtollten. Ich hätte ihnen gerne Namen gegeben, konnte sie aber nicht auseinanderhalten.

Als die Delfine sich trollten, setzen T.J. und ich uns ans Ufer. Ich bohrte die Zehen in den weichen weißen Sand.

»Wolltest du dich nicht waschen?«, fragte er.

»Ja. Aber ich habe meine Sachen nicht mitgebracht.« Unsere Vorräte waren fast aufgebraucht. Inzwischen wuschen wir uns nur noch einmal wöchentlich mit Seife. Ich hatte mich an unseren Geruch gewöhnt.

»Ich hole dir alles«, bot er an.

»Wirklich?«

»Klar.«

»Okay, aber ich brauche auch Klamotten.«

»Kein Problem.«

Er brachte mir, was ich brauchte, und legte es in den Sand. Ich wartete mit dem Ausziehen, bis er fort war.

Nach dem Bad stand ich eine Weile in der Sonne, um zu trocknen. Dann ging ich zu dem Kleiderhaufen und rechnete eigentlich damit, ein ärmelloses T-Shirt und Shorts vorzufinden. Doch zu meiner Überraschung hatte er etwas anderes ausgesucht. Er hatte sich für ein Kleid entschieden, das einzige, das ich eingepackt hatte. Es war eines meiner Lieblingskleider, kurz, hellblau und mit Spaghettiträgern. Außerdem lag da ein rosafarbenes Spitzenhöschen. Ich spürte, wie mein Gesicht zu glühen anfing. Den BH hatte er vergessen. Vielleicht ja auch nicht. Außerdem trug ich zu diesem Kleid sowieso nie einen.

Ich schlüpfte in das Höschen und zog mir das Kleid über den Kopf. Als ich zum Haus zurückkehrte, starrte T.J. mich unverhohlen an.

»Haben wir irgendwo einen Tisch bestellt, ohne dass ich davon weiß?«, fragte ich.

»Schön wärs«, erwiderte er.

Ich baute mich vor ihm auf. »Warum ein Kleid?«

Er zuckte die Achseln. »Ich dachte, du würdest darin gut aussehen.« Er nahm die Sonnenbrille ab und musterte mich von Kopf bis Fuß. »Und das tust du.«

»Danke«, sagte ich und spürte, wie meine Wangen wieder zu glühen anfingen.

Als er fischen ging, setzte ich mich auf die Decke unter der Markise, um auf ihn zu warten.

Ich hatte T.J. schon häufiger dabei ertappt, wie er mich anstarrte, allerdings noch nie so unverhohlen. Er wurde mutiger und testete die Grenzen aus. Offenbar hatte er beschlossen, aus seinen Gefühlen keinen Hehl mehr zu machen. Ich kannte seine Absichten nicht und wusste auch nicht, ob er überhaupt welche hatte. Doch ab jetzt würde das Zusammenleben mit ihm kompliziert werden.

So viel stand fest.

»Ein Jammer, dass wir keine Schere haben.« Eine Woche später saß ich auf der Decke vor der Hütte und versuchte, mein verfilztes Haar auszukämmen. Inzwischen reichte es mir fast bis zum Po und machte mich wahnsinnig. »Ich hätte dich bitten sollen, mit dem Messer ein Stück von meinen Haaren abzuschneiden, bevor es so stumpf geworden ist«, fügte ich hinzu.

Ich warf einen Blick in Richtung Feuer.

»Du überlegst, ob du die Enden absengen sollst, stimmt's?«, fragte T.J.

Ich starrte ihn entgeistert an. »Nein.«

Vielleicht.

Ich bürstete weiter.

T.J. kam zu mir hinüber und streckte die Hand aus. »Gib

mir die Bürste, dann erledige ich das. Als Revanche fürs Rasieren.«

Ich reichte ihm die Bürste. »Tu dir keinen Zwang an.«

Er lehnte sich an die Hauswand. Ich setzte mich vor ihn. Dann fing er zu bürsten an. »Du hast ja wahnsinnig dicke Haare«, stellte er fest.

»Ich weiß. Und sie sind viel zu lang.«

»Ich mag lange Haare.«

Geduldig löste T.J. die verknoteten Stellen und arbeitete sich Stück für Stück vor. Die Sonne brannte zwar vom Himmel, doch unter dem Baldachin hatten wir Schatten. Vom Meer wehte eine kühle Brise heran. Das stete Schlagen der Wellen ans Riff und die Bürste, die sanft durch mein Haar glitt, lullten mich ein, bis ich völlig entspannt war.

Er hob mein Haar an und zog mich dann an sich, bis mein Rücken an seiner Brust ruhte. Als ich den Kopf zur Seite drehte, schob er meine Haare so zurecht, dass sie auf meiner rechten Schulter lagen. Er bürstete weiter. Es fühlte sich so angenehm an, dass ich die Augen schloss und einschlief.

Als ich aufwachte, erkannte ich an T.J.s Atemzügen, dass er ebenfalls schlief. Seine Arme umschlossen von hinten meine Taille, und seine ineinander verschränkten Hände ruhten auf der nackten Haut über meinem Bikinihöschen. Ich schloss die Augen wieder und dachte, wie schön es doch war, T.J.s Arme um mich zu spüren.

Er bewegte sich. »Bist du wach?«, flüsterte er mir ins Ohr.

»Ja, ich habe gut geschlafen.«

»Ich auch.«

Widerstrebend setzte ich mich auf. Seine Hände glitten von meinem Bauch. Das Haar fiel mir lang und glatt über den Rücken. Lächelnd drehte ich mich um. »Danke fürs Bürsten.«

Sein Blick war schlaftrunken. Doch es zeigte sich noch ein anderer Ausdruck in seinen Augen. Etwas, das eindeutig nach Begierde aussah.

»Keine Ursache.«

Mein Herzschlag beschleunigte sich. Ich spürte Schmetterlinge im Bauch, und ein warmes Gefühl breitete sich in mir aus.

Dass unsere Beziehung nun kompliziert werden könnte, war möglicherweise eine Untertreibung gewesen.

KAPITEL 24

T. J.

Nachdem ich Anna die Haare gebürstet hatte, ging sie davon. Ich blickte ihr nach und erinnerte mich an das Geräusch, das sie vor Kurzem gemacht hatte, als ich mit der Hand über ihr Bein gestrichen hatte. Was für Geräusche würde sie wohl von sich geben, wenn ich mit meiner Hand etwas ganz anderes tat. Ich hatte das Bedürfnis, sie in ihr Bikinihöschen zu schieben, kaum unterdrücken können. In Chicago hätte ich nie eine Chance bei ihr gehabt. Doch ich fragte mich, was hier auf der Insel nicht alles möglich war.

Anna und ich zogen Bahnen in der Lagune und warteten auf die Delfine. »Mir ist langweilig«, sagte ich.

»Mir auch.« Sie ließ sich auf dem Rücken treiben. »Hey, warum probieren wir nicht, ob wir diese Hebefigur hinkriegen wie Johnny und Baby.«

»Ich habe keinen blassen Schimmer, wovon du redest.«

»Kennst du *Dirty Dancing* etwa nicht?«

»Nein.« Der Titel klang allerdings nicht schlecht.

»Ein großartiger Film. Ich habe ihn in der Highschool gesehen – 1987, glaube ich.«

»Da war ich zwei Jahre alt.«

»Oh, manchmal vergesse ich, wie jung du bist.«

Ich schüttelte den Kopf. »So jung nun auch wieder nicht.«

»Egal. Jedenfalls hat Patrick Swayze diesen Tanzlehrer gespielt, Johnny Castle, der in einer Ferienanlage in den Catskil Mountains arbeitete. Jennifer Grey spielte Baby Houseman, die dort mit ihrer Familie Urlaub macht.« Anna hielt inne und fügte dann hinzu: »Hey, mir ist gerade etwas eingefallen. Baby und ihre Familie waren auch die ganzen Sommerferien verreist, genau wie du.«

»War sie auch sauer deswegen?«, fragte ich.

Anna schüttelte lachend den Kopf. »Ich glaube nicht. Sie hat etwas mit Johnny angefangen, und sie haben ziemlich viel Zeit im Bett verbracht.

Warum kenne ich diesen Film nicht? Der scheint es ja voll zu bringen.

»Und als Penny, Johnnys Tanzpartnerin, schwanger wird, muss Baby einspringen. Es kommt eine schwierige Hebefigur vor, die Baby anfangs natürlich nicht kann. Also üben sie im Wasser.«

»Und das willst du ausprobieren?« Wenn das hieß, dass ich sie anfassen konnte, war ich absolut dafür.

»Ich wollte es schon immer mal ausprobieren. Es muss doch machbar sein.«

Sie stellte sich vor mich hin. »Okay, ich laufe jetzt auf dich zu, und wenn ich springe, legst du dort die Hände hin.« Sie nahm meine Hände und legte sie auf ihre Hüften. »Und dann hebst du mich über den Kopf. Meinst du, du kannst mich hochheben?«

Ich verdrehte die Augen. »Natürlich kann ich dich hochheben.«

»Aus irgendeinem Grund hat Baby in dieser Szene im Wasser eine Hose an, was ich nie verstanden habe. Okay, bist du bereit?«

Ich bejahte, worauf Anna auf mich zulief und sprang. Sobald meine Hände ihre Hüften berührten, kippte sie gegen mich und behauptete, ich hätte sie gekitzelt. Mein Gesicht landete zwischen ihren Beinen.

»Du sollst mich nicht kitzeln«, sagte sie, nachdem wir unsere Gliedmaßen entwirrt hatten.

Ich lachte. »Ich habe dich nicht gekitzelt. Ich habe meine Hände genau dort hingetan, wo du es wolltest.«

»Okay, also noch mal.« Sie ging ein Stück zurück, um Anlauf zu nehmen. »Und los geht's.«

Als ich sie diesmal hochhob, war das Wasser zu tief, sodass ich mich nicht auf den Beinen halten konnte. Ich fiel nach hinten und sie auf mich drauf, was gar nicht so schlecht war.

»Mist, das war meine Schuld«, schimpfte ich. »Wir müssen ins seichtere Wasser gehen und es noch mal versuchen.«

Dieses Mal kriegten wir es perfekt hin. Ich hob sie hoch. Sie streckte Arme und Beine aus und bog den Rücken durch.

»Geschafft!«, rief sie.

Ich hielt sie, so lange ich konnte, und senkte dann die Arme. Allerdings hatte ich ein paar Schritte rückwärts gemacht, und der Meeresboden fiel leicht ab. Sobald ihre Füße ihn berührten, verschwand ihr Kopf unter Wasser. Ich zog sie nach oben und hob sie hoch. Sie holte Luft, legte mir die Arme um den Hals, und schon wenige Sekunden später schlang sie mir die Beine um die Taille und hielt sich fest.

Sie schien überrascht, vielleicht, weil sie nicht damit gerechnet hatte, dass das Wasser hier ihr über den Kopf reichte. Vielleicht ja auch, weil ich ihren Hintern mit den Händen umfasste.

»Jetzt ist mir gar nicht mehr langweilig, Anna.« Ich ließ sie ein bisschen tiefer rutschten, damit sie spürte, wie wenig langweilig mir inzwischen war.

»Sehr gut.« Sie schlang immer noch Arme und Beine um mich, und ich überlegte schon, ob ich sie küssen sollte, als sie sagte: »Wir haben Gesellschaft.«

Ich drehte mich um. Vier Delfine kamen in die Lagune geschwommen, schubsten uns mit den Schnauzen an und wollten spielen. Enttäuscht ging ich ins seichtere Wasser, setzte Anna ab und vergewisserte mich, dass sie auch festen Boden unter den Füßen hatte.

Ich spielte gerne mit den Delfinen. Aber mit Anna spielte ich noch viel lieber.

KAPITEL 25

ANNA

Wir saßen unter der Markise, spielten Poker und sahen zu, wie das Unwetter heranzog. Blitze durchzuckten den Himmel, und die schwüle Luft legte sich auf mich wie eine Decke. Als der Wind auffrischte, stoben unsere Karten auseinander.

»Wir gehen besser rein«, sagte T.J.

Drinnen legte ich mich neben ihn ins Rettungsboot und beobachtete die Blitze, die das Innere des Hauses erhellten.

»Viel Schlaf werden wir heute wohl nicht kriegen«, stellte ich fest.

»Vermutlich nicht.«

Wir lagen da und lauschten dem Regen, der gegen die Hütte peitschte. Es donnerte im Abstand von nur wenigen Sekunden.

»So geblitzt hat es bis jetzt noch nie«, meinte ich. Noch beunruhigender war, dass sich mir in der elektrisch aufgeladenen Luft die Nackenhaare und die Härchen auf meinen Armen aufstellten. Ich sagte mir, dass das Gewitter bald aufhören würde, doch es wurde im Laufe der nächsten Stunden nur noch schlimmer.

Als die Wände zu beben anfingen, stand T.J. auf, griff in meinen Koffer, drehte sich um und warf mir meine Jeans zu. »Zieh die an.« Er griff nach seiner eigenen Jeans und schlüpfte hinein. Dann verstaute er die Angelrute im Gitarrenkoffer.

»Warum tust du das?«

»Weil ich denke, dass wir nicht länger hierbleiben können.«

Ich stand auf und streifte die Jeans über die Shorts. »Wo sollen wir sonst hin?« Ich kannte die Antwort, sobald ich die Frage ausgesprochen hatte. »Nein! Da gehe ich auf gar keinen Fall rein. Wir haben doch auch schon andere Unwetter überstanden. Lass uns abwarten.«

T.J. griff nach seinem Rucksack und stopfte Messer, Seil und Verbandszeug hinein. Dann warf er mir meine Tennisschuhe zu und zog seine Nikes an, ohne davor die Schnürsenkel zu öffnen. »So schlimm war es noch nie«, entgegnete er. »Und das weißt du.«

Gerade als ich den Mund aufmachte, um zu widersprechen, wurde das Dach abgerissen.

T.J. hatte gewonnen. »Komm«, sagte er. Seine Stimme konnte das Heulen des Windes kaum übertönen. Er schulterte den Rucksack und reichte mir den Gitarrenkoffer. »Den musst du tragen.« Er nahm den Werkzeugkasten in die eine und meinen Koffer in die andere Hand. So eilten wir durch den Wald zur Höhle. Der Regen prasselte auf uns ein, und der Wind wehte so heftig, dass ich befürchtete, umgepustet zu werden.

Am Eingang der Höhle zögerte ich.

»Geh rein, Anna!«, rief er.

Ich bückte mich und nahm all meinen Mut zusammen, um hineinzukriechen. Das plötzliche Knacken eines abbrechenden Asts klang wie ein Schuss. T.J. legte die Hand auf meinen Hintern und schob. Nachdem er Gitarrenkoffer, Werkzeugkasten und Koffer hinter mir hineingeschubst hatte, folgte er mir. Im nächsten Moment fiel ein Baum um und blockierte den Eingang zur Höhle. Es wurde stockfinster.

Ich stieß mit dem Knochenmann zusammen wie eine Kugel mit Kegeln. Das Skelett verteilte sich auf dem Höhlenboden. Wenige Sekunden später landete T.J. neben mir.

Wir zwei und unsere gesamte Habe passten kaum in den winzigen Raum. Wir mussten Schulter an Schulter auf dem Rücken liegen, und wenn ich den Arm ausstreckte, konnte ich die Höhlenwand nur wenige Zentimeter rechts von mir berühren. Auf der linken Seite bei T.J. war es genauso. In der Höhle roch es nach Erde, faulenden Pflanzen und Tieren, bei denen es sich hoffentlich nicht um Fledermäuse handelte. Dankbar für meine Jeans überkreuzte ich die Füße an den Knöcheln, damit nichts in meine Hosenbeine kriechen konnte. Die Decke befand sich keinen halben Meter über unseren Köpfen. Ich fühlte mich wie in einem Sarg bei geschlossenem Deckel und geriet in Panik. Mein Herz schlug immer schneller, und ich keuchte, weil ich glaubte, keine Luft mehr zu bekommen.

»Langsamer atmen, Anna«, sagte T.J. »Sobald es aufhört, verschwinden wir wieder.«

Ich schloss die Augen und konzentrierte mich aufs Atmen. *Nicht daran denken. Wir können jetzt nicht raus aus dieser Höhle.*

T.J. nahm meine Hand und flocht die Finger durch meine. Als er sie sanft drückte, erwiderte ich die Geste und klammerte mich an seine Hand wie an ein Rettungsseil.

»Nicht loslassen«, flüsterte er.

»Das hatte ich auch nicht vor.«

Stundenlang verharrten wir in der Höhle und lauschten, während draußen der Sturm tobte. Als er endlich vorbei war, schob T.J. die Baumäste vom Eingang weg. Die Sonne stand am Himmel. Wir krochen ins Freie und betrachteten entsetzt das Ausmaß der Verwüstung.

Das Unwetter hatte so viele Bäume entwurzelt, dass unser

Rückweg zum Strand einem Gang durch ein Labyrinth ähnelte. Als wir den Wald endlich hinter uns hatten, rissen wir entsetzt die Augen auf.

Die Hütte war fort.

T.J. starrte auf die Stelle, wo sie gestanden hatte. Ich umarmte ihn. »Es tut mir so leid«, sagte ich. Er antwortete nicht, sondern schlang die Arme um mich. Lange Zeit blieben wir so stehen.

Als wir die Gegend absuchten, entdeckten wir das Rettungsboot, an einem Baumstamm klemmend. Wir kontrollierten es sorgfältig auf Löcher, und ich lauschte, ob irgendwo zischend Luft entwich, hörte jedoch nichts. Der Wassersammelbehälter schwamm, ein paar Meter vom Ufer entfernt, im Meer, Plane und Dachabdeckung lagen zerknüllt zwischen den Bretterhaufen, die einmal unser Zuhause gewesen waren.

Sitzpolster, Schwimmwesten und Decke waren im Sand verteilt. Wir ließen sie in der Sonne trocknen. Dann befestigten wir die Dachabdeckung wieder am Rettungsboot. Allerdings hatte T.J. die Seitenteile und die Falttür entfernt und für das Haus benutzt. Das Dach würde uns zwar vor dem Regen schützen, doch wir hatten nun nichts mehr, um die Moskitos abzuhalten.

Den restlichen Tag verbrachten wir damit, eine provisorische Hütte zu bauen, Holz zu sammeln und es drinnen zum Trocknen zu stapeln. T.J. ging fischen, während ich Kokosnüsse und Brotfrüchte holte.

Später saßen wir am Feuer, aßen Fisch und konnten die Augen kaum offen halten. Zum Glück blieb das Rettungsboot dicht, und als es dunkel wurde, legten T.J. und ich uns hinein. Den Kopf auf einem noch immer ein wenig feuchten Sitzpolster schlief ich sofort sein.

Ich schwamm in der Lagune hin und her. T.J. war damit beschäftigt, das Haus wieder aufzubauen, wollte aber nachkommen, wenn er noch ein paar Bretter festgenagelt hatte.

Er war von dem Wunsch besessen, wieder ein Dach über dem Kopf zu haben, und hatte in den sechs Wochen seit dem Unwetter gewaltige Fortschritte gemacht. Das Gerüst war fertig, und nun mussten die Wände hochgezogen werden. Da er das Haus schon einmal aufgebaut hatte, kam er diesmal schneller voran. Wenn ich ihn nicht überredet hätte, hin und wieder Pause zu machen, hätte er wohl rund um die Uhr gearbeitet.

Ich trat Wasser, als er am Strand erschien. Im nächsten Moment rannte er wild gestikulierend Richtung Meer und rief, ich solle aus dem Wasser kommen. Da ich nicht verstand, warum er sich so aufregte, drehte ich mich um.

Ich entdeckte die Rückenflosse nur Sekunden, bevor sie untertauchte. Und ich erkannte an Größe und Form, dass es nicht die eines Delfins war.

T.J. stürmte zum Ufer. »Schwimm, Anna, schwimm!«

Ich wagte nicht, mich umzuschauen, und schwamm so schnell, wie ich es nie für möglich gehalten hätte, doch meine Füße berührten noch immer nicht den Boden. Im nächsten Moment hatte T.J. mich erreicht und zerrte mich am Arm ins seichtere Wasser. Als ich stehen konnte, fingen wir an zu rennen.

Ich zitterte am ganzen Leibe. »Alles ist gut«, sagte T.J. und packte mich an den Schultern.

»Wie lange schwimmt der wohl schon in unserer Lagune herum?«, fragte ich.

T.J. musterte das türkisfarbene Wasser. »Keine Ahnung.«

»Was für einer war es?«

»Ein Riffhai vielleicht?«

»Du kannst nicht fischen gehen, T.J.« Er stand dabei oft bis zur Taille im Wasser, weil unsere Angelschnur nicht sehr lang war.

»Ich bin weg, sobald ich die Rückenflosse sehe.«

»*Wenn* du sie siehst.«

Die nächsten Tage verbrachten wir damit, am Ufer Ausschau nach dem Hai zu halten. Die Wasserfläche in der Lagune blieb unbewegt, reglos und ruhig. Die Delphine kamen zwar, aber ich wagte mich nicht hinein. Wir wuschen uns abwechselnd, hielten uns aber dicht am Ufer und wateten nur hinein, um die Seife abzuspülen.

Eine ganze Woche verging, ohne dass wir den Hai gesehen hätten. Wir dachten schon, er wäre endgültig verschwunden, und hielten seinen Besuch in der Lagune für eine Ausnahme wie damals bei der Qualle.

T.J. fing wieder zu fischen an.

Einige Tage später saß ich am Ufer und rasierte mir die Beine. T.J. kam mit seinem Fang und sah zu, wie ich mir mit dem Rasierer langsam übers Bein fuhr und mich ins Knie schnitt, dass es blutete. Er zuckte zusammen.

»Die Klinge ist stumpf«, erklärte ich.

Er setzte sich neben mich. »Du kannst jetzt nicht ins Wasser, Anna.« Und da wusste ich, dass der Hai zurück war.

T.J. erzählte, er habe gerade den letzten Fisch an der Angel gehabt, als er ihn bemerkte. »Er schwamm parallel zum Ufer hin und her. Nur die Spitze der Rückenflosse ragte aus dem Wasser. Anscheinend war er auf der Jagd.«

»Geh nicht mehr fischen, T.J., bitte.«

An manchen Tagen brachte ich den Fisch kaum hinunter, der den Großteil unserer Ernährung ausmachte. In der Hoffnung auf ein wenig Abwechslung suchten wir das Ufer jeden Tag nach Krabben ab, stießen aber nur selten auf eine, ohne den Grund dafür zu verstehen. Brotfrüchte und Kokosnüsse erhielten uns zwar am Leben, doch mir wurde klar, welchen Hunger wir würden leiden müssen, wenn der Hai sich noch länger in der Lagune herumtrieb.

Wieder vergingen zwei Wochen, ohne dass wir den Hai sichteten. Ich wagte mich noch immer nur zum Waschen ins Wasser, und auch dann nur bis zu den Knien. Uns knurrten ständig die Mägen. T.J. wollte fischen, doch ich flehte ihn an, es nicht zu tun.

Ich malte mir aus, wie der Hai geduldig abwartete, bis einer von uns zu weit ins Wasser ging. T.J. glaubte, dass er weitergezogen war, weil er endlich eingesehen habe, dass es in der Lagune für ihn nichts zu holen gab. Dass wir in diesem Punkt unterschiedlichen Theorien anhingen, war Anlass einer Reihe von Auseinandersetzungen.

Ich hatte mich längst von dem Gedanken verabschiedet, dass ich T.J. etwas zu sagen hatte. Dass ich älter war und mehr Lebenserfahrung besaß, spielte auf der Insel keine Rolle. Und so nahmen wir jeden Tag, wie er kam, und lösten unsere Probleme gemeinsam. Allerdings erschien es mir als der Inbegriff der Dummheit, sich in das natürliche Lebensumfeld eines Tiers zu begeben, das einen auffressen konnte, was ich T.J. auch sagte. Vermutlich deshalb mein Wutanfall, als ich ihn zwei Tage später beim Fischen im taillenhohen Wasser erwischte.

Ich ruderte mit den Armen, um seine Aufmerksamkeit zu erregen, und sprang im Sand auf und ab. »Komm sofort da raus!«

Gemächlich schlenderte er aus dem Wasser und auf mich zu. »Warum regst du dich so auf?«

»Was machst du da?«

»Ich fische. Ich habe Hunger und du auch.«

»Hungrig ist nicht tot, T.J., und du bist nicht unsterblich.« Nach jedem Wort stieß ich ihm kräftig den Finger in die Brust, bis er meine Hand festhielt, um mich daran zu hindern.

»Herrgott, jetzt beruhig dich erst mal.«

»Letztens hast du gesagt, ich soll nicht ins Wasser gehen, und jetzt stehst du bis zur Taille drin, als wäre nichts dabei.«

»Du hast geblutet, Anna. Außerdem würdest du momentan nicht ins Wasser gehen, und wenn ich dich auf Knien anflehen würde. Also tu nicht so, als ob ich deine Erlaubnis bräuchte«, brüllte er.

»Warum bist du so versessen darauf, dich in Gefahr zu bringen, obwohl ich dich gebeten habe, es zu lassen?«

»Weil es meine Entscheidung ist, ob ich ins Wasser gehe, und nicht deine, Anna.«

»Deine Entscheidungen haben direkte Auswirkungen auf mich, T.J. Und deshalb habe ich ein Recht zu protestieren, wenn diese Entscheidungen schwachsinnig sind!« Tränen traten mir in die Augen, und meine Lippe zitterte. Ich drehte mich um und marschierte davon. Er folgte mir nicht.

Eine Woche zuvor war T.J. mit dem Hausbau fertig geworden. Ich ging hinein und legte mich ins Rettungsboot. Als ich mich ausgeweint hatte, atmete ich tief durch, um mich zu beruhigen. Offenbar war ich eingeschlafen, denn als ich aufwachte, lag T.J. wach neben mir auf dem Rücken.

»Es tut mir leid«, sagten wir beide im Chor.

»Gleichzeitig. Jetzt schuldest du mir eine Cola«, erwiderte ich. »Ich will eine große mit extra viel Eis.«

Er lächelte. »Das ist das Erste, was ich mache, wenn wir von dieser Insel runterkommen.«

Ich stützte mich auf den Ellbogen und sah ihn an. »Ich bin ausgerastet. Ich habe einfach nur solche Angst.«

»Ich glaube wirklich, dass der Hai weg ist.«

»Es ist nicht nur der Hai, T.J.« Ich holte tief Luft. »Du bist mir sehr, sehr wichtig. Die Vorstellung, dass du verletzt werden oder sogar sterben könntest, ist unerträglich für mich. Ich schaffe das hier nur, weil du bei mir bist.«

»Du würdest überleben, Anna. Du kannst alles, was ich auch kann. Du würdest es schaffen.«

»Würde ich nicht. Zu Hause komme ich auch allein durch, aber nicht hier, T.J. Nicht auf dieser Insel.« Tränen traten mir in die Augen, als ich mir die Einsamkeit und den Schmerz ausmalte, falls es T.J. nicht mehr geben würde. »Ich weiß nicht, ob man an Einsamkeit sterben kann, aber nach einer Weile würde ich es vielleicht wollen«, flüsterte ich.

Er setzte sich ein Stück auf und legte mir die Hand auf den Unterarm. »So etwas darfst du nie wieder sagen.«

»Es stimmt aber. Behaupte jetzt nicht, du hättest nie daran gedacht.«

Im ersten Moment schwieg er und konnte mir nicht in die Augen schauen. Schließlich nickte er. »Nachdem die Fledermaus dich gebissen hatte.«

Tränen traten mir in die Augen und liefen mir übers Gesicht. T.J. zog mich an seine Brust und hielt mich fest, während ich weinte, streichelte mir den Rücken und wartete, bis ich aufhörte. Wir hatten beide nicht viel an – er Shorts, ich einen Bikini –, und der Hautkontakt tröstete mich auf eine Weise, die ich nie für möglich gehalten hätte. Er roch wie das Meer. Es war ein Geruch, den ich für immer mit ihm in Verbindung bringen würde.

Ich seufzte auf, erleichtert, weil ich mich richtig ausgeweint hatte. Es war so lange her, dass ich zum letzten Mal im Arm gehalten worden war, und ich wollte mich gar nicht mehr bewegen. Schließlich hob ich den Kopf. Er umfasste mein Gesicht mit den Händen und wischte mir mit den Daumen die Tränen weg.

»Besser?«

»Ja.«

Er sah mir in die Augen. »Ich werde dich nie allein lassen, Anna. Nicht wenn ich es verhindern kann.«

»Dann geh bitte nicht ins Wasser.«

»Okay.« Er wischte noch ein paar Tränen weg. »Keine Sorge. Uns fällt schon etwas ein. Das tut es doch immer.«

»Ich bin einfach nur so müde, T.J.«

»Dann schlaf ein bisschen.«

Er hatte mich missverstanden. Ich hatte gemeint, dass ich allgemein müde war. Ich hatte es satt, ständig neue Probleme lösen zu müssen und in dauernder Sorge zu leben, dass einer von uns beiden krank werden oder sich verletzen könnte. Doch bald würde es dunkel werden, und ich fühlte mich in seinen Armen so wohl. Also legte ich den Kopf aufs Polster und schloss die Augen.

Er drückte mich fester an sich. Eine seiner Hände strich von meiner Schulter bis unten an den Rücken, die andere berührte meinen Arm.

»Bei dir fühle ich mich sicher«, flüsterte ich.

»Es kann dir nichts passieren.«

Ich ließ mich in den Schlaf sinken, um vor der Wirklichkeit zu fliehen. Doch bevor ich einschlief, hätte ich schwören können, dass T.J.s Lippen meine im sanftesten aller Küsse streiften.

Kurz vor Sonnenaufgang wachte ich in seinen Armen auf. Ich hatte Hunger und Durst und musste auf die Toilette. Also kletterte ich aus dem Bett und ging in den Wald. Auf dem Rückweg sammelte ich Kokosnüsse und Brotfrüchte ein. Der Morgenhimmel erhellte sich langsam, als ich mir die Zähne putzte, meine Haare bürstete und Frühstück machte.

Während ich auf ihn wartete, ließ ich die Ereignisse der letzten Nacht Revue passieren. Seine Lust war deutlich spürbar gewesen; er hatte sie abgestrahlt wie ein Feuer die Hitze. Seine Atemzüge waren heftiger und lauter geworden, und sein Herz hatte unter meiner Wange wild geklopft. Er hatte eine bemerkenswerte Zurückhaltung bewiesen, doch ich fragte mich, wie lange er sich wohl damit zufriedengeben würde, mich nur in den Armen zu halten.

Und das Gleiche galt für mich.

Kurz darauf kam er aus dem Haus und fasste sein Haar zu einem Pferdeschwanz zusammen.

»Hey.« Er setzte sich neben mich und legte mir aufmunternd die Hand auf die Schulter. »Wie geht's dir heute?« Sein Knie berührte meines.

»Viel besser.«

»Hast du gut geschlafen?«

»Ja. Und du?«

Er nickte lächelnd. »Ich habe großartig geschlafen, Anna.«

Nach dem Frühstück saßen wir am Ufer.

»Also, ich habe nachgedacht«, meinte er und kratzte einen seiner Mückenstiche. »Wie wäre es, wenn ich mit dem Rettungsboot in die Lagune rausfahre, um zu fischen?«

Der Vorschlag machte mir Angst. »Auf gar keinen Fall.« Ich schüttelte heftig den Kopf. »Was, wenn der Hai ein Loch reinbeißt? Oder wenn es umkippt?«

»Wir sind hier nicht im *Weißen Hai*, Anna. Außerdem hast du selbst gesagt, du möchtest nicht, dass ich im Wasser stehe.«

»Ich habe bloß gesagt, was ich davon halte«, gab ich zu.

»Wenn ich vom Rettungsboot aus fische, müssen wir nicht mehr hungern.«

Bei dem Wort Fisch knurrte mein Magen wie der Pavlov'sche Hund. »Ich weiß nicht, T.J. Ich finde es einfach keine gute Idee.«

»Ich fahre ja nicht weit raus. Nur ein Stück, um ein paar Fische zu fangen.«

»Gut, aber ich komme mit.«

»Das musst du nicht.«

»Natürlich muss ich.«

Um das Rettungsboot durch die Tür zu bugsieren, mussten wir die Luft rauslassen. Nachdem wir es mit der Kohlendioxydpatrone wieder aufgeblasen hatten, trugen wir es zum Strand.

»Ich hab's mir anders überlegt«, verkündete ich. »Wir sollten am Strand bleiben, wo es ungefährlich ist.«

T.J. grinste. »Das ist doch langweilig.«

Wir paddelten mit dem Rettungsboot bis zur Mitte der Lagune. T.J. steckte einen Köder an den Haken und holte einen Fisch nach dem anderen aus dem Meer. Wir warfen unseren Fang in einen mit Meerwasser gefüllten Behälter. Ich konnte nicht stillsitzen und musste dauernd über den Bootsrand spähen. T.J. zog mich zu sich hinunter.

»Du machst mich nervös«, meinte er und legte den Arm um mich. »Ich fange noch ein paar Fische, und dann kehren wir um.«

Da dem Rettungsboot das Dach fehlte, brannte die Sonne auf uns herunter. Obwohl ich nur einen Bikini trug, schwitzte ich höllisch in der Hitze. T.J., der meinen Cowboyhut trug, nahm ihn ab und setze ihn mir auf den Kopf.

»Deine Nase ist schon ganz rot«, sagte er.

»Ich verbrenne. Es ist so heiß hier.«

T.J. schöpfte mit der Hand ein wenig Wasser, goss es mir auf die Brust und beobachtete, wie mir ein träges Rinnsal bis zum Nabel lief. Mein Körper prickelte, und meine Temperatur stieg um mindestens zehn Grad. Gerade wollte er wieder die Hand ins Wasser stecken, hielt aber mitten in der Bewegung inne. »Da ist er.« Er zog die Angel aus dem Wasser.

Als ich über meine Schulter schaute, krampften sich mir alle Muskeln zusammen. Die Rückenflosse glitt etwa zwanzig Meter von uns entfernt durchs Wasser, direkt auf uns zu. Als der Hai so nah war, dass wir ihn deutlich sehen konnten, griff ich automatisch nach den Rudern und reichte eines T.J. Wortlos beobachteten wir, wie der Hai das Rettungsboot umkreiste.

»Ich will zurück ans Ufer«, sagte ich.

T.J. nickte. Wir paddelten los. Der Hai folgte uns ins seichte Wasser. Als es nur noch kniehoch war, sprang T.J. aus dem Boot und zog es mit mir darin an den Strand. Ich kletterte hinaus.

»Was unternehmen wir nur gegen dieses Scheißvieh?«, fragte er.

»Ich weiß nicht.«

Ich hatte absolut keine Ahnung, was T.J. gegen einen drei Meter langen Hai unternehmen sollte, der sich offenbar in unserer Lagune eingerichtet hatte.

Wir kehrten zum Haus zurück, wo T.J. Feuer machte und ich unser Mittagessen ausnahm und briet. Wir schlugen uns die Bäuche voll und aßen alle Fische auf, nachdem wir so lange darauf hatten verzichten müssen. Sobald T.J. den letzten Bissen verdrückt hatte, fing er an, auf und ab zu gehen.

»Nicht zu fassen, dass du gleichzeitig mit diesem Biest im

Wasser warst.« Er blieb stehen und drehte sich zu mir um. »Du brauchst dir keine Sorgen mehr zu machen, dass ich mich ins Wasser stellen könnte. Ab jetzt fische ich vom Boot aus. Ich hoffe nur, dass der Hai nicht auf die Idee kommt reinzubeißen.«

»Dann haben wir allerdings ein Problem, T.J. Wir können das Boot nicht jedes Mal neu aufblasen, um es ins Haus und wieder hinauszutragen. Ich weiß nicht, wie viel CO_2 wir noch haben. Solange du das Boot zum Fischen benutzt, muss es also draußen bleiben. Dann haben wir zwar ein Schutzdach, aber das wars. Ohne die Seitenwände können wir die Moskitos nicht abhalten.« T.J. war von seinen Ausflügen in den Wald schon ziemlich zerstochen.

»Das heißt, der Hai entscheidet, ob wir etwas zu essen haben und wo wir schlafen?«

»So ungefähr.«

»Das ist doch Schwachsinn. Im Wasser mag er ja der große Macker sein, aber nicht an Land. Wir müssen ihn töten.«

Er macht Witze. Ein menschenfressendes Raubtier anzugreifen erschien mir nicht nur ziemlich unrealistisch, sondern auch lebensgefährlich. T.J. ging ins Haus und kehrte mit dem Werkzeugkasten zurück. Er holte das Seil heraus und teilte es in einzelne Stränge.

»Was hast du vor?«, fragte ich und fürchtete mich schon vor seiner Antwort.

»Wenn ich es schaffe, ein paar Nägel zurechtzubiegen und sie an diesem Seil zu befestigen, können wir den Hai vielleicht an die Angel kriegen und aus dem Wasser ziehen.«

»Du willst ihn wirklich fangen?«

»Ja.«

»Vom Rettungsboot aus?«

»Nein, vom Strand. Solange wir an Land sind, haben wir eine gute Chance. Wir müssen den Hai ins seichte Wasser locken.«

»Na ja, das ist, wie wir wissen, möglich. Ich war ziemlich überrascht, wie nah er sich ans Ufer wagt.«

T.J. nickte. Wir sprachen beide nicht aus, dass der Hai sehr wohl fähig war, im taillenhohen Wasser zu schwimmen.

T.J. schlug drei Nägel bis zur Hälfte in die Hauswand und bog sie dann mit dem spitzen Ende des Hammers zurecht, bevor er sie wieder herauszog. Dann befestigte er jeweils einen Seilstrang am Kopf jedes Nagels, sodass ein dreizackiger Haken entstand.

»Ich weiß nicht, was wir als Köder benutzen sollen«, sagte T.J.

»Du willst den Hai noch *heute* fangen?«

»Ich will unsere Lagune zurück, Anna.« In seinem Blick lag Entschlossenheit, und ich erkannte, dass es zwecklos war, ihm sein Vorhaben ausreden zu wollen.

»Ich habe eine Idee.« Ich konnte nicht fassen, dass ich im Begriff war, seinen verrückten Plan zu unterstützen.

»Was?«

»Ein Huhn. Wenn wir das lebendig an den Haken hängen, wird es zappeln und den Hai anlocken.«

Er klopfte mir auf den Rücken. »Willkommen an Bord.«

»Unter Vorbehalt.« Allerdings war ich mir mit T.J. einig, dass wir es versuchen mussten. Trotz Hai, Quallen und anderen Gefahren, von denen wir vermutlich nichts ahnten, gehörte die Lagune uns, und ich verstand, warum T.J. sie verteidigen wollte. Ich hoffte nur, dass wir dafür nicht mit unserem Leben würden bezahlen müssen.

Wir hatten nach dem ersten, das wir an Weihnachten erwischt hatten, noch zwei weitere Hühner gefangen und verspeist und glaubten, dass mindestens eines, wenn nicht gar zwei, übrig waren. Allerdings versteckten sie sich schon seit einer Weile, als ob sie ahnten, dass wir sie eines nach dem anderen erlegten.

Wir suchten die Insel ab und wollten schon beinahe aufgeben, als wir das Flattern hörten. Wir brauchten noch eine halbe Stunde, um es zu fangen. Als T.J. es an den Haken hängte, musste ich wegschauen.

Er watete ins Wasser, bis es ihm an die Brust reichte, warf das Huhn, so weit er konnte, und verdrückte sich dann schnell. Dann spannte er das Seil, damit er spürte, wenn es zu rucken anfing.

Das Huhn zappelte an der Wasseroberfläche und versuchte zu fliehen. Entsetzt beobachteten wir, wie der Hai einen Satz aus dem Wasser machte und sein Maul um das Huhn schloss. T.J. zerrte kräftig an dem Seil, damit der Haken sich hineinbohrte. »Ich glaube, es hat geklappt, Anna. Ich merke, wie er zieht.«

Er machte ein paar Schritte rückwärts, stemmte die Fersen in den Sand und hielt das Seil mit beiden Händen fest.

Plötzlich fuhr ein Ruck durch das Seil. T.J. landete bäuchlings auf dem Boden, während der Hai sich vom Ufer entfernte. Ich warf mich auf T.J.s Rücken und grub die Finger in den Sand, wobei ich mir zwei Nägel abbrach. Der Hai schleifte uns mit, als ob wir federleicht gewesen wären. Als wir endlich wieder aufrecht standen, befanden wir uns im kniehohen Wasser.

»Stell dich hinter mich«, sagte T.J. Er wickelte sich das Seil zweimal um den Unterarm, ich hielt das Ende fest. Dann traten wir einige Schritte zurück und verharrten in dieser

Stellung. Der Hai warf sich in dem Versuch, gleichzeitig das Huhn zu verschlingen und unseren Haken loszuwerden, hin und her.

Wieder wurden wir nach vorne gerissen. T.J. zog mit Leibeskräften an dem Seil. Die Muskeln an seinen Unterarmen traten hervor, und mir lief der Schweiß übers Gesicht, als wir unser Tauziehen fortsetzten. Inzwischen reichte uns das Wasser bis an die Oberschenkel.

Meine Armmuskeln brannten, und je mehr Zeit verging, desto größer wurde meine Gewissheit, dass T.J. und ich es nicht schaffen würden, den Hai an Land zu ziehen. Allmählich war ich sicher, dass wir nur noch aufrecht standen, weil der Hai es zuließ. Drei ausgewachsene Männer wären nötig gewesen, um diesen Kampf zu gewinnen. Es war Zeit aufzugeben.

»Lass das Seil los, T.J. Wir müssen hier raus.«

Er protestierte nicht. Allerdings war das Seil so fest um seinen Unterarm geschlungen, dass er es nicht losmachen konnte. Während er versuchte, sich zu befreien, schleppte der Hai ihn weiter ins Meer hinein. Das Wasser schlug bereits über seinem Kopf zusammen, als das Seil schlaff wurde. Erleichtert dachte ich schon, es sei gerissen, bis mir klar wurde, dass der Hai auf uns zukam.

»Raus aus dem Wasser, Anna!«

Wie erstarrt beobachtete ich, wie T.J. hektisch versuchte, das Seil von seinem Unterarm zu lösen. Die Rückenflosse verschwand unter der Oberfläche, und ich wusste, dass er es niemals bis ans Ufer schaffen würde.

Ich schrie. Doch im nächsten Moment bemerkte ich aus dem Augenwinkel weitere Rückenflossen, die so schnell dahinschossen, dass sie vor dem bloßen Auge verschwammen.

Die Delfine waren da. Sie waren zu zweit oder zu dritt und bildeten eine Gruppenformation.

Ich hastete aus dem Wasser und sah zu, wie sie T.J. umringten und ihn beschützten, während er ans Ufer paddelte. Als er den Strand endlich erreicht hatte, warf ich mich schluchzend in seine Arme.

Inzwischen waren vier weitere Delfine dazugekommen. Sie griffen den Hai an, schlugen mit ihren Schnauzen nach ihm und drängten ihn ins seichte Wasser.

T.J. bemerkte das Ende des Seils, das neben dem Delfinschwarm schwamm. Rasch watete er ins Wasser und griff danach. Wir zogen gemeinsam, und mit der Hilfe der Delphine landete der Hai am Strand. Er schleuderte den Kopf hin und her. Hühnerfedern ragten aus seinem Maul.

T.J. hob mich in seine Arme. Ich schlang die Beine um seine Taille, und wir jubelten.

Die Delfine schwammen aufgeregt hin und her. T.J. und ich rannten ins Wasser und schafften es, die Delfine zu umarmen, obwohl das gar nicht so einfach war. Kurz darauf zerstreuten sie sich. T.J. und ich gingen aus dem Wasser und blieben neben dem Hai stehen, der reglos im Sand lag.

»Ich weiß nicht, was ohne die Delfine passiert wäre«, sagte ich.

»Wir hätten ganz schön Ärger gekriegt, so viel ist klar.«

»Ich hatte noch nie im Leben solche Angst. Ich dachte, der Hai würde dich fressen.«

T.J. umarmte mich und stützte das Kinn auf meinen Scheitel. »Hat er aber nicht.«

»Aber jetzt essen wir ihn, richtig?«, fragte ich.

»Oh, ja«, erwiderte er, ein breites Grinsen auf dem Gesicht.

T.J. zerteilte den Hai mit der Säge, was wohl der widerlichste Anblick meines Lebens war. Dann schnitt ich mit dem Messer Fleischstücke zu Steaks. Da Säge und Messer nicht die idealen Werkzeuge waren, um einen Hai zu filetieren, waren wir bald über und über mit Blut bedeckt, und mein gelber Bikini und seine Shorts waren in eine ölige Masse getränkt. Der scharfe metallische Geruch bei jedem Atemzug war übermächtig. Wir würden den Kadaver irgendwo vergraben müssen, doch wir beschlossen, das auf später zu verschieben.

Ich betrachtete unser Werk. Wir hatten mehr Haisteaks, als wir essen konnten, und würden den Großteil wegwerfen müssen, doch das Abendessen würde ein Festmahl sein.

T.J.s Brust war voller Blut. »Möchtest du dich zuerst waschen?«, fragte er auf dem Rückweg zum Haus.

»Nein, geh nur. Ich mache Brotfruchtpüree und komme später.« Seit Tagen hatte ich mich nicht mehr richtig sauber gefühlt. Ich freute mich schon darauf, mich einzuseifen und in Wasser zu baden, das tiefer als dreißig Zentimeter war.

Er ging ins Haus und kehrte mit seinen Klamotten, Seife und Shampoo zurück.

»Lass deine Shorts liegen. Ich versuche nachher, die Flecken rauszukriegen.«

»Okay«, antwortete er, über die Schulter gewandt.

Ich bereitete Brotfruchtpürree zu, ein Rezept, das ich an einem endlosen und langweiligen Tag erfunden hatte. Dazu zermahlte ich die Kokosnuss erst auf einem Stein und drückte sie dann durch ein T-Shirt, damit Kokosmilch entstand. Anschließend röstete ich die Brotfrucht, zerdrückte sie ebenfalls, gab die Kokosmilch dazu und erhitzte sie in einer leeren Kokosnussschale neben dem Feuer. T.J. war begeistert davon.

Dann steckte ich das Haifischfleisch auf Stöckchen, um es über dem Feuer zu braten.

»Du bist dran«, sagte T.J., als er zurückkam. Er roch um einiges besser als ich. »Ich fange in der Zeit mit dem Kochen an. Dann können wir essen, sobald du fertig bist.«

»Okay.« Ich zeigte auf T.J. »Und Finger weg von der Brotfrucht.«

Ich ging ins Haus, um meine Kleider aus dem Koffer zu holen. Mein Blick fiel auf etwas Blaues.

Warum nicht?

Ich hatte guten Grund, mich hübsch zu machen. Ein Abendessen ist immer etwas Besonderes, wenn man es selbst zur Strecke gebracht hatte – anstatt umgekehrt.

KAPITEL 26

T. J.

Ich breitete die Decke neben dem Feuer aus und vergewisserte mich, dass die Haifischsteaks nicht anbrannten. Das spielte zwar eigentlich keine Rolle, weil wir genug davon hatten, aber mir knurrte der Magen, und ich konnte es kaum erwarten, dass sie endlich gar waren.

Als Anna zurückkam, trug sie das blaue Kleid und hatte ihr nasses Haar zurückgekämmt. Sie roch nach Vanille. Lächelnd zog ich die Augenbrauen hoch, als sie sich neben mich setzte. Sie wurde rot.

»Du siehst sehr hübsch aus«, sagte ich.

»Danke. Ich dachte, ich ziehe zur Feier des Tages mal etwas Nettes an.«

Wir aßen so viel Hai, wie wir konnten. Die Konsistenz des Fleisches erinnerte mich an Rind, und der Geschmack war kräftiger als bei den kleinen Fischen, die es sonst bei uns gab.

»Möchtest du noch Brotfrucht?«, fragte ich. Sie rülpste anstellte einer Antwort. »Anna, ich bin *schockiert*«, zog ich sie auf. »Ich habe dich noch nie rülpsen gehört.«

»Das liegt daran, dass ich eine Dame bin. Und daran, dass ich nie genug im Magen habe, um zu rülpsen.« Sie grinste. »Mann, das war wirklich lecker.«

»Also möchtest du noch etwas? Es ist fast nichts mehr da.«

Ich hatte bereits ein wenig Brotfruchtbrei mit den Fingern aufgenommen und hielt ihn ihr, ohne nachzudenken, hin. Sie hörte auf zu lachen, als sei sie nicht sicher, wie ich das meinte. Als ich abwartete, beugte sie sich zu mir hinüber und öffnete den Mund. Ich steckte die Finger hinein und fragte mich, ob meine Augen so groß waren wie ihre. Sie lutschte den Brei von meinen Fingern. Mein Atem geriet total aus dem Takt.

»Mehr?«

Sie nickte kaum merklich, und ihr Atem klang auch komisch. Ich schöpfte wieder ein wenig Brotfruchtbrei, und als ich ihr diesmal die Finger in den Mund steckte, berührte sie mein Handgelenk.

Ich wartete, bis sie geschluckt hatte, und dann tickte ich restlos aus.

Ich umfasste ihr Gesicht mit beiden Händen und küsste sie, und zwar ziemlich heftig. Als sie den Mund öffnete, schob ich meine Zunge hinein. Ich hätte sie tagelang küssen können. Außerdem war ich nicht sicher, ob ich es noch geschafft hätte aufzuhören, wenn sie das von mir verlangt hätte.

Doch sie tat es nicht. Statt dessen schlang sie mir die Arme um den Hals, presste sich an mich und erwiderte meinen Kuss genauso wild. Ich zog sie auf meinen Schoß, bis sie rittlings auf mir saß, und ich stöhnte in ihren Mund, als sie sich auf meinen Ständer setzte. Das Kleid war ihr über die Taille gerutscht.

Sie küsste meinen Hals und arbeitete sich, leckend und saugend, bis zur Schulter vor. Es fühlte sich unglaublich an. Ich zog ihr das Kleid über den Kopf, hob sie hoch und legte sie auf den Rücken. Dann schob ich die Finger unter das Taillenbündchen ihres Höschens, und sie reckte die Hüften, damit sie es abstreifen konnte. Ich küsste sie wie ein Wahnsinniger, und meine Hände fuhren über ihren Körper, weil ich mich nicht entscheiden konnte, wo ich sie am liebsten berühren wollte.

»Nicht so schnell, T.J.«, flüsterte sie.

»Ich kann nicht.«

Sie griff zwischen uns und zupfte an meiner Shorts. Ich zog sie aus, und sobald ich nackt war, schloss sie die Hand um mich. Ich kam zwanzig Sekunden später und wunderte mich nur, dass es so lang gedauert hatte.

Als ich wieder klar im Kopf war, küsste ich jeden Zentimeter ihrer Haut, diesmal langsamer. Ich berührte sie an Stellen, von denen ich nicht zu träumen gewagt hatte, und lauschte auf die Geräusche, die sie dabei von sich gab. Offenbar gefiel es ihr sehr.

Es dauerte nicht sehr lang, bis ich wieder bereit war. Ich zog sie auf mich. In ihr zu sein war ein Gefühl, wie ich es noch nie erlebt hatte. Emma war verkrampft und ängstlich gewesen, und ich hatte befürchtet, ich könnte ihr wehtun. Doch Anna war entspannt und wusste offenbar, was sie tat. Sie saß auf mir, stützte die Handflächen auf meinen Bauch und bewegte sich in ihrem eigenen Rhythmus. Der Anblick war wundervoll. Ich sah zu, wie sie die Augen schloss und den Rücken durchbog. Kurz darauf veränderte sich ihr Gesichtsausdruck, und sie schrie auf. Ich umfasste ihre Hüften und kam so heftig wie noch nie zuvor im Leben.

Danach legte ich die Arme um sie. »War das eine einmalige Sache zwischen dir und mir?«, flüsterte ich.

»Nein.«

KAPITEL 27

ANNA

Als es dunkel wurde und die Moskitoschwärme kamen, gingen wir ins Haus. T.J. legte sich neben mich und deckte uns zu. Dann schmiegte er sich nackt an mich und war wenige Sekunden später eingeschlafen.

Ich war hellwach.

Als er mich geküsst hatte, hatte ich den Kuss, ohne zu zögern, erwidert. Schließlich waren wir zwei erwachsene Menschen. Doch ganz gleich, wie ich es auch drehte und wendete, würde ich für mein Verhalten büßen müssen, falls wir diese Insel jemals verlassen sollten und die Leute erfuhren, was wir getan hatten. Während ich, T.J. an meinen Rücken gekuschelt, in der Dunkelheit lag, sagte ich mir, dass es sich gut angefühlt hatte und dass wir dieses Gefühl verdienten. Schließlich war es einzig und allein unsere Sache.

Zumindest redete ich mir das ein.

Ich stützte mich auf ein Knie, T.J.s Baseballkappe auf dem Kopf, damit mir die Haare nicht im Weg waren. Vor mir auf dem Boden lagen der gebogene Stock, mit dem T.J. Feuer machte, zwei kleine Holzstücke und ein Nest aus trockenen Kokosfasern und Gras.

Eine Woche nachdem wir den Hai getötet hatten, hatte T.J. mich darauf hingewiesen, dass es da etwas gab, das ich nicht konnte. Er war fürs Feuermachen verantwortlich, und nun wollte er sicher sein, dass ich es auch schaffen würde, eines anzuzünden. Er hatte es mir erklärt, und allmählich verstand ich das Prinzip, auch wenn ich bis jetzt noch nichts anderes produziert hatte als eine Menge Rauch und Schweiß.

»Bist du bereit?«, fragte T.J.

»Ja.«

»Dann los.«

Ich nahm einen Stock, fädelte ihn durch die Schlaufe im Schnürsenkel und drehte ihn mithilfe des Bogens. Nach zehn Minuten qualmte es.

»Mach weiter«, sagte er. »Gleich hast du es geschafft. Du musst den Stock so schnell drehen, wie du kannst.«

Ich legte mich ins Zeug, und zwanzig Minuten später – meine Arme schmerzten, und der Schweiß rann mir übers Gesicht – sah ich Glut. Ich holte sie aus der Kerbe und beförderte sie in das Nest aus brennbarem Material neben mir. Dann hielt ich es mir vors Gesicht und pustete vorsichtig.

Als Flammen emporzüngelten, ließ ich es fallen. »Oh, mein Gott!«

T.J. schlug die Handfläche gegen meine. »Geschafft!«

»Ich weiß! Wie lange habe ich gebraucht?«

»Nicht so lange. Mir ist es egal, wie lange es dauert. Es ist nur wichtig, dass du es kannst.« Er nahm mir die Kappe ab und küsste mich. »Gut gemacht.«

»Danke.«

Allerdings hatte der Erfolg einen bitteren Beigeschmack. Denn obwohl ich nun selbst Feuer machen konnte, würde das nur nötig werden, wenn T.J. etwas zustieß.

KAPITEL 28

T. J.

Wir aßen gerade zu Mittag, als ein Huhn aus dem Wald kam.

»Anna, schau mal hinter dich.«

Sie drehte sich um. »Das gibt's doch nicht.«

Wir beobachteten, wie das Huhn sich näherte. Es pickte am Boden und schien keine Eile zu haben.

»Also war da doch noch eins«, stellte ich fest.

»Ja, offenbar das Dümmste«, erwiderte Anna. »Obwohl es wohl doch etwas richtig gemacht haben muss, weil es als Letztes noch lebt.«

Das Huhn trippelte auf Anna zu. »Ach, hallo«, sagte sie. »Weißt du denn nicht, was wir mit deinen Artgenossen angestellt haben?«

Das Huhn neigte den Kopf und betrachtete Anna, als versuche es, ihre Worte zu verstehen. Mir lief das Wasser im Mund zusammen, und ich malte mir schon das Brathuhn aus, das Anna und ich zusammen essen würden. »Lass uns das hier nicht töten, T.J.«, meinte sie jedoch. »Wir wollen sehen, ob es Eier legt.«

Ich baute einen kleinen Pferch. Anna nahm das Huhn und setzte es hinein. Es ließ sich nieder und sah uns beide an, als sei es mit seinem neuen Zuhause zufrieden. Anna goss Wasser in eine leere Kokosnussschale. »Was fressen Hühner eigentlich?«, fragte sie.

»Keine Ahnung. *Du* bist hier die Lehrerin. Sag du's mir.«

»Ich habe *Englisch* unterrichtet. In einer Großstadt.«

Ich bekam einen Lachanfall. »Also, ich weiß nicht, was es frisst.« Ich beugte mich über den Pferch. »Aber du solltest besser Eier legen. Denn ansonsten bist du nur ein weiterer Esser, und wenn du Kokosnüsse, Brotfrüchte und Fisch nicht magst, wird es dir hier nicht gefallen.«

Ich hätte schwören können, dass das Huhn nickte.

Am nächsten Tag legte es ein Ei. Anna schlug es in einer Kokosnussschale auf, rührte es mit dem Finger um, stellte die Schale neben das Feuer und wartete, bis es gar war. Als es danach aussah, teilte sie es auf.

»Phantastisch«, sagte sie.

»Ja.« Ich hatte meine Häflte in zwei Bissen verschlungen. »Ich habe schon so lange kein Rührei mehr gegessen. Es schmeckt genauso, wie ich es in Erinnerung habe.«

Zwei Tage später legte das Huhn wieder ein Ei. »Das war eine gute Idee, Anna.«

»Das findet Chicken vermutlich auch«, antwortete sie.

»Du hast das Huhn Chicken genannt?«

Sie machte ein verlegenes Gesicht. »Als wir beschlossen haben, es nicht zu töten, ist es mir ans Herz gewachsen.«

»Schon gut«, erwiderte ich. »Ich habe so ein Gefühl, dass Chicken dich auch mag.«

Anna und ich gingen hinunter zum Wasser, um uns zu waschen. Am Ufer schlüpfte ich aus den Shorts, watete hinein und drehte mich um, weil ich ihr beim Ausziehen zuschauen wollte.

Sie ließ sich Zeit. Zuerst war das ärmellose T-Shirt dran, dann Shorts und Höschen.

Schade, dass sie das nicht zu Musik tun kann.

Als sie bei mir im Wasser war, wusch ich ihr die Haare.

»Die Shampoovorräte gehen zur Neige«, meinte sie, bevor sie untertauchte, um zu spülen.

»Wie viel haben wir noch?«

»Keine Ahnung, vielleicht noch genug für ein paar Monate. Mit der Seife sieht es auch nicht besser aus.«

Wir tauschten die Rollen, und sie wusch mir die Haare. Dann gab ich Seife auf meine Hände und seifte sie am ganzen Körper ein, und sie machte das Gleiche bei mir. Nach dem Ausspülen setzten wir uns in den Sand und ließen uns von der Brise trocknen. Anna lehnte sich entspannt an meine Brust, während am Horizont die Sonne unterging.

»Ich habe dich einmal beim Baden beobachtet«, gab ich zu. »Ich war beim Holzsammeln und habe nicht darauf geachtet, wo ich hingehe. Du bist nackt ins Meer hinein. Ich hab mich hinter einem Baum versteckt und dir zugeschaut. Das hätte ich nicht tun sollen. Aber ich hab's trotzdem gemacht, obwohl du mir vertraut hast.«

»Hast du mich danach noch mal beobachtet?«

»Nein. Ich hätte zwar gerne, aber ich habs mir verkniffen.« Ich holte tief Luft und atmete wieder aus. »Bist du jetzt sauer?«

»Nein. Ich habe mich oft gefragt, ob du mir zuschauen wolltest. Habe ich … äh …«

»Ja.« Ich stand auf und nahm ihre Hand. Wir gingen zurück zum Haus und legten uns ins Rettungsboot. Danach sagte sie mir, ich sei so viel besser als Babyöl und ihre Hand.

KAPITEL 29

ANNA

Ich saß am Ufer und lackierte mir die Zehennägel pink. Das war angesichts unserer Lage zwar albern, aber da ich den Nagellack im Koffer und eindeutig die Zeit dazu hatte, tat ich es trotzdem.

T.J. erschien. »Hübsche Zehen.«

»Danke«, erwiderte ich und trug eine zweite Schicht auf. »Habe ich dir je von Lucy, meiner Maniküre, erzählt?«

Er lachte auf. »Ich weiß nicht mal, was das ist.«

»Die Frau, die meine Nägel macht.«

»Oh. Nein, hast du nicht.«

»Ich bin jeden zweiten Samstag zu Lucy gegangen.«

T.J. zog die Augenbraue hoch.

»Ja, in Chicago war ich ein bisschen anspruchsvoller als hier. Jedenfalls war Englisch nicht Lucys Muttersprache. Keine Ahnung, was es war, jedenfalls etwas, das ich nicht beherrschte. Aber das hinderte uns nicht daran, lange Gespräche zu führen, obwohl keine die andere richtig verstehen konnte.«

»Worüber habt ihr geredet?«

»Ich weiß nicht. Alle möglichen Sachen. Sie wusste, dass ich Lehrerin war und einen Freund namens John hatte. Ich erfuhr, dass sie eine dreizehnjährige Tochter hatte und dass sie auf diese Reality-Shows im Fernsehen stand. Sie war so nett, nannte mich immer Schatz und umarmte mich zur Begrüßung und zum Abschied. Und bei jedem Besuch hat sie mich gefragt, wann John und ich heiraten. Irgendwann gab es zwischen ihr und mir mal ein großes Missverständnis. Anscheinend hatte ich ihr versprochen, sie könnte meine Brautjungfern vor der Hochzeit maniküren.«

Ich schraubte die Nagellackflasche zu und betrachtete meine Zehen. Die Aktion war mir nicht sonderlich gut gelungen. »Lucy würde Krämpfe kriegen, wenn sie meine Füße sehen könnte.« Ich blickte T.J. an. Auf seinem Gesicht zeigte sich ein sonderbarer Ausdruck, den ich nicht deuten konnte. »Was ist?«

»Nichts.«

»Bist du sicher?«

»Ja. Ich gehe jetzt fischen. Lass deine Zehen schön trocknen.«

»Okay.«

Als er mit seinem Fang zurückkehrte, schien alles wieder in Ordnung zu sein. Offenbar hatte er seine kleine Verstimmung schon überwunden.

»Warum läufst du eigentlich nicht immer nackt rum?«, fragte T.J. »Die Mühe mit dem Anziehen könntest du dir eigentlich sparen.«

»Ich bin gerade nackt.«

»Ich weiß. Deshalb komme ich ja darauf.«

T.J. und ich standen in Ufernähe im Wasser und versuchten, unsere schmutzigen Klamotten zu waschen. Einschließlich derer, die wir gerade getragen hatten.

»Stinkt das noch?«, fragte er und hielt mir ein T-Shirt hin, damit ich daran schnupperte.

»Äh, vielleicht noch ein bisschen.« Es war schwierig, die Kleider sauber zu bekommen, da uns vor über einem Jahr das

Waschmittel ausgegangen war. Inzwischen schwenkten wir die Klamotten einfach nur im Wasser und gaben uns damit zufrieden.

»Wenn wir immer nackt wären, müssten wir keine Wäsche mehr waschen, Anna«, verkündete er mit einem breiten Grinsen. Wir wateten aus dem Wasser und warfen die Kleider über das zwischen zwei Bäumen gespannte Seil.

»Wenn ich immer nackt wäre, würdest du es nach einer Weile nicht mehr bemerken.«

Er schnaubte. »Oh, und ob ich das würde.«

»Das glaubst du jetzt, aber es könnte sich ändern.«

Er sah mich an, als hätte ich den Verstand verloren. Als wir wieder am Haus waren, ließ er sich auf der Decke nieder.

Ich zog mich auch nicht an, weil alles, was wir hatten, nass war. Also legte ich mich auf die Seite und stützte mich auf den Ellbogen.

»Das ist eine hübsche Stellung«, meinte er, »gefällt mir.«

»Es wäre, als ob es jeden Tag dein Lieblingsessen geben würde«, erwiderte ich. »Am Anfang wäre das super, aber nach einer Weile hättest du keine Lust mehr darauf. Es würde nicht mehr so gut schmecken.«

»Anna, du wirst mir *immer* schmecken.« Er beugte sich vor und küsste meinen Hals.

»Aber irgendwann wirst du genug haben«, beharrte ich.

»Niemals.« Inzwischen waren seine Küsse ein wenig tiefer gewandert.

»Es könnte trotzdem passieren«, entgegnete ich, obwohl ich es selbst nicht mehr glaubte.

»Nein.« Er arbeitete sich weiter nach unten vor. Irgendwann sagte er nichts mehr, weil es beinahe unmöglich ist zu sprechen, wenn man das tut, was er gerade machte.

Chicken kam gackernd angelaufen und plumpste mir auf den Schoß.

Lachend streckte T.J. die Hand aus und zauste ihr die Federn. »Ich könnte mich jedes Mal wegschmeißen, wenn sie das macht.«

Wir brauchten Chicken nicht mehr einzusperren. Ich hatte sie einmal rausgelassen und vergessen, sie wieder in den Pferch zu setzen. Sie war zwar ein bisschen herumgewandert, hatte aber nicht versucht auszubüxen.

»Ich weiß, es ist echt komisch. Aus irgendeinem Grund mag sie mich.« Ich tätschelte Chicken sanft den Kopf.

»Das liegt daran, dass du für sie sorgst.«

»Ich liebe Tiere. Ich wollte immer einen Hund, aber John ist allergisch.«

»Vielleicht kannst du dir ja einen anschaffen, wenn wir nach Hause kommen«, erwiderte T.J.

»Einen Golden Retriever.«

»So einen Hund wünschst du dir?«

»Ja. Einen, der schon ausgewachsen ist und den keiner mehr will. Aus dem Tierheim. Zuerst suche ich mir eine eigene Wohnung, und dann adoptiere ich den Hund und nehme ihn mit nach Hause.«

»Das hast du dir ja ganz genau überlegt.«

»Ich hatte viel Zeit zum Nachdenken, T.J.«

Als wir ein paar Nächte später im Bett lagen, stöhnte T.J. auf und sackte keuchend über mir zusammen.

»Wow«, sagte ich, als ich spürte, wie sein Körper sich entspannte.

Er küsste meinen Hals. »Hat sich das gut angefühlt?«, flüsterte er.

»Ja. Wo hast du das gelernt?«

Immer noch nach Atem ringend, lachte T.J. auf. »Ich habe eine ausgezeichnete Lehrerin, die mich so lange üben lässt, bis ich es richtig hinkriege.«

Er rollte sich von mir hinunter und zog mich an sich, damit ich den Kopf an seine Brust schmiegen konnte. Ich kuschelte mich zufrieden und schläfrig an. Er kraulte mir den Rücken.

Erst mit sechsundzwanzig oder siebenundzwanzig war mir klar geworden, was ich im Bett eigentlich wollte. Als ich versuchte, das John zu erklären, war er nicht sonderlich begeistert davon, Anweisungen zu erhalten. T.J. hingegen hatte keine Hemmungen, mich zu fragen, was mir gefiel, und so hatte ich beschlossen, es ihm ebenso freimütig zu erklären. Es lief einfach wunderbar.

Ich seufzte auf. »Du wirst eine Frau einmal sehr glücklich machen, T.J.«

Er fuhr zusammen und hörte auf, meinen Rücken zu streicheln. »Ich will nur *dich* glücklich machen, Anna.« Als ich ihn das sagen hörte und an seinem Tonfall bemerkte, wie zurückgewiesen er sich fühlte, hätte ich es am liebsten auf der Stelle zurückgenommen.

»Oh, das tust du, T.J.«, sagte ich rasch. »Das tust du.«

Am nächsten Tag war er wortkarg. Als er fischen ging, watete ich neben ihm ins Wasser. »Entschuldige, wenn ich dich gekränkt habe. Das wollte ich wirklich nicht.«

Er starrte weiter auf die Angelschnur. »Ich weiß, dass das in Chicago niemals geschehen wäre. Aber bitte sprich nicht vom Abschiednehmen, solange wir noch hier sind.«

Ich legte ihm die Hand auf den Arm. »Als ich sagte, dass du einmal eine andere Frau glücklich machen wirst, habe ich nicht gemeint, dass *ich* gehen würde, sondern du.«

Er sah mich verwirrt an. »Warum sollte ich gehen wollen?«

»Weil ich dreizehn Jahre älter bin als du. Auch wenn das hier unsere Welt ist, hast du viele Erfahrungen noch nicht gemacht. Du wirst dich nicht an jemanden binden wollen.«

»Du hast keine Ahnung davon, was ich will, Anna. Außerdem denke ich nicht mehr an die Zukunft. Damit habe ich aufgehört, seit das letzte Flugzeug nicht wieder zurückgekommen ist. Im Moment weiß ich nur, dass du mich glücklich machst und dass ich mit dir zusammen sein will. Kannst du nicht auch einfach nur mit mir zusammen sein?«

»Ja«, flüsterte ich. »Das kann ich.«

Wie gern hätte ich ihm gesagt, dass ich ihm nie wieder wehtun würde. Allerdings befürchtete ich, dass ich dieses Versprechen nicht würde halten können.

T.J. wurde im September neunzehn. »Alles Gute zum Geburtstag«, sagte ich. »Ich habe Brotfruchtpürree für dich gekocht.« Ich reichte ihm die Schale und beugte mich vor, um ihn zu küssen. Er zog mich auf seinen Schoß und bestand darauf, das Essen zu teilen.

»Warum feiern wir eigentlich nie deinen Geburtstag?« Er sah mich verlegen an. »Wann ist der noch mal?«

»Am 22. Mai. Ich glaube, ich hab's nicht so mit Geburtstagen.«

Früher hatte ich gern Geburtstag gefeiert, bis John es mir verdorben hatte. An meinem siebenundzwanzigsten war ich sicher, dass er mir einen Antrag machen würde. Er hatte einen Tisch reserviert, mir gesagt, ich solle mich schick anziehen, und unsere Freunde eingeladen, vor dem Essen einen Schluck mit uns zu trinken. Ich malte mir aus, wie er vor mir auf die Knie fiel und mir einen Ring überreichte, und konnte meine Aufregung kaum zügeln, als das Taxi uns vor dem

Restaurant absetzte. Wir gingen hinein. Alle waren da, wie bei einer Überraschungsparty. Als der Champagner serviert wurde, förderte John eine Schatulle von Tiffany zutage und schenkte mir ein Paar Ohrstecker mit Diamanten. Den restlichen Abend trug ich ein gefrorenes Lächeln auf dem Gesicht. Doch Stefani passte mich auf dem Klo ab und umarmte mich. Nach diesem Erlebnis schraubte ich meine Erwartungen so weit wie möglich herunter, was sich als kluge Idee entpuppte, da es zu den kommenden drei Geburtstagen nicht einmal mehr Schmuck gab.

»Ich will deinen nächsten Geburtstag feiern, Anna.«

»Okay.«

Die Regenzeit endete im November. Thanksgiving kam und ging wie jeder andere Tag. Doch am Weihnachtstag fand T.J. am Strand wieder eine riesige Krabbe. Mir lief das Wasser im Mund zusammen, als er sie in Richtung Feuer bugsierte. Eine große Schere umklammerte das Ende seines Stocks, die andere schnappte fortwährend nach ihm. Er ließ sie in die Flammen fallen, und bald hielten wir ein Festmahl ab, knackten die Beine mit der Zange und zupften das Fleisch mit den Fingern heraus.

»Das erinnert mich an unser erstes Weihnachtsfest, als wir das Huhn gefangen haben«, sagte T.J.

»Seitdem scheint eine Ewigkeit vergangen zu sein«, erwiderte ich, mit den Tränen kämpfend.

»Alles in Ordnung?«

»Ja, ich habe nur gedacht, dass wir dieses Jahr zu Weihnachten wieder zu Hause sind.«

T.J. legte den Arm um mich. »Vielleicht im nächsten Jahr, Anna.«

Als ich im Februar aus einem Nickerchen erwachte, lag ein Blumenstrauß, gepflückt von den vielen Büschen und Sträuchern auf dieser Insel, neben mir auf der Decke. Um die Stängel war ein Stück Schnur gewickelt.

T.J. war unten am Strand. »Offenbar hat da jemand in den Kalender geschaut.«

Er grinste. »Ich wollte den Valentinstag nicht verpassen.«

Ich küsste ihn. »Du bist so lieb zu mir.«

Er zog mich an sich. »Das ist nicht schwer, Anna.«

Ich blickte T.J. in die Augen. Er fing an, sich hin und her zu wiegen. Meine Arme schlossen sich um seinen Nacken, und so tanzten wir im Kreis. Der Sand unter unseren Füßen fühlte sich weich und warm an.

»Du brauchst keine Musik, was?«

»Nein«, erwiderte T.J. »Aber ich brauche dich.«

Ein paar Tage später schlenderten T.J. und ich bei Sonnenuntergang am Strand entlang. »Ich vermisse meine Eltern. In letzter Zeit denke ich oft an sie. Und auch meine Schwester und meinen Schwager. Und Joe und Chloe. Hoffentlich lernst du sie alle eines Tages kennen. Sie werden dich mögen.«

»Das hoffe ich auch.«

Inzwischen war mir klar, dass T.J. weiter eine Rolle in meinem Leben in Chicago spielen musste, falls wir je gerettet wurden. Allerdings hatte ich keine Ahnung, wie genau diese Rolle aussehen sollte. Er hatte so viel verpasst, und es wäre nicht fair von mir, seine Zeit derart zu beanspruchen. Und dennoch konnte sich der egoistische Teil von mir nicht vorstellen, nicht in seinen Armen einzuschlafen und nicht jeden Tag mit ihm zusammen zu sein. Ich brauchte T.J., und der Gedanke, mich je von ihm trennen zu müssen, machte mir mehr zu schaffen, als ich mir eingestehen wollte.

KAPITEL 30

T. J.

»Anna«, flüsterte ich. »Bist du wach?«

»Hmmm«, murmelte sie.

»Liebst du diesen Typen eigentlich noch?« Ich kannte seinen Namen, wollte ihn aber nicht aussprechen. Ich kuschelte mich von hinten an sie. Anna drehte sich um und sah mich an.

»John? Nein. Ich liebe ihn nicht mehr. Ich habe schon lange nicht mehr an ihn gedacht. Warum?«

»Ich habe nur nachgedacht. Schon gut, schlaf einfach weiter.« Ich küsste sie auf die Stirn und zog sie an meine Brust.

Aber sie schlief nicht ein. Stattdessen liebte sie mich.

Im Mai wurde Anna dreiunddreißig. Zum ersten Mal, seit wir auf der Insel waren, feierten wir ihren Geburtstag. Es regnete leicht, als wir nebeneinander im Rettungsboot lagen und dem steten Plätschern der Tropfen lauschten.

»Ich habe kein Geschenk für dich. Du hast mir ja schon vor langer Zeit gesagt, dass das Einkaufszentrum hier miserabel ist«, meinte ich.

Sie lächelte. »Das Angebot ist eine Katastrophe.«

»Ja. Also müssen wir einfach so tun als ob. Wenn wir zu Hause wären, würde ich dich zum Essen ausführen und dir einen Haufen Geschenke machen. Aber da wir nicht zu Hause sind, erzähle ich dir einfach, was für tolle Sachen ich dir besorgt habe, okay?«

»Das wäre doch nicht nötig gewesen«, witzelte sie.

»Du bist es wert. Okay, dein erstes Geschenk sind Bücher. Alle aktuellen Bestseller.«

Anna seufzte. »Das Lesen fehlt mir.«

»Ich weiß.«

Sie kuschelte sich enger an mich. »Das machst du toll. Was kriege ich sonst noch?«

»Aha, da hat offenbar jemand gerne Geburtstag. Dein nächstes Geschenk ist Musik.«

»Hast du mir etwa ein Mixtape aufgenommen?«, fragte sie.

Ich grinste und kitzelte sie. »Mit allen Classic-Rock-Stücken, die du magst.«

Sie kicherte, fing zu zappeln an, rollte sich auf mich und versuchte, mir die Hände festzuhalten, damit ich sie nicht mehr kitzeln konnte. »Ich bin begeistert«, sagte sie. »Bücher und Musik. Meine beiden Lieblingsdinge. Danke.« Sie küsste mich. »Das war der beste Geburtstag seit Langem.«

»Schön, dass es dir gefallen hat.«

Ich zog die Arme unter ihr hervor und schob ihr das Haar hinter die Ohren. »Ich liebe dich, Anna.«

Ihre überraschte Miene verriet mir, dass sie nicht damit gerechnet hatte.

»Du solltest dich doch nicht in mich verlieben«, flüsterte sie.

»Habe ich aber«, erwiderte ich und sah ihr in die Augen. »Ich liebe dich schon seit Monaten. Und jetzt verrate ich es dir, weil ich glaube, dass du mich auch liebst, Anna. Du findest nur, dass du das nicht darfst. Sag es mir, wenn du so weit bist. Ich kann warten.« Ich zog sie zu mir hinunter und küsste sie auf den Mund. Danach lächelte ich. »Alles Gute zum Geburtstag.«

KAPITEL 31

ANNA

Ich hätte wissen müssen, dass er sich in mich verlieben würde. Alle Anzeichen wiesen in diese Richtung, und zwar schon seit einiger Zeit. Aber erst als er krank wurde, bedauerte ich, ihm nicht gesagt zu haben, dass er absolut recht hatte.

Ich liebte ihn auch.

Als ich mich eine Woche nach meinem Geburtstag neben ihn ins Bett legte, stellte ich fest, dass er schon schlief. Ich war auf der Toilette gewesen und hatte die Flasche am Wasserbehälter gefüllt, was allerdings nur ein paar Minuten gedauert hatte. Sonst schlief T.J. nie ein, ohne mich vorher zu lieben.

Als ich am nächsten Morgen aufwachte, schlief er immer noch. Und auch als ich vom Fischen und Einsammeln der Kokosnüsse und Brotfrüchte zurückkam, war er nicht aufgestanden.

Ich kroch wieder ins Bett. Er hatte zwar die Augen geöffnet, sah aber müde aus. Ich küsste ihn auf die Brust. »Alles okay?«, fragte ich.

»Ja, bin nur total platt.«

Ich küsste seinen Hals, wich aber plötzlich zurück.

»Hey, hör nicht auf.«

Ich berührte ihn am Hals. »T.J., du hast da einen Knoten.«

Er tastete mit den Fingerspitzen. »Das ist bestimmt nichts.«

»Du hast mir versprochen, mir Bescheid zu geben, wenn dir etwas auffällt.«

»Ich habe es nicht bemerkt.«

»Du bist offenbar wirklich müde.«

»Es geht mir gut.« Er küsste mich und versuchte, mir das Hemd ausziehen.

Ich rutschte aus seiner Reichweite und setzte mich auf. »Und was ist das dann für ein Knoten?«

»Keine Ahnung.« Er stand auf. »Mach dir keine Sorgen, Anna.«

Nach dem Frühstück erklärte er sich widerstrebend bereit, sich von mir noch einmal den Hals abtasten zu lassen. Als ich vorsichtig die Finger unter seinen Kiefer drückte, entdeckte ich auf beiden Seiten geschwollene Lymphknoten. Hatte er die ganze Nacht so geschwitzt? Ich war mir nicht sicher. Allerdings hatte er ganz bestimmt nicht abgenommen, das hätte ich bemerkt. Wir sprachen beide nicht darüber, was die Knoten bedeuten könnten. Da er erschöpft wirkte, schickte ich ihn wieder ins Bett. Ich ging zur Lagune, watete ins Wasser, ließ mich auf dem Rücken treiben und starrte in den wolkenlos blauen Himmel hinauf.

Der Krebs ist zurück. Das weiß ich, und er weiß es auch.

Er wachte zum Mittagessen auf. Doch danach schlief er gleich wieder ein, und zur Abendessenszeit schlief er immer noch. Ich ging ins Haus, um nach ihm zu sehen. Als ich mich bückte und ihn auf die Wange küsste, hatte ich fast das Geühl, mir die Lippen zu verbrennen.

»T.J.!« Er stöhnte, als ich ihm die Stirn fühlte. »Ich bin gleich zurück. Ich hole nur Tylenol.«

Ich griff nach dem Verbandskasten, kippte zwei Tabletten in meine Handfläche und half ihm, sie mit Wasser zu schlucken. Doch ein paar Minuten später erbrach er alles.

Ich säuberte ihn mit einem T-Shirt und wollte ihn ein Stück

zur Seite schieben, wo die Decke trockener war. Aber als ich ihn berührte, schrie er auf.

»Okay, ich fasse dich nicht an. Sag mir, wo es wehtut.«

»Der Kopf. Hinter den Augen. Überall.« Er blieb reglos liegen und sprach nicht mehr.

Nach einer Weile versuchte ich es noch einmal mit Tylenol, besorgt, dass er sich wieder übergeben könnte. Doch diesmal behielt er die Tabletten bei sich. »Bald geht es dir besser«, flüsterte ich. Aber als ich eine halbe Stunde später wieder nach ihm sah, fühlte sich seine Stirn noch heißer an.

Die ganze Nacht über hatte er hohes Fieber. Er erbrach sich erneut und konnte es kaum ertragen, wenn ich ihn berührte, weil er das Gefühl hatte, seine Knochen würden bersten.

Am nächsten Tag schlief er stundenlang. Er aß nichts und trank auch so gut wie nichts. Seine Stirn war so heiß, dass ich schon befürchtete, sein Gehirn könnte Schaden nehmen.

Das war kein Krebs. Dazu hatten die Symptome zu plötzlich eingesetzt.

Aber wenn es kein Krebs ist, was dann? Und was zum Teufel soll ich tun.

Das Fieber sank nicht. Noch nie hatte ich mir so sehr ein paar Eiswürfel herbeigesehnt. Er glühte förmlich, und das in Wasser getränkte T-Shirt war vermutlich zu warm, um seine Stirn zu kühlen. Doch etwas anderes fiel mir nicht ein.

Seine Lippen waren trocken und aufgesprungen. Es gelang mir, ihm Wasser und Tylenol zu verabreichen. Wie gern hätte ich ihn in den Armen gehalten, ihn getröstet und ihm das Haar aus der Stirn gestrichen, doch ich tat es nicht, denn jede Berührung bereitete ihm unerträgliche Schmerzen.

Am dritten Tag bekam er Ausschlag. Gesicht und Körper waren mit grellroten Tupfen übersät. Ich dachte, das Fieber würde nun sinken und der Ausschlag wäre ein Zeichen dafür, dass sein Körper sich gegen die Krankheit wehrte. Aber am nächsten Morgen hatte er sich verschlimmert, und das Fieber war weiter gestiegen. T.J. war unruhig und gereizt und verlor immer wieder das Bewusstsein. Wenn ich ihn nicht wecken konnte, geriet ich in Panik.

Am fünften Tag begann er, aus Mund und Nase zu bluten. Die Angst stieg in Wellen in mir hoch, als ich das Blut mit meinem weißen T-Shirt wegwischte. Am späten Nachmittag war das T-Shirt rot. Ich redete mir ein, dass die Blutung nachgelassen hatte, doch das stimmte nicht. Wo sich Blut unter seiner Haut angesammelt hatte, war sein Körper mit Beulen bedeckt. Stundenlang lag ich weinend neben ihm und hielt seine Hand. »Bitte stirb nicht, T.J.«

Als am nächsten Morgen die Sonne aufging, hielt ich ihn in den Armen. Falls ihm die Berührung Schmerzen zufügte, ließ er es sich nicht anmerken. Chicken kratzte an der Wand des Rettungsboots, bis ich mich herausbeugte und sie hochhob. Sie ließ sich neben T.J. nieder und wich nicht von seiner Seite. Ich erlaubte ihr zu bleiben.

»Du bist nicht allein, T.J. Ich bin hier.« Ich strich ihm das Haar aus dem Gesicht und küsste ihn auf die Lippen. Immer wieder döste ich ein und träumte, T.J. und ich seien in einem Krankenhaus und ein Arzt teile mir mit, ich solle froh sein, weil wir es wenigstens nicht mit Krebs zu tun hätten.

Ich erwachte, legte das Ohr an seine Brust und schrie erleichtert auf, als ich seinen Herzschlag hörte. Im Laufe des Tages verblasste der Ausschlag, und die Blutungen wurden schwächer, bis sie schließlich versiegten. Am Abend schöpfte ich allmählich Hoffnung, dass er vielleicht überleben würde.

Am nächsten Morgen war seine Stirn kühl. Als ich ihn

wecken wollte, gab er ein Geräusch von sich, das ich so deutete, dass er schlief und nicht bewusstlos war. Also ging ich los, um Kokosnüsse und Brotfrüchte zu sammeln und einige Gefäße mit Wasser aus dem Sammelbehälter zu füllen. Dabei sah ich in regelmäßigen Abständen nach ihm.

Dann machte ich Feuer. Ich hatte zwar keine Uhr, schätzte aber, dass ich keine zwanzig Minuten dazu brauchte.

Nicht schlecht für ein Stadtmädchen.

Ich putzte mir die Zähne. Eigentlich hatte ich dringend ein Bad nötig, und ich war seit Tagen nicht mehr am Wasser gewesen, doch ich hatte T.J. nicht so lang allein lassen wollen. Am späten Nachmittag lag ich neben ihm und hielt seine Hand. Seine Augenlider flatterten, und dann schlug er die Augen auf. Ich drückte sanft seine Finger. »Hallo, du.«

Er drehte sich zu mir um und blinzelte, um wieder klar sehen zu können. Im nächsten Moment rümpfte er die Nase. »Du stinkst, Anna.«

Ich lachte und weinte gleichzeitig. »Du duftest auch nicht gerade nach Rosen, Callahan.«

»Kann ich einen Schluck Wasser haben?« Seine Stimme klang heiser. Ich half ihm beim Aufsetzen, damit er aus der für ihn bereit gestellten Flasche trinken konnte.

»Trink nicht so schnell. Nicht, dass es wieder hochkommt.« Ich erlaubte ihm, die halbe Flasche auszutrinken, und ließ ihn dann wieder aufs Bett sinken. »Den Rest kriegst du in ein paar Minuten.«

»Ich glaube nicht, dass der Krebs zurück ist.«

»Nein« stimmte ich zu.

»Was, glaubst du, war das?«

»Irgendeine Virusinfektion. Ansonsten würden wir jetzt dieses Gespräch nicht führen. Hast du Hunger?«

»Ja.«

»Ich hole dir etwas Kokosnuss. Tut mir leid, aber es ist kein Fisch da. Ich war in letzter Zeit nicht am Wasser.«

Er machte ein erstauntes Gesicht. »Wie lange war ich denn weg vom Fenster?«

»Ein paar Tage.«

»Wirklich?«

»Ja.« Tränen traten mir in die Augen. »Ich habe gedacht, du würdest sterben«, flüsterte ich. »Du warst so krank, und ich konnte nichts tun, als bei dir zu bleiben. Ich liebe dich, T.J. Das hätte ich dir schon früher sagen sollen.« Die Tränen liefen mir über die Wangen.

Er zog mich an sich. »Ich liebe dich auch, Anna. Aber das wusstest du ja schon.«

KAPITEL 32

T. J.

Ich trank das restliche Wasser, während Anna fischen ging. Als sie zurückkam, briet sie den Fisch und brachte ihn mir ans Bett.

»Du hast Feuer gemacht«, stellte ich fest.

Offenbar war sie ziemlich stolz auf sich. »Ja.«

»Gab es irgendwelche Probleme?«

»Nein.«

Am liebsten hätte ich das Essen hinuntergeschlungen, aber Anna erlaubte es nicht.

»Iss nicht so schnell«, sagte sie.

Also ließ ich mir Zeit, damit sich mein Magen wieder an Nahrung gewöhnen konnte.

»Was macht denn Chicken bei uns im Bett?«, fragte ich. Anfangs hatte ich sie gar nicht bemerkt. Sie saß in einer Ecke des Rettungsboots, gab keinen Mucks von sich und schien sich pudelwohl zu fühlen.

»Sie hatte auch Angst um dich. Und sie ist einfach gern hier.«

Später gingen Anna und ich zum Strand, um zu baden. Unterwegs mussten wir zweimal Pause machen, damit ich mich ausruhen konnte.

Sie führte mich ins Wasser, seifte sich die Hände ein und fuhr damit über meine Haut. Als ich sauber war, wusch sie sich selbst. Ihre Hüftknochen ragten hervor, und ich konnte jede einzelne Rippe zählen.

»Hast du denn nichts gegessen, während ich krank war?«

»Wenig. Ich hatte Angst, dich allein zu lassen.« Sie spülte sich den Schaum ab und half mir beim Aufstehen. »Außerdem hast du doch auch nichts gegessen.«

Hand in Hand machten wir uns auf den Rückweg zum Haus. Plötzlich blieb ich stehen.

»Was ist?«, fragte sie.

»Dein Freund muss der absolute Vollidiot gewesen sein.«

Sie lächelte. »Komm. Du musst dich ausruhen.«

Das Baden hatte mich angestrengt, also widersprach ich nicht. Im Haus half sie mir ins Bett, legte sich neben mich und hielt meine Hand, bis ich eingeschlafen war.

Weil ich in der folgenden Woche noch ziemlich schlapp war, befürchtete Anna schon einen Rückfall. Ständig fühlte sie mir die Stirn, um nachzuprüfen, ob ich Fieber hatte, und achtete darauf, dasss ich genug Wasser trank.

»Wo kommen die vielen Blutergüsse her?«, wollte ich wissen.

»Du hast aus Mund und Nase und offenbar auch unter der Haut geblutet. Das hat mir am meisten Angst gemacht, T.J. Ich war mir nämlich nicht sicher, wie viel Blut man verlieren kann, bevor es kritisch wird.«

Das zu hören war ein ziemlicher Schock. Also versuchte ich, nicht daran zu denken und mich mit angenehmeren Dingen zu beschäftigen, zum Beispiel, Anna zu küssen und ihr das T-Shirt auszuziehen.

»Offenbar geht es dir wirklich besser«, meinte sie.

»Schon, aber wahrscheinlich musst du oben liegen. Ich habe noch nicht genug Kraft.«

»Dein Glück, dass ich gerne oben liege«, erwiderte sie und küsste mich ebenfalls.

»Ich bin halt ein Glückspilz.«

»Ich liebe dich«, sagte ich, als ich sie danach in den Armen hielt.

»Ich liebe dich auch.«

»Was war das gerade?«

»Ich liebe dich auch.« Lachend kuschelte sie sich an mich. »Das hast du schon beim ersten Mal verstanden.«

Im Juni 2004 waren Anna und ich seit drei Jahren auf der Insel. Seit zwei Jahren hatten wir kein Flugzeug mehr gesichtet. Ich befürchtete zwar, dass sie uns niemals finden würden, hatte aber die Hoffnung noch nicht völlig aufgegeben. Ich war nicht sicher, ob es bei Anna genauso war.

»Das ist die letzte Seife.«

Anna hatte eine Flasche Duschgel in der Hand, in der sich nur noch ein paar Tröpfchen befanden. Shampoo und Rasierschaum waren längst alle. Sie rasierte mich zwar noch, doch inzwischen waren wir bei der letzten Klinge angelangt, und die war so stumpf, dass meine Haut protestierte. Es blutete, ganz gleich, wie vorsichtig sie auch war. Wir rieben uns – unsere Version von Trockenshampoo – die Kopfhaut mit Sand ein, was zumindest ein wenig nützte. Anna überredete mich, ein Stück von ihren Haaren abzusengen. Ich zündete die Spitzen an und kippte ihr dann Wasser über den Kopf, wodurch es etwa fünfundzwanzig Zentimeter kürzer wurde. Der Geruch nach brennenden Haaren hielt sich noch tagelang.

Wir hatten auch keine Zahnpasta mehr. Also benutzten wir zum Zähneputzen Meersalz, indem wir Wasser aus der Lagune schöpften und warteten, bis es verdunstete. Die Salzbröckchen, die dabei entstanden, waren zwar grob genug, um die

Zähne sauber zu bekommen, konnten in Sachen Geschmack allerdings nicht mit Zahnpasta mithalten. Anna hasste das am meisten. Und nun würde auch Schluss mit der Seife sein.

»Vielleicht sollten wir das dritteln«, meinte Anna und musterte die Duschgelflasche. »Wir waschen unsere sämtlichen Kleider, unsere Haare und dann uns selbst. Was hältst du davon?«

»Klingt nach einem Plan.«

Also schleppten wir alles zur Lagune und füllten den Regenwasserbehälter des Rettungsboots mit Wasser. Anna spritzte etwas Duschgel hinein, und als die Klamotten darin versenkt waren, wusch sie sie gründlich. Ich hatte nur noch eine Shorts, ein Sweatshirt, das mir nicht mehr passte, und Annas rotes REO-Speedwagon-Shirt. Also lief ich meistens nackt herum. Anna hatte zwar noch genug anzuziehen, aber hin und wieder konnte ich sie überreden, einen Nacktag einzulegen.

Im September wurde ich zwanzig. Inzwischen wurde mir häufig schwindelig, wenn ich zu schnell aufstand, und ich fühlte mich nicht immer unbedingt spitze. Da Anna sich ständig um mich sorgte, wollte ich es ihr nicht erzählen. Aber ich fragte sie, ob ihr auch schwindelig war, was sie bejahte.

»Das liegt an der Unterernährung«, erklärte sie. »So etwas passiert, wenn der Körper schließlich alle gespeicherten Nährstoffe aufgebraucht hat. Wir füllen die Depots nicht ausreichend nach.« Sie griff nach meiner Hand, betrachtete meine Finger und fuhr mit dem Daumen über die brüchigen Nägel. »Meine sehen genauso aus.«

Wir wappneten uns für die kommende Trockenzeit, in der Schluss mit den regelmäßigen Regenfällen sein würde. Und irgendwie schafften wir es zu überleben.

KAPITEL 33

ANNA

Eines Morgens im November erbrach ich mein Frühstück. Ich saß neben T.J. auf der Decke und aß Rührei, als plötzlich aus dem Nichts Brechreiz in mir aufstieg. Ich schaffte es kaum drei Schritte weit, bevor ich alles von mir gab.

»Hey, was hast du?«, fragte T.J. Er brachte mir Wasser, damit ich mir den Mund ausspülen konnte.

»Keine Ahnung, aber es wollte nicht drinbleiben.«

»Geht es dir jetzt besser?«

»Viel besser.« Ich zeigte mit dem Finger auf Chicken, die uns umkreiste. »Chicken, das war ein schlechtes Ei.«

»Möchtest du etwas Brotfrucht?«

»Später vielleicht.«

»Okay.«

Den restlichen Tag fühlte ich mich gut, doch am nächsten Morgen übergab ich mich wieder, nachdem ich gerade ein Stück Kokosnuss gegessen hatte.

Wie am Vortag brachte T.J. mir Wasser. Ich spülte mir den Mund aus und ließ mich von ihm zur Decke führen.

»Anna, was fehlt dir?«, fragte er mit besorgter Miene.

»Ich weiß nicht.« Ich lag zusammengerollt da und wartete darauf, dass die Übelkeit nachließ.

T.J. setzte sich neben mich und strich mir das Haar aus dem Gesicht. »Das klingt jetzt vielleicht verrückt, aber du bist nicht etwa schwanger, oder?«

Ich betrachtete meinen eingesunkenen Bauch. Die während T.J.s Krankheit abgenommenen Kilos hatte ich noch nicht wieder drauf, und außerdem blieb meine Periode weiter aus.

»Aber du bist doch steril, richtig?«

»Das haben die gesagt. Dass es vermutlich endgültig ist.«

»Was heißt denn *vermutlich*?«

Er überlegte einen Moment. »Wenn ich mich richtig erinnere, besteht eine geringe Wahrscheinlichkeit, dass meine Zeugungsfähigkeit zurückkehren könnte. Ich sollte mich allerdings nicht darauf verlassen. Deshalb wollten sie ja, dass ich mein Sperma einfrieren lasse. Das sei die einzige Möglichkeit, um auf Nummer sicher zu gehen.«

»Das klingt für mich ziemlich steril.« Da mir nicht mehr ganz so elend war, setzte ich mich auf. »Ich kann auf keinen Fall schwanger sein. In unserer beider Situation ist das total unwahrscheinlich. Sicher habe ich mir nur den Magen verdorben. Der Himmel weiß, was sich da in meinem Verdauungstrakt eingenistet hat.«

Er nahm meine Hand. »Okay.«

»Was, wenn du doch schwanger bist, Anna?«, sagte er, als wir am Abend vor dem Einschlafen im Bett lagen. »Ich weiß ja, dass du dir ein Baby wünschst.« Er schlang die Arme fester um mich.

»Oh, T.J., bloß nicht. Nicht hier. Nicht auf der Insel. Das Baby hätte so gut wie keine Überlebenschance. Als du krank warst und ich Angst hatte, dass du sterben könntest, war das schon unerträglich genug. Wenn ich den Tod unseres Babys miterleben müsste, würde ich auch sterben wollen.«

Er atmete hörbar aus. »Ja, du hast recht.«

Am nächsten Morgen und auch an den Morgen danach musste ich mich nicht mehr übergeben. Mein Bauch blieb flach, und ich musste mir keine Sorgen mehr darum machen, auf der Insel ein Baby zu bekommen.

Die Angelrute in der Hand kehrte T.J. zum Haus zurück.

»Irgendein Riesenvieh hat gerade meine Schnur durchgerissen.« Er ging hinein und kam wieder heraus. »Das ist dein letzter Ohrring. Ich weiß nicht, was wir tun sollen, wenn ich den auch noch verliere.«

Kopfschüttelnd wandte er sich zum Gehen, um genug Fisch für unsere nächste Mahlzeit zu fangen.

»T.J.?«

Er drehte sich um. »Ja, Liebling?«

»Ich kann Chicken nirgendwo finden.«

»Die taucht schon wieder auf. Ich helfe dir suchen, wenn ich zurück bin, okay?«

Wir durchkämmten die ganze Insel. Sie hatte zwar schon öfter einen Ausflug unternommen, aber nie so lang. Ich hatte sie seit dem frühen Morgen nicht mehr gesehen, und als T.J. und ich uns schlafen legten, war sie noch immer nicht zurück.

»Wir suchen morgen weiter, Anna.«

Am nächsten Tag saß ich unter der Markise und schälte Brotfrüchte, als T.J. wiederkam. Ich erkannte an seiner Miene, dass er schlechte Nachrichten hatte.

»Offenbar hast du Chicken gefunden. Ist sie tot?«

Er nickte.

»Wo?«

»Im Wald.«

T.J. setzte sich. Ich legte den Kopf auf seinen Schoß und drängte die Tränen zurück.

»Sie war schon mindestens einen Tag lang tot«, fuhr T.J. fort. »Ich habe sie neben Mick begraben.«

T.J. und ich hatten Angst vor einer Lebensmittelvergiftung, und wir aßen alles sofort, nachdem wir es erlegt hatten. Das Wissen, dass Chicken schon zu lange tot gewesen war, um sie zu essen, bewahrte uns vor der Verlegenheit, unser Haustier in eine Mahlzeit verwandeln zu müssen.

Letzten Endes waren T.J. und ich ausgesprochen pragmatisch.

Einige Tage später, am Morgen des 24. Dezember, hatte ich keine Lust aufzustehen. Ich stellte mich schlafend, und wenn T.J. nach mir sah, musste ich jedes Mal weinen. An diesem Tag ließ er es mir durchgehen, doch am nächsten Morgen bestand er darauf, dass ich das Bett verließ.

»Wir haben Weihnachten, Anna«, sagte er und beugte sich über das Rettungsboot, bis unsere Köpfe auf gleicher Höhe waren. Als ich ihm in die Augen sah, erschrak ich über ihren leblosen Ausdruck. Die Farbe der Iris wirkte stumpfer, als ich sie in Erinnerung hatte.

Mich aus dem Bett zu quälen gehörte zu den schwierigsten Dingen, die ich je getan hatte. Ich schaffte es nur, weil nicht viel gefehlt hätte, um T.J. in die gleiche niedergeschlagene Stimmung zu versetzen, und das hätte ich nicht ertragen.

Er überredete mich, mit zum Wasser zu kommen. »Dann fühlst du dich sicher besser.«

»Okay.«

Ich ließ mich auf dem Rücken treiben und fühlte mich so schwere- und kraftlos, als löse sich mein Körper von innen heraus auf, was vermutlich auch der Fall war. Als die Delfine sich zu uns gesellten, huschte zwar ein echtes Lächeln über mein Gesicht, allerdings nur kurz.

Danach setzten wir uns wie so oft in den Sand. T.J. saß hinter mir, ich lehnte mich an seine Brust. Er schlang die Arme um mich. Ich stellte mir meine Familie vor, die sich zu Hause im Esszimmer meiner Eltern um den großen Eichentisch zum Weihnachtsessen versammelte. Meine Mom hatte sicher den ganzen Tag in der Küche verbracht, zusammen mit meinem Vater, der ihr dauernd im Weg herumstand.

»Ob der Weihnachtsmann wohl nett zu Chloe und Joe war?«, sagte ich. Es fehlte mir so, dass ich meine Nichte und meinen Neffen nicht aufwachsen sehen konnte.

»Wie alt sind sie inzwischen?«, fragte T.J.

»Joe ist acht, Chloe gerade sechs geworden. Hoffentlich glauben sie noch an den Weihnachtsmann.« Bestimmt, falls es ihnen niemand ausgeredet hatte.

»Ich verspreche dir, dass wir beide das nächste Weihnachtsfest zusammen in Chicago verbringen, Anna.« Er drückte mich fest an sich und ließ mich nicht mehr los. »Aber dafür musst du mir versprechen, dass du nicht aufgibst, okay?«

»Das werde ich nicht«, erwiderte ich. Jetzt waren wir beide schamlose Lügner.

Am Ende des Monats war mein Kalender zu Ende. Also würde ich 2005 einen anderen Weg finden müssen, die Zeit im Auge zu behalten.

Vielleicht würde ich mir die Mühe auch sparen.

KAPITEL 34

T. J.

Am Tag nach Weihnachten schlenderten Anna und ich Hand in Hand am Strand entlang. Wir hatten in der Nacht zuvor beide nicht gut geschlafen. Sie war nicht sehr gesprächig, aber ich hoffte, dass sie nun, da die Feiertage vorbei waren, wieder in besserer Stimmung sein würde.

Sofort fiel mir auf, dass in der Lagune etwas nicht stimmte. Das Wasser hatte sich fast bis zum Riff zurückgezogen und eine gewaltige Fläche trockenen Meeresboden zurückgelassen.

»Sieh mal, Anna. Was ist da los?«

»Keine Ahnung«, erwiderte sie. »So was habe ich noch nie erlebt.«

Im Sand zappelten gestrandete Fische. »Das ist echt schräg.«

»Ja, ich kapiere das auch nicht.« Sie hielt sich schützend die Hand vor Augen. »Und was ist das da draußen?«

»Wo?« Ich kniff angestrengt die Augen zusammen und versuchte auszumachen, was sie meinte. In der Ferne baute sich etwas Blaues auf, das ich nicht einordnen konnte, weil die Größe irgendwie nicht stimmte.

Und was immer es war, es dröhnte.

Als Anna einen Schrei ausstieß, verstand ich. Ich griff nach ihrer Hand, und dann rannten wir los.

Meine Lunge brannte. »Los, Anna, komm, schneller, schneller!« Ich sah mich um und stellte fest, dass eine Wasserwand auf uns zukam. Mir wurde klar, dass Rennen sinnlos war. Unsere tief gelegene Insel hatte keine Chance.

Sekunden später war die Welle da, riss Annas Hand aus meiner und verschlang sie, mich und die Insel.

Sie verschlang alles.

KAPITEL 35

ANNA

Als die Welle mich nach vorne stieß und dann hinunterzog, geriet ich ins Trudeln und wurde unter Wasser so lange herumgeschleudert, dass ich schon dachte, meine Lunge würde platzen. Ich wusste, dass ich nicht mehr lange die Luft würde anhalten können, also strampelte ich aus Leibeskräften und kämpfte mich nach oben Richtung Sonnenlicht. Hustend und keuchend brach ich mit dem Kopf aus dem Wasser. Ich rang nach Luft.

»T.J.!« Ich schrie seinen Namen, doch sobald ich den Mund aufmachte, sammelte sich Wasser in meiner Kehle. Baumstämme, große Holzstücke und Betonbrocken trieben im Wasser, und ich verstand nicht, woher sie kamen.

Als mir die Haie einfielen, ergriff mich Panik, ich ruderte mit den Armen und fing an zu hyperventilieren. Mein Herz klopfte so wild, dass ich dachte, es würde mir den Brustkorb sprengen. Meine Luftröhre krampfte sich zusammen, bis es sich anfühlte, als müsse ich Luft durch einen Strohhalm saugen. Ich hatte T.J.s Stimme im Ohr.

Langsamer atmen, Anna.

Ich holte langsam Luft und wich den Trümmern aus. Um Kraft zu sparen, ließ ich mich auf dem Rücken treiben und versuchte, den Kopf über Wasser zu halten. Immer wieder rief ich T.J.s Namen. Ich schrie, bis ich keine Stimme mehr hatte und meine Klagelaute sich in ein heiseres Flüstern verwandelten. Als ich, auf eine Antwort hoffend, die Ohren spitzte, war da nichts als Stille.

Die nächste Welle kam. Sie war zwar nicht so gewaltig wie die erste, zog mich aber trotzdem unter Wasser und wirbelte mich herum. Wieder schwamm ich in Richtung Sonnenlicht. Als ich keuchend auftauchte, bemerkte ich einen großen Plastikeimer, der in meiner Nähe trieb. Ich streckte die Hand nach dem Henkel aus, griff danach und ließ mich von ihm tragen.

Das Meer beruhigte sich. Ich sah mich um. Alles war blau.

Die Stunden vergingen, und allmählich kühlte mein Körper aus. Ich erschauderte. Tränen liefen mir übers Gesicht, und ich fragte mich, wann wohl die Haie kommen würden, denn irgendwann würde es sicher so weit sein. Vielleicht kreisten sie ja schon unter mir.

Der Eimer hielt meinen Kopf zwar über Wasser, doch es war unbeschreiblich anstrengend, ständig meine Körperhaltung zu verändern, damit der Winkel stimmte und das Ding nicht unterging.

Ich hätte alles dafür gegeben und jeden Preis bezahlt, wieder mit T.J. auf der Insel zu sein. Ich wäre sogar bereit gewesen, den Rest meines Lebens dort zu verbringen, wenn wir nur zusammenbleiben konnten.

Ich döste ein und schreckte hoch, als mir Wasser übers Gesicht schwappte. Der Eimer entglitt meinem Griff und wurde ein paar Meter weiter getragen. Als ich versuchte, ihm nachzuschwimmen, gehorchten meine Gliedmaßen nicht mehr. Mein Kopf tauchte unter. Ich kämpfte mich wieder nach oben.

Als ich an T.J. dachte, musste ich trotz meiner Tränen lächeln.

Magst du Pink Floyd?

Ich wollte an die kleinen grünen Kokosnüsse ran, die du so magst.

Weißt du was, Anna? Du bist echt in Ordnung.

Weinend machte ich meinen Gefühlen Luft. Wieder tauchte mein Kopf unter, und ich ruderte mit den Armen, um mit letzter Kraft an die Oberfläche zu kommen.

Ich werde dich nie allein lassen, Anna. Nicht, wenn ich es verhindern kann.

Ich glaube, du liebst mich auch, Anna.

Ich versank wieder, und während ich mich nach oben kämpfte, wusste ich, dass es das letzte Mal war. Panik und Todesangst hatten Besitz von mir ergriffen, und als ich schrie, war ich schon so erschöpft, dass es nur noch wie ein Wimmern klang. *Jetzt ist mein Leben zu Ende*, dachte ich gerade. Und da hörte ich den Hubschrauber.

KAPITEL 36

T.J.

Als die Welle uns traf, wurden Anna und ich auseinandergerissen. Es wirbelte mich hin und her. Ich hustete und keuchte und bekam keine Luft mehr. Immer, wenn es mir gelang, den Kopf aus dem Wasser zu strecken, wurde ich sofort nach unten gezogen.

»Anna!«, schrie ich immer wieder, während ich versuchte zu verhindern, dass ich Wasser in den Mund bekam. Ich drehte mich um die eigene Achse, konnte sie aber nirgendwo entdecken.

Wo bist du, Anna?

Als ein Baumstamm gegen meine Hüfte stieß, schoss ein spitzer Schmerz durch meinen Körper. Tonnenweise Trümmer wirbelten um mich herum, doch nichts war groß genug, um es zu packen, bevor die aufgewühlten Wellen es schon wieder davontrugen.

Ich versuchte, langsam zu atmen und nicht in Panik zu geraten.

Sie muss kämpfen. Sie darf nicht aufgeben.

Ich ließ mich auf dem Rücken treiben, um Kräfte zu sparen, rief ihren Namen und spitzte die Ohren. Doch niemand antwortete. Nichts als Schweigen.

Eine zweite Welle kam, diesmal war sie kleiner, und ich ging wieder unter. Ein großer Ast schwamm neben mir, und ich klammerte mich daran fest. Die Vorstellung, wie Anna versuchte, den Kopf über Wasser zu halten, brachte mich fast um. Sie hatte Todesangst davor gehabt, allein auf der Insel zurückzubleiben. Doch allein im Wasser zu landen war ein Albtraum, mit dem wir beide nicht gerechnet hatten. Sie hatte gesagt, dass sie sich bei mir geborgen fühlte, doch jetzt konnte ich sie nicht beschützen.

Ich habe dich nur allein gelassen, Anna, weil ich machtlos dagegen war.

Wieder rief ich ihren Namen und wartete eine ganze Minute, bis ich es noch einmal versuchte. Meine Stimme wurde schwächer, und meine Kehle schmerzte vor Durst. Die hoch am Himmel stehende Sonne brannte auf mich herunter, und mir tat vom Sonnenbrand bereits das Gesicht weh.

Der von Wasser durchweichte Baumstamm versank. Sonst hatte ich nichts, um mich daran festzuklammern. Also wechselte ich zwischen Wassertreten und Treiben auf dem Rücken.

Ich hatte Mühe, den Kopf über Wasser zu halten. Mit der Zeit wuchs meine Erschöpfung. Als ich in die Ferne spähte, bemerkte ich einen Holzbalken. Meine Arme und Beine hatten kaum noch die Kraft, mich hinzutragen. Ich packte ihn, dankbar, dass er mein Gewicht trug, ohne unterzugehen. Die Wange ans Holz gelehnt überlegte ich, welche Möglichkeiten mir offenstanden.

Gar keine, wie ich ziemlich schnell feststellte.

KAPITEL 37

ANNA

Der Mann im Tauchanzug landete neben mir im Wasser. Ich konnte ihn nicht verstehen, weil der Rotor des Helikopters so laut war. Er hob meinen Kopf aus dem Wasser und wies jemanden mit einer Handbewegung an, einen Korb herunterzulassen.

Ich war nicht sicher, ob das wahr war oder ob ich nur träumte. Der Mann legte mich in den Korb, er stieg auf, und ein anderer Mann zog ihn in den Helikopter. Dann wurde der Korb wieder gesenkt, um den Mann im Tauchanzug an Bord zu holen.

In meinen nassen Klamotten zitterte ich wie Espenlaub. Während ich in Decken gewickelt wurde, versuchte ich, trotz der tiefsten Erschöpfung, die ich je empfunden hatte, die nötigen Worte herauszubringen.

»T.J.« Es war kaum lauter als ein Flüstern, und niemand im Helikopter hörte mich. »T.J.«, sagte ich ein wenig lauter.

Der Mann hielt mir den Kopf und setzte mir eine Wasserflasche an die Lippen. Ich trank, bis mein rasender Durst gestillt war. Das kühle Wasser beruhigte meine wunde Kehle, und ich konnte endlich wieder sprechen.

»T.J.! T.J. ist noch da unten. Sie müssen ihn finden.«

»Uns geht der Sprit aus«, erwiderte der Mann. »Und Sie müssen ins Krankenhaus.«

Ich bemühte mich, seine Worte zu verstehen. »Nein!« Ich

richtete mich auf und packte ihn an an der Schulter. »Er ist noch da unten. Wir dürfen ihn nicht zurücklassen.«

Hysterie ergriff mich, und ich schrie, bis meine Stimme im Helikopter widerhallte. Der Mann versuchte, mich zu beruhigen.

»Ich bitte den Piloten, andere Hubschrauber zu alarmieren. Sie werden ihn suchen. Alles wird gut«, meinte er und tätschelte mir die Schulter.

Das Bild, wie T.J. untertauchte und nicht mehr nach oben kam, wollte mir nicht aus dem Kopf. Ich schaltete ab und versenkte mich tief in mich selbst, um nicht denken oder fühlen zu müssen. Die Vorstellung, wie ich zu meiner Familie zurückkehrte, die Szene, die ich mir in den letzten dreieinhalb Jahren immer wieder ausgemalt hatte, löste kein Gefühl mehr in mir aus.

Der Helikopter flog eine scharfe Kehre, und wir machten uns auf den Weg zum Krankenhaus. T.J. ließen wir zurück.

KAPITEL 38

T. J.

Anfangs konnte ich das Geräusch nicht einordnen. Doch schon im nächsten Moment wurde mir klar, dass das Rattern vom Rotor eines Helikopters stammte.

Es wurde leiser, bis ich es nicht mehr hören konnte.

Kommt zurück. Bitte kehrt um.

Fehlanzeige. Meine Hoffnung wurde von Verzweiflung abgelöst, und ich wusste, dass ich sterben musste. Meine Kräfte ließen nach, und ich konnte mich kaum noch an dem Balken festhalten. Außerdem war ich total ausgekühlt, und mir tat jeder einzelne Knochen weh.

Ich stellte mir Annas Gesicht vor.

Wie viele Menschen können von sich behaupten, so geliebt worden zu sein, wie sie mich geliebt hat?

Meine Finger rutschten von dem Balken ab, und ich klammerte mich mühsam fest. Immer wieder verlor ich das Bewusstsein. Ich träumte von Haien und schreckte hoch. Ein leises Geräusch aus der Ferne schwoll an.

Dieses Geräusch kenne ich.

Ich bekam wieder Hoffnung. Doch ich hatte meine letzten Energien aufgebraucht und konnte mich nicht mehr an dem Balken festhalten. Meine Finger rutschten von der nassen Oberfläche. Mein Kopf tauchte unter, und ich versank. Instinktiv hielt ich den Atem an, solange ich konnte. Bis es nicht mehr ging.

Schwerelos trieb ich im Nichts, bis ein anderes Gefühl Besitz von mir ergriff: Der Tod würde nicht friedlich sein. Er tat weh, und sein Gewicht zermalmte mir die Brust.

Plötzlich war der Druck verschwunden. Meerwasser schoss mir aus dem Mund. Ich schlug die Augen auf. Ein Mann im Tauchanzug kniete neben mir. Seine Hände schwebten über meiner Brust. Mein Rücken ruhte auf einer festen Oberfläche, und mir war klar, dass ich mich in einem Helikopter befand. Ich atmete tief durch. »Kehren Sie um. Wir müssen sie suchen«, sagte ich, sobald ich wieder genug Luft in der Lunge hatte.

»Wen?«, fragte er.

»Anna! Wir mussen Anna suchen!«

KAPITEL 39

ANNA

Ich zog mich noch tiefer an den Ort zurück, wo ich nichts fühlen musste. Der Mann rüttelte mich sanft an der Schulter, aber ich wollte nicht sprechen. Dennoch fragte er immer wieder, ob ich ihn hören konnte. Ich drehte mich in Richtung seiner Stimme, blinzelte und versuchte, trotz meiner geschwollenen, verweinten Augen etwas zu sehen.

»Wie heißen Sie?«, fragte er. »Einer der anderen Helikopter hat gerade einen Mann aus dem Wasser gefischt.«

Mühsam setzte ich mich auf, um ihn richtig zu verstehen.

»Sie sagten, er wolle jemanden namens Anna finden.«

Es dauerte einen Moment, bis ich seine Worte erfasst habe. Doch als ich endlich begriff, wurde ich von einem solchen Glücksgefühl erfasst wie in meinem ganzen Leben noch nicht.

»Ich bin Anna.« Ich schlang mir die Arme um den Leib und wiegte mich schluchzend hin und her.

Nachdem wir am Krankenhaus gelandet waren, wurde ich auf eine Trage gepackt und ins Gebäude gebracht. Zwei Männer hoben mich von der Trage in ein Bett. Sie sprachen beide kein Englisch. Sie rollten mich an einem Münztelefon vorbei, das an der Wand hing.

Ein Telefon. Da ist ein Telefon.

Im Vorbeifahren drehte ich mich danach um und wurde von Panik ergriffen, als mir die Telefonnummer meiner Eltern nicht sofort einfiel.

Das Krankenhaus war völlig überfüllt. Menschen saßen in der Vorhalle auf dem Boden und warteten auf einen Arzt. Eine Schwester erschien und redete in einer Spache, die ich nicht verstand, beruhigend auf mich ein. Lächelnd tätschelte sie mir den Arm, stach mir dann eine Nadel in den Handrücken und befestigte einen Infusionsbeutel an einem Ständer neben meinem Bett.

»Ich muss zu T.J.«, sagte ich. Aber sie schüttelte nur den Kopf, und als sie bemerkte, dass ich zitterte, zog sie mir das Laken bis zum Hals hoch.

Ein Gewirr von Stimmen, von denen nur einige Englisch sprachen, hallte mir in den Ohren, und zwar so laut, wie ich es seit Jahren nicht gehört hatte. Ich atmete den Geruch von Desinfektionsmittel ein und blinzelte ins Neonlicht, das mir in den Augen schmerzte. Jemand schob mein Bett in einen Flur um die Ecke. Ich lag auf dem Rücken und versuchte, nicht einzuschlafen.

Wo ist T.J.?

Ich wollte meine Eltern anrufen, hatte aber nicht die Kraft, mich zu bewegen. Ich dämmerte kurz weg und schreckte hoch, als sich Schritte näherten. Eine Stimme sagte: »Sie wurde gerade von der Küstenwache eingeliefert. Ich glaube, sie ist es, die er sucht.«

Kurz darauf zog eine Hand mein Laken weg, und T.J. kletterte von seinem Bett in meines, wobei er darauf achtete, dass sich unsere Infusionsschläuche nicht verhedderten. Er schlang die Arme um mich, sackte zusammen und vergrub das Gesicht an meinem Hals. Vor lauter Erleichterung, seinen Körper in den Armen zu halten, liefen mir die Tränen über die Wangen.

»Du hast es geschafft«, sagte er und zitterte am ganzen Körper. »Ich liebe dich, Anna«, flüsterte er.

»Ich liebe dich auch.« Ich versuchte, ihm von dem Telefon zu erzählen, doch die Erschöpfung übermannte mich, und meine unzusammenhängenden Sätze ergaben keinen Sinn mehr.

Ich schlief ein.

»Können Sie mich hören?« Jemand rüttelte mich sanft an der Schulter. Kurz schlug ich die Augen auf. Im ersten Moment hatte ich keine Ahnung, wo ich war.

»Englisch«, flüsterte ich, als ich feststellte, dass der Mann, der mich betrachtete, ein blonder, blauäugiger Mann Mitte dreißig war. Als ich einen Blick auf T.J. warf, waren seine Augen noch geschlossen.

Telefon. Wo ist das Telefon?

»Meine Name ist Dr. Reynolds. Sie sind in Malé im Krankenhaus. Verzeihen Sie, dass so lange niemand nach Ihnen geschaut hat. Wir sind für solche Notfälle nicht ausgerüstet. Eine Schwester hat vor einer Weile Ihre Werte kontrolliert, und es war alles in Ordnung. Also habe ich beschlossen, Sie schlafen zu lassen. Sie waren fast zwölf Stunden weg. Haben Sie Schmerzen?«

»Ich bin nur ein bisschen steif. Und ich habe Durst und Hunger.« Der Arzt nickte einer vorbeigehenden Schwester zu und deutete mit den Händen das Einschenken von Flüssigkeit an. Sie nickte und kehrte mit einem kleinen Wasserkrug und zwei Plastikbechern zurück, worauf der Arzt mir beim Aufsetzen half. Ich trank alles aus und sah mich dann erstaunt um. »Warum sind so viele Menschen hier?«

»Auf den Malediven herrscht Ausnahmezustand.«

»Warum?«

Er sah mich komisch an. »Wegen des Tsunami.«

T.J. bewegte sich neben mir und schlug die Augen auf. Ich

half ihm hoch und umarmte ihn, während der Arzt einen Becher mit Wasser füllte und ihm reichte. Er leerte ihn in einem Zug.

»T.J., es war ein *Tsunami.*«

Im ersten Moment schien er nicht zu verstehen. Dann rieb er sich die Augen. »Wirklich?«, sagte er.

»Ja.«

»Hat die Küstenwache Sie eingeliefert?«, fragte Dr. Reynolds.

Wir nickten.

»Woher kamen Sie?«

T.J. und ich wechselten Blicke.

»Das wissen wir nicht«, erwiderte ich. »Wir werden seit dreieinhalb Jahren vermisst.«

»Was meinen Sie mit vermisst?«

»Wir haben auf einer der Inseln gelebt, seit unser Flugzeug ins Meer gestürzt ist«, antwortete T.J.

Der Arzt musterte uns und studierte eindringlich unsere Gesichter. Vielleicht waren es ja T.J.s Haare, die ihn schließlich überzeugten.

»Oh, mein Gott, Sie sind das. Die Leute, die mit dem Wasserflugzeug abgestürzt sind.« Seine Augen weiteten sich. Er holte tief Luft und atmete hörbar wieder aus. »Alle haben Sie für tot gehalten.«

»Ja, das haben wir uns schon gedacht«, entgegnete T.J. »Glauben Sie, Sie könnten uns ein Telefon besorgen?«

Dr. Reynolds gab T.J. sein Mobiltelefon. »Sie können meins benutzen.« Nachdem eine Schwester unsere Infusionsschläuche entfernt hatte, stiegen T.J. und ich vorsichtig aus dem Bett. Meine Beine zitterten. T.J. stützte mich, indem er mir den Arm um die Taille legte.

»Am Ende des Flurs ist ein kleiner Lagerraum«, sagte Dr. Reynolds. »Dort ist es ruhig, und Sie sind ungestört.« Kopfschüttelnd starrte er uns an. »Ich fasse es nicht, dass Sie noch leben. Die Nachrichten haben wochenlang über Sie berichtet.«

Wir folgten ihm. Doch auf dem Weg zum Lagerraum kamen wir an der Damentoilette vorbei.

»Könnt ihr bitte einen Moment warten?«, fragte ich. Als sie stehen blieben, öffnete ich dir Tür und schloss sie hinter mir. Ich stand in der Dunkelheit und tastete nach dem Lichtschalter. Mein Blick wanderte von der Toilette zum Waschbecken und schließlich zum Spiegel.

Ich hatte völlig vergessen, wie ich aussah.

Ich ging zum Spiegel und betrachtete mich. Meine Haut hatte die Farbe von Kaffeebohnen. Und T.J. hatte recht: Meine Augen wirkten deshalb tatsächlich noch blauer. Ich hatte ein paar Falten, die vorher nicht da gewesen waren. Mein Haar war ein verfilzter Mopp und etwa zwei Schattierungen heller, als ich es in Erinnerung hatte. Ich sah aus wie ein Inselmädchen, zerzaust, wild und ungepflegt.

Ich riss mich vom Spiegel los, zog meine Shorts herunter, setzte mich auf die Toilette und griff nach dem Klopapier. Nachdem ich ein paar Blatt abgewickelt hatte, hielt ich es mir an die Wange, um zu spüren, wie weich es war. Anschließend betätigte ich die Spülung und wusch mir, staunend über das Wasser, das da einfach so aus dem Hahn kam, die Hände. Als ich die Tür öffnete, wurde ich von T.J. und Dr. Reynolds auf dem Flur erwartet. »Tut mir leid, dass es so lange gedauert hat.«

»Schon gut«, erwiderte T.J. »Ich war auch auf dem Klo.« Er grinste mich an. »Echt schräg.« Er nahm meine Hand, und dann folgten wir Dr. Reynolds in den Lagerraum.

»Ich komme gleich zurück. Ich muss nur nach ein paar Patienten sehen, und dann verständige ich die Polizei. Sicher wollen die mit Ihnen reden. Ich versuche auch, etwas Essbares für Sie aufzutreiben.«

Mein Magen fing an zu knurren, als er Essen erwähnte.

»Danke«, sagte T.J. Nachdem er fort war, setzten wir uns auf den Boden zwischen die Regale mit medizinischen Gerätschaften. Es war zwar beengt, aber ruhig.

»Du rufst zuerst an, Anna.«

»Bist du sicher?«

»Ja.«

Er reichte mir das Telefon. Ich musste einen Moment überlegen, bis mir die Nummer meiner Eltern wieder einfiel. Mit zitternden Händen tippte ich die Zahlen ein. Es klickte in der Leitung. Ich wollte schon zum Sprechen ansetzen, als eine Tonbandstimme erklang: »Kein Anschluss unter dieser Nummer.«

Ich sah T.J. an. »Die Nummer gibt es nicht mehr. Offenbar sind sie umgezogen.«

»Dann ruf Sarah an.«

»Willst du es nicht zuerst bei deinen Eltern versuchen?«

»Nein, mach schon.« T.J. platzte fast vor Ungeduld. »Ich will nur, dass endlich jemand rangeht.«

Mit wild klopfendem Herzen wählte ich Sarahs Nummer. Nach viermaligem Läuten wurde abgehoben.

»Hallo?«

Chloe!

»Chloe, kannst du bitte sofort deine Mummy ans Telefon holen?«

»Darf ich fragen, wer da spricht?«

»Chloe, Schatz, hol einfach deine Mum, okay?«

»Ich muss aber fragen, wer es ist. Und wenn ich keine Antwort kriege, soll ich auflegen.«

»Nein! Leg nicht auf, Chloe.« Erinnerte sie sich überhaupt noch an mich. »Hier ist Tante Anna. Sag deiner Mummy, dass Tante Anna am Apparat ist.«

»Hallo, Tante Anna. Mommy hat mir Fotos von dir gezeigt. Sie sagt, du wohnst jetzt im Himmel. Hast du Engelsflügel? Mommy will das Telefon. Ich muss jetzt Schluss machen.«

»Nun passen Sie mal gut auf«, schimpfte Sarah. »Ich weiß nicht, wer Sie sind, aber so was einem Kind anzutun, ist einfach nur krank.«

»Sarah! Ich bin es, Anna. Leg nicht auf, ich bin es wirklich.« Ich brach in Tränen aus.

»Wer sind Sie? Was bezwecken Sie mit solchen Anrufen? Wollen Sie uns quälen?«

»Sarah, T.J. und ich sind bei dem Flugzeugabsturz nicht umgekommen. Wir haben auf einer Insel gelebt, und ohne den Tsunami wären wir wahrscheinlich noch immer dort. Jetzt sind wir in Malé im Krankenhaus.« Nachdem ich diese Worte herausgebracht hatte, weinte ich noch heftiger. »Bitte leg nicht auf!«

»Was? … Aber … Oh, Gott. Oh, mein Gott!« Sie rief nach David. Aber weil sie ebenfalls weinte und so schnell sprach, konnte ich kein einziges Wort verstehen.

»Anna? Du bist am Leben? Du bist wirklich am Leben?«

»Ja«, schluchzte ich, während T.J. vor lauter Aufregung hin und her sprang. »Sarah, ich habe zuerst bei Mom und Dad angerufen, aber ihre Nummer gibt es nicht mehr. Sind sie umgezogen?«

»Das Haus wurde verkauft.«

»Wie ist denn ihre neue Nummer?« Vergeblich sah ich

mich nach etwas zu schreiben um. »Ruf sie an, Sarah, und zwar sobald wir aufgelegt haben. Erzähl ihnen, dass ich es zuerst bei ihnen versucht habe. Ich rufe dich wegen ihrer Nummer zurück, sobald ich Schreibzeug gefunden habe. Richte ihnen aus, sie sollen neben dem Telefon warten.«

»Wie kommst du nach Hause?«, fragte sie

»Das weiß ich noch nicht. Hör zu, T.J. hat seine Eltern noch nicht angerufen. Im Moment habe ich keine Ahnung, wie es weitergeht, aber ich gebe seiner Mom und seinem Dad deine Nummer, damit sie alles mit dir absprechen können. Warte auf ihren Anruf, okay?«

»Das werde ich. Oh, Anna, ich weiß gar nicht, was ich sagen soll. Wir haben eine *Begräbnisfeier* für dich veranstaltet.«

»Aber ich lebe. Und ich freue mich so darauf, bald wieder zu Hause zu sein.«

KAPITEL 40

T. J.

Als Anna mir das Mobiltelefon gab, wählte ich meine Nummer und wartete darauf, dass sich jemand meldete. *Geht ran! Jetzt geht schon endlich ran!*

»Hallo?« Es war meine Mom. Der Klang ihrer Stimme brachte mich aus der Fassung. Bis zu diesem Moment war mir gar nicht klar gewesen, wie sehr ich sie vermisst hatte. Tränen traten mir in die Augen. Ich blinzelte sie weg, und Anna legte den Arm um mich. »Mom, ich bin es, T.J. Leg nicht auf.« Am anderen Ende der Leitung herrschte Schweigen. Also redete ich weiter. »Anna und ich sind nicht bei dem Flugzeugabsturz gestorben. Wir haben auf einer Insel gelebt. Nach dem Tsunami hat uns die Küstenwache gerettet. Jetzt sind wir in Malé im Krankenhaus.«

»T.J.?« Sie klang seltsam, so wie in Trance. Dann fing sie an zu weinen.

»Mom, hol Dad ans Telefon!«

»Wer ist da?«, brüllte Dad in den Hörer.

Als ich die Stimme meines Vaters hörte, wurde ich wieder von Rührung ergriffen, und ich hätte dem Gefühl gern nachgegeben. Doch der Wunsch, ihnen begreiflich zu machen, was geschehen war und wo wir steckten, war stärker. Also antwortete ich mit fester Stimme. »Dad, hier spricht T.J. Leg nicht auf, sondern hör mir einfach zu. Anna und ich haben es nach dem Absturz zu einer Insel geschafft. Nach dem Tsunami hat die Küstenwache uns aus dem Wasser gefischt. Wir sind in Malé im Krankenhaus. Es geht uns beiden gut.« Am anderen Ende der Leitung herrschte Schweigen. »Dad?«

»Oh, mein Gott«, sagte er dann. »Bist du es? Bist du es wirklich?«

»Ja.«

»Du warst die ganze Zeit am Leben? Wie ist das möglich?«

»Es war nicht leicht.«

»Und bist du gesund? Bist du verletzt?«

»Alles in Ordnung. Nur müde, ein bisschen verbeult und ziemlich ausgehungert.«

»Was ist mit Anna? Geht es ihr gut?«

»Ja, sie sitzt hier neben mir.«

»Ich weiß nicht, was ich sagen soll, T.J. Mir fehlen die Worte. Ich … ich brauche einen Moment zum Nachdenken. Ich muss mir überlegen, wie ich euch am besten da raushole«, erwiderte er.

Zum ersten Mal seit langer Zeit lastete die Verantwortung nicht mehr auf meinen Schultern. Mein Dad würde übernehmen und alles in die Wege leiten. »Dad, Anna möchte, dass du ihre Schwester anrufst, damit sie auch sicher versteht, was los ist.«

Anna diktierte mir die Nummer, und ich wiederholte sie.

»Das Letzte, was ich jetzt will, ist auflegen, T.J. Aber hier ist es schon acht Uhr abends, und ich muss ein paar Telefonate erledigen, ehe es zu spät wird. Einen Flug für euch zu kriegen könnte wegen 9/11 schwierig werden. Falls ich dich und Anna nicht in einer Linienmaschine unterbringe, chartere ich eine. Wahrscheinlich wird es bis morgen dauern, bis ich euch einen Flieger schicken kann. Ihr beide müsst nicht im Krankenhaus bleiben, oder?«

»Nein, ich glaube nicht.«

»Kann euch jemand in ein Hotel fahren?«

»Ich frage nach. Vielleicht nimmt uns jemand mit dem Auto mit.«

»Sobald du im Hotel bist, rufst du mich an, und ich gebe ihnen meine Kreditkartennummer durch.«

»Okay, Dad. Ist mit Mom alles in Ordnung?«

»Ja, sie ist hier bei mir. Sie will mit dir reden.«

Ich konnte meine Mom kaum verstehen, weil sie wieder zu weinen anfing, sobald sie meine Stimme hörte.

»Alles ist gut, Mom. Ich bin bald wieder zu Hause. Nicht weinen. Gibst du mir bitte noch mal Dad?«

Als mein Dad sich wieder meldete, erklärte ich ihm, dass wir zuerst mit der Polizei sprechen mussten. Anschließend würden wir in ein Hotel fahren, und ich würde ihn von dort aus anrufen.

»Okay, T.J. Ich warte.«

»Er wird herumtelefonieren«, sagte ich, nachdem ich das Handy zugeklappt hatte. »Er meint, es könnte schwierig werden, einen Linienflug für uns zu kriegen, wegen 9/11.«

»Was ist 9/11?«

»Keine Ahnung. Vielleicht wird er ein Flugzeug chartern müssen. Wenn wir jemanden finden, der uns in ein Hotel fährt, sollen wir ihn anrufen. Er gibt ihnen dann seine Kreditkartennummer. Allerdings müssen wir uns wahrscheinlich bis morgen gedulden, Anna.«

Sie lächelte. »Wir haben so lange gewartet. Was ist da schon ein Tag mehr oder weniger?«

Ich umarmte sie und zog sie an mich. »Wir können nach Hause.«

Wir traten aus der Abstellkammer und machten uns auf

die Suche nach Dr. Reynolds. Er stand mit zwei Polizisten auf dem Flur und erwartete uns. In ihrer Begleitung befand sich noch ein anderer Mann. Er trug ein khakifarbenes Hemd mit dem Logo der Wasserflugzeugvermietung auf der Brusttasche.

Dr. Reynolds hielt eine braune Papiertüte mit einem großen Fettfleck an der Seite hoch. Als er sie mir lächelnd überreichte, schaute ich hinein. Tacos. Ich holte eine heraus, gab sie Anna und nahm mir dann auch eine.

Die frittierte Tortilla war mit Rinderhack und Zwiebeln gefüllt. Eine würzige Sauce tropfte mir auf die Hand. So viele verschiedene Geschmacksrichtungen auf einmal war ich gar nicht mehr gewöhnt. Ich hatte solchen Hunger, dass ich keine Minute brauchte, um das ganze Ding zu verdrücken.

Die Polizisten wollten mit uns reden, und wir folgten ihnen zu einer abgelegenen Ecke im Flur. Ich griff noch einmal in die Tüte und holte zwei weitere Tacos heraus.

Die Polizeibeamten sprachen zwar Englisch, hatten aber einen so starken Akzent, dass ich sie kaum verstand. Wir beantworteten ihre Fragen und berichteten von Mick, seinem Herzinfarkt, dem Absturz und wie wir auf der Insel gelandet waren.

»Der Suchtrupp hat zwar Flugzeugteile, aber keine Leichen gefunden«, meinte einer der Polizisten. »Wir haben angenommen, dass Sie ertrunken sind.«

»Mick ahnte, dass wir eine Bruchlandung hinlegen würden, und hat uns angewiesen, die Schwimmwesten anzulegen. Sonst wäre es wohl auch so gekommen«, entgegnete Anna.

»Man hat nach Leichen gesucht«, fügte der andere Polizist hinzu. »Doch nicht damit gerechnet, welche zu entdecken. Es gibt dort Haie.«

Anna und ich wechselten einen Blick.

»Ein paar der Flugzeugtrümmer wurden angespült. Mein Rucksack, Annas Koffer und das Rettungsboot. Micks Leiche ebenfalls«, erklärte ich. »Wir haben ihn auf der Insel begraben.«

Auch der Mann von der Fluggesellschaft hatte ein paar Fragen.

»Warum haben Sie den Ortungssender nicht ausgelöst, nachdem das Rettungsboot angeschwemmt wurde?«

»Weil da keiner war«, erwiderte ich.

»Alle Rettungsboote sind mit Ortungssendern ausgestattet. Das ist bei Flugzeugen, die über Wasser fliegen, von der Küstenwache so vorgeschrieben.«

»Nun, bei unserem gab es keinen«, antwortete ich. »Und wir haben gründlich nachgesehen, das können Sie uns glauben.«

Er notierte sich unsere Kontaktdaten und reichte mir eine Visitenkarte.

»Ihr Anwalt soll sich mit mir in Verbindung setzen, sobald Sie wieder in den Staaten sind.«

Ich steckte die Karte in die Hosentasche. »Da wäre noch etwas«, wandte ich mich an die beiden Polizisten. »Vor uns hat schon jemand auf der Insel gelebt.« Anna und ich erzählten ihnen von der Hütte und dem Skelett. »Falls Sie noch einen Vermissten suchen, war er das vielleicht.«

Nach dem Gespräch fragten wir Dr. Reynolds, ob uns jemand zu einem Hotel fahren könnte.

»Ich übernehme das«, sagte er.

Dr. Reynolds hatte einen zerbeulten Honda Civic. Da die Klimaanlage fehlte, kurbelten wir die Fenster herunter. Als wir den Parkplatz verließen, konnte ich den Anblick der Straßen, Autos und Gebäude – Dinge, die ich so lange nicht gesehen hatte – kaum fassen. Ich atmete die Autoabgase ein, die so anders rochen als die Luft auf der Insel. Als ich das Schild eines Hotels sah, lächelte ich, denn mir wurde schlagartig klar, dass Anna und ich zum ersten Mal ein Zimmer, eine Dusche und ein richtiges Bett haben würden.

»Vielen Dank für Ihre Hilfe«, sagten wir zu Dr. Reynolds, als er uns vor dem Hotel absetzte.

»Ich wünsche Ihnen beiden viel Glück«, erwiderte er, schüttelte mir die Hand und umarmte Anna.

Das Hotel hatte kaum etwas abgekriegt. Jemand fegte vor dem Eingang Abfälle zusammen, als Anna und ich durch die Drehtür traten. In der Vorhalle wimmelte es von Gästen. Einige standen neben Gepäckstapeln.

Alle starrten uns an. Falls in diesem Hotel die Regel galt, dass Menschen ohne Schuhe und Hemd hier nicht bedient wurden, verstieß ich gerade dagegen. Mein Blick fiel auf den großen Spiegel an der Wand. Wir sahen nicht gerade toll aus.

Ich folgte Anna zur Rezeption, wo eine Frau stand und etwas in einen Computer eintippte.

»Möchten Sie einchecken?«, fragte sie.

»Ja. Ein Zimmer bitte«, erwiderte ich.

»Wir sind ziemlich ausgebucht«, antwortete sie. »Aber wir haben noch eine Suite frei. Ginge das in Ordnung?«

Ich lächelte. »Wunderbar«, meinte ich. »Darf ich Ihr Telefon benutzen?«

Als sie das Telefon zu mir umdrehte, rief ich meinen Dad per R-Gespräch an. »Wir sind im Hotel«, meldete ich.

»Dann nimm zwei Zimmer, und lass alles auf die Zimmernummern anschreiben.«

»Wir brauchen nur ein Zimmer, Dad.«

Einen Moment lang herrschte Schweigen. »Oh. Okay.«

Ich reichte der Frau das Telefon und wartete, bis mein Dad seine Kreditkartendaten durchgegeben hatte. Dann schob sie mir den Apparat wieder zu und tippte weiter.

»Haben die im Hotel einen Souvenirladen?«, erkundigte sich mein Dad.

»Ja, ich kann ihn von hier aus sehen.« Der Souvenirladen befand sich gleich um die Ecke von der Rezeption. Soweit ich feststellen konnte, war er ziemlich luxuriös.

»Kauft euch, was ihr braucht. Ich arbeite noch daran, Anna und dich da rauszuholen. Der Flughafen von Malé hat einiges abgekriegt, aber man hat mir mitgeteilt, dass nicht allzu viele Flüge abgesagt werden mussten. Mit einer Linienmaschine klappt es nicht, ich versuche also, ein Flugzeug zu chartern. Deine Mom wollte dich abholen kommen, aber ich konnte sie davon überzeugen, dass du früher zu Hause bist, wenn du nicht zuerst auf sie warten musst. Ich rufe dich in deinem Zimmer an, sobald ich mehr weiß. Aber bereitet euch darauf vor, morgen Vormittag abzureisen.«

»Okay, Dad. Machen wir.«

»Ich ... Ich bin noch immer sprachlos, T.J. Deine Mom und ich, wir stehen beide unter Schock. Deine Schwestern hören nicht auf zu weinen, und das Telefon läuft heiß. Wir wollen, dass du und Anna so schnell wie möglich nach Hause kommt. Mit Sarah habe ich schon gesprochen. Ich werde sie auf dem Laufenden halten.«

Wir verabschiedeten uns, und ich gab der Frau an der Rezeption das Telefon zurück.

Dann gingen Anna und ich in den Souvenirladen. Wir schauten uns um und wussten gar nicht, wo wir anfangen sollten. Der Laden war in zwei Hälften unterteilt. Auf der einen Seite befanden sich Kleiderständer – alles von T-Shirts bis zu eleganten Klamotten –, auf der anderen Knabberzeug. Die Regale bogen sich unter Süßigkeiten, Chips, Kräckern und Keksen.

»Oh, mein Gott«, sagte Anna und ging los.

Ich nahm mir zwei Einkaufskörbe von dem Stapel neben der Tür und folgte ihr.

Ich reichte ihr einen und musste lachen, als sie SweeTarts-Drops und Hot-Tamales-Zimtbonbons hineinwarf. Ich gab eine Tüte Doritos-Chips und drei Slim-Jim-Minisalamis hinzu.

»Im Ernst?«, fragte sie mit hochgezogener Augenbraue.

»Oh, ja.« Ich grinste sie an.

Nachdem wir einen Korb mit Junkfood gefüllt hatten, steuerten wir auf die Drogerieabteilung zu.

»Wahrscheinlich gibt es im Zimmer Seife und Shampoo, aber ich will kein Risiko eingehen«, verkündete Anna und griff nach beidem. Außerdem wanderten noch Zahnbürsten, Zahnpasta, Deo, Körperlotion, Rasierer, Rasierschaum, eine Bürste und ein Kamm in den Korb.

Anschließend suchten wir für mich ein T-Shirt und eine Shorts aus. Als Anna mit einer Packung Boxershorts wedelte, schüttelte ich den Kopf. Doch sie nickte lachend und warf sie in den Korb. Ich griff in eine Wanne mit Herren-Flipflops und nahm mir ein schwarzes Paar.

An einem Ständer hingen Sommerkleider, und ich wählte für Anna ein blaues aus. Sie entdeckte dazu passende Sandalen.

Nachdem Anna noch Unterwäsche, eine Shorts und ein T-Shirt zusammengerafft hatte, trugen wir unsere Körbe zur Kasse und ließen alles auf unser Zimmer anschreiben.

Dann fuhren wir mit dem Aufzug in den dritten Stock. Ich steckte den Kartenschlüssel in den Schlitz. Als wir das Zimmmer betraten, war das riesige Doppelbett mit einem hohen Kissenberg darauf das Erste, was mir auffiel. An der Wand gegenüber vom Bett hing ein gigantischer Flachbildschirmfernseher. Neben einem Rollschreibtisch und einem kleinen Kühlschrank stand ein Esstisch mit vier Stühlen. Der Wohnzimmerbereich war mit einem Couchtisch, einem Sofa und zwei Sesseln möbliert, die vor einem zweiten Fernseher angeordnet waren. Die Klimaanlage pustete kalte Luft ins Zimmer. Auf einem niedrigen Tisch neben der Tür bemerkte ich ein Tablett mit vier in Folie eingewickelten Gläsern. Ich packte zwei aus, ging ins Bad und füllte sie am Wasserhahn. Als Anna mir folgte, hielt ich ihr eins hin. Sie starrte ein paar Sekunden lang darauf, bevor sie es an die Lippen hob und trank.

Dann erkundeten wir den Rest des Badezimmers. In einer Ecke befanden sich eine riesige Dusche mit Glaswänden, eine Marmorablage mit zwei Waschbecken und ein Korb mit Seife und Shampoo zwischen Dusche und einem tiefen Whirlpool. An einem Haken neben der Tür hingen zwei blütenweiße Bademäntel.

»Ich rufe Sarah an und frage sie nach der Nummer meiner Eltern. Schließlich sollte sie sie bitten, neben dem Telefon zu warten. Wie viele Stunden später ist es in Chicago?«

»Ich glaube, elf. Mein Dad meinte am Telefon, es sei bereits acht Uhr abends.«

Anna setzte sich aufs Bett und nahm Block und Stift vom Nachttisch. Dann griff sie zum Telefon und wählte. »Besetzt. Ich versuche es mobil.« Wieder wählte sie, legte aber nach einer Weile wieder auf. »Es hat einfach durchgeläutet.« Anna runzelte die Stirn. »Warum geht sie nicht ran?«

»Weil sie wahrscheinlich gerade jeden anruft, den du kennst, und zurückgerufen wird. Vermutlich wird ihr Telefon in den nächsten Tagen nicht zu läuten aufhören. Lass uns duschen. Danach kannst du es ja noch einmal probieren.«

Wir verbrachten fast eine Stunde in der Dusche, wo wir uns lachend abschrubbten. Anna konnte gar nicht mehr aufhören, sich zu waschen, auch als ich ihr sagte, dass sie eindeutig sauber war.

»Ich nehme kein Bad mehr, solange ich lebe. Von jetzt an wird offiziell nur noch geduscht«, verkündete Anna.

»Ich auch nicht.«

Anschließend trockneten wir uns ab und zogen die Bademäntel an. Anna gab Zahnpasta auf die beiden Bürsten und reichte mir eine. Wir standen vor den beiden Waschbecken, putzten uns die Zähne, spülten nach und spuckten aus. Dann legte sie die Zahnbürste weg. »Küss mich, T.J. Jetzt sofort«, sagte sie.

Ich hob sie hoch, setzte sie auf die Ablage und umfasste ihr Gesicht mit den Händen. Wir küssten uns lange.

»Du schmeckst unbeschreiblich«, meinte ich. »Und du riechst auch ziemlich gut. Nicht dass es mich gestört hätte, als es noch anders war.«

»Aber so ist es besser«, erwiderte sie und lehnte die Stirn an meine.

»Ja.«

Wir gingen zurück ins Zimmer, wo ich mich, die Speisekarte vom Zimmerservice in der einen, die Fernbedienung in der anderen Hand, auf dem Bett ausstreckte. »Anna, schau mal.« Sie machte sich gerade über eine Rolle SweeTarts her, ließ sich aber neben mich aufs Bett fallen, um in die Speisekarte zu schauen. Als sie mir die Doritos-Tüte gab, riss ich sie auf und stopfte mir eine Handvoll Maischips in den Mund. Noch nie hatte künstliches Nacho-Käse-Aroma so gut geschmeckt.

Es war nicht leicht zu entscheiden, was wir bestellen sollten, weil wir eigentlich Appetit auf alles hatten. Schließlich grenzten wir es auf Steak mit Pommes, Spaghetti mit Fleischklößchen, Knoblauchbrot und Schokokuchen ein.

»Oh, und zwei riesige Cola«, fügte Anna hinzu.

Ich rief den Zimmerservice an und bestellte. Anna schnappte sich den Kartenschlüssel und etwas von dem niedrigen Tisch neben der Tür und sagte, sie werde gleich zurück sein.

»Du hast unter dem Bademantel nichts an«, erinnerte ich sie.

»Dauert nicht lang.«

Ich zappte durch die Kanäle. Alle Sender berichteten über den Tsunami. Anna kehrte mit einem kleinen Eimer ins Zimmer zurück. »Ist das Eis?«, fragte ich.

Sie steckte einen Eiswürfel in den Mund. »Ja«, antwortete sie. Sie legte sich neben mich ins Bett. Ich beobachtete, wie sie daran lutschte. Dann setzte sie sich auf und öffnete den Gürtel meines Bademantels. Nachdem sie ihn aufgeklappt hatte, strich sie mit der Hand sanft über meine Seite. Trotz der Schmerzen reagierte mein Körper sofort auf die Berührung.

»Du hast da ein paar beeindruckende Beulen«, stellte sie fest. »Was ist denn passiert?«

»Da war ein großer Baumstamm im Wasser.«

»Offenbar stehst du mit Bäumen auf Kriegsfuß«, meinte sie.

»Diesmal hatte der Baum es auf mich abgesehen.«

Anna steckte sich noch einen Eiswürfel in den Mund und küsste meinen Hals und meine Brust.

»Wie lange dauert es, bis der Zimmerservice kommt?«, fragte sie.

»Das haben sie mir nicht verraten.«

Anna küsste meinen Bauch und bewegte sich weiter nach unten. Als ich ihren Mund auf mir spürte, schnappte ich nach Luft, denn ich hatte dort noch nie Kälte empfunden. Ich schloss die Augen und legte die Hände auf ihren Kopf.

Als kurz darauf der Zimmerservice klopfte, band ich meinen Bademantel zu und öffnete. Der Mann, der das Essen brachte, stellte alles auf dem Tisch ab. Sobald ich ein Trinkgeld dazuaddiert und die Rechnung abgezeichnet hatte, breiteten wir alles aus und entfernten die Abdeckungen.

»Wir haben sogar Besteck.« Anna hielt eine Gabel hoch und betrachtete sie eine Weile, bevor sie ein Fleischbällchen aufspießte.

»Und Stühle«, merkte ich an, zog einen hervor und setzte mich neben sie. Ich reichte ihr ein Stück Knoblauchbrot und schnitt ein Stück von dem Steak ab. Als ich es in den Mund steckte, stöhnte ich auf. Wir fütterten einander und tranken dazu die eiskalte Cola. Da wir so schweres Essen und diese Mengen nicht mehr gewöhnt waren, waren wir rasch satt. Anna verpackte die Reste ordentlich und stellte sie in den Kühlschrank.

Danach legten wir uns aufs Bett, um zu verdauen. Anna spielte mit meinem Haar, lehnte den Kopf an meine Schulter und schlang die Beine in meine.

»Ich war noch nie im Leben so zufrieden«, sagte sie.

Ich schaltete den Fernseher auf stumm. Wir hatten uns Berichte über den Tsunami angesehen und waren entsetzt über das Ausmaß der Verwüstungen. Offenbar war Indonesien am schlimmsten betroffen. Zehntausende von Menschen hatten ihr Leben verloren.

»Ich fühle mich schrecklich, weil ich das sage, schließlich haben so viele Menschen sterben müssen. Aber ohne den Tsunami wären wir noch immer auf dieser Insel«, meinte Anna. »Ich weiß nicht, wie lange wir durchgehalten hätten.«

»Ich auch nicht.« Ich streckte die Hand nach dem Nachttisch aus, stellte den Radiowecker an und drehte so lange daran herum, bis ich einen amerikanischen Sender gefunden hatte. Es lief »More Than a Feeling« von Boston. Ich lächelte.

Anna seufzte. »Ich liebe dieses Lied.«

Als sie sich enger an mich kuschelte, hielt ich sie fest.

»Hast du es überhaupt schon richtig verstanden, T.J.? Wir werden unsere Familien wiedersehen.«

»So langsam kapiere ich es.«

»Wie viel Uhr ist es?«, fragte sie.

Ich schaute auf die Uhr. »Kurz nach zwei.«

»Dann ist es in Chicago ein Uhr morgens. Egal. Ich versuche es noch mal bei Sarah. Ich kann mir sowieso nicht vorstellen, dass sie oder meine Eltern jetzt schlafen.«

Anna setzte sich auf, griff nach dem Telefon und zog dabei das Kabel über meinen Körper. »Ich probiere es zuerst auf dem Festnetz.« Sie wählte und wartete. »Besetzt. Vielleicht geht sie ja ans Handy.« Wieder wählte sie und wartete. »Mailbox. Ich hinterlasse ihr eine Nachricht«, verkündete sie, legte jedoch wortlos auf. »Die Mailbox war voll.«

»Versuch es später noch mal. Irgendwann erreichst du sie schon.« Sie gab mir das Telefon, damit ich es wieder auf den Nachttisch stellen konnte. »Anna?«

Sie schmiegte sich wieder an mich. »Ja?«

»Was ist mit John? Glaubst du, dass Sarah ihn angerufen hat?«

»Das hat sie bestimmt.«

»Und was, meinst du, wird er tun, wenn er erfährt, dass du noch lebst?«

»Natürlich wird er sich für meine Familie freuen. Sonst habe ich keine Ahnung. Wahrscheinlich wohnt er inzwischen mit Frau und Kind in irgendeinem Vorort.« Kurz hielt sie inne. »Hoffentlich hat er meinen Eltern meine Sachen gebracht.«

»Wo wirst du wohnen?«

»Bei Mom und Dad, wo immer das ist. Sie werden sicher wollen, dass ich eine Weile bei ihnen bleibe. Und dann besorge ich mir meine eigene Wohnung. Ich fasse es nicht, dass sie ihr Haus verkauft haben, T.J. Sie haben ständig davon geredet, sich eines Tages vielleicht zu verkleinern, eine Eigentumswohnung oder so. Aber ich hätte nie gedacht, dass sie es wirklich tun. Ich bin in diesem Haus aufgewachsen. Es macht mich traurig, dass es ihnen nicht mehr gehört.«

Ich küsste sie. Dann öffnete ich ihren Bademantel und streifte ihn ihr über die Schultern. Nachdem wir uns geliebt hatten, schliefen wir ein. Als ich aufwachte, war es fünf Uhr nachmittags. Anna schlief tief und fest. Ich starrte an die Decke und dachte über unser Gespräch nach. Ich hatte mich zwar nach John erkundigt, aber nicht die eigentlich wichtige Frage gestellt.

Was wird aus uns?

KAPITEL 41

ANNA

Ich schlug die Augen auf und streckte mich. T.J. saß ans Kopfteil gelehnt da, hatte den Fernseher leise laufen und verspeiste ein Slim Jim.

»Das hat gutgetan.« Ich küsste ihn und schwang die Beine über die Bettkante. »Ich muss pinkeln. Weißt du, was mir an diesem Bad am besten gefällt?«, fragte ich beim Gehen, über die Schulter gewandt.

»Klopapier?«

»Genau.«

Als ich aus dem Bad kam, überredete mich T.J., einen Bissen Slim Jim zu probieren.

»Gib zu, dass es gar nicht so schlecht ist«, sagte er.

»Okay, aber ich bin längst nicht mehr so wählerisch wie früher. Wo habe ich denn die SweeTarts hingelegt?«

Ich entdeckte sie auf der Kommode. Da ich wegen der Klimaanlage fror, zog ich den Bademantel fester um mich und kuschelte mich wieder neben T.J. unter die Decke. Inzwischen war ich steifer, und mir tat mehr weh als nach meiner Rettung, weshalb ich mich über das weiche Bett freute.

Um zehn Uhr abends versuchte ich es noch einmal bei Sarah. In Chicago war es jetzt neun Uhr morgens, doch ihr Mobiltelefon war besetzt. »Ich komme noch immer nicht durch«, sagte ich. Dann wählte ich ihre Festnetznummer, aber niemand nahm ab. »Es geht auch kein Anrufbeantworter ran.«

»Ich rufe meinen Dad an. Vielleicht hat er ja mit ihr gesprochen.« T.J. wählte, wartete und schüttelte den Kopf. »Bei ihnen ist auch besetzt. Wahrscheinlich kriegen sie jede Menge Anrufe. Wir probieren es morgen noch mal.«

T.J. legte das Telefon weg und streichelte mein Haar. »Ich weiß nicht, wie ich mich daran gewöhnen soll, nicht mehr jede Nacht das Bett mit dir zu teilen.«

»Dann gewöhnen wir uns einfach nicht dran«, erwiderte ich, stützte mich auf den Ellbogen und betrachtete ihn. Ich war nicht bereit, ihn aufzugeben, so egoistisch ich mich auch dabei fühlen mochte.

Er fuhr hoch. »Meinst du das ernst?«

»Ja.« Mein Herz klopfte, und mein Verstand schrie, dass es keine gute Idee war, aber das kümmerte mich nicht. »Wir werden eine Weile getrennt sein müssen. Aber wenn du danach zurückkommen möchtest, warte ich auf dich.«

Er atmete auf, und Erleichterung zeichnete sich auf seinem Gesicht ab. Dann zog er mich an sich und küsste mich auf die Stirn. »Natürlich möchte ich das.«

»Es wird nicht leicht werden, T.J. Die Leute werden es nicht verstehen. Und sie werden viele Fragen stellen.« Beim bloßen Gedanken krampfte sich mir der Magen zusammen. »Vielleicht solltest du erwähnen, dass du fast neunzehn warst, als etwas zwischen uns passiert ist.«

»Glaubst du, das wird jemanden interessieren?«

»Ja, das wird alle interessieren.«

Mitten in der Nacht wachte ich auf, weil ich aufs Klo musste. Wir waren bei laufendem Fernseher eingeschlafen, und als ich wieder im Bett lag, griff ich nach der Fernbedienung, zappte durch die Sender und sah mir eine Weile die Nachrichten an.

Ich setzte mich auf, als CNN die neueste Meldung ankündigte. Da, auf dem Bildschirm unter der Schlagzeile ZWEI AUF DEM MEER VERSCHOLLENE AUS CHICAGO NACH 3 1/2 JAHREN GERETTET, waren Fotos von T.J. und mir, eingefroren mit sechzehn und dreißig.

Sanft rüttelte ich T.J. an der Schulter.

»Was ist?«, fragte er schlaftrunken.

»Sieh mal, was im Fernsehen kommt.«

T.J. setzte sich auf und starrte auf den Bildschirm.

Als ich den Ton lauter stellte, hörte ich Larry King gerade noch sagen: »Ich glaube, ich spreche für alle, wenn ich sage, dass das eine Story ist.«

»Ach, du Scheiße!«, rief T.J.

Es ging schon los.

KAPITEL 42

T. J.

Ich wachte vor Anna auf und bestellte Eier, Pfannkuchen, Würstchen, Speck, Toast, Kartoffelrösti, Saft und Kaffee. Als das Essen serviert wurde, küsste ich sie, bis sie aufwachte.

Sie schlug die Augen auf. »Ich rieche Kaffee.«

Ich schenkte ihr eine Tasse ein. Anna trank einen Schluck und seufzte. »Oh, schmeckt das gut.«

Nachdem wir im Bett gefrühstückt hatten, ging Anna duschen. Ich bewachte das Telefon, nur für den Fall, dass mein Dad anrief. Sobald sie im Bad fertig war, tauschten wir die Plätze. Als ich herauskam und mich noch mit dem Handtuch abtrocknete, starrte sie mich an.

»Du hast dich rasiert.«

Sie strich mir mit dem Handrücken über die Wange.

Ich lachte. »Du hast doch gesagt, dass ich das selbst erledigen müsste, falls wir je gerettet werden.«

»Das habe ich nicht so gemeint.«

Das Telefon läutete um elf. Mein Vater hatte ein Flugzeug gechartert und erklärte, wir müssten in einer Stunde am Flughafen sein.

»Bis auf die Zwischenlandungen zum Auftanken habt ihr einen Direktflug. Wir holen euch in O'Hare ab.«

»Dad, Anna hat versucht, ihre Schwester zu erreichen. Hast du mit ihr geredet?«

»Zweimal. Ihr Telefon ist ständig besetzt, aber bei uns war

es genauso, T.J. Es hat sich schnell herumgesprochen. Der Flughafen hat besondere Vorkehrungen getroffen. Wir dürfen am Gate warten, wenn ihr landet. Allerdings wird es von Reportern nur so wimmeln. Ich tue mein Bestes, um sie in Schach zu halten.«

»Okay. Dann beeilen wir uns jetzt lieber, damit wir pünktlich am Flughafen sind.«

»Ich liebe dich, T.J.«

»Ich liebe dich auch, Dad.«

Ich zog T-Shirt und Shorts aus dem Souvenirladen an. Anna trug das blaue Kleid. Nachdem ich die Visitenkarte des Wasserflugzeug-Charters aus der Tasche meiner Shorts gekramt hatte, warfen wir unsere schmutzigen alten Sachen in den Müll. Alles andere stopften wir in zwei Plastiktüten, die wir im Zimmer gefunden hatten.

Nach dem Auschecken fuhren wir mit dem Pendelbus des Hotels zum Flughafen. Anna konnte kaum stillsitzen. Lachend schlang ich die Arme um sie.

»Du bist total aufgedreht.«

»Ich weiß. Ich bin aufgeregt. Außerdem habe ich ganz schön viel Kaffee getrunken.«

Als der Bus vor dem Terminal hielt, standen Anna und ich auf.

»Bist du bereit, von hier zu verschwinden?«, fragte ich und nahm ihre Hand.

Sie lächelte. »Und ob.«

Die Besatzung – Pilot, Copilot und Flugbegleiterin – applaudierten jubelnd, als Anna und ich uns durch die Tür duckten und ins Flugzeug stiegen. Sie schüttelten uns die Hand, worauf wir uns lächelnd vorstellten.

Ich sah mich in der Kabine um. Es gab sieben Sitzplätze.

Fünf Einzelsitze, getrennt durch einen schmalen Gang, und zwei zusammenhängende. An der einen Wand befand sich ein kleines Sofa. Ich wagte kaum, mir auszumalen, was mein Dad dafür hingeblättert hatte.

»Was für ein Flugzeug ist das?«, fragte ich.

»Ein Lear 55«, erwiderte der Pilot. »Das ist ein mittelgroßer Jet. Wir müssen zwar einige Male zwischenlanden, um aufzutanken, sollten aber in etwa achtzehn Stunden in Chicago sein.«

Anna und ich verstauten unsere Tüten in den Gepäckfächern und setzten uns in den verstellbaren Doppelsitz aus Leder. Vor uns stand ein großer am Boden befestigter Tisch.

Die Flugbegleiterin kam, sobald wir uns angeschnallt hatten.

»Hallo, ich heiße Susan. Was möchten Sie trinken? Ich habe Cola, Bier, Wein, Cocktails, Wasser, Saft und Champagner da.«

»Du zuerst, Anna.«

»Ich hätte gern Wasser, Champagner und Saft bitte«, sagte sie.

»Soll ich Ihnen einen Mimosa mischen? Es gibt frisch gepressten Orangensaft.«

Anna lächelte Susan an. »Ein Mimosa wäre himmlisch. Danke.«

»Ich hätte gern Wasser, Bier und eine Cola«, erklärte ich. »Danke.«

»Wird gemacht. Ich bin gleich zurück.«

Da wir überhaupt keinen Alkohol mehr gewöhnt waren, waren wir ziemlich schnell blau. Anna trank zwei Mimosas, ich vier Bier. Sie konnte nicht aufhören zu kichern und ich nicht, sie zu küssen. Wir waren auch ziemlich laut. Susan machte ihre Sache sehr gut und tat, als bemerke sie es gar nicht. Sie brachte uns eine riesige Platte mit Käse, Kräckern und Obst, vermutlich in der Hoffnung, dass wir davon nüchterner werden würden. Wir verschlangen alles, doch erst nachdem ich versucht hatte, Anna einige Trauben in den geöffneten Mund zu werfen. Ich traf jedes Mal daneben, und wir bogen uns vor Lachen.

Als es dunkel wurde, erschien Susan mit Kissen und Decken.

»Ach, wunderbar«, meinte Anna mit einem Hicksen. »Ich bin ein bisschen schläfrig.

Ich breitete die Decken über uns aus und ließ meine Hand unter Annas Kleid wandern.

»Lass das«, sagte sie und versuchte, meine Hände wegzuschieben. »Susan ist hier.«

»Susan stört es sicher nicht«, antwortete ich und zog die Decke über unsere Köpfe, damit wir ungestört waren. Allerdings war das nur leeres Gerede, denn fünf Minuten später war ich schachmatt.

Als ich aufwachte, pochte mir der Schädel. Anna schlief noch. Ihr Kopf ruhte an meiner Schulter. Nachdem sie auch wach war, wuschen wir uns nacheinander im kleinen Waschraum und putzten uns die Zähne. Susan servierte uns eine Platte mit Truthahn- und Roastbeefsandwiches, Kartoffelchips und Cola. Außerdem gab sie mir zwei einzeln verpackte Tylenol-Tabletten und zwei Wasserflaschen.

»Danke.«

»Gern geschehen«, entgegnete sie lächelnd und tätschelte mir die Schulter.

Wir rissen die Päckchen auf und schluckten die Tabletten mit etwas Wasser.

»Was für einen Tag haben wir, Anna?«

Sie musste kurz überlegen. »Den 28. Dezember?«

»Ich möchte, dass wir Silvester zusammen verbringen«, sagte ich. »Bis dahin vermisse ich dich sicher schrecklich.«

Anna küsste mich rasch. »Das Date steht.«

Wir verdrückten Sandwiches und Chips und verbrachten die restliche Zeit mit Gesprächen.

»Ich habe mir diesen Tag so lange ausgemalt, T.J., und stellte mir vor, wie meine Mom, mein Dad, Sarah, David und die Kinder alle dastehen, und ich laufe mit ausgebreiteten Armen auf sie zu.«

»Ich habe auch oft an diesen Tag gedacht. Aber ich habe befürchtet, dass er nie kommen würde.«

»Aber er ist gekommen.« Anna lächelte mich an.

Der Himmel wurde heller. Als ich aus dem Fenster schaute, hatte ich die gefrorenen Felder des Mittleren Westens vor Augen. »Sieh mal, T.J., Schnee«, sagte Anna aufgeregt, als wir zum Landeanflug auf Chicago ansetzten.

Kurz vor acht Uhr morgens landeten wir in O'Hare. Anna öffnete ihren Sicherheitsgurt und erhob sich, bevor die Maschine richtig zum Stehen gekommen war.

Wir nahmen unsere Plastiktüten aus dem Gepäckfach und hasteten den Mittelgang entlang zum vorderen Teil der Maschine. Pilot und Copilot kamen aus dem Cockpit.

»Es war uns eine Freude, Sie nach Hause zu bringen«, sagte der Pilot. »Viel Glück Ihnen beiden.«

Wir drehten uns zu Susan um.

»Vielen Dank für alles«, meinte Anna.

»Gern geschehen«, antwortete sie und umarmte uns.

Die Flugzeugtür wurde geöffnet.

»Das wärs, T.J.«, stellte Anna fest. »Los geht's.«

KAPITEL 43

ANNA

Hand in Hand rannten T.J. und ich die Fluggastbrücke entlang. Als wir auf der anderen Seite zum Vorschein kamen, jubelte die Menge. Die Blitzlichter von Hunderten von Kameras blendeten mich, sodass vor meinen Augen alles verschwamm. Sofort bombardierten die Reporter uns mit Fragen. Sarah hastete so schnell auf mich zu, dass ich sie nur noch als Schatten wahrnahm, und schloss mich weinend in die Arme.

Jane Callahan war beinahe genauso aufgelöst, als sie T.J. an sich drückte. Tom Callahan und zwei Mädchen – vermutlich T.J.s Schwestern – fielen ihm ebenfalls um den Hals. David stand neben Sarah, und auch er nahm mich in die Arme. Ich drückte ihn an mich und machte mich dann los, um in der Menschenmenge Ausschau nach meinen Eltern zu halten.

Mein Blick fiel auf John.

Als er auf mich zulief, umarmte ich ihn automatisch. Dann wich ich zurück, weil er mir im Weg stand. Ich war verwirrt, und mein Herz begann zu klopfen. Ich musterte weiter die Menschen in dem abgesperrten Bereich, konnte meine Mom aber nirgendwo entdecken.

Auch nicht meinen Dad.

Panisch blickte ich mich um. Und plötzlich dämmerte mir, warum ihre Telefonnummer nicht mehr existierte. Als mir die Knie nachgaben, fingen Sarah und David mich auf.

»Alle beide?«

Sarah nickte mit tränenüberströmtem Gesicht.

»Nein!«, schrie ich auf. »Warum hast du es mir nicht gesagt?«

»Es tut mir leid«, antwortete sie. »Dein Anruf hat mich total überrascht, und du hast so glücklich geklungen. Ich habe es nicht übers Herz gebracht, Anna.«

Sie führten mich zu einem Sitzplatz. Doch bevor ich noch richtig saß, erschien T.J. neben mir.

Er setzte sich, nahm mich in die Arme und wiegte mich sanft hin und her, während ich weiterschluchzte. Schließlich hob ich den Kopf von seiner Brust.

»Sie sind beide tot.«

»Ich weiß. Meine Mom hat es mir gerade erzählt.«

Er gab mir einen Kuss auf die Stirn und wischte mir die Tränen weg. Und die Kameras hielten alles fest. Zu diesem Zeitpunkt ahnte ich es noch nicht, doch keine vierundzwanzig Stunden später würden die Fotos, wie T.J. mich im Arm hielt und küsste, auf allen Titelseiten im Land prangen.

Ich lehnte den Kopf an seine Brust und schloss die Augen. Sarah streichelte mir den Rücken. Nach einer Weile holte ich tief Luft und richtete mich auf.

»Es tut mir so leid«, sagte T.J. und strich mir das Haar aus der Stirn.

Ich nickte. »Ich weiß.«

Bis auf das Klicken und Blitzen der Kameras war es still. Ich drehte mich zu Sarah um. »Ich will nach Hause.«

Sarah schrieb ihre Mobilfunknummer für T.J. auf einen Zettel und gab ihn ihm. Er steckte den Zettel in die Tasche seiner Shorts.

»Ich rufe dich bald an.« Er schlang die Arme um mich. »Ich liebe dich«, flüsterte er mir ins Ohr.

»Ich liebe dich auch«, flüsterte ich zurück.

Wir standen auf, als Tom und Jane Callahan auf uns zukamen. T.J.s Schwestern trotteten hinterher. »Es tut mir so leid, Anna«, sagte Jane. »Sarah hat mir von deinen Eltern erzählt. Das Wissen darum, welche Nachricht dich hier erwartet, hat mir wirklich zu schaffen gemacht.« Sie umarmte mich, und als sie sich löste, hielt sie noch eine Weile meine Hände fest. »Wir rufen dich in ein paar Tagen an. Wir haben einiges zu besprechen.« Sie lächelte und küsste mich rasch auf die Wange.

Tom Callahan drückte mir, ebenfalls lächelnd, aufmunternd die Schulter.

»Danke für das Privatflugzeug«, sagte ich.

»Keine Ursache, Anna.«

Sarah schickte David los, damit er den Reportern mitteilte, dass ich keinen Kommentar abgeben würde. John trat neben mich, wollte nach meiner Hand greifen, überlegte es sich dann aber anders.

»Das mit deinen Eltern tut mir leid, Anna.«

»Danke.«

Verlegen wie zwei Fremde standen wir da. »Ich war so froh, als Sarah anrief«, sagte er schließlich.

Ich holte tief Luft. »John …«, setzte ich an.

»Sag jetzt nichts. Lass dir einfach Zeit, und wenn du so weit bist, reden wir. Ich weiß, dass du wahrscheinlich von hier verschwinden willst.« Er warf einen Blick auf T.J., der ganz in der Nähe bei seiner Familie stand. »Vor etwa einem Jahr habe ich deine ganzen Sachen Sarah gegeben. Bis dahin konnte ich es nicht.« Er sah mich an. »Ich bin wirklich froh, dass du wieder zu Hause bist, Anna.«

Er umarmte mich und ging davon. Sarah und David lotsten mich weg vom Gate.

KAPITEL 44

T. J.

Meine Familie umringte mich. Alexis und Grace hielten mich an den Händen, und da meine Mom sich nicht entscheiden konnte, ob sie lachen oder weinen sollte, tat sie beides gleichzeitig.

»Kaum zu glauben, wie groß du geworden bist«, stellte mein Dad fest.

Alle amüsierten sich über meinen Pferdeschwanz.

»Keine Schere«, erklärte ich.

Aus dem Augenwinkel bemerkte ich einen hoch gewachsenen blonden Typen, der auf Anna zuging.

Sprich nicht mit ihr. Sie liebt dich nicht mehr.

Ich beobachtete die beiden, bis meine Mom mich am Arm zupfte.

»Lass uns nach Hause fahren, T.J.«

Als ich noch einen Blick auf Anna warf, umarmte John sie gerade und verdrückte sich. Ich atmete auf. »Also los, Mom«, sagte ich.

Bevor wir das Flughafengebäude verließen, gab meine Mom mir eine Jacke, Socken und Tennisschuhe. Ich steckte die Flipflops zu meinen anderen Sachen in die Plastiktüte und folgte meiner Familie zum Auto.

Zu Hause duschte ich, wickelte mir ein Handtuch um die Taille und ging in mein altes Zimmer. Es hatte sich nichts verändert. Auf meinem Bett lag noch dieselbe dunkelblaue Überdecke, und meine Stereoanlage mit CD-Sammlung stand in der Ecke neben dem Schreibtisch. Auf der Kommode sah ich einen gefalteten Stapel Klamotten. Wenn man bedachte, wie sehr ich gewachsen war, hatte meine Mutter die Kleidergröße ziemlich gut geschätzt.

Als ich aus meinem Zimmer kam, stand meine Mom in der Küche und machte Frühstück. Sie stellte einen Teller mit Speckpfannkuchen vor mir ab, und nach dem Essen setzte ich mich ins Wohnzimmer, um mit meiner Familie zu reden. Grace, inzwischen vierzehn, wollte neben mir sitzen. Alexis, die gerade dreizehn geworden war, ließ sich zu meinen Füßen nieder.

Ich erzählte ihnen alles – Mick, der Flugzeugabsturz, das verseuchte Wasser, der Durst und der Hunger, der Hai, meine Krankheit und der Tsunami – und beantwortete alle ihre Fragen. Als meine Mom hörte, wie krank ich gewesen war, fing sie wieder zu weinen an.

Nachdem meine Schwestern später am Abend ins Bett gegangen waren, war ich mit meinen Eltern allein.

»Du kannst dir nicht vorstellen, wie es ist, T.J.«, meinte meine Mom. »Man hält seinen Sohn für tot, und plötzlich ruft er an. Wenn das kein Wunder ist, weiß ich es nicht.«

»Ich auch nicht«, stimmte ich zu. »Anna hat von dem Tag geträumt, an dem wir endlich telefonieren können. Sie konnte es kaum erwarten, allen zu sagen, dass wir noch leben.«

Zum ersten Mal seit Anfang des Gesprächs herrschte Schweigen im Raum.

Meine Mom räusperte sich. »Was für eine Beziehung besteht zwischen dir und Anna?«, fragte sie.

»Genau die, die du vermutest.«

»Und wie alt warst du?«

»Fast neunzehn«, erwiderte ich. »Und Mom?«
»Ja?«
»Es war definitiv meine Idee.«

KAPITEL 45

ANNA

Wir machten bei einer Toilette halt, weil ich mir unbedingt die Nase putzen und mir die Augen abwischen musste. Sarah gab mir ein Kleenex.

»Ich hätte wissen müssen, dass etwas nicht stimmt, als ihre Telefonnummer außer Betrieb war. Du hast gesagt, sie hätten das Haus verkauft.«

»Ich sagte, das Haus wurde verkauft. David und ich haben es zum Verkauf angeboten, sobald die Erbschaftsformalitäten abgewickelt waren.«

Ich beugte mich vor und stützte mich auf die Ablage. »Wie ist es passiert?«

»Dad hatte noch einen Herzinfarkt.«

»Wann?«

Sie zögerte. »Zwei Wochen nach dem Flugzeugabsturz.«

Ich brach wieder in Tränen aus. »Und Mom?«

»Eierstockkrebs. Sie ist vor einem Jahr gestorben.«

Als David etwas in die Toilette rief, streckte Sarah kurz den Kopf hinaus und war im nächsten Moment zurück. »Die Reporter sind unterwegs hierher«, meldete sie. »Lass uns abhauen, außer du willst mit ihnen reden.«

Ich schüttelte den Kopf. Sarah hatte mir einen Mantel und Stiefel mit Fleecefutter mitgebracht. Nachdem ich die Sachen angezogen hatte, gingen wir zum Parkplatz. Die Reporter folgten uns. Ich atmete den Geruch von Schnee und Abgasen ein.

»Wo sind die Kleinen?«, fragte ich, als wir bei Sarah und David ankamen. Ich hatte wirklich Sehnsucht nach Joe und Chloe.

»Wir haben sie zu Davids Eltern gebracht. Morgen hole ich sie ab. Sie freuen sich so sehr auf dich.«

»Was möchtest du essen?«, erkundigte sich David.

Es krampfte mir den Magen zusammen. Eigentlich hatte ich mir ein Festmahl vorgestellt, doch nun hatte ich das Gefühl, dass ich keinen Bissen herunterbringen würde.

Offenbar spürte David das. »Was hältst du davon, wenn ich ein paar Bagel kaufe? Dann kannst du sie essen, wenn du Lust darauf hast«, schlug er vor.

»Klingt super, David. Danke.«

Ich zog Mantel und Stiefel aus.

»Deine Klamotten sind alle hier«, sagte Sarah. »Ich habe sie in den Wandschrank im Gästezimmer geräumt, nachdem John sie vorbeigebracht hatte. Dein Schmuck, deine Schuhe und noch ein paar andere Sachen sind auch da drin. Ich habe es nicht über mich gebracht, etwas davon wegzugeben.«

Ich folgte Sarah den Flur entlang ins Gästezimmer. Als sie den Schrank öffnete, starrte ich auf meine Kleider. Die meisten hingen an Bügeln. Der Rest lag ordentlich gefaltet im obersten Regal. Ein hellblauer Kaschmirpulli stach mir ins Auge. Ich berührte den Ärmel, erstaunt, wie weich er sich unter meinen Fingern anfühlte.

»Möchtest du zuerst duschen?«, fragte Sarah.

»Ja.« Ich griff nach einer grauen Yogahose und einem langärmeligen weißen T-Shirt und nahm auch den blauen Pulli aus dem Schrank. Meine Socken, BHs und Höschen waren in einer Kommode in der Ecke verstaut. Ich ging ins Bad und stand lange unter der Dusche.

Meine Sachen umschlotterten mich zwar, waren aber vertraut und warm.

»Stefani ist unterwegs hierher«, verkündete Sarah und reichte mir eine Tasse Kaffee, sobald ich auf dem Wohnzimmersofa saß.

Ich lächelte, als ich den Namen meiner besten Freundin hörte.

»Ich kann es kaum erwarten, sie zu sehen.« Ich trank einen Schluck Kaffee. Sarah hatte ihn verfeinert. »Bailey's Irish Cream?«

»Ich dachte, du könntest einen Schluck vertragen.«

»Aber nur den einen. Zurzeit bin ich ein bisschen schwach auf den Beinen.« Ich umfasste die warme Tasse mit den Händen. »Wie ist Mom mit Dads Tod klargekommen?«

»Okay. Sie wollte das Haus nicht verkaufen, also hat David die Gartenarbeit übernommen. Wir haben dafür gesorgt, dass sie nicht einsam war.«

»Wie schlimm war der Krebs?«

»Ziemlich übel. Aber sie hat bis zum Ende gekämpft.«

»War sie in einem Hospiz?«

»Nein, sie ist zu Hause gestorben, wie sie es sich gewünscht hat.«

Als wir den Kaffee ausgetrunken hatten, kehrte David mit den Bagels zurück, und Sarah drängte mich, etwas zu essen.

»Du bist so dünn«, sagte sie, bestrich einen Bagel mit Frischkäse.

Nach dem Essen setzten wir uns wieder aufs Sofa. Sarah stellte die Stereoanlage an und suchte einen Sender mit Classic Rock. Dann machte sie mir noch eine Tasse Kaffee, diesmal ohne Bailey's. David gesellte sich zu uns, und schließlich fragten er und Sarah mich, wie es auf der Insel gewesen sei.

Ich erzählte ihnen alles. Als Sarah hörte, dass T.J. und ich beinahe verdurstet wären, fing sie zu weinen an. Dass zwei Flugzeuge über uns hinweggeflogen waren, erschütterte sie wirklich. Auch der Zwischenfall mit dem Hai, der Knochenmann und der Tsunami erschreckten sie sehr.

»Was für ein Horror«, sagte Sarah.

»Na ja, wir haben uns angepasst. Allerdings wurde es gegen Ende immer schlimmer. Ich weiß nicht, wie lange wir noch durchgehalten hätten.«

Sarah gab mir eine Decke, und ich breitete sie über meine Beine.

»Ich war überrascht, John am Flughafen zu sehen«, stellte ich fest.

»Ich habe ihn angerufen. Er war völlig am Ende, als dein Flugzeug abgestürzt ist. Als ich ihm erzählt habe, dass du noch lebst, hat er sich so gefreut.«

»Ich dachte, er hätte sein Leben weitergeführt und wäre inzwischen vielleicht sogar verheiratet.«

»Nein. Er ist eine Weile mit einer anderen Frau zusammen gewesen, doch soweit ich informiert bin, ist er noch Single.«

»Oh.«

»Wie hast du dich, was ihn angeht, entschieden?«

»Er ist nicht der Richtige für mich, Sarah. Ich weiß nicht, was ohne den Flugzeugabsturz geschehen wäre, aber ich hatte genug Zeit, darüber nachzudenken, was ich will.« Ich schüttelte den Kopf. »Und er ist es nicht.«

»Du und T.J., ihr seid zusammen, richtig?«, fragte Sarah.

»Ja. Wundert dich das?«

»Unter den gegebenen Umständen nicht. Wie alt ist er?«

»Zwanzig.«

»Und wie alt war er, als es anfing?«

»Knapp neunzehn.«

»Liebst du ihn?«

»Ja.«

»Ich habe bemerkt, wie er dich ansieht. Und wie er dich am Flughafen getröstet hat. Er liebt dich auch«, erwiderte Sarah.

Ich stellte die leere Tasse auf den Couchtisch und nickte. »Ja, das tut er.«

Im nächsten Moment klingelte es, und Sarah ging zur Tür. Ich folgte ihr und spähte mit angehaltenem Atem durch den Spion. Als ich öffnete, stand eine tränenüberströmte Stefani vor mir. Ich schloss sie in die Arme. Worte konnten nicht ausdrücken, wie sehr ich mich freute, sie zu sehen.

»Oh, Anna«, schluchzte sie und erdrückte mich fast in ihrer Umarmung. »Du bist wieder zu Hause.«

KAPITEL 46

T. J.

Am Abend ging ich in mein Zimmer, legte mich aufs Bett und rief Anna an. »Hey«, sagte ich, als sie abnahm. »Wie fühlst du dich.«

»Kaputt. Zu viele Eindrücke.«

»Ich wünschte, ich könnte dir helfen.«

»Es dauert eben seine Zeit«, antwortete sie.

»Ich liege auf meinem alten Bett. Meine Mom hat nichts weggeschmissen.«

»Sarah auch nicht. Ich dachte immer, es wird empfohlen, die Sachen eines Verstorbenen wegzugeben.«

»Meine Mom weiß von uns.«

»Oh, Gott. Was hat sie gesagt?«

»Sie hat mich gefragt, wie alt ich war, als es anfing. Mehr nicht.«

»Das könnte sich noch ändern.«

»Vielleicht. War das am Flughafen John?«

»Ja.«

»Was hast du zu ihm gesagt?«

»Nichts. Er hat mich nicht zu Wort kommen lassen. Ich soll ihn anrufen.«

»Und tust du es?«

»Irgendwann. Im Moment ist es mir zu viel. Noch vor ein paar Tagen sind wir am Strand spazieren gegangen. Jetzt sind wir zu Hause. Das ist alles so unwirklich.«

»Ich weiß.«

»Bist du müde?«, fragte sie.

»Fix und fertig.«

»Schlaf ein bisschen.«

»Ich liebe dich, Anna.«

»Ich liebe dich auch, T.J.«

KAPITEL 47

ANNA

Eine Tasse Kaffee und die Zeitung in der Hand öffnete Sarah meine Zimmertür.

»Bist du wach?«

Blinzelnd setzte ich mich auf. Durch die dünnen Vorhänge strömte Tageslicht herein. »Wie spät ist es?«

»Kurz vor zehn.« Sarah reichte mir die Tasse und legte die Zeitung auf den Nachttisch. »Die Reporter lassen sich nicht abwimmeln. Ich musste das Telefon auf lautlos stellen.«

Ich nahm ihr Mobiltelefon vom Nachttisch und schaltete es ein. Nach dem Gespräch mit T.J. hatte ich es abgestellt. Der Bildschirm zeigte elf verpasste Anrufe.

»Sie rufen auch auf deinem Mobiltelefon an. Ich besorge mir so schnell wie möglich ein eigenes.«

Sarah machte eine wegwerfende Handbewegung. »Das hat keine Eile. Vielleicht können wir ja David damit beauftragen, dir eins zu kaufen.«

Ich legte das Telefon zur Seite und griff nach der Zeitung. Fotos von T.J. und mir bedeckten die Titelseite. Es waren dieselben, die ich schon von CNN kannte, und dann noch einige vom Flughafen. Das größte zeigte, wie T.J. mich auf die Stirn küsste. Rings herum waren kleinere Schnappschüsse angeordnet, auf denen wir Hand in Hand liefen, uns umarmten, er mir die Tränen wegwischte und mich festhielt. Wer noch an der Natur unserer Beziehung gezweifelt haben mochte, erhielt bei einem Blick auf diese Titelseite vermutlich die Antwort auf seine drängendsten Fragen.

Ich gab Sarah die Zeitung. »Falls du einen Reporter an der Strippe haben solltest, sag ihm, ich sei noch nicht bereit zu reden, okay?« Ich umfasste meine Kaffeetasse mit beiden Händen. Als Erinnerungen an Mom und Dad in mir aufstiegen, brach ich in Tränen aus. Sarah kam zu mir ins Bett, legte die Arme um mich und drückte mir eine Schachtel Kleenex in die Hand.

»Schon gut, Anna, das war bei mir genauso, als die beiden gestorben sind. Es dauert eine Weile, bis es nicht mehr so wehtut.«

Ich nickte. »Ich weiß.«

»Hast du Hunger? David holt Frühstück .«

Meine aufgewühlten Gefühle verschlugen mir zwar den Appetit, doch mein Magen fühlte sich leer an. »Ein bisschen.«

»Was hast du heute vor?«

»Ich sollte ein paar Termine vereinbaren. Arzt, Zahnarzt, Friseur.«

Sarah ging hinaus und kehrte mit dem Telefonbuch zurück. »Sag mir, wen ich anrufen soll.«

KAPITEL 48

T.J.

Eine Zeitung in der Hand kam Ben hereingestürmt.

»Eine Frage«, begann er, während er auf mein Bett zusteuerte, und reckte den Zeigefinger in die Luft. »Wie alt warst du, als du angefangen hast, sie zu vögeln. Denn nach diesen Fotos zu urteilen bin ich ziemlich sicher, dass du es tust.«

Wenn er nicht das Foto begafft hätte, auf dem ich Anna küsste, hätte er meine Faust vielleicht kommen gesehen, bevor sie mit seinem linken Auge zusammentraf.

»Verdammte Scheiße! Was sollte das denn jetzt?«, fragte er und blickte vom Boden, wo er ausgestreckt lag und sich das Auge hielt, zu mir hoch.

»Das ist nach dreieinhalb Jahren deine Begrüßung?«

Er setzte sich auf. Das Auge schwoll bereits an.

»Verdammt, Callahan, das tut weh.«

Ich stand auf und hielt ihm die Hand hin. Als er danach griff, zog ich ihn vom Boden hoch. »Red nie wieder so über sie.«

»T.J.?« Meine Mom stand in der Tür und bemerkte Bens verletztes Auge. »Alles in Ordnung?«

»Alles bestens.«

»Ja, alles paletti, Jane«, bestätigte Ben.

Meine Mom musterte uns, fragte jedoch nicht weiter nach, was geschehen war. »Was möchtest du essen, T.J.?«

»Egal, irgendwas.«

»Also, bist du verliebt in sie oder so?«, erkundigte sich Ben, als meine Mom draußen war.

»Ja.«

»Und sie liebt *dich*?«

»Sie sagt es.«

»Weiß deine Mom davon?«

»Ja.«

»Ist sie ausgeflippt?«

»Noch nicht.«

»Jedenfalls bin ich froh, dass du wieder da bist, Mann.« Ben umarmte mich verlegen. »Es war echt hart, als ich gehört habe, du wärst gestorben.« Er schaute zu Boden. »Ich habe bei deiner Beerdigung eine Rede gehalten.«

»Wirklich?«

Er nickte.

Ben hatte schon im Rhetorikkurs in der neunten Klasse Schwierigkeiten gehabt, vor Menschen zu sprechen. Ich konnte mir kaum vorstellen, wie er sich an die Trauergäste gewandt hatte. Vielleicht hätte ich ihm doch keine verpassen sollen. »Das war cool von dir, Ben.«

»Na ja, deine Mom hat sich gefreut. Aber du schneidest dir wieder die Haare, oder? Du siehst aus wie ein Mädchen.«

»Ja.«

Meine Mom hatte einen Cheeseburger mit Pommes für mich gemacht, und Ben leistete mir beim Essen Gesellschaft. Meine Eltern umarmten mich ständig, und meine Mom küsste mich sogar. Wahrscheinlich hätte Ben am liebsten einen dummen Spruch abgelassen, aber er hielt sich nur einen Eiswürfel ans Auge und dabei den Mund. Grace und Alexis setzten sich auch eine Weile dazu und erzählten von der Schule und ihren Freundinnen. Ich leerte meine Cola.

»Ich kann dir erst morgen einen Termin bei Dr. Sanderson besorgen. Eigentlich hatte ich gehofft, dass sie dich heute dazwischenschieben können, aber sie sind offenbar ausgebucht.«

»Schon gut, Mom. Jetzt habe ich so lange gewartet. Da spielt ein Tag mehr oder weniger auch keine Rolle.«

Lächelnd wischte sie sich die Hände an einem Küchentuch ab. »Möchtest du noch etwas essen?«

»Nein, danke, ich bin satt.«

»Ich mache auch einen Termin beim Friseur und beim Zahnarzt für dich.« Meine Mutter lief los, um zu telefonieren.

»Hast du eigentlich einen Job?«, fragte ich Ben. »Es ist mitten am Tag.«

»Ich bin am College. Wir haben Winterferien.«

»Am College? Wo?«

»University of Iowa. Im zweiten Jahr. Du musst mich besuchen. Was ist mit dir? Was hast du vor?«

»Ich habe Anna versprochen, meinen Highschoolabschluss nachzumachen. Danach … keine Ahnung.«

»Wirst du dich weiter mit ihr treffen?«

»Ja. Ich vermisse sie jetzt schon. Schließlich bin ich dreieinhalb Jahre jeden Tag neben ihr aufgewacht.«

»Alter, versprichst du, mir nicht wieder eine zu verpassen, wenn ich dich jetzt was frage?«

»Kommt drauf an.«

»Wie ist es denn so mit ihr? Stimmt es, was man über ältere Bräute erzählt?«

»So viel älter ist sie nun auch wieder nicht.«

»Äh, okay. Also, wie ist es?«

»Unbeschreiblich.«

»Was macht sie denn so?«

»Sie macht einfach alles, Ben.«

KAPITEL 49

ANNA

Meine Friseurin Joanne kam in Sarahs Wohnzimmer.

»Unten sind Reporter«, meldete sie. »Ich glaube, sie haben mich fotografiert.« Sie schlüpfte aus dem Mantel und umarmte mich. »Willkommen daheim, Anna. Geschichten wie deine sind es, weshalb ich noch an Wunder glaube.«

»Ich auch.«

»Wo willst du ihr die Haare schneiden?«, fragte Sarah.

Da ich schon geduscht hatte und meine Haare noch nass waren, platzierte mich Joanne auf einen Hocker in Sarahs Küche.

»Was ist denn hier passiert?«, erkundigte sie sich, nachdem sie meine Haarspitzen untersucht hatte.

»T.J. musste sie absengen, weil sie zu lang wurden.«

»Das ist ein Scherz, oder?«

»Nein. Er hatte Angst, mir den ganzen Kopf abzufackeln.«

»Wie viel soll ich denn abschneiden?«

Die Haare reichten mir bis zur Mitte des Rückens. »Ein paar Zentimeter. Und vielleicht Stufen?«

»Klar.«

Beim Haarschneiden stellte Joanne mir Fragen über die Insel. Ich erzählte ihr und Sarah von der Fledermaus, die sich in meinen Haaren verheddert hatte.

»Sie hat dich gebissen?« Sarah war entsetzt. »Und T.J. hat sie erstochen?«

»Ja. Aber es ist alles noch mal gut gegangen. Sie hatte jedenfalls keine Tollwut.«

Joanne föhnte mir die Haare und brachte sie mit einem Glätteisen in Form. Dann hielt sie mir einen Handspiegel hin, damit ich mich anschauen konnte. »Wow. Eine echte Verbesserung.«

Als Sarah bezahlen wollte, weigerte sich Joanne, das Geld anzunehmen. Ich bedankte mich dafür, dass sie zu uns nach Hause gekommen war.

»Das ist doch das Mindeste, was ich tun konnte, Anna.« Sie umarmte und küsste mich. »Falls wir vor die Tür können, ohne von der Meute überfallen zu werden, gibt es da einen Ort, wo ich gerne hinwill«, sagte ich zu Sarah, nachdem Joanne fort war.

»Klar«, erwiderte Sarah. »Ich rufe uns ein Taxi.«

Sobald Sarah und ich die Tür öffneten, riefen die Reporter, die uns auf der Vortreppe erwarteten, meinen Namen. Sarah und ich drängten uns an ihnen vorbei und stiegen ins Taxi.

»Schade, dass das Haus keine Hintertür hat«, meinte ich.

»Da würden sie uns vermutlich auch auflauern. Verdammte Geier«, murmelte Sarah.

Sarah nannte dem Fahrer die Adresse, und kurz darauf rollten wir durch das Tor des Graceland-Friedhofs.

Im grauen Himmel trudelten ein paar Schneeflocken. Während ich erschauderte, schien Sarah die Kälte gar nicht wahrzunehmen und knöpfte nicht einmal ihren Mantel zu. Sie brachte mich zum Grab meiner Eltern, wo Josephine und George Emerson nebeneinander beerdigt waren.

Ich kniete mich vor den Grabstein und fuhr ihre Namen mit dem Finger nach. »Ich bin wieder da«, flüsterte ich. Sarah reichte mir ein Taschentuch.

Ich dachte an meinen Dad mit seinem albernen Topfhut mit den Angelködern daran und daran, wie er mir beigebracht hatte, Fische auszunehmen. Ich erinnerte mich, wie gerne er den Wasserspender der Kolibris nachgefüllt und zugeschaut hatte, wenn die winzigen Vögel herbeiflitzten, um, auf der Stelle in der Luft schwebend, daraus zu trinken. Dann dachte ich an meine Mom, die ihren Garten, ihr Zuhause und ihre Enkelkinder so geliebt hatte. Nun würde ich keine Gelegenheit mehr haben, ihr sonntags beim Brunch Anekdoten aus dem Klassenzimmer zu erzählen. Sie würde mir nie wieder einen Rat geben. Nie wieder würde ich die Stimmen meiner Eltern hören. Ich weinte bitterlich. Sarah wartete geduldig ab und ließ mir Zeit, meinen Gefühlen Luft zu machen, was dringend nötig war. Als meine Tränen schließlich versiegten, stand ich auf.

»Wir können jetzt gehen.«

Meine Schwester legte den Arm um mich, und wir kehrten zum Taxi zurück. Nachdem sie dem Fahrer eine andere Adresse genannt hatte, machten wir uns auf den Weg zu Davids Eltern, um die Kinder abzuholen.

Als wir hereinkamen, hörten Joe und Chloe auf zu spielen. Wahrscheinlich glaubten sie, ich sei ein Gespenst. Sarah hatte zwar häufig über mich gesprochen, doch nun stand die totgeglaubte Tante plötzlich mitten im Wohnzimmer. Ich kniete mich neben sie. »Mann, habe ich euch beide vermisst.«

Joe kam als Erster näher. Ich umarmte ihn fest. »Lass dich anschauen.« Ich hielt ihn auf Armeslänge von mir.

»Mir fallen alle Zähne aus«, verkündete er, machte den Mund auf und zeigte mir stolz seine Zahnlücken.

»Du hältst die Zahnfee bestimmt ordentlich auf Trab.«

Chloe, die länger brauchte, um mit ihrer verschollenen Tante warm zu werden, wagte sich endlich heran. »Ich habe auch welche verloren«, flüsterte sie und öffnete den Mund, damit ich ihre Zahnlücken ebenfalls bewundern konnte.

»Ach, herrje, eure Mom muss euer Essen bestimmt durch den Mixer jagen. Ihr seid ja praktisch zahnlos.«

»Tante Anna, wohnst du jetzt bei uns?«, fragte Chloe.

»Für eine Weile.«

»Bringst du mich heute Abend ins Bett?«, wollte sie wissen.

»Nein, ich will, dass sie mich ins Bett bringt«, protestierte Joe.

»Wie fändet ihr es, wenn ich euch alle beide ins Bett bringe?« Ich drückte sie an mich und kämpfte mit den Tränen.

»Wollen wir jetzt nach Hause fahren?«, sagte Sarah.

»Ja!«

»Dann gebt Oma einen Abschiedskuss, und los geht's.«

Später, nachdem ich beide Kinder ins Bett gebracht hatte, schenkte Sarah uns ein Glas Rotwein ein. Als ihr Mobiltelefon läutete, gab sie es mir.

»Hey. Wie geht es dir?«, erkundigte sich T.J.

»Okay. Sarah und ich waren heute auf dem Friedhof.«

»War es schlimm?«

»Ja. Aber ich wollte unbedingt hin. Nachdem ich ihre Gräber besucht habe, fühle ich mich ein bisschen besser. Ich werde wieder hingehen. Was hast du heute gemacht?«

»Ich war beim Friseur. Vielleicht erkennst du mich ja nicht wieder.«

»Der Pferdeschwanz wird mir fehlen.«

T.J. lachte. »Mir nicht.«

»Ich habe gerade die Kleinen ins Bett gebracht. Es hat zwei Stunden gedauert, weil ich ihnen jedes Buch vorlesen musste, das sie besitzen. Sarah hat uns ein Glas Wein eingegossen, und Stefani kommt noch vorbei. Und du? Hast du noch etwas vor?«

»Ich wollte mit Ben um die Häuser ziehen, falls wir es schaffen, die Reporter abzuschütteln.«

»Wie geht's Ben?«

»Ganz der Alte. Hat immer noch eine große Klappe.«

»Warst du schon beim Arzt?«

»Morgen.«

»Hoffentlich läuft alles gut.«

»Ganz bestimmt. Warst du beim Arzt?«

»Morgen. Und am Nachmittag gehe ich zum Zahnarzt.«

»Ich auch. Weißt du noch, wie ich meine Zahnspange entfernt habe?«

»Das hatte ich ganz vergessen.«

»Wir sehen uns an Silvester, Anna. Ich liebe dich.«

»Ich liebe dich auch. Viel Spaß heute Abend.«

KAPITEL 50

T. J.

Als Ben klopfte, öffnete ich die Tür. Sein Auge war zugeschwollen und violett angelaufen.

»Scheiße. Tut mir echt leid, Alter«, sagte ich.

»Ach, kein Problem. Dein Glück, dass ich so gechillt bin.«

»Das ist ehrlich gesagt deine beste Eigenschaft.«

»Ein paar von den Jungs sind über Weihnachten zu Hause. Lust auf Party?«

»Klar. Wo?«

»Bei Coop. Seine Eltern sind heute Morgen auf die Bahamas geflogen.«

Ich schnappte mir meine Jacke. »Gehen wir.«

Mindestens zwanzig meiner ehemaligen Mitschüler drängten sich in Nate Coopers Wohnzimmer. Aus den Boxen dröhnte Rockmusik. Bei unserer Ankunft wurde laut gejubelt, und ein paar der Jungs klopften mir auf den Rücken. Einige von ihnen hatte ich zuletzt gesehen, als ich mit der Krebsbehandlung angefangen hatte, denn ich hatte in diesem Jahr so viele Unterrichtsstunden verpasst. Es war eine komische Erkenntnis, dass alle außer mir ihren Abschluss gemacht hatten.

Jemand drückte mir ein Bier in die Hand. Dann wollten sie alles über die Insel hören. Geduldig beantwortete ich ihre Fragen. Offenbar hatte Ben ihnen erklärt, wie er zu seinem blauen Auge gekommen war, denn niemand verlor ein Wort über Anna.

Ich war beim zweiten Bier, als sich ein Mädchen neben mich aufs Sofa setzte. Sie hatte langes blondes Haar und tonnenweise Make-up im Gesicht.

»Erinnerst du dich an mich?«, wollte sie wissen.

»Irgendwie schon«, erwiderte ich. »Sorry, aber ich habe deinen Namen vergessen.«

»Alex.«

»Du warst in meiner Klasse, richtig?«

»Ja.« Sie trank einen großen Schluck Bier. »Du siehst total anders aus als damals.«

»Tja, das ist vier Jahre her.« Ich leerte mein Bier und hielt Auschau nach Ben.

»Du siehst gut aus. Kaum zu glauben, dass du wirklich auf dieser Insel gelebt hast.«

»Mir blieb nicht viel anderes übrig.« Ich stand auf. »Ich gehe jetzt heim. Bis bald mal.«

»Hoffentlich.«

Ich traf Ben in der Küche an. »Hey, ich mach mich vom Acker.«

»Du kannst doch jetzt nicht schon weg. Es ist erst Mitternacht.«

»Ich bin müde. Ich hau mich aufs Ohr.«

»Mann, du bist vielleicht ein Schlappschwanz, Alter. Aber ich verstehe.« Ben und ich schlugen die Handflächen aneinander. Dann ging ich zur Tür.

Auf dem Weg zur Bahn dachte ich an Anna und lächelte, bis ich wieder zu Hause war.

KAPITEL 51

ANNA

Ich weckte Joe und Chloe, damit wir zusammen frühstücken konnten. Wir hatten gerade unsere getoasteten Waffeln verspeist und den Saft ausgetrunken, als Sarah in die Küche kam.

»Guten Morgen«, sagte sie. »Danke, dass du den Kindern Frühstück gemacht hast.«

»Tante Annas Waffeln sind die besten«, rief Chloe.

»Morgen kommt Tante Annas Freund«, verkündete Joe.

»Woher weißt du denn das?«, fragte Sarah.

»Ich habe gehört, wie du und Tante Anna darüber geredet habt.«

»Ja, Tante Annas Freund feiert mit uns Silvester, und ich erwarte von euch, dass ihr euch benehmt und euch nicht aufführt wie Rabauken.«

»Tante Anna muss jetzt duschen«, meinte ich zu den Kindern. »Sie hat heute viel zu erledigen.«

»Arzt?«, erkundigte sich Sarah.

»Und Zahnarzt. Das wird sicher ein Spaß.«

In der Praxis blätterte ich in einer Zeitschrift, während ich darauf wartete, dass mein Name aufgerufen wurde. Als die Sprechstundenhilfe mich aufforderte, mich auf die Waage zu stellen, wog ich zu meinem Entsetzen nur einundfünfzig Kilo, obwohl ich bereits einige Tage lang ordentlich zugelangt hatte. Bei einem Meter achtundsechzig hätte ich sieben bis zehn

Kilo mehr wiegen müssen. Wahrscheinlich war es auf der Insel noch weniger gewesen.

Dann setzte ich mich, in einen Kittel aus Papier gehüllt, auf den Untersuchungsstuhl. Meine Ärztin kam ins Behandlungszimmer und umarmte mich. »Willkommen zu Hause«, sagte sie. »Sie haben das sicher schon öfter gehört, Anna, aber ich fasse es nicht, dass Sie noch am Leben sind.«

»Ich kann das gar nicht oft genug hören.«

Sie schlug meine Akte auf. »Sie haben Untergewicht, aber das wissen Sie ja sicher. Wie fühlen Sie sich sonst? Gibt es da etwas, das Ihnen Sorgen macht?«

»Seit ich mehr zu essen habe, geht es mir viel besser. Aber meine Periode bleibt schon seit einiger Zeit aus, und das gefällt mir gar nicht.«

»Dann schauen wir uns das mal an«, meinte sie und legte meine Füße in die Halterungen. »Bei dem niedrigen Gewicht würde es mich wundern, wenn Sie Ihre Periode hätten. Sonst irgendwelche Probleme?«

»Nein.«

»Ich veranlasse die üblichen Laboruntersuchungen«, fuhr sie fort. »Doch Ihr Zyklus sollte sich normalisieren, sobald Sie ein wenig zugenommen haben. Sie sind eindeutig unterernährt. Achten Sie auf ausgewogene Mahlzeiten. Außerdem sollten Sie jeden Tag ein Vitaminpräparat nehmen.«

»Werde ich Schwierigkeiten haben, schwanger zu werden, wenn ich so lange meine Tage nicht hatte?«

»Nein. Sobald Ihre Periode wieder einsetzt, können Sie auch schwanger werden.« Sie zog die Handschuhe aus und warf sie in den Müll. »Sie können sich jetzt anziehen.«

Ich setzte mich auf. An der Tür blieb sie stehen. »Ich stelle Ihnen ein neues Rezept für die Pille aus.«

»Okay.«

Ich hielt es für einfacher, das Rezept einzustecken, als ihr zu erklären, dass ich die Pille nicht brauchte, weil mein zwanzigjähriger Freund unfruchtbar war.

Danach war der Zahnarzt an der Reihe, und ich saß beklommen über eine Stunde lang auf dem Stuhl, während die Assistentin mich röntgte und meine Zähne reinigte und polierte. Als sie verkündete, ich hätte keine Löcher, war ich erleichtert.

Sarah hatte mir etwas Geld geliehen. Nach dem Zahnarzttermin fuhr ich mit dem Taxi ins Nagelstudio. Bei meinem Anblick sprang Lucy auf und stürmte auf mich zu.

»Ach, Schatz«, rief sie und umarmte mich fest. Als sie sich losmachte, hatte sie Tränen in den Augen.

»Nicht weinen, Lucy. Sonst fange ich auch noch an.«

»Anna zu Hause«, sagte sie und lächelte mich an.

»Ja, ich bin zu Hause.«

Sie verpasste mir eine Maniküre und eine Pediküre und redete dabei so aufgeregt auf mich ein, dass ich noch weniger verstand als sonst. Als sie ein paarmal John erwähnte, ging ich nicht darauf ein. Anschließend umarmte sie mich noch einmal lang.

»Danke, Lucy. Ich komme bald wieder«, versprach ich.

Ich verließ das Nagelstudio und betrachtete meine Hände. Sie froren mir ohne Handschuhe zwar fast ab, aber ich wollte den Nagellack nicht verschmieren. Als ich mir mit der Zunge über die Zähne fuhr, fühlten sie sich glatt und sauber an. Der Geruch von Hotdogs aus einem Imbisswagen lag in der Luft, während ich an den Schaufenstern vorbeibummelte und durch die Scheiben die neueste Mode in Augenschein nahm. Ich beschloss, am nächsten Tag wiederzukommen und mir Sachen zu kaufen, die passten.

Mit der von Sarah geliehenen Sonnenbrille und Strickmütze hoffentlich unkenntlich gemacht schritt ich lächelnd den Gehweg entlang, als hätte ich Sprungfedern unter den Schuhsohlen. An der Ecke hielt ich ein Taxi an und nannte dem Fahrer Sarahs Adresse.

Nicht einmal die Reporter, die sich sofort nach meiner Ankunft auf mich stürzten, konnten meiner Freude einen Dämpfer versetzen. Ich drängte mich an ihnen vorbei, schloss die Tür auf und zog sie schnell hinter mir zu.

Später am Abend rief T.J. an

»Wie ist es beim Onkologen gelaufen?«, fragte ich nervös.

»Es dauert ein paar Tage, bis die Ergebnisse vom CT und die Blutwerte da sind. Aber der Arzt hat gesagt, er ist optimistisch, weil ich keine Symptome habe. Ich war auch beim Hausarzt.«

»Und was meint der?«

»Dass ich zunehmen muss. Doch sonst scheint alles in Ordnung zu sein. Ich hab ihm erzählt, dass ich auf der Insel krank war. Er ist ziemlich sicher, dass er weiß, was ich hatte. Du hattest recht. Es war eine Viruserkrankung.«

»Und welche?«

»Denguefieber. Wird von Moskitos übertragen.«

»Du warst total zerstochen. Ist das so was wie Malaria?«

»Wahrscheinlich. Man nennt es auch ›Knochenbrecherfieber‹. Das passt.«

»Wie gefährlich ist das?«

»Die Hälfte aller Patienten stirbt dran. Laut Arzt hatte ich Glück, dass ich nicht in einen Schockzustand gefallen oder verblutet bin.«

»Ich fasse nicht, was wir alles überlebt haben, T.J.«

»Ich auch nicht. Wie war dein Arzttermin? Alles okay?«

»Sobald ich etwas zugenommen habe, bin ich wieder wie neu. Meine Ärztin sagte, die Unterernährung lässt sich leicht wieder wettmachen. Ich soll jeden Tag Vitamine nehmen.«

»Ich kann es kaum erwarten, dich morgen Abend zu sehen, Anna.«

»Geht mir genauso.«

Am Silvesterabend duschte ich, stylte meine Haare und benutzte das Make-up, das ich bei meiner Einkaufstour erstanden hatte. Mein neuer Lippenstift würde nicht verschmieren, wenn ich T.J. küsste, was ich ausgiebig zu tun plante. Ich schnitt die Etikette von einer neuen Jeans und einem marineblauen Pulli mit V-Ausschnitt ab und zog beides über einen schwarzen Push-up-BH und ein Spitzenhöschen.

Als T.J. anklopfte, lief ich zur Tür.

»Deine Haare!«, rief ich aus. Kurzes braunes Haar umrahmte sein Gesicht. Ich fuhr mit den Fingern hindurch. Er war glatt rasiert und trug Jeans und einen grauen Pullover. Ich schnupperte den Duft seines Rasierwassers. »Du riechst gut.«

»Du siehst wunderschön aus«, sagte er und bückte sich, um mich auf den Mund zu küssen. Er hatte Sarah und David zwar kurz am Flughafen getroffen, doch ich stellte sie einander noch einmal vor. Die Kinder versteckten sich hinter Sarah und musterten T.J. verstohlen.

»Ihr seid sicher Joe und Chloe. Ich habe schon viel von euch gehört«, meinte T.J.

»Hallo«, antwortete Joe.

»Hallo«, echote Chloe. Wieder ging sie hinter Sarah in Deckung und spähte kurz darauf erneut hervor, um T.J. zu betrachten.

»Wir sollten uns jetzt beeilen, David, wenn wir pünktlich sein wollen«, sagte Sarah.

»Ihr wollt weg?«, fragte ich.

»Nur für ein paar Stunden. Wir dachten, die Kinder sollten noch mal kurz raus.« Sie griff nach ihrem Mantel und lächelte mich an. Ich erwiderte das Lächeln.

»Okay, bis später.«

Sobald sie aus der Tür waren, sprang ich in T.J.s Arme und schlang ihm die Beine um die Taille. Er trug mich den Flur entlang, während ich seinen Hals küsste.

»Wo?«, wollte er wissen.

Am Gästezimmer angekommen hielt ich mich am Türrahmen fest. »Hier.«

T.J. schubste die Tür mit dem Fuß zu und legte mich aufs Bett.

»Mein Gott, ich habe dich so vermisst.« Er küsste mich und schob die Hand unter meinen Pullover. »Wollen wir mal sehen, was du drunter anhast«, flüsterte er.

Als Sarah, David und die Kinder nach zwei Stunden wiederkamen, hatten wir es mit knapper Not zurück aufs Wohnzimmersofa geschafft.

»Hattest du Spaß mit deinem Freund, Tante Anna?«, fragte Chloe.

Sarah und ich wechselten einen Blick.

»Ja, ich habe viel Spaß mit ihm. Habt ihr lecker gegessen?«

»Ja. Ich hatte Chickennuggets mit Pommes, und Mommy hat mir erlaubt, Orangenlimo zu trinken.«

Joe setzte sich neben T.J.

»Und was gab's bei dir?«, erkundigte sich T.J.

»Steak«, erwiderte er. »Ich bestelle nichts von der Speisekarte für Babys.«

»Mann, ein Steak«, antwortete T.J. »Ich bin beeindruckt.«

Sarah kam mit einem Glas Wein für mich und einem Bier für T.J. herein. »Wir haben euch etwas zu essen mitgebracht. Steht auf der Anrichte.

Wir bedankten uns und gingen in die Küche, um unser Abendessen aufzuwärmen. Steaks, Folienkartoffeln und Brokkoli mit Käsesauce.

T.J. verspeiste ein Stück Steak. »Deine Schwester ist toll.«

Um halb neun steckte Sarah die Kinder ins Bett. Dann saßen wir vier bei leiser Musik da und unterhielten uns.

»Ihr hattet also ein Huhn namens Chicken als Haustier?«, fragte David.

»Es hat immer auf Annas Schoß gesessen«, erklärte T.J.

»Nicht zu fassen«, entgegnete David lachend.

Als ich später in der Küche unsere Gläser nachfüllte, folgte mir Sarah.

»Übernachtet T.J. heute hier?«

»Ich weiß nicht. Darf er?«

»Mich stört es nicht. Allerdings wirst du morgen Früh Miss Chloes Fragen beantworten müssen. Und ich garantiere dir, dass sie einige haben wird.«

»Okay. Danke, Sarah.

Wir kehrten zurück ins Wohnzimmer. T.J. zog mich auf seinen Schoß. David schaltete den Fernseher an. Die Kugel am Times Square war kurz vor dem Herunterfallen. Wir zählten von zehn aus rückwärts und riefen »Frohes neues Jahr!«

T.J. küsste mich, und ich glaubte, dass ich nie wieder glücklicher sein würde als in diesem Augenblick.

KAPITEL 52

T. J.

Als ich am Neujahrstag um neun Uhr morgens nach Hause kam, saß meine Mom im Wohnzimmer und trank Kaffee.

»Hey, Mom, frohes neues Jahr.« Ich umarmte sie und setzte mich. »Ich habe bei Anna übernachtet.«

»Das habe ich mir schon gedacht.«

»Hätte ich anrufen sollen?« Bis auf meine Ausflüge mit Ben und die Termine, die meine Mom für mich vereinbart hatte, hatte ich seit meiner Rückkehr jede Minute mit meiner Familie verbracht. Sie hatten Verständnis dafür, dass ich Anna sehen wollte. Allerdings war ich nicht auf den Gedanken gekommen, Bescheid zu sagen, wenn ich über Nacht wegblieb.

»Das wäre nett gewesen. Dann hätte ich mir keine Sorgen gemacht.«

Mist. Ich fragte mich, wie viele schlaflose Nächte sie in den letzten dreieinhalb Jahren gehabt hatte, und fühlte mich noch mieser wegen des vergessenen Anrufs. »Tut mir leid, Mom. Das war gedankenlos von mir. Beim nächsten Mal rufe ich an.«

»Möchtest du Kaffee? Ich kann dir auch Frühstück machen.«

»Nein, danke, ich habe schon bei Anna gegessen.« Eine Weile saßen wir schweigend da. »Du hast noch gar nichts zu Anna und mir gesagt, Mom. Wie geht es dir damit?«

Meine Mom schüttelte den Kopf. »Es ist nicht das, was ich

mir gewünscht hätte, T.J. Das wäre bei keiner Mutter so. Aber ich verstehe, wie es für euch beide auf der Insel war. Unter diesen Umständen wäre es schwierig gewesen, keine Beziehung zueinander zu entwickeln.«

»Sie ist toll.«

»Das weiß ich. Sonst hätten wir sie auch nicht eingestellt.« Meine Mom stellte die Kaffeetasse auf den Tisch. »Als das Flugzeug abgestürzt ist, ist ein Teil von mir gestorben, T.J. Ich glaubte, es wäre meine Schuld. Schließlich wusste ich, wie sehr du dich darüber geärgert hast, mit uns in den Urlaub fahren zu müssen. Und ich habe es ignoriert. Ich habe deinem Dad gesagt, wir müssten weit weg fahren, damit du dich ohne Ablenkung auf den Schulstoff konzentrieren kannst. Aber das war nur die halbe Wahrheit. Hauptsächlich wollte ich es, weil mir klar war, dass wir dich an deine Freunde verlieren würden, sobald wir wieder zu Hause waren. Du warst endlich gesund, und du hast dir so gewünscht, dass alles wieder so wurde wie vor deiner Krankheit. Ich war so egoistisch, den Sommer mit meinem Sohn verbringen zu wollen.« Meiner Mom traten die Tränen in die Augen. »Jetzt bist du ein erwachsener Mann. In deinen ersten zwanzig Jahren hast du mehr durchgemacht als andere Leute in einem ganzen Leben. Deshalb werde ich mich nicht gegen deine Beziehung mit Anna stellen. Ich habe dich zurück und will nur noch, dass du glücklich bist.«

Zum ersten Mal fiel mir auf, wie erschöpft meine Mutter aussah. Obwohl sie erst fünfundvierzig war, hätte ein Außenstehender sie zehn Jahre älter geschätzt. »Danke, dass du es so locker nimmst, Mom. Sie ist mir sehr wichtig.«

»Das weiß ich. Allerdings befinden du und Anna euch in sehr unterschiedlichen Phasen eures Lebens. Ich möchte nicht, dass dir wehgetan wird.«

»Das wird nicht passieren.« Ich küsste meine Mom auf die Wange, ging in mein Zimmer, legte mich aufs Bett, dachte an Anna und schob die Bemerkung über unterschiedliche Lebensphasen beiseite.

KAPITEL 53

ANNA

T.J. und ich fuhren mit dem Aufzug zur Wohnung seiner Eltern im elften Stock. »Fass mich bloß nicht an. Und wehe, wenn du auch nur lüstern schaust«, warnte ich ihn.

»Darf ich wenigstens superschmutzige Phantasien von dir haben?«

Ich schüttelte den Kopf. »Das wäre nicht sehr hilfreich. Oh, mir wird gleich schlecht.«

»Meine Mom ist cool. Ich habe dir doch gesagt, was sie zu uns gesagt hat. Bleib einfach locker.«

Tom Callahan hatte mich am Neujahrstag auf Sarahs Telefon angerufen. Als ich den Namen auf dem Display gesehen hatte, hatte ich T.J. erwartet. Doch als ich mich meldete, war Tom am Apparat und lud mich für den nächsten Tag zum Abendessen ein.

»Jane und ich müssen ein paar Dinge mit dir besprechen.«

Bitte lass sie nicht darüber reden wollen, dass ich mit ihrem Sohn schlafe.

»Klar, Tom. Wann passt es euch denn?«

»T.J. meinte, er würde dich um sechs abholen.«

»Gut, dann also bis morgen Abend.«

In den vierundzwanzig Stunden nach Toms Anruf drehte sich mir vor Angst der Magen um. Ich konnte mich nicht entscheiden, ob ich Jane Blumen oder eine Kerze mitbringen sollte, also kaufte ich beides. Jetzt, im Aufzug, drohte das

Lampenfieber mich zu überwältigen. Ich gab T.J. Geschenktüte und Blumenstrauß, um mir die schweißfeuchten Hände am Rock abzuwischen.

Die Aufzugtüren öffneten sich. T.J. küsste mich. »Das wird schon.«

Ich atmete tief durch und folgte ihm.

Die Wohnung der Callahans am Lake Shore Drive war geschmackvoll eingerichtet und in verschiedenen Beigetönen und Cremefarben gehalten. Ein Stutzflügel stand schräg in einer Ecke des riesigen Wohnzimmers, und die Wände wurden von impressionistischen Gemälden geschmückt. Um einen großen, kunstvoll verzierten Couchtisch waren ein gewaltiges Sofa, ein Zweisitzer und passende Sessel angeordnet, auf denen sich Sofakissen mit Troddeln türmten.

Tom servierte die Aperitifs in der Bibliothek. Ich saß, ein Glas Wein in der Hand, in einem ledernen Clubsessel, T. J. im Sessel neben mir. Tom und Jane hatten sich uns gegenüber auf einem Zweisitzer niedergelassen. Jane nippte an einem Glas Weißwein. Toms Glas enthielt offenbar Scotch.

»Danke für die Einladung«, sagte ich. »Ihr habt es wunderschön hier.«

»Danke, dass du gekommen bist, Anna«, erwiderte Jane.

Alle tranken einen Schluck. Schweigen senkte sich über den Raum.

T.J., der einzig Entspannte in der Runde, nahm einen Schluck von seinem Bier und legte einen Arm auf die Lehne meines Sessels.

»Die Medien haben angefragt, ob du und T.J. eine Pressekonferenz geben wollt«, sagte Tom. »Dafür werden die Reporter euch dann nicht länger belästigen.«

»Was hältst du davon, Anna?«, fragte T.J.

Die Vorstellung erfüllte mich mit Grauen. Andererseits hatte ich es satt, mich durch die Reportermeute zu drängeln. Vielleicht würden sie uns ja endlich in Ruhe lassen, wenn wir ihre Fragen beantworteten.

»Soll es im Fernsehen kommen?«, erkundigte ich mich.

»Nein, ich habe bereits klargestellt, dass es eine geschlossene Pressekonferenz wird. Sie soll zwar bei einem Nachrichtensender stattfinden, wird aber nicht ausgestrahlt.«

»Wenn die Reporter versprechen, danach zu verschwinden, mache ich mit.«

»Ich auch«, verkündete T.J.

»Ich werde alles arrangieren«, sagte Tom. »Da wäre noch etwas, Anna. T.J. weiß es schon. Ich habe mit dem Anwalt der Charterfirma telefoniert. Da der Tod des Piloten Ursache für den Absturz war, der Hersteller des Rettungsboots aber den vorgeschriebenen Ortungssender nicht mitgeliefert hatte, muss eine Schuldabwägung vorgenommen werden. Beide Parteien haben sich der groben Fahrlässigkeit schuldig gemacht. Luftfahrtrecht ist eine komplizierte Angelegenheit, weshalb die prozentuale Aufteilung der Haftungssumme gerichtlich festgelegt werden muss. Solche Prozesse können sich jahrelang hinziehen. Das Charterunternehmen würde sich allerdings gerne außergerichtlich mit euch einigen und dann selbst Forderungen an die andere Partei stellen. Dafür müsst ihr euch bereit erklären, keine Klage zu erheben.«

Mir schwirrte der Kopf. An grobe Fahrlässigkeit oder Gerichtsprozesse hatte ich gar nicht gedacht. »Ich weiß nicht, was ich sagen soll. Ich hätte sowieso nicht geklagt.«

»Dann schlage ich eine außergerichtliche Einigung vor. In dem Fall wird es nicht zu einem Prozess kommen. Vielleicht musst du eine Aussage unter Eid machen, aber das kann auch hier in Chicago geschehen. Da du zum Zeitpunkt des Absturzes meine Angestellte warst, kann mein Anwalt für dich die Verhandlungen führen.«

»Ja, das wäre gut.«

»Es könnte einige Monate dauern, bis alles erledigt ist.«

»Okay, Tom.«

Als es Essen gab, gesellten Alexis und Grace sich zu uns. Inzwischen war die Stimmung am Tisch erheblich lockerer, vermutlich auch wegen einer zweiten Getränkerunde, die zwar alle erst abgelehnt, dann aber doch angenommen hatten.

Jane hatte Tenderloin-Steaks mit Pfannengemüse und Kartoffelgratin gemacht. Alexis und Grace warfen mir immer wieder verstohlene Blicke zu und lächelten. Ich half Jane abzuräumen und einen warmen Apfelkuchen mit Eiscreme zum Nachtisch zu servieren.

Als T.J. und ich aufbrachen, reichte Tom mir einen Umschlag.

»Was ist das?«

»Ein Scheck. Wir schulden dir noch Geld für den Nachhilfeunterricht.«

»Ihr schuldet mir gar nichts. Ich habe doch nicht gearbeitet.« Ich wollte ihm den Umschlag zurückgeben.

Sanft schob er meine Hand weg. »Jane und ich bestehen darauf.«

»Tom, bitte.«

»Nimm es einfach an. Du würdest uns damit eine Freude machen.«

»Okay.« Ich steckte den Umschlag in die Handtasche.

»Danke für alles«, sagte ich zu Jane.

Als ich ihr in die Augen sah, erwiderte sie meinen Blick. Nicht viele Mütter hätten die um so vieles ältere Freundin ihres Sohnes so vorurteilsfrei willkommen geheißen, und das wussten wir beide.

»Du bist uns immer willkommen, Anna. Besuch uns bald wieder.«

Sobald sich die Aufzugtüren hinter uns schlossen, nahm T.J. mich in die Arme. Erleichtert lehnte ich den Kopf an seine Brust. »Deine Eltern sind toll.«

»Ich habe dir doch gesagt, dass sie cool sind.«

Außerdem waren sie großzügig. Denn als ich später in der Nacht den Umschlag öffnete, fand ich darin einen Scheck über fünfundzwanzigtausend Dollar.

Die Pressekonferenz sollte um zwei Uhr nachmittags beginnen. Tom und Jane Callahan standen an der Seite des Raumes. Tom hatte eine kleine Videokamera in der Hand und war der Einzige, der Aufnahmen machen durfte.

»Ich weiß schon genau, was sie fragen werden«, sagte ich.

»Du brauchst auf nichts zu antworten, auf das du nicht antworten willst«, erinnerte T.J.

Vor uns ein Meer aus Reportergesichtern saßen wir an einem langen Tisch. Nervös klopfte ich mit dem rechten Fuß auf den Boden. T.J. beugte sich hinüber und hielt mir sanft den Oberschenkel fest. Allerdings war er klug genug, die Hand nicht dort liegen zu lassen.

Jemand hatte eine große Landkarte aufgehängt, die eine Luftaufnahme der sechsundzwanzig Atolle der Malediven zeigte. Eine PR-Beauftragte des Nachrichtensenders, die die Pressekonferenz moderieren sollte, erklärte den Reportern, dass die Insel, auf der T.J. und ich gelebt hatten, unbewohnt sei und vermutlich während des Tsunami beträchtliche Schäden davongetragen habe. Mit einem Laserpointer wies sie auf die Insel Malé, wo unsere Reise begonnen hatte. »Hier wollten sie hin«, sagte sie und deutete auf eine andere Insel. »Da der Pilot einen Herzinfarkt erlitt, stürzte das Flugzeug irgendwo dazwischen ab.«

Die erste Frage kam von einem Reporter in der letzten Reihe. Er musste fast schreien, um sich Gehör zu verschaffen.

»Was war Ihr erster Gedanke, als Ihnen klar wurde, dass der Pilot einen Herzinfarkt hatte?«

Ich beugte mich vor und sprach ins Mikrofon. »Wir hatten Angst, dass er sterben könnte. Außerdem haben wir befürchtet, dass er nicht mehr in der Lage sein würde, die Maschine zu landen.«

»Haben Sie versucht, ihm zu helfen?«, erkundigte sich ein anderer Reporter.

»Anna wollte etwas tun«, antwortete T.J. »Aber der Pilot hat uns aufgefordert, die Schwimmwesten anzulegen, uns hinzusetzen und uns anzuschnallen. Als er vornübergesackt ist, ist Anna aufgesprungen und hat versucht, ihn wiederzubeleben.«

»Wie lange waren Sie im Wasser, bis Sie die Insel erreicht haben?«

T.J. antwortete auf diese Frage. »Ich bin nicht sicher. Ungefähr eine Stunde nach dem Absturz ging die Sonne unter. Als sie wieder aufging, waren wir schon am Ufer.«

So verstrich die nächste Stunde. Sie wollten alles von uns wissen, angefangen von unserer Ernährung bis hin zu der Hütte, die wir gebaut hatten. Wir erzählten von T.J.s Schlüsselbeinbruch und der Krankheit, an der er fast gestorben wäre. Wir schilderten die Unwetter und beschrieben, wie die Delfine T.J. vor dem Hai gerettet hatten. Außerdem sprachen wir über den Tsunami und unser Wiedersehen im Krankenhaus. Alle schienen wirklich beeindruckt von den Abenteuern, die wir hatten überstehen müssen, und ich atmete ein wenig auf.

Dann jedoch ergriff eine Reporterin in der ersten Reihe, eine verbiestert aussehende Frau mittleren Alters, das Wort. »Wie sah Ihre körperliche Beziehung auf der Insel aus?«

»Das tut hier nichts zur Sache«, entgegnete ich.

»Ist Ihnen bekannt, ab welchem Alter man im Staat Illinois im Zusammenhang mit dem sexuellen Selbstbestimmungsrecht nicht mehr als minderjährig gilt?«

Ich verkniff mir den Hinweis, dass die Insel nicht im Staat Illinois lag. »Natürlich.« Daraufhin beschloss die Frau, das Thema weiter auszuführen, nur für den Fall, dass jemand noch nicht im Bilde gewesen sein sollte.

»Im Staat Illinois gilt für sexuelle Beziehungen ein Mindestalter von siebzehn Jahren. Außer es geht um ein Abhängigkeitsverhältnis wie zwischen Schüler und Lehrer. Dann beträgt das Mindestalter achtzehn Jahre.«

»Es wurde gegen kein Gesetz verstoßen«, erwiderte T.J.

»Manchmal werden die Opfer zum Lügen gezwungen«, beharrte die Reporterin. »Insbesondere dann, wenn der Missbrauch in jungen Jahren beginnt.«

»Es gab keinen Missbrauch«, sagte T.J.

Die nächste Frage richtete sich direkt an mich.

»Was, glauben Sie, werden wohl Chicagos Steuerzahler sagen, wenn sie das Gehalt einer Lehrerin bezahlen sollen, die der sexuellen Belästigung eines Schülers verdächtigt wird.«

»Es gab keine sexuelle Belästigung!«, rief T.J. »Warum will das nicht in Ihren Kopf?«

Obwohl ich mit Fragen nach unserer Beziehung gerechnet hatte, hatte ich nie die Möglichkeit in Erwägung gezogen, dass man uns der Lüge bezichtigen oder annehmen könnte, ich hätte T.J. zu etwas gezwungen. Nun würden sich die Zweifel, die die Reporterin gesät hatte, sicher verbreiten wie ein Lauffeuer und Stoff für Gerüchte und Spekulationen bieten. Jeder, der unsere Geschichte las, würde mein Verhalten und meine Integrität in Frage stellen. Und das würde es, milde ausgedrückt, schwierig machen, eine Schulbehörde zu finden, die mich einstellte. Meine Karriere als Lehrerin war offenbar vorbei.

Als mein Gehirn damit fertig war zu verarbeiten, was die Reporterin mit ihren Fragen angerichtet hatte, blieb mir kaum noch genug Zeit, meinen Stuhl zurückzuschieben und zur Toilette zu laufen. Ich riss die Tür der ersten Kabine auf und beugte mich über die Schüssel. Da ich vor der Pressekonferenz nichts heruntergebracht hatte, würgte ich, ohne dass etwas hochkam. Jemand öffnete die Tür.

»Alles in Ordnung, T.J. Ich bin gleich zurück.«

»Ich bin es, Anna«, sagte eine Frauenstimme.

Als ich aus der Kabine kam, stand Jane Callahan vor mir. Sie breitete die Arme aus, was mich so an meine eigene Mom erinnerte, dass ich ihr um den Hals fiel und in Tränen ausbrach. Nachdem ich aufgehört hatte zu weinen, reichte Jane mir ein Taschentuch. »Die Medien wittern überall einen Skandal«, meinte sie. »Ich denke, ein Teil der Leserschaft wird das durchschauen.«

Ich wischte mir die Augen ab. »Hoffentlich.«

T.J. und Tom erwarteten uns, als wir aus der Toilette traten. T.J. führte mich zu einem Stuhl und setzte sich neben mich.

»Alles okay?« Er legte den Arm um mich. Ich lehnte den Kopf an seine Schulter.

»Schon besser.«

»Alles wird gut, Anna.«

»Vielleicht.« Vielleicht aber auch nicht.

Am nächsten Morgen las ich die Zeitungsberichte über die Pressekonferenz. Sie waren zwar nicht so schlimm wie erwartet, aber auch nicht unbedingt erfreulich. Obwohl die Artikel nicht an meinen Fähigkeiten als Lehrerin zweifelten, gaben sie einige Andeutungen der Reporterin wieder, eine Schulbehörde werde mich wohl nicht mehr einstellen wollen. Als Sarah hereinkam, hielt ich ihr die Zeitung hin. Nachdem sie den Bericht gelesen hatte, schnaubte sie verächtlich.

»Was hast du jetzt vor?«, erkundigte sie sich.

»Ich rede mit Ken.«

Ken Tomlinson, ein Veteran des öffentlichen Schulsystems von Illinois mit dreißig Dienstjahren auf dem Buckel, war sechs Jahre lang mein Schulleiter gewesen. Wegen seines Engagements für seine Schüler und seiner Loyalität seinen Lehrern gegenüber war er im Schulbezirk ein hochgeachteter Mann. Er zerbrach sich den Kopf nicht über Nebensächlichkeiten und erzählte die besten schmutzigen Witze, die ich kannte.

Einige Tage nach der Pressekonferenz, um sieben Uhr morgens, steckte ich den Kopf in sein Büro. Er schob seinen Stuhl zurück und kam mir entgegen.

»Mein Mädchen. Du kannst dir gar nicht vorstellen, wie ich mich freue, dich zu sehen.« Er umarmte mich. »Willkommen zu Hause.«

»Ich habe deine Nachricht auf Sarahs Anrufbeantworter gehört. Danke, dass du dich gemeldet hast.«

»Ich wollte dir sagen, dass wir alle an dich denken. Ich dachte, es würde noch eine Weile dauern, bis du dich hier blicken lässt.« Er setzte sich hinter seinen Schreibtisch. Ich nahm ihm gegenüber Platz. »Ich kann mir schon vorstellen, warum du hier bist.«

»Gab es irgendwelche Anrufe?«

Er nickte. »Einige. Ein paar Eltern wollten wissen, ob du an die Schule zurückkehrst. Ich hätte ihnen gerne gesagt, was ich von ihrer angeblichen Besorgtheit halte, aber das ging nicht.«

»Ich weiß, Ken.«

»Ich täte nichts lieber, als dir deinen alten Job zurückzugeben, aber zwei Monate nach dem Absturz, als wir alle Hoffnung verloren hatten, dass du je gefunden wirst, habe ich die Stelle neu besetzt.«

»Ich verstehe. Ich bin ohnehin noch nicht so weit, wieder zu arbeiten.«

Ken beugte sich vor und stützte die Ellbogen auf den Schreibtisch. »Es liegt in der menschlichen Natur, in alles etwas hineininterpretieren zu wollen. Halt dich eine Weile bedeckt, bis Gras über die Sache gewachsen ist.«

»Ich würde nie einem Schüler Schaden zufügen, Ken.«

»Das weiß ich, Anna. Daran habe ich niemals gezweifelt.« Er kam hinter dem Schreibtisch hervor. »Du bist eine gute Lehrerin. Lass dir von niemandem etwas anderes einreden.«

Da es auf den Fluren bald von Lehrern und Schülern nur so wimmeln würde, wollte ich vorher unbemerkt verschwinden. Also stand ich auf. »Danke, Ken, das bedeutet mir sehr viel.«

»Komm uns besuchen, Anna. Wir würden dich alle gern wiedersehen.«

»Das werde ich.«

Die Einzelheiten der Pressekonferenz verbreiteten sich wie ein Lauffeuer, und es dauerte nicht lange, bis die Weltöffentlichkeit von unserer Geschichte erfuhr. Leider waren die meisten Informationen unrichtig, ausgeschmückt oder ohne jeglichen Wahrheitsbezug.

Jeder hatte eine Meinung zu meinem Verhalten, und meine Beziehung mit T.J. wurde in Chatrooms und anderen Internetforen erörtert. Ich lieferte vielen Talkshow-Moderatoren Stoff für lange Monologe und wurde zur Zielscheibe so vieler Witze, dass ich das Fernsehen ganz aufgab. Ich genoss die Einsamkeit und tröstete mich mit Musik und Büchern, etwas, das ich auf der Insel so vermisst hatte.

Auch T.J. musste so manche hämische Bemerkung einstecken. Man verspottete ihn, weil er nur bis zur zehnten Klasse die Schule besucht hatte, fügte aber hinzu, das spiele angesichts der Dinge, die er von mir gelernt habe, sicher keine Rolle.

Ich wollte nicht mehr aus dem Haus, aus Angst, angestarrt zu werden. »Wusstest du, dass man fast alles, was man braucht, im Internet kaufen kann?« Ich saß neben T.J. auf dem Sofa und tippte auf Sarahs Laptop herum. »Und dann wird es frei Haus geliefert. Vielleicht brauche ich ja nie wieder vor die Tür zu gehen.«

»Du kannst dich nicht ewig verstecken, Anna«, wandte T.J. ein.

Ich gab »Schlafzimmermöbel« in das Suchfeld von Google ein. »Wollen wir wetten?«

Einige Wochen später fing die Schlaflosigkeit an. Zu Beginn hatte ich Schwierigkeiten beim Einschlafen. Dank Sarahs Erlaubnis verbrachte T.J. oft die Nacht bei mir. Ich lauschte zwar seinen leisen Atemzügen, konnte mich aber nicht entspannen. Nach einer Weile dann wachte ich, selbst wenn es mir gelang einzuschlafen, um zwei oder drei Uhr morgens auf und lag wach, bis die Sonne aufging. Außerdem hatte ich häufig Albträume, meistens welche, die sich ums Ertrinken drehten und aus denen ich schweißgebadet hochschreckte. T.J. sagte, dass ich nachts oft schrie.

»Vielleicht solltest du noch mal zum Arzt gehen, Anna.«

Ich war so erschöpft und mit den Nerven am Ende, dass ich zustimmte.

»Eine akute Belastungsstörung«, erklärte meine Ärztin ein paar Tage später. »Das kommt sogar recht oft vor, Anna, insbesondere bei Frauen. Traumatische Erlebnisse können verzögerte Schlaflosigkeit und Angstgefühle auslösen.«

»Und wie behandelt man das?«

»Normalerweise mit einer Mischung aus kognitiver Verhaltenstherapie und Medikamenten. Manchen Patienten hilft ein niedrig dosiertes Antidepressivum. Ich könnte Ihnen etwas verschreiben, damit Sie besser schlafen.«

Ich hatte Freundinnen, die Antidepressiva und Schlaftabletten genommen und über Nebenwirkungen geklagt hatten. »Ich möchte lieber keine Medikamente, wenn sich das vermeiden lässt.«

»Wären Sie bereit, eine Therapie zu machen?«

Ich war zu allem bereit, wenn das Ergebnis war, dass ich eine Nacht durchschlafen konnte. »Warum nicht?«

Ich vereinbarte einen Termin bei einer Therapeutin, deren Name ich aus dem Telefonbuch hatte. Ihre Praxis befand sich in einem alten Backsteingebäude mit einer zerbröckelnden Vortreppe. Nachdem ich mich am Empfang angemeldet hatte, öffnete die Therapeutin fünf Minuten später die Tür und rief meinen Namen auf. Sie hatte ein freundliches Lächeln und einen festen Händedruck. Ich schätzte sie auf Ende vierzig.

»Ich bin Rosemary Miller.«

»Anna Emerson. Nett, Sie kennenzulernen.«

»Bitte nehmen Sie Platz.« Sie wies auf ein Sofa, setzte sich mir gegenüber in einen Sessel und reichte mir ihre Visitenkarte. Auf einem niedrigen Tisch neben dem Sofa stand eine hell leuchtende Lampe. Neben dem Fenster wuchs ein Ficus in einem Blumentopf. Auf allen verfügbaren Flächen standen Kleenex-Schachteln herum.

»Ich habe die Berichte über Sie in den Nachrichten verfolgt. Es wundert mich nicht, Sie hier zu sehen.«

»Ich leide seit einiger Zeit unter Schlaflosigkeit und Ängsten. Meine Ärztin hat mir empfohlen, eine Therapie zu machen.«

»Was Sie jetzt durchleben, ist nach dem Trauma, das Sie erlitten haben, nicht weiter ungewöhnlich. Waren Sie schon einmal in therapeutischer Behandlung?«

»Nein.«

»Ich würde gerne mit einer ausführlichen Krankengeschichte beginnen.«

»Gut.«

Sie redete fünfundvierzig Minuten lang und stellte mir Fragen zu meinen Eltern und Sarah und meinem Verhältnis zu ihnen. Dann erkundigte sie sich nach meinen früheren Beziehungen mit Männern, und als ich ihr so knapp wie möglich von John erzählte, bohrte sie weiter und wollte Details hören. Ich rutschte unbehaglich herum und überlegte, wann wir endlich das Problem Schlaflosigkeit angehen würden.

»Vielleicht werde ich in den nächsten Wochen noch einmal auf Ihre Vergangenheit zurückkommen. Jetzt würde ich gerne über Ihre Schlafgewohnheiten sprechen.«

Endlich.

»Ich kann weder einschlafen noch durchschlafen. Außerdem habe ich Albträume.«

»Wovon handeln sie?«

»Ertrinken. Haien. Manchmal vom Tsunami. Normalerweise kommt Wasser darin vor.«

Jemand klopfte an die Tür, worauf sie auf die Uhr sah.

»Tut mir leid. Die Zeit ist um.«

Soll das ein Scherz sein.

»Nächste Woche können wir dann mit einigen kognitiven Therapieübungen anfangen.«

Bei diesem Tempo würde ich sicher noch monatelang kein Auge zutun. Sie schüttelte mir die Hand und begleitete mich in die Vorhalle. Draußen warf ich ihre Visitenkarte in eine Mülltonne.

T.J. und Sarah saßen im Wohnzimmer, als ich nach Hause kam. Ich ließ mich auf T.J.s Schoß fallen.

»Wie war es?«, fragte er.

»Ich glaube, ich eigne mich nicht für eine Therapie.«

»Manchmal dauert es eine Weile, einen guten Therapeuten zu finden«, erwiderte Sarah.

»Ich glaube ja gar nicht, dass sie eine schlechte Therapeutin ist. Aber ich möchte trotzdem etwas anderes versuchen. Wenn das nicht klappt, gehe ich noch mal hin.«

Ich verließ das Zimmer und kehrte kurz darauf in Laufhose, einem langärmeligen T-Shirt, einem Sweatshirt und einer Windjacke aus Nylon zurück. Nachdem ich eine Mütze aufgesetzt hatte, setzte ich mich aufs Sofa und schnürte meine Nikes zu.

»Was hast du vor?«, erkundigte sich T.J.

»Ich gehe laufen.«

KAPITEL 54

T. J.

Ich schleppte den letzten Karton die Treppe zu Annas neuem Domizil hinauf, einer kleinen Zweizimmerwohnung, nur eine Viertelstunde von Sarah und David entfernt.

»Wo soll ich die hinstellen?«, fragte ich, als ich eintrat und mir das Regenwasser aus den Haaren schüttelte.

»Einfach irgendwohin.« Sie gab mir ein Handtuch, worauf ich mein nasses T-Shirt auszog und mich abtrocknete.

»Ich suche die Bettwäsche«, sagte Anna. »Während du weg warst, wurde das Bett geliefert.« Wir durchwühlten alles, bis wir sie gefunden hatten, und ich half ihr, das Bett zu beziehen.

»Bin gleich wieder da«, verkündetete sie. Sie kehrte mit einem kleinen Gerät zurück, das sie aufs Nachtkästchen stellte und in die nächstbeste Steckdose einstöpselte.

»Was ist das?«, wollte ich wissen.

Als sie auf einen Knopf drückte, füllte das Geräusch von Meeresrauschen den Raum und übertönte fast das Prasseln des Regens gegen die Fensterscheiben.

»Eine Geräuschmaschine. Ich habe sie bei Bed, Bath & Beyond bestellt.«

Sie legte sich neben mich. Ich griff nach ihrer Hand, küsste ihren Handrücken und zog sie dann an mich. Sie entspannte sich und kuschelte sich an mich.

»Ich bin glücklich. Bist du glücklich, Anna?«

»Ja«, flüsterte sie.

Ich hielt sie in den Armen. Als ich dem Regen und dem Rauschen der Wellen lauschte, konnte ich mir beinahe einbilden, wir wären noch auf der Insel und nichts hätte sich verändert.

Sie hatte mich nie gefragt, ob ich einziehen wollte; ich blieb einfach. Einige Nächte verbrachte ich zu Hause, um meinen Eltern eine Freude zu machen, und Anna und ich schauten oft bei ihnen vorbei, um einfach abzuhängen oder zusammen zu essen. Anna ging ein paarmal mit Grace und Alexis Klamotten kaufen, was die beiden begeisterte.

Da sie kein Geld für die Miete annehmen wollte, bezahlte ich alles andere, obwohl sie sich auch dagegen sträubte. Meine Eltern hatten in meiner Kindheit einen Treuhandfonds für mich eingerichtet, zu dem ich ab meinem achtzehnten Geburtstag Zugang gehabt hätte. Jetzt gehörte das Geld mir. Es war mehr als genug, um meine Lebenshaltungskosten, ein Auto und die Studiengebühren zu finanzieren. Meine Eltern wollten wissen, was ich für Pläne hatte, und löcherten mich ständig damit. Aber ich war mir nicht sicher. Anna sagte zwar nichts, doch wie mir klar war, wollte sie, dass ich anfing, für meinen externen Highschoolabschluss zu büffeln.

Die Leute erkannten uns manchmal, besonders wenn wir zusammen unterwegs waren. Doch allmählich hatte Anna keine Probleme mehr damit, das Haus zu verlassen. Wir verbrachten viel Zeit im Freien, in Parks und auf langen Spaziergängen, obwohl es noch viele Wochen bis zum Frühling waren. Wir gingen auch ins Kino und manchmal mittags oder abends zum Essen. Allerdings aß Anna am liebsten zu Hause. Sie kochte mir alles, was ich wollte, und langsam nahm ich wieder zu. Sie ebenfalls. Wenn ich mit den Händen über ihren Körper strich, spürte ich keine Knochen mehr, sondern weiche Kurven.

Abends zog Anna die Joggingschuhe an und lief beinahe

bis zur Erschöpfung. Wenn sie zurückkam, zog sie die verschwitzten Sachen aus, duschte lange und heiß und legte sich dann zu mir ins Bett. Ihre Kräfte reichten gerade noch, um mich zu lieben; danach schlief sie ein, und zwar tief und fest. Hin und wieder hatte sich noch einen Albtraum oder konnte nicht einschlafen, doch es war kein Vergleich zu früher.

Mir gefiel unser Tagesablauf. Ich hatte nicht das Bedürfnis, etwas daran zu ändern.

»Ben hat mich gefragt, ob ich ihn übers Wochenende besuchen will«, sagte ich ein paar Wochen später beim Frühstück zu Anna.

»Er studiert an der University of Iowa, richtig?«

»Ja.«

»Der Campus ist wunderschön. Du wirst sicher Spaß haben.«

»Ich fahre am Freitag. Ein Freund von ihm nimmt mich mit dem Auto mit.«

»Schau dir auch die Uni an, nicht nur die Kneipen. Vielleicht möchtest du ja auch dort studieren, wenn du deinen Highschoolabschluss hast.«

Ich verriet Anna nicht, dass ich kein Interesse an einem College hatte, das in einem anderen Bundesstaat und so weit weg von ihr war. Oder, offen gestanden, überhaupt an einem College.

In einer Ecke von Bens Wohnzimmer stand eine wackelige eins achtzig hohe Pyramide aus Bierdosen. Ich stieg über leere Pizzakartons, Haufen schmutziger Wäsche, Lehrbücher, Tennisschuhe und Flaschen mit Mountain-Dew-Limo hinweg, die den Boden flächendeckend übersäten.

»Alter, wie hältst du es hier aus?«, fragte ich. »Hat eigentlich jemand in euren Aufzug gepinkelt?«

»Wahrscheinlich«, erwiderte Ben. »Hier ist dein Ausweis.«

Ich betrachtete den Führerschein. »Seit wann bin ich eins siebzig groß, blond und siebenundzwanzig?«

»Seit jetzt. Bock, in die Kneipe zu gehen?«

»Klar. Wo soll ich meine Sachen hinschmeißen?«

»Egal, Mann.« Da Bens Mitbewohner übers Wochenende nach Hause gefahren war, stellte ich meine Reisetasche auf sein Bett und folgte Ben hinaus.

»Lass uns die Treppe nehmen«, schlug ich vor.

Um neun hatten wir schon ordentlich getankt. Ich schaute auf mein Mobiltelefon, doch es war keine Nachricht von Anna darauf. Erst überlegte ich, ob ich sie anrufen sollte, wusste aber, dass Ben mich deswegen verarschen würde. Also steckte ich das Telefon wieder ein.

Er holte ein paar andere Leute zum Mittrinken an unseren Tisch. Keiner erkannte mich, und ich konnte in der Masse untertauchen wie ein ganz normaler Student, was genau das war, was ich wollte.

Ich saß zwischen zwei sturzbetrunkenen Mädchen. Die eine kippte ein Glas Wodka hinunter, während die andere, das Glas an den Lippen, innehielt. Ihre Augen waren glasig, als sie sich zu mir hinüberbeugte. »Du bist echt scharf«, sagte sie. Im nächsten Moment stellte sie das Glas weg und kotzte quer über den Tisch. Ich sprang auf und schob meinen Stuhl zurück.

Ben winkte mich zu sich, und wir verließen die Kneipe. Ich atmete in tiefen Zügen die kalte Luft ein, um den Geruch aus der Nase zu kriegen.

»Willst du was essen gehen?«, fragte er mich.

»Essen ist immer gut.«

»Pizza?«

»Klar.«

Wir setzten uns an einen Tisch im hinteren Teil des Lokals. »Anna hat gesagt, ich soll mir die Uni anschauen. Sie findet, ich sollte mir überlegen, ob ich hier studieren will, wenn ich meinen Highschoolabschluss habe.«

»Alter, das wäre total geil. Wir könnten zusammen eine Wohnung mieten. Machst du es?«

»Nein.«

»Warum nicht?«

Ich war so betrunken, dass ich ehrlich zu Ben war. »Ich will einfach nur mit ihr zusammen sein.«

»Anna?«

»Ja, du Idiot. Mit wem sonst?«

»Will sie das auch?« Die Kellnerin stellte eine große Pizza mit Pepperoni und Würstchen vor uns auf den Tisch. Ich legte zwei Stücke auf meinen Teller. »Ich bin nicht sicher.«

»Willst du sie etwa heiraten und ein Kind mit ihr haben und so?«

»Heiraten würde ich sie gleich morgen.« Ich biss in meine Pizza. »Mit dem Kind könnten wir ja noch ein bisschen warten.«

»Wird sie warten wollen?«

»Ich weiß nicht.«

KAPITEL 55

ANNA

Stefani und ich bestellten an der Bar ein Glas Wein, während wir auf unseren Tisch warteten.

»Also besucht T.J. dieses Wochenende seinen Freund?«, fragte Stefani.

»Ja.« Ich sah auf die Uhr. »Meiner Vermutung nach steuern sie gerade mit Höchstgeschwindigkeit auf den Vollrausch zu. Wenigstens hoffe ich das.«

»Es stört dich nicht, wenn er sich zulaufen lässt?«

»Weißt du nicht mehr, wie wir im College drauf waren?«

Stefani grinste. »Wie kommt es, dass wir nie verhaftet worden sind?«

»Miniröcke, Glück und Dummheit.« Ich trank einen Schluck Wein. »Ich möchte, dass T.J. diese Erfahrungen macht und nicht das Gefühl hat, etwas verpasst zu haben.«

»Willst du dich selbst überzeugen oder mich?«

»Weder noch. Ich will ihm nur nicht im Wege stehen.«

»Rob und ich wollen ihn mal treffen. Wenn er dir so viel bedeutet, würden wir ihn gern kennenlernen.«

»Danke. Das ist wirklich lieb von dir, Stef.«

Der Barmann stellte zwei weitere Gläser Wein vor uns hin. »Die sind von den Typen da in der Ecke.«

Stefani wartete einen Moment. Dann nahm sie ihre Tasche von der Stuhllehne, kramte darin herum, holte einen Spiegel und einen Lippenstift heraus und drehte sich wieder um.

»Und?«

»Sie sehen gut aus.«

»Du bist verheiratet!«

»Ich will ja keinen von ihnen abschleppen. Und Rob wusste, dass ich gerne flirte, als er mich geheiratet hat.« Sie trug Lippenstift auf und tupfte sich den Mund mit einer Serviette ab. »Außerdem hat mir seit Mitte der Neunziger niemand mehr einen Drink ausgegeben. Also sei still.«

»Müssen wir rübergehen und uns bedanken, oder können wir sie einfach ignorieren?«

»Hast du keine Lust, mit ihnen zu reden?«

»Nein.«

»Zu spät. Da sind sie schon.«

Ich drehte mich um, als sie sich näherten.

»Hallo«, sagte der eine.

»Hallo. Danke für den Wein.«

Sein Freund plauderte mit Stefani. Als sie kichernd die Haare zurückwarf, verdrehte ich die Augen.

»Ich heiße Drew.« Er hatte braunes Haar und trug Anzug und Krawatte. Ich schätzte ihn auf Mitte bis Ende dreißig.

»Anna.« Wir schüttelten einander die Hand.

»Ich habe dich von dem Foto in der Zeitung erkannt. Das muss entsetzlich gewesen sein. Sicher hast du es satt, darüber zu reden.«

»Habe ich.«

Da das Gespräch stockte, trank ich einen Schluck Wein.

»Wartet ihr auf einen Tisch?«, fragte er.

»Ja, er sollte bald frei sein.«

»Vielleicht können wir uns ja zu euch setzen.«

»Tut mir leid, nicht heute Abend. Ich möchte gern mit meiner Freundin reden.«

»Klar, verstehe. Gibst du mir deine Telefonnummer?«

»Ich glaube nicht.«

»Ach, komm schon«, erwiderte er lächelnd und ließ seinen Charme spielen. »Ich bin wirklich nett.«

»Ich bin mit jemandem zusammen.«

»Das ging aber schnell.« Er musterte mich argwöhnisch. »Moment mal, du meinst doch nicht etwa den Jungen, oder?«

»Er ist kein Junge.«

»Doch, ist er.«

Stefani tippte mir auf die Schulter. »Unser Tisch ist fertig.«

»Danke für den Wein. Tut mir leid.« Ich griff nach Handtasche und Mantel, rutschte vom Barhocker und folgte Stefani.

»Was hat er denn zu dir gesagt?«, fragte Stefani, als wir saßen. »Du scheinst ja nicht sehr begeistert von ihm zu sein.«

»Er hat festgestellt, dass ich kein Single bin. Und dann hat er T.J. als Jungen bezeichnet.«

»Wahrscheinlich nur gekränkte Eitelkeit.«

»T.J. ist noch sehr jung, Stefani. Wenn die Leute ihn anschauen, sehen sie nicht, was ich sehe. Sie sehen einen Jungen.«

»Und was siehst du?«, erkundigte sich Stefani.

»Ich sehe einfach T.J.«

Am Sonntagabend kam er müde und verkatert nach Hause, stellte seine Tasche im Flur ab und nahm mich in die Arme. Ich küsste ihn lange.

»Wow«, sagte er. Dann umfasste er mein Gesicht mit den Händen und erwiderte meinen Kuss.

»Ich habe dich vermisst.«

»Ich dich auch.«

»Wie war es?«

»Sein Zimmer ist ein Schweinestall, ein Mädchen hätte

mich fast vollgekotzt, und außerdem hatte jemand in den Aufzug gepinkelt.«

Ich rümpfte die Nase. »Echt?«

»Ich muss zugeben, dass ich nicht übermäßig beeindruckt war.«

»Wahrscheinlich würdest du das anders sehen, wenn du gleich nach der Highschool aufs College gegangen wärst.«

»Aber das bin ich nicht, Anna. Und ich muss immer noch aufholen.«

KAPITEL 56

T. J.

»Ich muss doch nicht etwa eine Krawatte tragen, oder?«

Ich hatte eine Khakihose und ein weißes Hemd mit Knöpfen an. Auf dem Bett lag ein dunkelblaues Sakko. Wir waren mit Stefani und ihrem Mann Rob zum Abendessen verabredet, und ich fühlte mich schon so wie ein feiner Pinkel.

»Wahrscheinlich wäre es besser«, erwiderte Anna, als sie ins Schlafzimmer kam.

»Besitze ich denn eine Krawatte?«

»Ich habe dir eine gekauft, als Stefani mir gesagt hat, wohin sie wollten.« Sie griff in den Schrank, holte sie heraus, fädelte sie unter den Hemdkragen und band sie.

»Ich kann mich nicht erinnern, wann ich zuletzt so ein Ding umhatte«, meinte ich und zupfte am Knoten, um ihn ein bisschen zu lockern. Ich hatte Stefani und Rob vor einer Woche kennengelernt, als sie uns zu sich nach Hause eingeladen hatten. Sie waren mir sympathisch, und man konnte gut mit ihnen reden. Deshalb war ich auch einverstanden gewesen, als Anna mir erzählt hatte, dass sie mit uns zum Essen gehen wollten.

»Ich bin gleich fertig. Ich muss mich nur noch entscheiden, was ich anziehe.«

Da sie nur in BH und Höschen vor dem Schrank stand, legte ich mich aufs Bett und genoss die Aussicht.

»Ich dachte, dass du Tangas unbequem findest.«

»Sind sie auch. Aber ich fürchte, heute Abend ist es ein notwendiges Übel.« Anna nahm ein Kleid aus dem Schrank. »Das da?«, fragte sie und hielt sich ein ärmelloses schwarzes Kleid vor.

»Das ist hübsch.«

»Oder lieber das?« Das zweite Kleid war dunkelblau, kurz, langärmelig und vorne tief ausgeschnitten.

»Das ist scharf.«

»Ich glaube, dann steht der Sieger fest«, antwortete sie und zog es an. Es schmiegte sich an ihre Kurven. Dann schlüpfte sie in ein Paar hochhackige Schuhe.

Noch nie hatte ich sie so aufgestylt gesehen. Normalerweise trug sie Jeans, meistens Levi's, und dazu ein T-Shirt oder einen Pulli. Manchmal hatte sie auch einen Rock an, aber nie so etwas. Da sie inzwischen fast wieder ihr Normalgewicht erreicht hatte, war ihr Busen größer geworden, und der BH schob ihn nach oben. Das, was ich im tiefen V-Ausschnitt des Kleides erkennen konnte, machte Lust auf mehr.

Sie drehte ihr Haar zu einem tiefen Knoten zusammen und griff nach den Ohrringen, baumelnden, wie ich sie auf der Insel als Angelhaken benutzt hatte. Ihre Lippen waren rot geschminkt. Ich starrte auf ihren Mund und hätte sie so gerne geküsst.

»Du siehst unbeschreiblich aus.«

Sie lächelte. »Findest du?«

»Ja.« Sie war elegant. Mit Klasse. Wunderschön. Eine Frau, die wusste, wo es langgeht.

»Wir müssen los«, sagte sie.

Ich war zehn oder zwanzig Jahre jünger als alle anderen Gäste im Restaurant. Da wir ein paar Minuten zu früh dran waren, folgten Anna und ich Stefani und Rob in die schummrig erleuchtete Bar, um auf unseren Tisch zu warten. Als Anna hereinkam, drehte sich mehr als ein Kopf in ihre Richtung.

Stefani fing ein Gespräch mit einem Typen an, und Rob und ich überlegten, ob wir uns durch die Menschenmassen kämpfen sollten, um etwas zu trinken zu besorgen, als eine Frau mit einem Stapel Speisekarten auf uns zukam.

»Ihr Tisch ist bereit«, meldete sie.

Stefani wandte sich zu dem Mann um, mit dem sie sich unterhalten hatte. Er trug zwar einen Anzug, hatte aber die Krawatte gelockert und die obersten beiden Hemdknöpfe geöffnet. Das Glas in seiner Hand enthielt offenbar Whiskey. Er war allein, und ich fragte mich, ob er direkt aus dem Büro kam.

»Warum setzt du dich nicht zu uns?«, sagte Stefani zu ihm. »Oder stört es euch?«, wollte sie von uns wissen.

»Schon in Ordnung«, antwortete Anna.

Ich zuckte die Achseln. »Klar.«

Nachdem wir am Tisch Platz genommen hatten, stellte Stefani den Mann vor. »Das ist Spence. Wir haben letztes Jahr am gleichen Auftrag gearbeitet.« Sie und Rob saßen neben ihm, Anna und ich gegenüber. Als ich ihm die Hand schüttelte, bemerkte ich, dass er blutunterlaufene Augen hatte. Offenbar war er sternhagelvoll.

Rob bestellte zwei Flaschen Wein, und die Kellnerin schenkte jedem ein Glas ein, nachdem sie das dämliche Tamtam mit dem Schnuppern am Korken und dem Vorkosten durchgezogen hatten.

Ich trank einen Schluck. Es war ein Rotwein und so trocken, dass ich Mühe hatte, nicht das Gesicht zu verziehen.

Spence warf sich sofort Anna an den Hals. Er beobachtete, wie sie einen Schluck von ihrem Wein nahm. Sein Blick wanderte von ihren Augen zu ihrem Mund und dann hinunter zur Brust.

»Du kommst mir bekannt vor«, sagte er.

Sie schüttelte den Kopf. »Wir sind uns noch nie begegnet.«

Das war es, was Anna an der Begegnung mit fremden Menschen so hasste. Sie versuchten, sie einzuordnen, und kamen irgendwann darauf, dass sie ihr Gesicht aus den Nachrichten kannten. Und dann kamen die üblichen Fragen.

Zum Glück war er zu betrunken, um die Verbindung herzustellen. Anna atmete sichtlich auf. Doch er ließ trotzdem nicht locker.

»Sind wir vielleicht mal miteinander ausgegangen?«

Anna griff nach ihrem Glas und trank noch einmal. »Nein.«

»Dann können wir vielleicht mal miteinander ausgehen?«

»Hey«, fuhr ich dazwischen. »Ich bin auch noch da.«

Anna tätschelte mir das Bein. »Schon gut«, flüsterte sie.

»Moment mal. Sie ist mit dir zusammen?«, fragte Spence. »Ich dachte, du wärst ihr kleiner Bruder oder so.« Er fing zu lachen an. »Wollt ihr mich auf den Arm nehmen?« Er blickte zwischen Anna und mir hin und her, und allmählich schien ihm ein Licht aufzugehen. »Jetzt weiß ich, wer ihr seid. Ich habe eure Fotos in der Zeitung gesehen.« Er schnaubte verächtlich. »Okay, das erklärt zwar, wie du sie geknackt hast, aber nicht, warum sie dich noch immer ranlässt.«

Rob sah Stefani an. »Hör auf damit«, sagte er dann zu Spence.

»Ja, ich bin mit ihm zusammen.« Anna sprach das selbstbewusst aus, und dass sie ihn dabei ansah, als wäre er der letzte Idiot auf Erden, war noch besser als der Satz an sich.

Unsere Kellnerin erschien. »Verzeihung«, meinte sie zu mir. »Aber ich muss mir Ihren Ausweis anschauen.«

Ich zuckte die Achseln. »Ich darf offiziell noch keinen Alkohol trinken. Aber der Wein schmeckt mir sowieso nicht. Sie können ihn ruhig abräumen.«

Sie entschuldigte sich lächelnd und entfernte das Glas. Jetzt kriegte sich Spence gar nicht mehr ein. »Du bist noch keine einundzwanzig?« Sein hämisches Gelächter durchbrach das beklommene Schweigen am Tisch, während die anderen sich bemühten, so zu tun, als wäre ich nicht gerade bis auf die Knochen blamiert worden.

Wir studierten die Speisekarten. Anna und ich hatten noch immer Schwierigkeiten, in einem Restaurant etwas zu bestellen. Zu viel Auswahl.

»Was nimmst du?«, fragte ich sie.

»Steak. Und du?« Sie griff nach meiner Hand und flocht die Finger in meine.

»Keine Ahnung, Nudeln vielleicht. Du magst doch Ravioli, oder?«

»Ja.«

»Gut, dann nehme ich die, und wir können teilen.«

Stefani versuchte, das Gespräch in Gang zu halten. Unsere Kellnerin kehrte zurück und notierte die Bestellungen. Spence starrte mit einem höhnischen Grinsen auf Annas Brust, ohne einen Hehl daraus zu machen. Da ich wusste, was dabei in seinem Kopf vorging, kostete es mich einige Selbstbeherrschung, ihm keine zu verpassen.

Irgendwann stand Spence auf, um aufs Klo zu gehen. »Tut mir echt leid«, sagte Stefani, sobald er weg war. »Ich habe gehört, dass seine Frau ihn verlassen hat, und habe ihn gefragt, ob er sich zu uns setzen will, weil ich nett sein wollte.«

»Schon gut«, erwiderte Anna. »Ignorier ihn einfach. Ich mache es genauso.«

Da niemand Spences Weinglas nachfüllte, wirkte er nach dem Essen ein wenig nüchterner.

Die Kellnerin erkundigte sich, ob wir ein Dessert wollten, doch keiner hatte mehr Appetit. Sie sagte, sie werde mit der Rechnung wiederkommen.

»Stefani und ich gehen zur Toilette«, meinte Anna. »Wir warten an der Tür auf euch.«

Rob und ich wollten beide bezahlen, einigten uns schließlich auf fifty-fifty und holten das Bargeld heraus. Spence warf eine Handvoll Geldscheine auf den Tisch. Nachdem ich die Brieftasche eingesteckt hatte, stand ich auf.

Rob schob seinen Stuhl zurück, verabschiedete sich von Spence, ohne ihm die Hand zu schütteln, und steuerte auf den Ausgang zu.

Spence blieb zusammengesackt auf seinem Stuhl sitzen. »Ein Jammer, dass du noch nicht alt genug bist, um mit den Erwachsenen einen zu trinken«, höhnte er.

»Ein Jammer, dass du meine scharfe Freundin nicht angraben kannst. Außerdem mag ich Wein sowieso nicht.«

Ich lachte über seinen Gesichtsausdruck und gesellte mich zu Anna, Stefani und Rob, die an der Tür standen.

»Was hast du zu ihm gesagt?«, fragte Anna.

»Dass ich mich gefreut habe, ihn kennenzulernen.«

Dass ich im Restaurant keinen Alkohol hatte trinken dürfen, hatte mich nicht gestört – die Art und Weise, wie Spence Anna mit Blicken ausgezogen hatte, dafür umso mehr. Ich wusste, dass sie sich nicht für ihn interessierte, machte mir aber Sorgen, was passieren würde, wenn sie jemand anderem begegnete. Einem, der kein betrunkenes Arschloch war. Der einen Collegeabschluss besaß, gern Wein trank und nichts gegen Krawatten hatte. Ich hatte Angst, es könnte sie eines

Tages, ja, vielleicht schon bald, stören, dass mir all diese Dinge nicht wichtig waren.

Und die Vorstellung, sie könnte mit einem anderen Mann zusammen sein, war unerträglich für mich.

Sobald wir wieder zu Hause waren, küsste ich sie, und zwar nicht gerade sanft. Ich umfasste ihr Gesicht fest mit beiden Händen und presste meine Lippen auf ihre. Niemand hatte das Recht, sie zu besitzen, und das wusste ich auch, doch in diesem Augenblick gehörte sie nur mir. Im Schlafzimmer zog ich ihr das Kleid über den Kopf. Als Nächstes war der BH dran, und danach schob ich ihr das Höschen von den Hüften, bis es auf dem Boden landete. Ich riss mir die Krawatte vom Hals und zog hastig die anderen Sachen aus. Dann legte ich sie aufs Bett, beugte den Kopf über die Stelle, auf die Spence den ganzen Abend gestarrt hatte und saugte, bis ein Knutschfleck entstand, der sich bestimmt noch tagelang halten würde. Ich küsste und streichelte sie, bis sie bereit war, und als ich in sie eindrang, bewegte ich mich so langsam, wie sie es mochte. Als sie kam, sprach sie meinen Namen aus. *Ich bin es, der ihr das gibt. Ich löse diese Gefühle in ihr aus*, dachte ich.

Anschließend ging ich in die Küche und holte mir ein Bier aus dem Kühlschrank. Ich nahm es mit ins Schlafzimmer und schaltete den Fernseher mit leisem Ton ein. Anna schlief. Die Laken hatten sich um ihre Taille verheddert. Ich zog sie hoch, steckte sie vorsichtig mit der einen Hand fest und öffnete mit der anderen die Bierdose.

KAPITEL 57

ANNA

Im April hielt sich der Frühlingsregen zwei Tage lang über Chicago, sodass wir das Haus nicht verlassen konnten.

T.J. zappte ziellos durch die Fernsehsender. Ich lag, die Füße auf seinem Schoß, auf dem Sofa und las ein Buch.

»Hast du Lust, ins Kino zu gehen?«, fragte er und schaltete den Fernseher ab.

»Klar«, erwiderte ich. »Was möchtest du dir denn anschauen?«

»Keine Ahnung. Lass uns einfach einen Spaziergang zum Kino machen und sehen, was läuft.«

Ich zog eine Jacke über, dann marschierten wir durch den strömenden Regen. Er nahm meine Hand. Ich drückte sie und lächelte, als er die Geste erwiderte.

T.J. wollte sich *Sin City* ansehen. Als wir in der Schlange warteten, um Popcorn zu kaufen, tippte ihm jemand auf die Schulter.

Wir drehten uns um. Ein hoch gewachsener Typ mit Baseballkappe stand neben einem zierlichen Mädchen mit Pferdeschwanz, das einen rosafarbenen Kapuzenpulli trug.

T.J. grinste. »Hey, Coop, was geht?«

»Wir suchen nur eine Beschäftigung, bis dieser Regen endlich aufhört.«

»Geht uns genauso. Das ist Anna«, sagte T.J. und legte mir den Arm um die Schultern.

»Hallo«, erwiderte Coop. »Das ist meine Freundin Brooke.«

»Nett, euch beide kennenzulernen«, entgegnete ich.

»Ich vergesse ständig, dass du in der Stadt bist«, meinte T.J.

»Wenn meine Noten nicht endlich besser werden, bleibe ich wohl für immer am städtischen College hängen.«

»Wir sollten uns mal treffen«, schlug T.J. vor.

»Meine Eltern verreisen nächsten Monat. Ich mach 'ne Party. Ihr beide solltet auch kommen.« Coop lächelte mir zu, und ich spürte, dass die Einladung ernst gemeint war.

»Ja, das wäre cool«, erwiderte T.J.

Ich warf einen Blick auf Brooke, während T.J. und Coop sich unterhielten. Sie starrte mich mit offenem Mund an. Für sie war ich vermutlich eine Oma.

Ihre faltenfreie, rosige Haut strahlte. Genau wie ich damals mit zwanzig ahnte sie nicht, wie wunderschön junge Haut war. Ich hatte auf der Insel zwar oft T.J.s Baseballkappe und eine Sonnenbrille getragen, häufig aber auch nicht. Ich dachte an die Jahre, in denen die Sonne auf mich heruntergebrannt hatte, und rechnete fast damit, eines Morgens beim Aufwachen festzustellen, dass meine Haut zu Leder geworden war. Außerdem verbrachte ich mehr Zeit, als ich mir eingestehen wollte, damit, die von der Inselsonne angerichteten Schäden wiedergutzumachen. Auf der Ablage in meinem Bad drängten sich die verschiedensten Lotionen und Cremes, die der Hautarzt mir empfohlen hatte. Meine Haut sah zwar gesund aus, doch zwischen zwanzig und dreiunddreißig war nun einmal ein himmelweiter Unterschied. T.J. fand mich schön, und das sagte er mir auch. Doch was würde in fünf Jahren sein? Oder in zehn?

Wir betraten das Kino und suchten uns Sitzplätze. T.J.

klemmte sich seinen Popcornbehälter zwischen die Knie und legte die Hand auf meinen Oberschenkel. Doch ich konnte mich nicht auf den Film konzentrieren. Stattdessen hatte ich ständig Bilder vor mir, wie T.J. und ich in Coops Wohnzimmer Bier tranken, während mich alle anstarrten.

T.J. hatte sich großartig in meinen Freundeskreis integriert. Er hatte sogar Spence' unmögliches Benehmen und die Tatsache erduldet, dass er wegen eines Weins, den er sowieso nicht trinken wollte, den Ausweis hätte vorzeigen sollen. Obwohl er Krawatten nicht leiden konnte, hatte er sich eine umgebunden. Und es hatte ihm scheinbar keine Mühe bereitet, mit Rob und Stefani ins Gespräch zu kommen.

Es war leichter, älter zu wirken, wenn man es darauf anlegte: Man zog sich gut an und ahmte das Verhalten älterer Menschen nach. Wenn ich versucht hätte, mich an T.J.s Freunde anzupassen, indem ich mich wie eine Zwanzigjährige kleidete und verhielt, hätte ich mich bloß lächerlich gemacht.

Als wir aus dem Kino kamen, hatte der Regen aufgehört. Wir folgten der Menschenmenge und machten uns auf den Heimweg. Plötzlich blieb ich stehen.

»Was hast du?«, fragte T.J.

»Ich werde nicht immer so aussehen.«

»Was meinst du damit?«

»Ich bin dreizehn Jahre älter als du. Und mit jedem Tag altere ich ein bisschen mehr. Ich werde nicht immer so aussehen.«

T.J. legte mir die Arme um die Taille und zog mich an sich.

»Das weiß ich, Anna. Aber wenn du glaubst, dass ich mich nur für dein Aussehen interessiere, kennst du mich nicht so gut, wie ich dachte.«

Allein schlenderte ich einen Gang bei Trader Joe's entlang, bewaffnet mit einem Einkaufskorb, der enthielt, was mir bisher ins Auge gestochen war, inzwischen also zwei Flaschen Cabernet, eine Packung Biospaghetti, ein Glas Marinarasauce, ein Kopf Römersalat, Karotten und Paprikaschoten für einen Salat.

T.J. war beim Friseur. Normalerweise gingen wir zusammen einkaufen, erstens weil er darauf bestand, die Lebensmittel zu bezahlen, und zweitens weil Supermärkte uns noch immer in Ehrfurcht versetzten. Als wir nach meinem Umzug zum ersten Mal beim Einkaufen gewesen waren, hatten wir wie angewurzelt mitten im Laden gestanden und einfach nur auf das viele Essen gestarrt.

Ich bog in den nächsten Gang ein, packte Bier für T.J. in den Korb und suchte die Zutaten für einen Schokoladenkuchen zusammen. Gerade überlegte ich, welche Brotsorte es zum Abendessen geben sollte, als mich jemand an der Jeans zupfte.

Vor mir stand ein kleines, etwa vierjähriges Mädchen, dem riesige lautlose Tränen übers Gesicht kullerten.

»Bist du eine Mommy?«, fragte sie.

Ich ging in die Hocke, um mit ihr auf Augenhöhe zu sein. »Nein, bin ich nicht. Wo ist denn deine Mommy?«

Sie umklammerte eine zerschlissene rosafarbene Decke. »Das weiß ich nicht. Ich kann sie nicht finden. Und meine Mommy hat gesagt, wenn ich mich verlaufe, soll ich mir eine andere Mommy suchen, die hilft mir dann.«

»Keine Angst, ich kann dir trotzdem helfen. Wie heißt du denn?«

»Claire.«

»Okay, Claire«, meinte ich. »Wir bitten jetzt jemanden,

eine Lautsprecherdurchsage zu machen, damit deine Mom weiß, dass alles in Ordnung ist.« Aus großen tränennassen braunen Augen sah sie mich an und schob ihre kleine Hand in meine.

Als wir auf dem Weg in den vorderen Teil des Ladens waren, kam eine Frau um die Ecke gelaufen und rief Claires Namen. Sie hatte einen Einkaufskorb in der Hand. Ein Baby schlief in einem Tragesack, der vor ihrer Brust hing.

»Claire! Oh, Gott, da bist du ja.« Die Frau rannte auf uns zu, ließ den Korb fallen und nahm Claire mühsam in die Arme, wobei sie versuchte, das Baby nicht zu wecken. Ihre ängstliche Miene verschwand, als sie Claire fest an sich drückte.

»Danke, dass Sie sie gefunden haben«, sagte sie. »Ich habe nur kurz ihre Hand losgelassen, um etwas aus dem Regal zu nehmen, und als ich mich umgeschaut habe, war sie weg. Ich bin zurzeit wegen des Babys so müde und deshalb ein bisschen langsam.«

Sie war schätzungsweise in meinem Alter, plus oder minus ein Jahr, sah wirklich müde aus und hatte dunkle Ringe unter den Augen. »Möchten Sie zur Kasse? Soll ich das für Sie tragen?«

»Danke. Das wäre wirklich sehr nett. Im Moment reichen zwei Hände einfach nicht. Sie wissen ja, wie das ist.«

Eigentlich wusste ich das nicht.

Wir gingen zur Kasse und packten unsere Körbe aus.

»Wohnen Sie in der Nähe?«, fragte sie.

»Ja«, erwiderte ich.

»Kinder?«

»Nein. Noch nicht.«

»Vielen, vielen Dank für Ihre Hilfe.«

»Gern geschehen.« Ich bückte mich. »Tschüss, Claire.«

»Tschüss.«

Als ich nach Hause kam, verstaute ich die Einkäufe, setzte mich aufs Sofa und weinte bitterlich.

KAPITEL 58

T. J

Anna stand in der Küche und buk Schokoladenkuchen. Ich küsste sie und überreichte ihr die rosafarbenen Rosen, die ich auf dem Rückweg vom Friseur gekauft hatte.

»Sie sind wunderschön. Danke«, sagte sie und lächelte mich an. Sie trug einen Pferdeschwanz. Ich legte von hinten die Arme um sie und küsste sie auf den Nacken.

»Brauchst du Hilfe?«, fragte ich.

»Nein, bin fast fertig.«

»Alles in Ordnung?«

»Ja, bestens.«

Gar nichts war bestens. In der Minute, in der ich zur Tür hereingekommen war, hatte ich gesehen, dass sie geweint hatte, denn ihre Augen waren verschwollen und gerötet. Allerdings wusste ich nicht, was ich für sie tun konnte, wenn sie mir nicht verriet, was sie bedrückte. Außerdem fragte ich mich, ob ich es überhaupt wissen wollte, nur für den Fall, dass ich der Grund gewesen sein könnte.

Sie drehte sich um und lächelte ein wenig zu fröhlich.

»Möchtest du in den Park gehen, wenn ich hier fertig bin?«, erkundigte sie sich.

Ich strich ihr eine Haarsträhne hinters Ohr, die aus dem Pferdeschwanz gerutscht war. »Klar. Ich nehme eine Decke mit. Es sind sicher fast zwanzig Grad.« Ich küsste sie auf die Stirn. »Ich bin gern mit dir draußen.«

»Und ich mit dir.«

Im Park breiteten wir die Decke aus, setzten uns, und Anna zog die Schuhe aus.

»Jemand hat bald Geburtstag«, meinte ich. »Wie möchtest du gerne feiern?«

»Ich weiß nicht, das muss ich mir noch überlegen.«

»Aber ich weiß, was ich dir schenken werde. Ich habe es nur noch nicht gefunden. Ich suche schon seit einer Weile.«

»Ich bin schon neugierig.«

»Es ist etwas, von dem du mir einmal gesagt hast, dass du es dir wünschst.«

»Außer Büchern und Musik?«

»Ja.« Ich hatte ihr schon einen iPod gekauft und alle ihre Lieblingslieder heruntergeladen, weil sie beim Joggen gern Musik hörte. Außerdem ging sie mehrmals in der Woche in die Bibliothek und kehrte mit Stapeln von Büchern zurück. Ich hatte noch nie jemanden kennengelernt, der so schnell las wie sie.

»Du hast ja noch ein paar Wochen Zeit. Bis dahin findest du es sicher.« Als sie mich lächelnd küsste, machte sie einen glücklichen Eindruck. Deshalb dachte ich, dass möglicherweise doch alles in Ordnung war.

KAPITEL 59

ANNA

Ich verschickte Hunderte von Bewerbungen. Obwohl es fast ein Ding der Unmöglichkeit war, so spät im Jahr noch eine Stelle zu ergattern, hoffte ich, bis zum Herbst etwas gefunden zu haben, und wenn nur zur Aushilfe.

Sarah hatte mir die Hälfte meines Erbes ausgezahlt, und es war auch noch ziemlich viel vom Geld der Callahans übrig. Außerdem würde ja die Entschädigung von der Fluggesellschaft hinzukommen. Doch obwohl ich es vielleicht gar nicht nötig hatte zu arbeiten, wollte ich es unbedingt. Es fehlte mir, mein eigenes Geld zu verdienen. Aber am meisten vermisste ich das Unterrichten selbst.

Eine Woche vor meinem Geburtstag trafen Sarah und ich uns zum Mittagessen. Inzwischen hatten sich die Knospen an den Bäumen in Blätter verwandelt, und in den Blumenkübeln entlang der Gehwege wuchsen Frühlingsblumen. Bis jetzt war der Mai ungewöhnlich warm gewesen. Wir saßen auf der Terrasse des Restaurants und bestellten Eistee.

»Was hast du an deinem Geburtstag vor?«, erkundigte sich Sarah und klappte die Speisekarte auf.

»Keine Ahnung. T.J. hat mich das Gleiche gefragt. Am liebsten würde ich einfach zu Hause bleiben.« Ich erzählte ihr, wie T.J. und ich meinen letzten Geburtstag auf der Insel gefeiert hatten. Er hatte getan, als schenke er mir Bücher und CDs. »Diesmal will er mir etwas besorgen, das ich mir einmal gewünscht habe. Aber ich habe keine Ahnung, was es sein könnte.«

Die Kellnerin nahm die Bestellungen auf.

»Wie läuft die Arbeitssuche?«, wollte Sarah wissen.

»Nicht gut. Entweder gibt es wirklich keine freien Stellen, oder sie wollen mich einfach nicht.«

»Lass dich davon nicht runterziehen, Anna.«

»Wenn das so einfach wäre.« Ich trank einen Schluck Eistee. »Weißt du, als ich vor knapp vier Jahren ins Flugzeug stieg, hatte ich zwar eine Beziehung, die eine Sackgasse war, und außerdem kaum eine Chance, eine Familie zu gründen. Aber wenigstens hatte ich einen Beruf, den ich geliebt habe.«

»Irgendwann gibt dir jemand einen Job.«

»Vielleicht.«

Sarah betrachtete mich über den Tisch hinweg. »Ist das alles, was dich bedrückt?«

»Nein.« Ich erzählte ihr von meinem Supermarkterlebnis. »Meine Wünsche haben sich nicht geändert, Sarah.«

»Und was will T.J.?«

»Ich glaube, das weiß er selbst nicht so genau. Als wir Chicago verlassen haben, wollte er nur mit seinen Freunden abhängen und sein Leben vor der Krebserkrankung zurück. Doch inzwischen haben sich seine Freunde ohne ihn weiterentwickelt, und ihm ist bis jetzt noch nicht eingefallen, was er eigentlich tun möchte.« Als ich Sarah von T.J.s Treuhandfonds erzählte, zog sie die Augenbraue hoch.

»Ich muss ihm zugutehalten, dass er trotzdem nicht verwöhnt ist. Allerdings fehlt ihm die Motivation.«

»Ich verstehe, was du meinst«, erwiderte Sarah.

»Ich warte schon wieder, Sarah. Andere Gründe, anderer Typ, aber vier Jahre später warte ich immer noch.«

KAPITEL 60

T.J.

Der Hund stürmte in Annas Wohnung und rannte sie beinahe um. Als sie sich bückte, leckte er ihr übers Gesicht. Ich warf die Leine auf den Couchtisch. »Alles Gute zum Geburtstag«, sagte ich. »Ich habe es leider nicht geschafft, ihn einzupacken.«

Sie richtete sich auf und küsste mich. »Ich habe ganz vergessen, dass ich dir erzählt habe, wie sehr ich mir einen Hund wünsche.«

»Golden Retriever. Ausgewachsen. Aus dem Tierheim. Ich habe überall gesucht. Sie haben mir gesagt, man hätte ihn am Straßenrand gefunden. Ohne Halsband und Hundemarke. Nur noch Haut und Knochen.« Als Anna das hörte, fiel sie auf die Knie, umarmte den Hund und streichelte sein weiches Fell. Der Hund leckte ihr wieder übers Gesicht, wedelte mit dem Schwanz und fing dann an, im Kreis herumzulaufen.

»Jetzt scheint er gesund zu sein«, stellte sie fest.

»Aber du wirst ihn nicht etwa Dog nennen, oder?«, hänselte ich sie.

»Nein, das wäre albern. Ich nenne ihn Bo. Den Namen habe ich mir schon vor langer Zeit ausgesucht.«

»Dann ist es ja ein Glück, dass er ein Junge ist.«

»Das perfekte Geschenk, T.J. Ich danke dir.«

»Gern geschehen. Freut mich, dass er dir gefällt.«

Mitte Juni hatte Anna noch immer keine Stelle als Lehrerin gefunden. Ein Vorstellungsgespräch an einer Highschool am Stadtrand lief gut, und obwohl sie es abtat, dass sie schließlich doch nicht genommen wurde, konnte sie in dieser Nacht nicht einschlafen. Um drei Uhr morgens fand ich sie, Bos Kopf auf dem Schoß, lesend im Wohnzimmer.

»Komm wieder ins Bett.«

»Gleich«, erwiderte sie. Aber als ich am nächsten Morgen aufwachte, war ihre Seite des Bettes noch immer leer.

Sie beschäftigte sich damit, auf Chloe und Joe aufzupassen, zu lesen und zu joggen. Wir verbrachten viele Stunden auf ihrer kleinen Terrasse oder mit Bo auf der Hundewiese. Außerdem besuchten wir ein Spiel der Cubs in Wrigley Field und Konzerte im Park.

Allerdings wirkte sie unruhig, ganz gleich, wie viel wir auch unternahmen. Manchmal starrte sie geistesabwesend ins Leere. Doch ich brachte nie den Mut auf, sie zu fragen, was sie belastete.

KAPITEL 61

ANNA

»Sieh mal, was in der Post war«, verkündete ich, als ich zur Tür hereinkam und meinen Schlüsselbund auf den Tisch warf.

T.J. saß auf dem Sofa und sah fern. Bo schlief neben ihm.

»Was denn?«

»Das Anmeldeformular für den Vorbereitungskurs zur externen Highschool-Abschlussprüfung. Ich habe angerufen und sie gebeten, Infomaterial zu schicken. Ich dachte, du könntest dich anmelden. Ich helfe dir dann mit dem Unterrichtsstoff.«

»Das kann ich auch noch im Herbst machen.«

»Es gibt Sommerkurse, und wenn du jetzt anfängst, wärst du Ende August fertig und könntest dich im September an einem städtischen College einschreiben. Falls ich bis dahin eine Stelle habe, könnten wir beide den ganzen Tag in der Schule verbringen.«

T.J. schaltete den Fernseher aus. Ich setzte mich und kraulte Bo hinter den Ohren. Eine Weile herrschte Schweigen.

»Wenigstens einer von uns beiden sollte sein Leben wieder in den Griff kriegen.«

»Was soll das heißen?«, fragte er.

»Ich *kann* keine Stelle finden. Du *kannst* zur Schule gehen.«

»Ich will nicht den ganzen Tag in der Bude hocken.«

»Das tust du doch gerade auch.«

»Ich habe nur darauf gewartet, dass du nach Hause kommst, damit wir mit Bo einen Spaziergang machen können. Was willst du mir eigentlich sagen, Anna?«

Ich bekam Herzklopfen. »Wir müssen aufhören zu versuchen, in dieser Wohnung hier weiter Insel zu spielen.«

»Die Wohnung ist mit der Insel überhaupt nicht vergleichbar. Wir haben alles, was wir brauchen.«

»Nein, *du* hast alles, was du brauchst. Ich nicht.«

»Ich liebe dich, Anna. Ich will den Rest meines Lebens mit dir verbringen.« In seinen Worten schwang etwas Unausgesprochenes mit: *Ich heirate dich. Wir gründen zusammen eine Familie.*

Ich schüttelte den Kopf. »Das kannst du noch nicht wissen, T.J.«

»Natürlich nicht«, höhnte er. »Woher soll ich auch wissen, was ich will? Schließlich bin ich ja erst zwanzig.«

»Ich habe wegen deines Alters nie von oben herab mit dir geredet.«

Er breitete die Hände aus. »Gerade eben schon.«

»Es gibt Dinge, die du zu Ende bringen musst. Und so viele Dinge, die du noch gar nicht anfangen konntest. Das darf ich dir nicht wegnehmen.«

»Was, wenn ich diese Dinge gar nicht will, Anna? Wenn ich stattdessen nur dich will?«

»Für wie lange, T.J.?«

Eine Erkenntnis malte sich auf seinem Gesicht. »Hast du Angst, ich könnte gehen?«

»Ja«, flüsterte ich. »Genau davor habe ich Angst.« Was, wenn T.J. es irgendwann satthatte, Familie zu spielen, und beschloss, dass er seine Freiheit brauchte?

»Nach allem, was wir zusammen durchgemacht haben, vertraust du mir nicht genug, um zu glauben, dass ich zu dir halte?« Sein gekränkter Augenausdruck wurde von Zorn abgelöst. »Das ist doch Schwachsinn, Anna.« Er ging zum Fenster und starrte hinaus. »Warum sagst du nicht, was du wirklich meinst? Nämlich, dass *du* dich nach jemandem in deinem Alter umschauen willst.«

»Was?« Ich hatte keine Ahnung, wie er darauf gekommen war.

»Du hättest lieber einen Typen, der älter ist. Einen, den die Leute nicht wie ein Kleinkind behandeln.«

»Das ist nicht wahr, T.J.«

»Es wird immer ein Arschloch geben, der glaubt, er könnte dich vor meinen Augen anbaggern. Die nehmen mich nicht ernst. Für die bin ich nur dein Spielzeug. Hast du dir je überlegt, ich könnte Angst davor haben, dass du mich verlässt?«

Ein emotional aufgeladenes Schweigen lag in der Luft. Die Minuten fühlten sich an wie Stunden, während wir beide darauf warteten, dass der andere sagte, unsere Ängste seien unbegründet. Doch keiner von uns tat es.

Ich dachte, es würde weniger wehtun, wenn ich das Pflaster rasch abrisss. »Du brauchst Zeit für dich allein, T.J. Du musst die Erfahrung machen, wie das ist, bevor du wissen kannst, ob du mit jemandem zusammen sein willst.«

Ein tiefer Schmerz zeichnete sich auf seinem Gesicht ab. Er durchquerte das Zimmer, zögerte, blieb dicht vor mir stehen und blickte mir in die Augen. Im nächsten Moment drehte er sich um, marschierte zur Tür hinaus und knallte sie hinter sich zu.

In dieser Nacht schlief ich nicht. Stattdessen saß ich in der Dunkelheit auf dem Sofa und weinte in Bos Fell. Am nächsten Morgen musste ich früh los, weil ich Sarah versprochen hatte, auf die Kinder aufzupassen, während sie und David zum Brunch gingen. Bei meiner Rückkehr stellte ich fest, dass T.J. auch ein Pflaster abgerissen hatte. Alle seine Sachen waren fort, sein Wohnungsschlüssel lag auf dem Küchentisch.

Es tat höllisch weh.

KAPITEL 62

T. J.

Ben und ich mieteten für den Sommer eine Dreizimmerwohnung im zweiten Stock eines Altbaus, vier Häuserblocks von Wrigley Field entfernt. Seine Eltern waren nach Florida gezogen, weil sie den Schnee und die Kälte satthatten. Ben störte das nicht, da er und sein älterer Bruder ohnehin auswärts aufs College gingen. Allerdings brauchte er eine Bleibe, bis im Herbst das Semester wieder anfing.

»Wollen wir uns zusammen eine Bude nehmen, Callahan?«, hatte er gefragt. »Dann können wir mal so richtig Party machen.«

»Warum nicht?«, antwortete ich. Wenn Anna so darauf versessen war, dass ich nichts verpasste, war eine WG mit meinem besten Freund doch sicher ein Schritt in die richtige Richtung.

Ben studierte Finanzwesen und Betriebswirtschaft und hatte es irgendwie geschafft, eine Praktikantenstelle bei einer Bank in der Innenstadt zu ergattern. Also musste er jetzt jeden Tag eine Krawatte tragen.

Ich hatte es dank meiner Überrredungskünste geschafft, einen Job bei einer Baufirma zu landen. Jeden Morgen um sieben trat ich in irgendeinem Vorort zum Dienst an und baute Gerüste für Häuser auf. Ein Typ aus unserem Bautrupp nahm mich mit dem Auto mit und brachte mir alles bei, was ich wissen musste, damit ich nicht wie ein kompletter Vollidiot dastand. Eigentlich unterschied sich die Arbeit nicht sehr vom Hausbau auf der Insel, nur dass ich nun eine Nagelpistole benutzte und um einiges mehr Holz zur Verfügung hatte.

Die meisten Jungs waren nicht sonderlich gesprächig, sodass ich mit niemandem reden musste, wenn ich keine Lust drauf hatte. Manchmal war nichts zu hören als der Lärm unserer Werkzeuge und der Classic Rock aus dem Ghettoblaster. Da ich nie ein Hemd trug, war ich bald fast so braun wie auf der Insel.

Abends tranken Ben und ich Bier. Ich vermisste Anna und dachte ständig an sie. Ohne sie neben mir im Bett schlief ich total beschissen. Ben war zu klug, um sie zu erwähnen, doch er schien sich Sorgen um mich zu machen.

Mann, ich machte mir ja selbst Sorgen um mich.

KAPITEL 63

ANNA

Um zwei Uhr nachmittags war es schon fast dreißig Grad warm. Die Hitze perlte von mir ab wie der Schweiß, der mir übers Gesicht rann, während meine Füße über den Asphalt liefen.

Es störte mich nicht. Mit Hitze kam ich klar.

Den ganzen Juni und Juli joggte ich, erst zehn, dann zwölf und schließlich fünfzehn Kilometer täglich. Manchmal auch mehr.

Beim Laufen weinte ich nicht. Ich grübelte nicht, und ich zerbrach mir nicht den Kopf. Ich atmete einfach nur ein und aus und setzte einen Fuß vor den anderen.

Anfang August rief Tom Callahan an. Als der Name auf dem Display erschien, machte mein Herz einen Satz und sackte in der nächsten Sekunde schlagartig ab, als ich ranging und mir klar wurde, dass es nicht T.J. war.

»Die Charterfirma hat sich heute Morgen außergerichtlich mit uns geeinigt. T.J. hat die Papiere schon unterschrieben. Sobald wir deine Unterschrift haben, ist die Sache erledigt.«

»Okay.« Ich griff nach einem Stift und notierte mir die Adresse, die er mir durchgab.

»Wie geht es dir, Anna?«

»Gut. Und was ist mit T.J.?«

»Er ist beschäftigt.«

Ich fragte ihn nicht, was er damit meinte. »Danke, dass du

mir Bescheid gegeben hast. Ich setze mich mit dem Anwalt in Verbindung und unterschreibe die Papiere.« Am anderen Ende der Leitung herrschte Schweigen. »Bitte grüß Jane und die Mädchen von mir.«

»Das werde ich. Pass auf dich auf, Anna.«

An diesem Abend kuschelte ich mich mit Bo aufs Sofa und las ein Buch. Doch schon nach zwei Seiten klopfte es an der Tür.

Ich wurde von Hoffnung ergriffen und hatte Schmetterlinge im Bauch. Nach dem Gespräch mit seinem Dad hatte ich mich den ganzen Tag gefragt, ob T.J. vielleicht versuchen würde, Kontakt mit mir aufzunehmen. Bo war völlig aus dem Häuschen und lief im Kreis herum, als wisse er, dass er es war. Ich rannte zur Tür und riss sie auf. Allerdings war es nicht T.J., der da vor mir stand.

Sondern John.

Er wirkte verlegen. Sein blondes Haar war kürzer als früher, und er hatte ein paar Fältchen um die Augen. Doch ansonsten hatte er sich kaum verändert. Er hatte einen Karton bei sich. Bo stupste seine Beine an und beschnupperte und umkreiste ihn.

»Sarah hat mir deine Adresse gegeben. Ich habe noch Sachen von dir gefunden und gedacht, du möchtest sie vielleicht wiederhaben.« Er spähte über meine Schulter, um festzustellen, ob ich allein war.

»Komm rein.« Nachdem er eingetreten war, schloss ich die Tür. »Tut mir leid, dass ich nie angerufen habe. Das war nicht nett von mir.«

»Schon gut. Kein Problem.«

John stellte den Karton auf den Couchtisch.

»Möchtest du was trinken?«

»Klar«, antwortete er.

Ich ging in die Küche, öffnete eine Weinflasche und schenkte zwei Gläser ein. Meine Getränkewahl war eher ein Hinweis auf mein plötzliches Bedürfnis nach Alkohol als auf meine Gastfreundschaft.

»Danke«, sagte er, als ich ihm ein Glas reichte.

»Gern geschehen. Setz dich.«

Er nieste zweimal. »Du hast einen Hund. Du wolltest ja schon immer einen.«

»Sein Name ist Bo.«

Er ließ sich in dem Sessel gegenüber vom Sofa nieder. Nachdem ich mein Glas vor mich auf den Couchtisch gestellt hatte, fing ich an, den Karton auszupacken. Es war genauso wie an dem Tag, als ich meine Kleider im Wandschrank von Sarahs Gästezimmer gesehen hatte. Sachen, die ich beinahe vergessen hatte, aber sofort wiedererkannte, als ich sie sah.

Ich entfernte das Gummiband von einem Packen Fotos. Das oberste zeigte mich und John vor dem Riesenrad am Navy Pier. Wir standen Arm in Arm da, und er küsste mich auf die Wange. Ich beugte mich über den Tisch und reichte ihm das Bild. »Meine Güte, wie jung wir waren.«

»Zweiundzwanzig«, sagte er.

Es waren auch Urlaubsfotos und Gruppenaufnahmen mit unseren Freunden darunter. Ein Bild von meiner Mom und John vor dem Weihnachtsbaum. Eines, auf dem er Chloe auf dem Arm hielt, im Krankenhaus, wenige Stunden nachdem Sarah sie zur Welt gebracht hatte.

Diese Fotos zu betrachten erinnerte mich an Johns und meine gemeinsame Geschichte und daran, dass vieles an dieser Geschichte gut gewesen war. Wir hatten so vielversprechend angefangen. Doch dann war unsere Beziehung ins Stocken geraten, zermalmt von dem Gewicht zweier Menschen, die Verschiedenes wollten. Ich schob das Gummiband wieder über die Fotos und legte sie auf den Tisch.

Dann förderte ich ein altes Paar Joggingschuhe zutage. »Die haben einige Kilometer auf dem Buckel.« Das nächste Objekt, eine CD von Hootie & the Blowfish, brachte mich zum Schmunzeln.

»Die hast du *ständig* laufen lassen«, meinte John.

»Lästre nicht über Hootie.«

Außerdem waren da einige Taschenbücher, eine Haarbürste, ein Haargummi und eine halbleere Flasche Calvin Klein CK One, mein Lieblingsparfüm während des Großteils der Neunziger.

Meine Finger stießen auf etwas ganz unten im Karton. Ein Nachthemd. Als ich den durchscheinenden schwarzen Stoff betrachtete, erinnerte ich mich undeutlich daran, dass John es mir kurz vor meiner Abreise aus Chicago mitten in der Nacht ausgezogen hatte.

»Ich habe es beim Bettwäschewechseln gefunden und nie gewaschen«, erklärte er leise.

Als ich ein letztes Mal in den Karton griff, bemerkte ich eine blaue Samtschatulle. Ich erstarrte.

»Mach sie auf«, sagte John.

Ich tat es. Der Diamantring ruhte funkelnd in seinem Satinbett. Sprachlos schnappte ich nach Luft.

»Nachdem ich dich am Flughafen abgesetzt hatte, bin ich zum Juwelier gefahren. Ich wusste, wenn ich dich nicht heirate, würde ich dich verlieren, und ich wollte dich nicht verlieren, Anna. Als Sarah anrief und mir gesagt hat, dass dein Flugzeug abgestürzt ist, habe ich den Ring genommen und gebetet, dass sie dich finden würden. Dann meldete sie sich wieder und teilte mir mit, du wärst für tot erklärt worden. Ich war am Boden zerstört, Anna. Aber du lebst, und ich liebe dich immer noch. Und daran wird sich auch nie etwas ändern.«

Ich klappte die Schatulle zu und warf sie John an den Kopf. Er wehrte das Wurfgeschoss erstaunlich reaktionsschnell ab, sodass die Schatulle von seinen vorgehaltenen Unterarmen abprallte und über den Parkettboden schlitterte.

»Ich habe dich geliebt! Acht Jahre lang habe ich auf dich gewartet. Und du hast mich zappeln lassen, bis ich nur noch die Möglichkeit hatte, mir selbst das Herz zu brechen!«

John stand auf. »Herrgott, Anna, ich dachte, du hättest einen Ring gewollt.«

»Es ging mir nie um einen Ring.«

Er steuerte auf die Tür zu und blieb noch einmal stehen.

»Ist es wegen des Jungen?«

Ich zuckte zusammen, als er T.J. erwähnte. Dann erhob ich mich, marschierte durchs Zimmer, sammelte den Ring vom Boden auf und drückte ihn ihm in die Hand. »Nein. Es ist, weil ich nie einen Mann heiraten würde, der mir nur aus Pflichtgefühl einen Antrag macht.«

Am nächsten Morgen suchte ich den Anwalt auf, unterschrieb die Papiere, in denen ich versprach, die Charterfirma nicht zu verklagen, und nahm einen Scheck in Empfang. Eine Stunde später rief Sarah mich auf dem Handy an.

»Hast du unterschrieben?«, fragte sie.

»Ja, es ist viel zu viel Geld, Sarah.«

»Wenn du meine Meinung hören willst, sind 1,5 Millionen nicht annähernd genug.«

KAPITEL 64

T. J.

Um halb zehn am Samstagabend schleppte ich meinen Hintern die Treppe hinauf. Sobald ich hereinkam, stellte ich fest, dass die Party ohne mich angefangen hatte. Mindestens fünfzehn Leute hingen in unserer Küche und im Wohnzimmer ab und tranken Bier und Schnaps.

Unser Bautrupp war gerade dabei, einen Eilauftrag in Schaumburg fertigzustellen, weshalb wir sechs Tage die Woche vierzehn Stunden am Tag schufteten, bis es dunkel wurde. Mir wäre es am liebsten gewesen, wenn alle aus unserer Wohnung verschwunden wären.

Ben kam, gefolgt von einem Mädchen, aus seinem Zimmer

»Hey, Mann, stell dich unter die Dusche, und komm zurück.«

»Vielleicht. Ich bin müde.«

»Sei kein Schlappschwanz. Wir ziehen gleich los Richtung Kneipe. Bis dahin ist Party angesagt. Wenn du dann immer noch müde bist, kannst du dich ja ablegen, während wir verschwinden.«

Ich duschte und zog Jeans und ein T-Shirt, aber keine Socken an. Danach schlängelte ich mich durch die Menschenmassen in meiner Küche, begrüßte die, die ich kannte, und fragte mich, woher wohl die anderen kamen. Nachdem ich mir eine Cola und einen Pizzakarton aus dem Kühlschrank geholt hatte, lehnte ich mich an die Arbeitsfläche und aß die kalte Pizza.

»Hi, T.J.«, sagte ein Mädchen und stellte sich neben mich.

»Hallo.« Ich kannte sie irgendwoher, doch ihr Name fiel mir nicht ein.

»Alex«, verkündete sie.

»Richtig. Jetzt erinnere ich mich.« Sie war das Mädchen, das sich auf Coops Party kurz nach meiner Rückkehr von der Insel neben mich aufs Sofa gesetzt hatte. Die mit den langen blonden Haaren, die zu stark geschminkt war. Ich aß weiter meine Pizza.

Sie reichte um mich herum und öffnete den Kühlschrank. Als sie sich vorbeugte, um sich ein Bier zu nehmen, fielen ihr fast die Titten aus dem ärmellosen T-Shirt.

»Willst du eins?«, fragte sie und hielt eine Dose hoch.

Ich leerte meine Cola. »Klar.«

Sie griff nach einer zweiten Dose und reichte sie mir. Nachdem ich aufgegessen hatte, öffnete ich die Dose, trank einen großen Schluck und stellte sie auf die Arbeitsfläche.

Ben kam herein und drückte mir einen Joint in die Hand. Ich nahm ihn, inhalierte und behielt den Rauch lange in der Lunge. »Du auch?«, fragte ich Alex, nachdem ich ausgeatmet hatte.

Sie nickte, nahm einen langen Zug und gab mir den Joint zurück. Wir rauchten ihn abwechselnd zu Ende. Vielleicht würde ich ja endlich mal durchschlafen und nicht jede Stunde aufwachen, wenn ich mich richtig zukiffte.

Alex holte mir noch ein Bier. Als ich ins Wohnzimmer ging und mich aufs Sofa setzte, folgte sie mir. Danach wich sie mir nicht mehr von der Seite.

Wir tranken Bier und kifften, bis ich nicht mehr geradeaus schauen konnte. Die anderen machten sich mit Ben auf den Weg in die Kneipe. Ich blieb mit Alex allein zurück. Ich wollte ihr gerade sagen, sie solle doch mitgehen, weil ich mich unbedingt ablegen müsste, doch bevor ich Gelegenheit dazu hatte, stand sie schwankend auf und zog mich in Richtung Schlafzimmer. Als sie mir die Hand zwischen die Beine schob, hörte ich auf zu denken und übergab an ein anderes Körperteil.

Am nächsten Morgen wurde ich von meinem pochenden Schädel geweckt. Alex lag, nackt und mit verschmiertem Make-up, neben mir.

Ich schleuderte die Decke beiseite, steuerte auf die Tür zu und schnappte mir auf dem Weg ein paar Klamotten. Etwas klebte an meiner Fußsohle. Ich bückte mich und entfernte die Kondom-Verpackung, auf die ich getreten war.

Gott sei Dank.

Im Bad warf ich sie in den Müll. Das heiße Wasser erfüllte den Raum mit Dampf, als ich duschte, um alle Spuren von Alex abzuwaschen. Anschließend zog ich mich an und putzte mir die Zähne, ging in die Küche und trank drei Gläser Eiswasser.

Ich sah fern, als sie eine halbe Stunde später ins Wohnzimmer kam. Nachdem sie Handtasche und Jacke eingesammelt hatte, brachte ich sie zur Tür. »Nimm ein Taxi«, sagte ich und drückte ihr einen zerknitterten Zehner in die Hand.

»Ruf mich an«, erwiderte sie. »Ben hat meine Nummer.«

»Sorry, aber das werde ich nicht.«

Sie nickte und wich meinem Blick aus. »Tja, wenigstens bist du ehrlich.«

Gegen Mittag kam Ben aus seinem Zimmer getorkelt.

»Ach, du heilige Scheiße, Callahan. Ich habe einen Kater, so groß wie ein Berglöwe.« Er kratzte sich am Bauch und ließ sich neben mir aufs Sofa fallen. »In meinem Bett liegt eine

Braut, aber es ist nicht die, die ich letzte Nacht abgeschleppt habe. Die war nämlich viel schärfer.«

»Ich glaube, es ist dieselbe, Ben.«

»Ja, wahrscheinlich schon. Wie lief es denn mit Wieheißtsienochmal? Hast du sie flachgelegt?«

»Ja.«

»Callahan ist wieder am Ball«, verkündete er und hob die Hand, um mit mir einzuschlagen.

»Ich will aber nicht am Ball sein.«

Ben senkte die Hand wieder und sah mich verdattert an. »War sie nicht gut? Ich fand immer, dass sie eine geile Figur hat.«

»Klar, und jeder Typ kann sie haben.«

»Mann, ich weiß nicht, was ich darauf antworten soll. Mir ist klar, dass es dir dreckig geht, weil es mit Anna nicht geklappt hat, aber ich kapiere echt nicht, was du willst.«

Ich schon.

Im Juli fing ich an, für den externen Highschool-Abschluss zu lernen. Nachdem ich den ganzen Tag auf dem Bau verbracht hatte, fuhr ich heim, duschte schnell und gesellte mich dann jeden Abend zwei Stunden lang zu all den anderen Versagern ins Bürgerzentrum. Ende August hatte ich den Abschluss in der Tasche und schrieb mich fürs Herbstsemester am städtischen College ein. Den Job auf dem Bau kündigte ich, als die Seminare anfingen. Ich hatte zwar keine Ahnung, was ich studieren sollte, und konnte mir auch nicht vorstellen, die nächsten zwei Jahre in einem Seminarraum zu vergeuden, aber mir fiel keine Alternative ein.

Ben zog zurück nach Iowa City, und ich quartierte mich wieder bei meinen Eltern ein, was sie, insbesondere meine

Mom, sehr freute. Ich war es so gewöhnt, den ganzen Tag lang zu arbeiten und zur Abendschule zu gehen, dass ich nachmittags unruhig wurde. Da die meisten meiner Freunde in einem anderen Bundesstaat oder zumindest weit weg von Chicago studierten, war es unter der Woche schwierig, sich mit jemandem zu treffen.

An einem Oktobertag kam ich nach Hause. Die sinkenden Temperaturen und das bunte Laub erinnerten mich an Anna und daran, wie sehr sie den Herbst mochte. Ich fragte mich, ob sie inzwischen eine Stelle als Lehrerin gefunden hatte. Und einen anderen Mann.

»Hey, Mom«, sagte ich und warf meinen Rucksack auf die Anrichte.

»Wie wars im College?«, fragte sie.

»Okay.« Es nervte mich, der Älteste in allen Erstsemesterkursen zu sein, und außerdem langweilte ich mich meistens zu Tode. »Ich habe etwas vor«, sagte ich und holte mir eine Cola aus dem Kühlschrank. »Hilfst du mir dabei?«

»Natürlich, T.J.«, erwiderte sie lächelnd.

Mit sechzehn war ich zu krank gewesen, um den Führerschein zu machen. Deshalb brachte mir meine Mom im nächsten Monat jeden Tag nach den Kursen das Autofahren bei. Sie hatte einen Volvo-Geländewagen, mit dem wir hinaus in die Vororte fuhren und uns leere Parkplätze und ruhige Straßen suchten. Stundenlang übten wir zusammen. Offenbar machte es sie glücklich, so viel Zeit mit mir verbringen zu können. Und ich fühlte mich wie ein Arschloch, weil ich nicht öfter für sie da war.

»Wusstest du, dass Anna sich von mir trennen wird?«, fragte ich sie eines Tages während der Fahrstunde.

Meine Mom zögerte einen Moment. »Ja.«

»Woher?« *Und warum habe ich nichts gemerkt?*

Sie stellte das Radio leiser. »Weil ich dich bekommen habe, als ich fünfundzwanzig war, T.J. Ich wollte dich so sehr. Danach dauerte es fünf Jahre, bis ich mit Grace schwanger wurde. Ich hatte Angst, machte mir große Sorgen und geriet fast in Panik, als es nicht gleich geklappt hat. Dann, zwei Jahre nach Grace, habe ich Alexis gekriegt. Endlich hatte ich das Gefühl, dass meine Familie komplett ist. Anna ist offenbar so weit, selbst eine Familie zu gründen.«

»Das hätte ich ihr ermöglicht.«

»Vielleicht hielt sie es für unklug, das Angebot anzunehmen.«

Ich behielt das Auto vor mir im Auge. »Ich habe ihr gesagt, dass ich den Rest meines Lebens mit ihr verbringen will. Sie hat geantwortet, ich müsste erst einiges zu Ende führen. Erfahrungen sammeln.«

»Sie hatte recht. Es sagt viel über sie aus, dass sie dir das nicht nehmen wollte.«

»Es ist meine Entscheidung, Mom.«

»Aber du bist nicht der Einzige, der davon betroffen ist.«

Plötzlich fiel es mir wie Schuppen von den Augen. Ich fuhr rechts ran und biss die Zähne so fest zusammen, dass es schmerzte.

»Hast du deshalb so cool reagiert?« Mein Gesicht glühte. »Lasst uns alle nett zu T.J.s Freundin sein, während wir abwarten, bis sie ihn in die Wüste schickt?« Ich schlug mit den Fäusten aufs Lenkrad ein.

Meine Mom zuckte zusammen und legte mir die Hand auf den Arm. »Nein, ich mag Anna. Seit ich sie besser kenne, ist sie mir noch mehr ans Herz gewachsen. Sie ist ein nettes Mädchen, T.J. Ich habe nur versucht, dir zu erklären, dass sie sich in einer anderen Lebensphase befindet als du. Und du wolltest nicht auf mich hören.«

Ich starrte aus dem Fenster, bis ich mich beruhigt hatte. Dann fuhr ich weiter. »Ich liebe sie immer noch.«

»Das weiß ich.«

Nachdem ich meinen Führerschein in der Tasche hatte, kaufte ich mir einen schwarzen Chevy Tahoe SUV.

Nach Unterrichtsschluss fuhr ich spazieren, erst durch die Vororte, dann raus aufs Land, und hörte dabei Classic Rock im Radio.

Als ich an einem Haus vorbeikam, vor dessen Auffahrt ein Schild mit der Aufschrift »Zu verkaufen« stand, steuerte ich auf das kleine hellblaue Haus zu und stellte das Auto ab. Da niemand auf mein Klopfen reagierte, ging ich ums Haus herum in den Garten. Offene Landschaft, so weit das Auge reichte. Ich nahm mir eine Objektbeschreibung aus der am Schild befestigten Plastikröhre, auf der auch die Nummer des Maklers stand. Nachdem ich sie zusammengefaltet und eingesteckt hatte, fuhr ich weiter.

KAPITEL 65

ANNA

Bo und ich spazierten stundenlang durch die Straßen der Stadt. Als er sich an einem warmen Septembertag von der Leine losriss, verbrachte ich hektische zehn Minuten damit, ihm nachzurennen, während er den Gehweg entlangpreschte und sich zwischen den Passanten hindurchschlängelte. Endlich kam ich nah genug heran, dass ich ihn am Halsband packen und erleichtert wieder anleinen konnte. Ein kleiner Junge stand ein paar Schritte entfernt in einer der Straße zugewandten Tür. OBDACHLOSENUNTERKUNFT, hieß es auf dem Schild über seinem Kopf.

»Ist das Ihr Hund?«, fragte er. Er trug ein gestreiftes T-Shirt und musste dringend zum Friseur. Seine Nase und Wangen waren mit Sommersprossen übersät.

Ich richtete mich auf und führte Bo zu ihm hinüber. »Ja. Er heißt Bo. Magst du Hunde?«

»Ja. Gelbe ganz besonders.«

»Er ist ein Golden Retriever und fünf Jahre alt.«

»Ich bin auch fünf!«, verkündete er, und seine Miene erhellte sich.

»Wie heißt du denn?«

»Leo.«

»Also, Leo, du kannst Bo streicheln, wenn du willst. Aber du musst mit Tieren ganz sanft umgehen, okay?«

»Okay.« Vorsichtig streichelte er Bos Fell und beobachtete

mich dabei aus dem Augenwinkel, um festzustellen, ob ich sah, dass er es auch richtig machte. »Danke, dass ich Ihren Hund streicheln durfte.« Er umarmte Bo, doch noch ehe ich mich von ihm verabschieden konnte, rannte er ins Haus. Bo zerrte an seiner Leine und wollte ihm folgen.

»Komm, Bo«, sagte ich und zog ihn von der Tür weg. Wir gingen nach Hause.

Am nächsten Tag kehrte ich allein zurück. Zwei Frauen, eine mit einem Baby auf der Hüfte, standen in der Tür.

»Hey, weißes Mädchen, Bloomindale's ist in die andere Richtung.« Sie zeigte mit dem Finger, während ihre Freundin lachte.

Ich trat ein, ohne auf sie zu achten. Drinnen suchte ich den Raum nach Leo ab. Es war Montag, und es waren keine Kinder in Sicht. Ein Bundesgesetz besagte, dass alle Kinder, auch die ohne festen Wohnsitz, ein Recht auf Schulbildung hatten, und zum Glück schienen die Eltern in dieser Unterkunft auch Gebrauch davon zu machen.

Ein Mann kam auf mich zu und wischte sich die Hände an einem Geschirrtuch ab. Ich schätzte ihn auf Mitte fünfzig. Er trug Jeans, ein ausgewaschenes No-Name-Polohemd und Tennisschuhe.

»Kann ich Ihnen helfen?«, fragte er.

»Ich heiße Anna Emerson.«

»Henry Elings«, erwiderte er und schüttelte meine ausgestreckte Hand.

»Ich bin gestern hier einem kleinen Jungen begegnet, der in der Tür stand. Er mochte meinen Hund.« Henry wartete geduldig lächelnd darauf, dass ich auf den Punkt kam. »Ich wollte wissen, ob Sie vielleicht ehrenamtliche Mitarbeiter brauchen.«

»Wir brauchen hier eine Menge Dinge, und ehrenamtliche Mitarbeiter gehören eindeutig dazu.« Sein Blick war freundlich, sein Tonfall nachsichtig. Vermutlich erlebte er so etwas öfter – Hausfrauen und sozial engagierte Vorortmädchen, die für kurze Zeit hier vorbeischauten, damit sie in ihrem Literaturzirkel damit angeben konnten, was für Gutmenschen sie doch waren.

»Unsere Bewohner haben keine hohen Ansprüche«, fuhr er fort. »Essen und ein Dach über dem Kopf. Und sie riechen nicht immer gut. Ein Bad steht verglichen mit einer warmen Mahlzeit und einem Bett oft nicht sehr weit oben auf der Liste.«

Ich fragte mich, ob er meinen Namen oder mein Gesicht aus der Zeitung wiedererkannte. Wenn ja, ließ er es sich nicht anmerken. »Ich war auch schon schmutzig, und eigentlich ist es mir egal, wie jemand riecht. Außerdem weiß ich, wie es ist, Hunger und Durst und kein Dach über dem Kopf zu haben. Und ich habe jede Menge Zeit und würde gern einen Teil davon hier verbringen.«

Henry lächelte. »Danke. Das würde uns sehr freuen.«

Also erschien ich jeden Morgen gegen zehn in der Unterkunft und half den anderen Freiwilligen bei der Zubereitung und Ausgabe des Mittagessens. Henry schlug mir vor, Bo mitzubringen.

»Die meisten Kinder hier lieben Tiere und haben noch nie ein Haustier gehabt.«

Die kleineren Kinder, die noch nicht schulpflichtig waren, spielten stundenlang mit Bo. Er knurrte nie, wenn sie ihn ein wenig zu heftig zausten oder versuchten, auf ihm zu reiten wie auf einem Pony. Die erschöpften, überforderten Mütter wurden langsam warm mit mir, als ich ihre Kleinkinder und Babys auf dem Schoß hielt. Und wenn am Nachmittag die Schulkinder zurückkamen, half ich ihnen bei den Hausaufgaben und bestand darauf, dass sie sie fertig machten, bevor wir eines der Brettspiele spielten, die ich im Supermarkt gekauft hatte.

Leo wich mir normalerweise nicht von der Seite und wollte mir unbedingt alles erzählen, was in der Vorschule passiert war. Seine Begeisterung wunderte mich nicht. Die meisten Kinder fühlten sich im geschützten Umfeld eines Klassenzimmers wohl, insbesonder die, die kein Zuhause hatten. Viele besaßen weder Bücher noch Malutensilien und liebten es, im Musikunterricht Lieder zu singen und in der Pause auf dem Schulhof herumzutollen.

»Ich lerne lesen, Miss Anna!

»Es freut mich ja so, dass du gerne liest, Leo.« Ich umarmte ihn. »Das ist wundervoll.«

Er lächelte so breit, als würde er gleich platzen. Doch im nächsten Moment wurde seine Miene ernst.

»Ich lerne ganz toll lesen, Miss Anna. Und dann bringe ich es meinem Dad bei.«

Dean Lewis, Leos Dad, war achtundzwanzig Jahre alt und schon seit einem knappen Jahr arbeitslos. Er war einer der beiden alleinerziehenden Väter, die in der Unterkunft lebten. Als ich mich nach dem Abendessen neben ihn setzte, sah er mich argwöhnisch an. »Hi, Dean.«

Er nickte. »Miss Anna.«

»Wie läuft die Arbeitssuche?«

»Ich habe noch nichts gefunden.«

»Was haben Sie den früher gemacht?«

»Hilfskoch. Ich war sieben Jahre im selben Restaurant. Hab als Spüler angefangen und mich dann hochgearbeitet.«

»Was ist passiert?«

»Der Wirt hatte finanzielle Probleme und musste verkaufen. Und der neue Boss hat uns alle rausgeschmissen.«

Wir sahen zu, wie Leo begeistert mit zwei anderen Kindern Fangen spielte.

»Dean, ich glaube, ich kann Ihnen helfen.«

Wie sich herausstellte, konne Dean ein wenig lesen. Er hatte häufig vorkommende Wörter und die gesamte Speisekarte an seinem ehemaligen Arbeitsplatz auswendig gelernt, war jedoch daran gescheitert, Bewerbungen zu schreiben. Außerdem hatte er nach der Kündigung nie Arbeitslosengeld beantragt, weil er die Formulare nicht verstand. Ein Freund hatte ihm geholfen, den Bewerbungsbogen eines italienischen Restaurants auszufüllen, doch er war nach drei Tagen wieder gefeuert worden, da er die Bestellungen nicht lesen konnte.

»Sind Sie Legastheniker?«

»Was soll denn das sein?«

»Sehen die Buchstaben für Sie aus, als wären sie in der falschen Reihenfolge?«

»Nein. Die sehen ganz normal aus. Ich kann sie nur nicht lesen.«

»Haben Sie die Highschool abgeschlossen?«

Er schüttelte den Kopf. »In der neunten Klasse hingeschmissen.«

»Wo ist Leos Mom?«

»Keinen Schimmer. Sie war zwanzig, als er auf die Welt kam. Und als er ein Jahr alt war, sagte sie, dass ihr das Muttersein zu viel ist, nicht dass sie sich je wie eine Mutter verhalten hätte. Kabelfernsehen konnten wir uns nicht leisten, aber wir hatten eine alte Glotze und einen Videorecorder. Sie hat den ganzen Tag nur Filme geschaut. Und wenn ich aus dem Restaurant nach Hause kam, hat Leo wie am Spieß geschrien, und seine Windel war klatschnass oder noch schlimmer. Eines Tages ist sie abgehauen und nie zurückgekommen. Also musste ich eine Kinderbetreuung finden, und dabei kamen wir sowieso schon kaum mit meinem Gehalt klar. Als ich meinen Job los war, dauerte es nicht lang, bis ich die Miete nicht mehr bezahlen konnte.« Dean betrachtete seine Füße. »Leo hat etwas Besseres verdient.«

»Ich finde, dass Leo ziemlich viel Glück hat«, erwiderte ich.

»Wie können Sie so was sagen?«

»Er hat wenigstens ein Elternteil, das sich um ihn kümmert. Das ist mehr, als viele Kinder haben.«

In den nächsten beiden Monaten arbeitete ich jeden Tag nach dem Mittagessen mit Dean, bis Leo und die anderen Kinder von der Schule kamen. Ich brachte ihm mit phonetischen Lehrbüchern die verschiedenen Buchstabenkombinationen bei, und bald konnte er den Kleinen *Goodnight Moon* und *Brown Bear, Brown Bear, What Do You See?* vorlesen. Er war zwar oft kurz davor zu verzweifeln, aber ich ermutigte ihn und stärkte sein Selbstbewusstsein, indem ich ihn lobte, wenn er eine schwierige Aufgabe gemeistert hatte.

Wenn ich nach dem Abendessen aus der Unterkunft nach Hause kam, war eine lange Joggingrunde an der Reihe. Im September und Oktober zog ich zusätzliche Kleidungsschichten an und rannte weiter. Eines Tages im November leerten Bo und ich den Briefkasten. Ich holte ein paar Rechnungen und eine Zeitschrift heraus – und da war er. Ein gewöhnlicher Umschlag mit T.J.s Namen und Adresse, handgeschrieben in der oberen linken Ecke.

Ich hastete nach oben, schloss die Wohnungstür auf und nahm Bo von der Leine. Als ich den Umschlag öffnete und den Inhalt las, brach ich in Tränen aus.

»Mach die verdammte Tür auf, Anna. Ich weiß, dass du da drin bist!«, rief Sarah.

Ich lag auf dem Sofa und starrte an die Decke. In den letzten vierundzwanzig Stunden hatte ich nicht auf Sarahs Anrufe und SMS reagiert, weshalb es nur eine Frage der Zeit gewesen war, wann sie bei mir auf der Matte stehen würde.

Als ich aufmachte, stürmte Sarah in die Wohnung. Doch ich wich ihr aus und kehrte zum Sofa zurück.

»Wenigstens weiß ich jetzt, dass du noch lebst«, sagte sie und baute sich vor dem Sofa auf. Sie musterte mich, und ihr Blick wanderte von meinen fettigen Haaren zu dem zerknitterten Pyjama. »Du siehst zum Fürchten aus. Hast du heute geduscht? Oder gestern?«

»Ach, Sarah, ich halte es noch viel länger ohne Dusche aus.« Als ich mir eine Fleecedecke über die Beine zog, legte Bo den Kopf auf meinen Schoß.

»Wann warst du zum letzten Mal in der Unterkunft?«

»Vor ein paar Tagen«, murmelte ich. »Ich habe mich bei Henry krankgemeldet.«

Sarah setzte sich aufs Sofa. »Anna, mach den Mund auf. Was ist passiert?«

Ich ging in die Küche, kehrte mit dem Umschlag zurück und gab ihn Sarah. »Das ist vorgestern mit der Post gekommen. Es ist von T.J.«

Sie öffnete ihn und nahm die Visitenkarte einer Samenbank heraus. *Ich habe alles in die Wege geleitet*, stand unter der Telefonnummer.

»Das verstehe ich nicht«, sagte Sarah.

»Lies die Rückseite.«

Sie drehte die Karte um. *Falls du ihn niemals findest*, hatte er geschrieben.

»Oh, Anna«, meinte Sarah. Sie nahm mich in die Arme und hielt mich fest, während ich weinte.

Sarah überredete mich zu duschen, während sie sich ums Abendessen kümmerte. Das nasse Haar zurückgekämmt und in einer saubernen Pyjamahose aus Flanell und einem Sweatshirt kehrte ich ins Wohnzimmer zurück.

»Fühlst du dich jetzt besser?«, fragte Sarah.

»Ja.« Ich setzte mich aufs Sofa und zog dicke Socken an. Sarah reichte mir ein Glas Rotwein.

»Ich habe etwas beim Chinesen bestellt«, meldete sie. »Müsste jede Minute hier sein.«

»Okay. Danke.« Ich trank einen Schluck Wein und stellte mein Glas auf den Tisch.

Sie setzte sich neben mich. »Das war ein ziemlich großzügiges Angebot von T.J.«

»Ja.« Tränen traten mir in die Augen und liefen mir über die Wangen. Ich wischte sie mit dem Handrücken weg. »Aber ich könnte niemals ein Baby in den Armen halten, das seine Augen und sein Lächeln hat, wenn ich ihn nicht haben kann.« Ich trank noch einen Schluck Wein. »John hätte niemals etwas so Selbstloses getan.«

Sarah trocknete eine Träne, die mir entgangen war. »Das liegt daran, dass John so eine Art Arschloch war.«

»Morgen gehe ich wieder in die Unterkunft. Es hat mich einfach ziemlich umgehauen.«

»Schon gut. So was kann vorkommen.«

»Ich habe John nie so geliebt wie T.J.«

»Ich weiß.«

Ich schleppte einen Weihnachtsbaum die Treppe hinauf und zwängte ihn durch meine Wohnungstür. Nachdem ich seit fünf Jahren zum ersten Mal wieder einen Baum geschmückt hatte und Lämpchen und Christbaumschmuck funkelten, lagen Bo und ich stundenlang davor und hörten uns Weihnachtslieder an.

Außerdem half ich Henry beim Schmücken des Baumes in der Unterkunft. Die Kinder machten mit und hängten die Schneeflocken auf, die wir aus Zeichenpapier und Glitzer gebastelt hatten.

Dean hatte ein verfrühtes Weihnachtsgeschenk bekommen. Vor zwei Wochen hatte er das Bewerbungsformular eines Restaurants gleich in der Nähe ausgefüllt und war eingestellt worden. Er hatte keine Probleme mehr damit, die Bestellungszettel zu entziffern, die die Kellnerinnen ihm hinlegten. Außerdem war er fix am Herd und galt schnell als fleißiger Arbeiter. Mit seinem ersten Gehaltsscheck bezahlte er die Kaution für eine möblierte Wohnung. Ich unterschrieb den Mietvertrag als Bürgin und zahlte die erste Jahresmiete im Voraus. Zuerst wollte er das nicht annehmen, doch ich überredete ihn, es Leo zuliebe zu tun. »Du kannst es mir ja irgendwann zurückzahlen, Dean.«

»Das mache ich«, versprach er und umarmte mich. »Danke, Anna.«

Heiligabend feierte ich mit David, Sarah und den Kindern. Wir sahen zu, wie Joe und Chloe ihre Geschenke aufrissen, dass das Einwickelpapier in alle Richtungen flog, und die nächste Stunde damit verbrachten, Spielsachen zusammenzubauen und Batterien einzusetzen. David spielte so viele Videospiele auf der PlayStation, die ich eigentlich für Joe gekauft hatte, dass Sarah und ich ihm androhten, den Stecker zu ziehen.

»Was haben Videospiele nur an sich, dass Männer durch sie wieder zu kleinen Jungs werden?«, fragte sie.

»Keine Ahnung, aber sie sind dann einfach hin und weg.«

Chloe zupfte lautstark auf der Barbie-Gitarre herum, die ich ihr mitgebracht hatte. Nachdem ich mir den Radau eine Stunde lang angehört hatte, war ich fest entschlossen, ihr nie wieder ein Musikinstrument zu schenken. Also verdrückte ich mich in die stille Küche und öffnete eine Flasche Cabernet.

Kurz darauf gesellte Sarah sich zu mir und klappte den Herd auf, um nach dem Truthahn zu sehen. Ich schenkte uns Wein ein, und wir stießen miteinander an.

»Es ist so schön, dass du zu Hause bist und mit uns feiern kannst«, sagte Sarah. »Ich weiß noch, wie schwer es letzte Weihnachten ohne dich, Mom und Dad war. Obwohl ich David und die Kinder hatte, habe ich mich einsam gefühlt. Und zwei Tage später hast du angerufen. Ich kann es noch immer kaum glauben, Anna.« Sie stellte ihr Glas ab und umarmte mich.

Ich drückte sie fest an mich. »Frohe Weihnachten, Sarah.«

»Frohe Weinachten.«

Am Weihnachtstag ging ich gegen Mittag zur Unterkunft, um den Kindern ihre Geschenke zu bringen: tragbare Videokonsolen für die Jungs, Lipgloss und Modeschmuck für die Mädchen und Stofftiere und Bilderbücher für die Kleinen. Die Babys bekamen weiche Fleecedecken, Windeln und Babynahrung. Henry verkleidete sich als Weihnachtsmann und verteilte alles. Ich hatte ein Rentiergeweih an Bos Kopf befestigt und Glöckchen an sein Halsband gehängt. Er machte gute Miene zum bösen Spiel.

Ich hatte gerade ein paar Kinder auf dem Schoß und las ihnen *Frosty the Snowman* vor, als Henry mit einem Umschlag hereinkam. Nachdem die Geschichte zu Ende war, schickte ich die Kinder zum Spielen.

»Jemand hat vor ein paar Tagen eine anonyme Spende gemacht«, verkündete Henry. Er öffnete den Umschlag und zeigte mir einen Verrechnungsscheck über eine beträchtliche Geldsumme. »Warum tut jemand so etwas, ohne einem Gelegenheit zu geben, sich bei ihm zu bedanken?«

Achselzuckend gab ich ihm den Scheck zurück. »Keine Ahnung. Vielleicht wollte er es nicht an die große Glocke hängen.«

Genau deshalb.

Nachdem ich bei der Ausgabe des Weihnachtsessens geholfen habe, ging ich mit Bo nach Hause. Es schneite leicht, die Straßen waren menschenleer. Plötzlich rannte Bo ohne Vorwarnung los, sodass mir die Leine aus der Hand gerissen wurde. Ich machte mich an die Verfolgung und blieb im nächsten Moment ruckartig stehen.

T.J. stand auf dem Gehweg vor meinem Haus. Als Bo ihn erreicht hatte, bückte er sich, kraulte ihn hinter den Ohren und schob die Hand in die Schlaufe der Leine. Mit angehaltenem Atem näherte ich mich, angetrieben von einer unbeschreiblichen Sehnsucht.

Er richtete sich auf und kam mir entgegen.

»Ich habe den ganzen Tag an dich gedacht«, sagte er. »Auf der Insel habe ich dir versprochen, dass wir dieses Weihnachtsfest zusammen in Chicago verbringen, wenn du nur jetzt nicht schlappmachst. Und ich werde immer halten, was ich dir verspreche, Anna.«

Ich sah ihm in die Augen und brach in Tränen aus. Als er die Arme ausbreitete, warf ich mich hinein und brachte vor lauter Schluchzen kein Wort heraus.

»Pst, alles ist gut«, flüsterte er. Ich schmiegte das Gesicht an seine Brust und schnupperte den Geruch von Schnee, Wolle und von ihm, während er mich an sich drückte. Kurz darauf umfasste er mein Kinn, hob es an und wischte mir die Tränen ab, wie er es schon so oft getan hatte.

»Du hattest recht, ich brauchte ein wenig Zeit für mich. Allerdings ist bei einigen Dingen, von denen du wolltest, dass ich sie erlebe, der Zug endgültig abgefahren. Es gibt kein Zurück. Jetzt weiß ich, was ich will, und das bist du, Anna. Ich liebe dich, und ich habe dich vermisst. So sehr.«

»Ich passe nicht in deine Welt.«

»Ich auch nicht«, erwiderte er. Seine Miene war gleichzeitig zärtlich und entschlossen. »Also schaffen wir uns unsere eigene Welt. Das haben wir doch schon einmal hingekriegt.«

Ich hatte die Stimme meiner Mutter im Ohr, so deutlich, als stünde sie jetzt neben mir und flüstere mir zu. Es war dieselbe Frage, die sie mir schon wegen John gestellt hatte.

Ist dein Leben besser mit ihm, Anna, oder ohne ihn?

»Ich liebe dich, T.J. Ich will, dass du zurückkommst.«

Er hielt mich in den Armen, und meine Tränen flossen, bis sein Pulli durchnässt war. Schließlich hob ich den Kopf von seiner Brust. »Ich bin bestimmt die schlimmste Heulsuse, die du kennst.«

Grinsend strich er mir das Haar aus der Stirn. »Außerdem kotzt du ziemlich oft.«

Trotz meiner Tränen musste ich lachen. Seine Lippen streiften meine, und wir standen auf dem Gehweg und küssten uns, während Schneeflocken auf uns herabrieselten und Bo geduldig zu unseren Füßen wartete.

Dann gingen wir hinein, legten uns auf eine Decke vor den Weihnachtsbaum und redeten stundenlang.

»Ich wollte nie einen anderen, T.J., sondern nur dein Bestes.«

»Du bist das Beste für mich«, antwortete er, schob die Arme unter meinen Kopf und schlang die Beine in meine. »Ich bleibe bei dir, Anna. Hier will ich sein und nirgendwo sonst .«

KAPITEL 66

T. J.

Eines Morgens zwei Wochen später schaute ich auf die Uhr. Ich hatte noch immer Winterferien, und Anna und ich gönnten uns ein spätes Frühstück.

»Ich muss kurz weg, und danach würde ich dir gern etwas zeigen«, sagte ich. »Wann bist du denn aus der Unterkunft zurück?«

»So gegen drei. Was ist es denn?«, fragte sie und legte die Zeitung weg.

Ich zog meine Jacke an und griff nach den Handschuhen. »Das wirst du schon noch sehen.«

Später am Nachmittag parkte ich vor Annas Haus und hielt ihr die Autotür auf. Ich hatte mich lange darauf gefreut, sie auf dem Beifahrersitz zu haben.

»Bist du ein guter Fahrer?«, erkundigte sie sich, als ich mich ans Steuer setzte.

Ich lachte. »Ein ausgezeichneter sogar.«

Je weiter wir uns von der Stadt entfernten, desto mehr wuchs Annas Neugier. »Gleich sind wir da«, verkündete ich nach anderthalb Stunden.

Ich bog vom Highway links ab, fuhr einen Kiesweg entlang und bog noch einmal ab, dankbar für den Allradantrieb, denn in der Auffahrt lagen fünfzehn Zentimeter Schnee. Ich stoppte vor einem kleinen hellblauen Haus, parkte vor der Garage und stellte den Motor ab.

»Komm«, sagte ich.

»Wer wohnt hier?«

Ich antwortete nicht. An der Eingangstür fischte ich einen Schlüssel aus der Tasche und schloss auf.

»Gehört es dir?«, wollte Anna wissen.

»Ich habe es vor zwei Monaten gekauft und heute den Notarvertrag unterschrieben.« Sie trat ein. Ich folgte ihr und machte Licht. »Die Vorbesitzer haben es in den Achtzigern gebaut. Ich glaube, seitdem ist nichts mehr verändert worden«, erklärte ich lachend. »Dieser blaue Teppich ist das Grauen.«

Anna besichtigte alle Zimmer, öffnete die Wandschränke und kommentierte alles, was ihr gefiel.

»Dann bist du hoffentlich nicht allzu enttäuscht, wenn ich es abreiße.«

»Warum? Aus welchem Grund solltest du es abreißen wollen?«

»Schau mal.« Ich führte sie zu einem Küchenfenster, das Blick auf den Garten hatte. »Was siehst du da?«

»Ein Riesengrundstück«, stellte sie fest.

»Bei meinen Spazierfahrten bin ich immer wieder hier vorbeigekommen. Und eines Tages habe ich angehalten und mich umgeschaut. Da wusste ich, dass ich es kaufen und eigenes Land besitzen wollte. Ich will hier ein neues Haus bauen, Anna. Für uns. Was hältst du davon?«

Lächelnd drehte sie sich zu mir um. »Ich würde sehr gern in einem Haus wohnen, das du gebaut hast, T.J. Bo würde sich hier sicher auch wohl fühlen. Es ist wunderschön. Und so friedlich.«

»Weil wir draußen in der Pampa sind. In die Stadt und zur Unterkunft wird es eine ganz schöne Fahrerei.«

»Das ist okay.«

Ich atmete erleichtert auf. Als ich nach ihrer Hand griff, fragte ich mich, ob sie wohl bemerkte, dass meine leicht zitterte. Überraschung malte sich auf ihrem Gesicht, als ich einen Ring aus der Tasche holte.

»Ich möchte, dass du meine Frau wirst. Es gibt sonst niemanden, mit dem ich den Rest meines Lebens verbringen will. Wir können hier draußen wohnen, du, ich, unsere Kinder und Bo. Aber ich habe es inzwischen kapiert, Anna. Meine Entscheidungen haben auch Auswirkungen auf dich. Und jetzt musst du eine treffen. Willst du mich heiraten?«

Mit angehaltenem Atem wartete ich ab, ob ich ihr den Ring an den Finger stecken sollte. Ihre blauen Augen leuchteten auf, und ein Lächeln breitete sich auf ihrem Gesicht aus.

Sie sagte Ja.

KAPITEL 67

ANNA

Im März waren wir mit Ben und Sarah im Gerichtsgebäude von Cook County verabredet. Chicago wurde gerade von einem Frühjahrsschneesturm heimgesucht, und T.J. und ich hatten beschlossen, dass Wärme wichtiger war als Eleganz, und trugen Jeans, Pullis und Stiefel.

Eine Ziviltrauung war vielleicht nicht der Inbegriff von Romantik, doch ich hatte mich gegen eine kirchliche Hochzeit ausgesprochen, denn ich konnte mir nicht vorstellen den Mittelgang entlangzuschreiten, wenn es nicht am Arm meines Vaters war. David hatte sich zwar erboten einzuspringen, aber es wäre nicht dasselbe gewesen. Und eine Hochzeit in einem tropischen Ferienparadies – auf einer Insel vielleicht – kam ebenfalls nicht in Frage.

»Deine Mom wird gar nicht begeistert sein, das zu verpassen«, hatte ich gesagt. Jane Callahan hatte erstaunlich verständnisvoll auf unsere Verlobung reagiert. Möglicherweise hatte sie ja eingesehen, dass alle Einwände nichts nützen würden. Sie hatte zwar schon zwei Töchter, dennoch hatte sie mich wie eine dritte in ihre Familie aufgenommen, und ich wollte sie auf keinen Fall verärgern.

»Sie hat ja noch Alexis und Grace«, erwiderte T.J. mit einer wegwerfenden Handbewegung. »Sie kann ja zu ihren Hochzeiten gehen.«

Während wir darauf warteten, dass unsere Namen aufgerufen wurden, schob sich ein Mann, der vermutlich sämtliche Kleidungsstücke aus seinem Besitz am Leibe und mit Isolierband zusammengehaltene Stiefel an den Füßen trug, durch die Paare im Raum und versuchte, verwelkte Blumensträuße zu verkaufen. Viele verscheuchten ihn und rümpften beim Anblick seines langen, schmutzigen Barts und seiner strähnigen Haare die Nase. Doch T.J. kaufte ihm all seine Blumen ab und machte ein Foto von mir, wie ich sie im Arm hielt.

Als wir an der Reihe waren, standen Ben und Sarah gleichzeitig mit uns auf, während wir unser Gelübde ablegten. Obwohl die Zeremonie nur knapp fünf Minuten dauerte, war Sarah in Tränen aufgelöst. Ben hingegen war sprachlos, etwas, das laut T.J. nur sehr selten vorkam.

T.J. kramte die Eheringe aus der Vordertasche seiner Levi's. Er steckte mir den Ring an und hielt mir dann die linke Hand hin. Als der goldene Ring an seinem Platz war, lächelte ich.

»Gemäß des mir von Cook County verliehenen Amtes erkläre ich Thomas James Callahan und Anna Lynn Emerson im Sinne des Gesetzes zu Mann und Frau. Herzlichen Glückwunsch.«

»Kommt jetzt die Stelle, an der ich sie küssen darf?«, fragte T.J.

»Nur zu«, erwiderte der Richter, während er die Heiratsurkunde unterschrieb.

T.J. beugte sich zu mir. Es war ein schöner Kuss.

»Ich liebe dich, Mrs. Callahan.«

»Ich liebe dich auch.«

Hand in Hand verließen wir das Gerichtsgebäude. Dicke Schneeflocken trudelten träge vom Himmel herab, als wir vier in ein Taxi stiegen, um zur Feier des Tages in dem Restaurant zu essen, wo Dean Lewis arbeitete. Zehn Minuten später bat ich den Fahrer, kurz zu halten. »Es dauert nicht lange. Können Sie warten?« Er war einverstanden und stoppte vor einem Nagelstudio. »Wir sind gleich zurück«, meinte ich zu Ben und Sarah.

»Willst du dir etwa jetzt die Nägel machen lassen?«, fragte T.J. und folgte mir aus dem Wagen.

»Nein«, entgegnete ich. »Ich möchte dich jemandem vorstellen.

Als Lucy mich sah, lief sie mir entgegen und fiel mir um den Hals.

»Wie geht es dir, Schatz?«

»Wunderbar, Lucy. Und dir?«

»Oh, sehr gut, sehr gut.«

Ich legte T.J. die Hand auf den Arm. »Lucy, ich möchte, dass du meinen Mann kennenlernst«, verkündete ich.

»Ist das John?«, erkundigte sie sich.

»Nein, ich habe nicht John geheiratet, sondern T.J.«

»Anna verheiratet?« Anfangs machte sie ein verdattertes Gesicht, doch dann erhellte sich ihre Miene und sie stürzte sich auf T.J., um ihn fest zu umarmen. »Anna verheiratet!«

»Richtig«, sagte ich. »Anna ist verheiratet.«

KAPITEL 68

T. J.

Drei Monate später, an einem warmen Junitag, stiegen Anna und ich in meinen Tahoe. Sie trug eine Sonnenbrille und meine Baseballkappe mit dem Logo der Chicago Cubs. Bo saß auf dem Rücksitz und steckte den Kopf zum offenen Fenster hinaus. Im Radio sangen die Eagles »Take it Easy«. Anna streifte die Schuhe ab, stellte die Musik lauter und sang mit, während wir aus der Stadt fuhren.

Vor Kurzem war das Fundament unseres neuen Hauses gegossen worden. Anna und ich hatten die Hände in den feuchten Beton gedrückt, und dann hatte sie mit dem Finger unsere Namen und das Datum daneben geschrieben. Ich hatte einen Bautrupp angeheuert, und wir hatten bereits mit dem Gerüst angefangen. Das Haus nahm allmählich Form an. Wenn alles nach Plan lief, würden wir zu Halloween einziehen können.

An der Baustelle parkte ich und nahm die Nagelpistole vom Rücksitz. Lachend stülpte Anna mir einen Cowboyhut auf den Kopf. Eigentlich hätte ich ja eine Schutzbrille tragen sollen, hatte aber stattdessen eine Fliegerbrille auf. Wir steuerten auf den Stapel Bauholz zu, wo ich mir einige Bretter nahm.

»Ein schickes Werkzeug hast du da«, witzelte Anna. »Ich dachte, du machst es ganz *old school.* Mit einem *Hammer.*«

»Bloß nicht«, erwiderte ich lachend und hielt die Nagelpistole hoch. »Ich liebe dieses Ding.«

Was wir jetzt vorhatten, war Annas Idee gewesen. Sie wollte ein paar Bretter für mich festhalten, so wie damals, als ich auf der Insel ein Haus für uns gebaut hatte.

»Tu mir bitte den Gefallen«, sagte sie. »Um der alten Zeiten willen.«

Als ob ich ihr etwas hätte abschlagen können.

»Bist du bereit?«, fragte ich und legte das Brett an der richtigen Stelle an.

Anna fixierte es, damit es nicht verrutschte. »Feuer frei, T.J.«

Ich zielte und drückte ab.

Peng.

EPILOG

ANNA

Vier Jahre später

Es ist ein salbeigrünes Ranchhaus aus Holz mit cremefarbenen Kanten und von Bäumen umgeben. In der Garage, die Platz für drei Autos bietet, stehen T.J.s Tahoe und mein weißer Nissan Pathfinder, den man unmöglich sauber halten kann, wenn man an einer ungeteerten Straße wohnt.

Neben der großen Küche befindet sich das Wohnzimmer, dessen eine Wand vom Boden bis zur Decke mit Bücherregalen bedeckt ist. Ich sitze dort oft in meinen riesigen Ohrensessel gekuschelt und stütze die Füße auf die Ottomane.

Wir haben zwei Veranden, eine vorne und eine hinten. Die hintere ist mit einem Fliegengitter ausgestattet, und T.J. und ich verbringen viel Zeit dort, weil wir hier sicher vor Insekten, insbesondere Moskitos, sind. Bo hat im Garten freien Auslauf. Wenn er nicht gerade Kaninchen jagt, döst er gemütlich zu unseren Füßen.

Unser Haus hat fünf Zimmer und verfügt über alle modernen Errungenschaften, die man sich wünschen kann. Allerdings haben wir keinen offenen Kamin. Wir besitzen auch keinen Grill.

Heute Abend geht es hoch her, alle sind erschienen, um meinen achtundreißigsten Geburtstag zu feiern. Unsere Familie und Freunde sind uns jederzeit willkommen.

Meine Schwiegermutter und meine Schwester sitzen in der Küche am Küchenblock, tauschen Kochrezepte aus und trinken Wein. Da ich an meinem Geburtstag nicht selbst kochen darf, wird Tom etwas aus der Stadt mitbringen. Bis er hier ist, brauchen wir also nur auszuspannen.

T.J.s Schwestern Alexis und Grace sind inzwischen siebzehn und neunzehn. Sie sitzen mit Joe und Chloe auf der Terrasse. Joe, mittlerweile dreizehn, wünscht sich, dass mindestens ein anderer Junge hier wäre. Andererseits schwärmt er so für Alexis, dass es ihm nichts ausmacht, seine Zeit mit den Mädchen zu verbringen.

Ich hole zwei Bierdosen aus dem Kühlschrank und gehe ins Wohnzimmer. T.J. lümmelt auf dem Sofa herum und sieht fern. Ich beuge mich vor und küsse ihn. Dann öffne ich das Bier und stelle es neben ihn auf den Tisch.

»Wie geht es dem Geburtstagskind?« Er spricht leise, denn unsere Tochter liegt, schlafend und den Daumen im Mund, auf seiner Brust. Wir wissen beide, dass wir es bitter bereuen werden, wenn Josephine Jane »Josie« Callahan aufwacht, bevor sie ausgeschlafen ist.

»Soll ich sie ins Bettchen legen?«, flüstere ich.

Er schüttelt den Kopf. »Alles bestens.« Das kleine Mädchen hat T.J. um den Finger gewickelt.

Das zweite Bier gebe ich Ben. Er sitzt im Sessel neben dem Sofa und scheint sich mit Thomas James Callahan III, der schlafend auf seinem Schoß liegt, erstaunlich wohl zu fühlen. Das ist wirklich ein kleines Wunder, denn als Ben mich nach der Geburt der Zwillinge im Krankenhaus besucht hat, verriet er, dass er noch nie ein Baby im Arm gehalten habe.

»Wie wollt ihr ihn denn nennen?«, erkundigte er sich, nachdem T.J. ihn auf einen Stuhl bugsiert und ihm unseren Sohn in den Arm gelegt hatte. »Bei zwei T.J.s komme ich durcheinander.«

»Wir sagen einfach Mick zu ihm«, antwortete T.J.

»Ihr benennt euer Kind nach Mick Jagger? Mann, das ist cool!«

»Wir meinen einen anderen Mick«, erwiderte T.J. lachend.

Wir haben nicht sofort versucht, ein Baby zu bekommen. Ich war fest entschlossen, nichts zu überstürzen. Und falls sich herausstellen sollte, dass wir zu lange gewartet hatten, nun, es gab ja noch andere Mittel und Wege, eine Familie zu gründen. Letztlich dauerte es ein halbes Jahr, und auch der Einsatz eines Hormonpräparats war nötig. Außerdem fand die Zeugung in einer Arztpraxis statt, wie wir es von Anfang an gewusst hatten. Und zwar mit dem Sperma, das T.J. als Fünfzehnjähriger gespendet hatte.

Ich stelle mir gern vor, dass die Dinge aus einem bestimmten Grund geschehen. Deshalb glaube ich, dass die Zwillinge genau zu dem Zeitpunkt kamen, als wir so weit waren. »Mit zweien auf einmal wird es schwierig«, sagten alle. Allerdings haben T.J. und ich unsere Erfahrung mit Schwierigkeiten, und mit zwei gesunden Babys gesegnet zu sein gehört ganz sicher nicht dazu. Natürlich will ich nicht behaupten, dass es immer einfach ist. Wir haben auch unsere Krisen.

Inzwischen sind die Zwillinge elf Monate alt, und es stimmt wirklich: Wenn man Kinder hat, rast die Zeit nur so dahin. Es scheint erst gestern gewesen zu sein, dass ich, die Hand ins Kreuz gedrückt, herumwatschelte und mich fragte, wie lange diese Schwangerschaft denn noch dauern würde. Und nun sind sie da, krabbeln herum und werden bald ihre ersten Schritte machen.

Ich überlasse T.J. und Ben ihrem Schicksal und kehre in die Küche zurück. Inzwischen ist auch David eingetroffen und begrüßt mich mit einem Kuss auf die Wange.

»Alles Gute zum Geburtstag«, sagt er und überreicht mir einen Blumenstrauß. Ich schneide die Stängel der Blumen unter fließendem Wasser zurecht, stecke sie in eine Vase und stelle sie auf die Theke neben die rosafarbenen Rosen, die T.J. mir heute Morgen geschenkt hat.

»Wein?«, frage ich.

»Ich hole ihn. Setz dich hin, und ruh dich aus.«

Ich geselle mich zu Sarah und Jane. Stefani ist auch da. Rob und die Kinder haben sich ein Magendarmvirus eingefangen, weshalb sie allein hier ist, weil sie niemanden anstecken wollten. In solchen Momenten, wenn alle Menschen, die ich liebe und die mir etwas bedeuten, unter einem Dach versammelt sind, fühle ich mich vollständig. Ich wünschte nur, meine Eltern könnten hier sein. Um meinen Mann kennenzulernen und ihre Enkelkinder im Arm zu halten.

Bis vor Kurzem habe ich noch dreimal wöchentlich in der Unterkunft ausgeholfen. Doch die Fahrerei in die Stadt wurde irgendwann zu viel. Jane hat zwar an diesen Tagen die Kinder beaufsichtigt, aber es war Zeit für eine Veränderung. Also habe ich eine karitative Organisation zur Unterstützung obdachloser Familien gegründet, die ich von meinem Arbeitszimmer aus leiten kann, während die Zwillinge zu meinen Füßen spielen. Das macht mich glücklich. Henrys Unterkunft bekommt jedes Jahr eine großzügige Spende, und das wird auch so bleiben.

Außerdem habe ich einen Zettel in der örtlichen Highschool aufgehängt und so ein paar Nachhilfeschüler gefunden. Sie kommen abends zu uns nach Hause. Dann sitzen wir am Küchentisch und haken die erledigten Hausaufgaben eine nach der anderen ab. Manchmal fehlt es mir, vor einer Klasse zu stehen. Doch für den Augenblick ist es in Ordnung so.

T.J. ist Inhaber einer kleinen Baufirma. Er baut ein oder zwei Häuser im Jahr und arbeitet Seite an Seite mit den Männern, die er beschäftigt. Nach dem ersten Semester ist er nie ans College zurückgekehrt, aber das stört mich nicht. Die Entscheidung liegt nicht bei mir. T.J. ist nur draußen im Freien glücklich.

Er investiert auch Zeit und Geld in die Organisation Habitat for Humanity, die einkommensschwachen Familien zu einem eigenen Heim verhilft. Dean Lewis engagiert sich ebenfalls dort. Das sechste Haus, bei dessen Bau er geholfen hat, war sein eigenes. Er hat Julie geheiratet, die er im Restaurant kennengelernt hat, und nun ist Leo stolzer großer Bruder eines kleinen Mädchens, das seine Eltern Annie genannt haben.

Vor ein paar Monaten habe ich T.J. sein Mittagessen zur Baustelle gebracht. Es macht mich froh, ihm bei einer Arbeit zuzusehen, die er liebt. Ein neuer Klempner, den er beschäftigt, stieß einen Pfiff aus und rief »Hey, Baby!«, weil er nicht wusste, wer ich war. T.J. hat ihm sofort den Kopf gewaschen. Eigentlich hätte ich wohl empört sein und mich von dem Gejohle als Frau beleidigt fühlen sollen. Aber es hat mir nichts weiter ausgemacht.

Vor einigen Jahren haben T.J. und ich etwas Interessantes herausgefunden. Ein Polizist aus Malé rief uns an, weil er ein paar Fragen hatte, um hoffentlich endlich einen Vermisstenfall abschließen zu können. Die Familie eines Mannes, der 1999 verschwand, hatte vor Kurzem ein Tagebuch unter seinen Sachen gefunden. Darin beschreibt Owen Sparks, ein Kalifornier, der in der Computerbranche Millionen gemacht hatte, bis ins kleineste Detail sein Vorhaben, das Leben auf der Überholspur gegen die Ruhe und Einsamkeit einer Insel auf den Malediven einzutauschen. Seine Spur verliert sich in Malé. Nun wollte der Polizist mehr über das Skelett erfahren, das T.J. und ich entdeckt hatten. Natürlich lässt sich nicht mehr mit Sicherheit feststellen, ob er es wirklich war, doch es ist ziemlich wahrscheinlich. Ich frage mich, ob Owen wohl durchgekommen wäre, wenn er wie T.J. und ich die Unterstützung eines anderen Menschen gehabt hätte, aber das werden wir wohl nie erfahren.

Ich bringe einen Krug Limonade auf die vordere Veranda und fülle die Gläser nach. Als ich gerade den Duft des frisch gemähten Rasens und der Frühlingsblumen schnuppere, trifft Tom ein. Wir haben beschlossen, dass ein Festmahl von Perry's Deli für diesen warmen Maiabend perfekt ist, und David kommt aus dem Haus, um Tom zu helfen, das Essen ins Haus zu bringen. Stefani und ich arrangieren alles auf dem Küchenblock und wollen gerade die anderen zusammenrufen, damit sie sich bedienen, als Ben erscheint. Er hält Mick auf Armeslänge von sich weg. Der Geruch nach voller Windel ist unverkennbar.

»Ich glaube, Mick hat einen fahren lassen«, meldet er.

»Neben dem Wickeltisch im Kinderzimmer stehen Windeln und Feuchttücher. Und benutz genug Babycreme. Mick hat ein bisschen Ausschlag.«

Ben erstarrt und grübelt sichtlich über einen Fluchtweg nach. T.J., der alles beobachtet hat, biegt sich vor Lachen.

»Alter, die will dich nur verarschen.«

Als Ben mich ansieht, zucke ich grinsend die Achseln. »Du machst es einem so einfach.«

Auf seinem Gesicht zeigt sich eine solche Erleichterung, dass ich fast auch zu lachen anfange.

T.J. streckt die Arme nach Mick aus. »Josie hat ebenfalls die Hose voll. Am besten wickle ich sie alle beide.«

»Du bist ein guter Mann«, sage ich. Und das stimmt.

Ben übergibt ihm das Baby.

»Weichei«, meint T.J. zu ihm, als er, seine beiden Kinder im Arm, hinausgeht. Ich lächle, weil ich weiß, dass T.J. sich nur über ihn lustig machen will. Außerdem weiß ich, wie froh er ist, dass sein bester Freund an unserem Leben teilhat. Mit vierundzwanzig könnte Ben genauso gut durch die Kneipen ziehen, anstatt Babys zu wiegen. Inzwischen hat er eine feste Freundin namens Staci, die laut T.J. viel dazu beiträgt, Ben in einen erwachsenen Menschen zu verwandeln. Aber bis dahin ist es noch ein weiter Weg.

Alle laden sich die Teller voll und suchen sich einen Sitzplatz. Ein paar lassen sich auf der Vordertreppe nieder, andere gehen auf die hintere Veranda, und manche bleiben bei T.J. und mir in der Küche.

Wir schnallen die Kinder auf ihren Hochstühlen fest und füttern sie mit Brotstückchen und Aufschnitt. Ich löffle Kartoffelsalat in ihre Münder, beiße von meinem Sandwich ab und trinke dazu Eistee. T.J. sitzt neben mir und rettet die Schnabeltasse, die Josie immer wieder auf den Boden wirft, um festzustellen, ob er sie für sie aufhebt. Er tut es jedes Mal.

Nachdem alle aufgegessen haben, singen sie mir »Happy Birthday« vor. Dann puste ich die achtunddreißig Kerzen aus, die Chloe unbedingt auf meinen Kuchen stecken wollte. Das Ergebnis ist das absolute Chaos, aber ich lache trotzdem. Von jetzt bis zum 20. September, wenn T.J. fünfdundzwanzig wird, bin ich offiziell vierzehn Jahre älter als er, nicht dreizehn. Doch dagegen ist nun mal kein Kraut gewachsen.

Alle prosten mir zu. Ich bin so glücklich, dass ich weinen könnte.

Später, als alle weg sind und wir die Zwillinge ins Bett gebracht haben, setzt T.J. sich zu mir auf die hintere Veranda. Er hat zwei Gläser Eiswasser mitgebracht und reicht mir eins. »Danke«, sage ich. Kaltes Wasser in einem Glas ist für uns noch immer so etwas wie ein Wunder. Ich trinke einen großen Schluck und stelle das Glas neben mich auf den Tisch.

Er lässt sich auf dem Zweisitzer aus Rattan nieder und zieht mich auf seinen Schoß.

»Das dürfte bald nicht mehr klappen.« Ich küsse seinen Hals, und zwar aus zwei Gründen: T.J. mag es, und es ist meine Methode, nach Knoten zu suchen. Gott sei Dank habe ich nie mehr einen gefunden.

»Ich schaffe das immer«, erwidert er grinsend und reibt mir den Bauch.

Wir haben beschlossen, es noch einmal mit einem Kind zu versuchen. Zu unserer Überraschung hat es schon im ersten Monat geklappt. Diesmal ist es nur ein Baby, und wir wissen nicht, ob es ein Junge oder ein Mädchen wird. Doch das interessiert uns nicht, solange es nur gesund ist. In vier Monaten ist der Geburtstermin, was bedeutet, dass die Zwillinge dann erst fünfzehn Monate alt sein werden. Aber das heißt nur, dass man manchmal eben bekommt, was man sich wünscht.

Ich denke noch oft an die Insel. Wenn die Kinder älter sind, werden wir ihnen eine abenteuerliche Geschichte zu erzählen haben.

Natürlich nur die gekürzte Version.

Außerdem werden wir ihnen sagen, dass dieses Haus mit dem Land ringsherum unsere Insel ist.

Und dass T.J. und ich endlich zu Hause sind.

EIN BRIEF VON DER AUTORIN

Liebe Leserinnen und Leser,

On the Island zu schreiben war eine der wundervollsten Erfahrungen, die ich je habe machen dürfen. Es war keine einfache Aufgabe, und manchmal habe ich mich gefragt, ob ich mein Ziel je erreichen würde. Das Buch entstand hauptsächlich zwischen halb sechs und sieben Uhr morgens, bevor ich meinen Laptop abschalten und mich für meinen Hauptjob fertig machen musste. Allerdings hat mir das Schreiben solche Freude bereitet, dass ich in den achtzehn Monaten bis zu seiner Fertigstellung kein einziges Mal auf die Schlummertaste meines Weckers gedrückt habe. Wenn die Wörter fließen und meine Finger sie so schnell ich kann in die Tastatur tippen, bin ich wirklich und wahrhaftig glücklich.

Dennoch war es auch eine zweischneidige Erfahrung, meinen ersten Roman zu vollenden. Einfach nur fertig geworden zu sein hieß, dass ich einen wichtigen Punkt von meiner Liste streichen konnte. Allerdings scheiterte ich daran, die Geschichte von Anna und T.J. den Lesern auf dem üblichen Weg zugänglich zu machen. Enttäuscht, allerdings nicht entmutigt, entschied ich mich für den Selbstverlag, und ich werde ewig dankbar dafür sein, dass Schriftsteller auch andere Möglichkeiten haben, ihr Werk zu vermarkten. Ohne diese alternativen Vertriebswege wäre mein Debütroman vermutlich auf der Festplatte verstaubt.

On the Island ist wirklich einzig und allein durch Mundzu-Mund-Propaganda bekannt geworden, und ich werde den Lesern auf der ganzen Welt für immer dankbar sein, dass sie den Roman zu schätzen wussten. Kein Marketingkonzept hat so viel Macht wie eine große Anzahl von Menschen, die sich in einer Geschichte wiederfinden und sie anderen weiterempfehlen. Ergebnis meiner Gehversuche als Verlegerin ist, dass ein Traum für mich wahr wurde: MGM hat mir ein Angebot zur Verfilmung von *On the Island* gemacht, und Plume, ein Imprint von Penguin, bietet diese neue Ausgabe inzwischen überall an, wo man Bücher kaufen kann.

Ich möchte mich bei den Lesern bedanken, dir mir geschrieben haben, *On the Island* habe sie zum Lachen und zum Weinen gebracht. Nichts von alldem wäre ohne Ihr begeistertes Engagement möglich gewesen. Ich kann Ihnen gar nicht genug danken.

Ich freue mich immer, von Ihnen zu hören, und bin bei Twitter@tgarvisgraves und bei Facebook zu erreichen.

Mit den besten Wünschen,
Tracey

DANKSAGUNG

Ohne die Beiträge, die Hilfe und die Unterstützung der folgenden Personen wäre *On the Island* wohl immer noch eine Datei, die Speicherplatz auf meiner Festplatte verbraucht. Ich kann gar nicht in Worte fassen, wie dankbar ich dafür bin, dass es in meinem Leben solche wundervollen und begeisterungsfähigen Menschen gibt.

Ich bin der Autorin Meira Pentermann zu großem Dank verpflichtet. Meira hat lange vor mir an mich geglaubt, und ihre wertvollen Anregungen haben *On the Island* zu dem Buch gemacht, das es heute ist. Sie ist meine ultimative Kritikerin, Testleserin und Cyberschwester.

Außerdem danke ich meiner Zwillingsschwester Trish, die meine Texte immer als Erste zu lesen kriegen wird.

Meinem Mann David, denn sein Zuspruch bedeutet mir mehr, als er je ahnen wird.

Meinen Kindern Matthew und Lauren. Danke für eure Geduld, während Mom so viel Zeit mit ihrem Laptop verbracht hat. Ich liebe euch beide.

Elisa Abner-Taschwer, weil sie die beste PR-Fachfrau und Cheerleaderin ist, die sich eine Schriftstellerin je wünschen kann.

Besonders möchte ich mich bei meinen Testlesern und all jenen bedanken, die Leseexemplare von *On the Island* erhalten haben. Eure Worte haben mich aufgemuntert und mein

Selbstbewusstsein unbeschreiblich gestärkt: Penne Heede Pojar, Beth Knipper, Elisa Abner-Taschwer, Lisa Green, Brooke Achenbach, Julie Gieseman, Trish Garvis, Trish Kallemeier, Noelle Zmolek, Stacy Alvarez, Stefani Blubaugh, Mindy Farrington, Taylor Kalander, David Green, Tami Cavanaugh, Amy Gulbranson, Stefanie Martin, Shellie Mollenhauer, Christy Cornwell, Missy Pomerantz und Jill LaBarre.

Außerdem hatte ich das Glück mit den folgenden talentierten Menschen zusammenarbeiten zu können, ohne die *On the Island* nie das Buch geworden wäre, das ich mir erhofft hatte. Ich freue mich schon auf das nächste Projekt mit ihnen:

Alison Dasho, Anne Victory von Victory Editing, Guido Henkel, Penne Heede-Pojar.